Gerd Schilddorfer

Das Tartarus-Projekt

Thriller

ueberreuter

Mit freundlicher Unterstützung durch das BMI für Kunst, Kultur, öffentlicher Dienst und Sport

Bundesministerium
Kunst, Kultur,
öffentlicher Dienst und Sport

Danke, dass Sie sich für unser Buch entschieden haben.

Wir freuen uns, wenn wir Sie auch weiterhin über unsere Neuerscheinungen informieren dürfen und laden Sie ein, unseren Newsletter unter www.ueberreuter-sachbuch.at zu abonnieren. Sie erreichen uns auch direkt unter office@ueberreuter-sachbuch.at.

1. Auflage 2020

ISBN 978-3-8000-9001-3

Covergestaltung: Saskia Beck, s-stern.com
Umschlagfoto: © Adobe Stock
Lektorat: MMag. Marie-Therese Pitner
Satz: Hannes Strobl, Satz·Grafik·Design, Neunkirchen
Druck und Bindung: Finidr s.r.o.

www.ueberreuter-sachbuch.at

Für meine Freundin,
Lektorin, Wegbegleiterin und Mentorin
Tanja Frei
die im Dezember 2019 so unerwartet, still und leise
aus dem Leben verschwunden ist. Du fehlst.

1. Die Party

„Ich schreib ja jetzt auch ein Buch …"

Michael Landorff blickte verwirrt in Richtung eines schlaksigen Jünglings und verschluckte sich fast an dem Whisky, der golden in seinem Glas schimmerte. Er lehnte sich an die Wand, während er das junge Milchbartbubi mit der peinlichen Schillerlocke in der pickeligen Stirn verblüfft genauer musterte.

Der? Der schrieb auch ein Buch? Konnte der schon schreiben oder tippte der noch? Nach der Adler-Suchmethode? Über den Tasten kreisen und dann zuschlagen?

Landorff runzelte die Stirn. Dieses Buchschreiben entwickelte sich allgemein zu einer Krankheit, die einer Epidemie glich, dachte er. Jeder, der eine halbwegs fehlerfreie E-Mail von zehn Zeilen schaffte, entschloss sich spontan, etwas vom Schlechtesten zum Besten zu geben.

Literarischer Brechdurchfall. Gnadenlos.

Ein großer Schluck Laphroaig sorgte dafür, dass Landorffs Magensäure da blieb, wo sie hingehörte. Die drei kurz berockten Grazien, die den literarischen Möchtegern-Newcomer anhimmelten, als wäre er der gerade aus dem Bett gestoßene Ex-Lover von Lady Gaga, kicherten sinnbefreit vor sich hin. Dabei trippelten sie erwartungsvoll von einem Stöckelschuh auf den anderen und warfen einander bedeutungsvolle Blicke zu.

Während Landorff über die potenziellen Offenbarungen von Pickelgesicht nachdachte, bemerkte er, dass der Islay-Whisky in seinem Glas plötzlich metallisch schmeckte.

Blieb nur zu hoffen, dass die „Memoiren eines Achtzehneinhalbjährigen" oder der „Rückblick auf mein bewegtes Leben in der Krabbelstube" am bekannt verwöhnten Geschmack eines wachen Literaturagenten scheitern würden. Oder spätestens der abgebrühte Lektor eines vernünftigen Verlags sie dahin befördert, wo sie hingehörten – in den Papierkorb.

Die Mascara-umrandeten Augen der pubertierenden Grazien waren inzwischen wieder auf Normalgröße geschrumpft, während sie sehnsüchtig weiteren Ausführungen entgegenfieberten.

Ich nicht, dachte Landorff, und zog los, weiter durch das riesige Wohnzimmer. Die chillige Musik, ein ausgezeichnetes Buffet, ein Traumhaus mit Pool und Effektbeleuchtung im Garten. Es war eine super Party mit den richtigen Leuten am richtigen Ort, kein Zweifel.

Bis zu dem Satz, dem *einen* Satz, war es in der Tat ein wunderbarer Abend gewesen. Trinken, tanzen, Blödsinn reden, ohne Reue das überladene Buffet vernichten und die obligaten Reden beklatschen. *Party business as usual.* Eine der stadtbekannten Start-up-Firmen hatte geladen und alles, was glaubte, Rang und Namen zu haben, war dem Ruf nur zu gern gefolgt.

Landorff ebenfalls. Obwohl er keine Ahnung hatte, warum er auf der Einladungsliste stand. Naja, vor sich selbst entschuldigte er sein Kommen mit dem Hinweis auf das opulente Buffet vom besten Caterer Münchens. In seinem Job aß man nicht jeden Abend warm ...

Der Anlass der Fete war stadtbekannt. Prolicks – nomen est omen – hatte mit diversen Dienstleistungen in unglaublich kurzer Zeit sehr materielle Millionen gemacht. Manche sprachen sogar von einer Milliarde, die der gerade erfolgte Verkauf der Unternehmensgruppe an einen der weißen Anleger-Haie im Netz eingebracht hatte. Man flüsterte hinter vorgehaltener Hand, der hätte sich damit in einem Schachzug die Konkurrenz vom Leib geschafft und gleichzeitig seine Steuern drastisch reduziert.

Die er sowieso in Luxemburg bestimmt bereits vorher flexibel gestaltet hatte ...

Prolicks-Chef Gregory Winter wiederum hatte sicher händereibend den Vertrag unterschrieben, seinen Facebook-Status auf „Milliardär“ gesetzt und eine Riesenfeier via Internet einberufen. Und die wurde nun seit zwei Stunden live und parallel auf drei Plattformen übertragen, in sozialen Netzwerken geliked und von einigen Gästen vor Ort natürlich neugierig verfolgt, auf Handy und Tablet-PC.

Als Film im Film sozusagen ...

Während also Winter in ausgebeulten Jeans, blassem T-Shirt und trendigem Rohseidenschal lässig den erfolgreichen Hausherrn gab und sich verbindlich lächelnd in Small Talk übte, war er mit seinen Gedanken wahrscheinlich schon wieder bei seiner nächsten Start-up-Gründung.

Irgendwer drückte Landorff ein neues Glas in die Hand und entsorgte fürsorglich das leere. Einen Dank murmelnd blickte er sich rasch um, schon um seine Gedanken von der schreibenden Schillerlocke loszueisen. Die Hälfte der Besucher stand planlos im Raum verteilt, hielt sich das Handy vor die Augen und starrte fasziniert auf das Display.

War was? Hatte Trump mit nacktem Oberkörper auf einem galoppierenden Pferd Blutsbrüderschaft mit Putin geschlossen? Oder war es nur die übliche kollektive Sprachlosigkeit: Wer zwitschert Nonsens schneller?

Der neue Whisky schmeckt besser als der alte, dachte Landorff und nickte anerkennend. Brannte zwar mehr im Abgang, war aber rauchiger. Griff Winter jetzt seine privaten Bestände an? Vielleicht sollte er doch noch ein wenig länger hier bleiben. Er schnupperte an der bernsteinfarbenen Flüssigkeit. Bis zum Talisker Storm liegt noch ein langer Weg vor mir, dachte er. Doch mit etwas Durchhaltevermögen …

Er schaute auf die Uhr. Erst knapp vor 23.00 Uhr. Also … whiskymäßig drei Uhr früh könnte hinkommen, man musste sich nur mit seiner Leber abstimmen.

Schillerlocke schwang inzwischen einen Montblanc wie einen Zauberstab und grinste dümmlich seine weibliche Entourage an.

Der und ein Buch schreiben … Landorff schüttelte den Kopf. Dieses haltlose Buchschreiben durch Hinz und Kunz, Ping und Pong, Pocher und Becker, Schicki und Micki begann auszuufern, war auf dem besten Weg, eine neue Volksbelästigung zu werden. A-, B-, C-, D- und E-Prominenz, die sich früher dankenswerterweise auf simples Dasein beschränkt hatte, schrieb jetzt ungeniert drauflos. Oder diktierte Lebensweisheiten an Ghostwriter. Wenigstens *die* hatten Hochsaison. Kein Wunder, dass der durchschnittliche Buchhändler keinen Platz mehr in seinen Regalen hatte. Denn fieserweise erschienen die Prominenten in bekannten und großen Verlagen, die besagten Buchhändlern bei der Gelegenheit gleich ihr gesamtes Programm aufs Auge drücken konnten. Bestseller und Ladenhüter, Kochbücher und Bettbeichten, inklusive wahllos aufs Papier gekotztem prominenten Nonsens, der vierzehn Tage vor dem Erscheinen einen passenden Skandal braucht, um überhaupt Aufmerksamkeit zu erregen.

Schillerlockes Vater hatte sicher 5689 Freunde auf Facebook, schoss es Landorff durch den Kopf. Der Verkauf der Startauflage war hiermit gesichert, egal welchen Schwachsinn der Filius zwischen zwei Covern (v)erbroch.

„Was träumst du hier rum?"

Die raue Stimme von Melissa riss Landorff aus seinen düsteren Gedanken. Sie hatte sich für einen schwarzen Hosenanzug entschieden, der sie elegant und gleichzeitig ein wenig verrucht aussehen ließ, weil sie drunter die Bluse weggelassen hatte und nur einen schwarzen BH trug. Das halb offene Jackett war eine perfekte Bühne für die redlichen Bemühungen des Push-ups, Melissas schon von Haus aus üppiger C-Oberweite ein Upgrade auf D zu verpassen.

„Hey! Meine Augen sind hier oben!", beschwerte sie sich theatralisch und schüttelte effektvoll ihre tiefschwarze Mähne, bevor sie Landorff mit erhobenem Finger drohte.

„Aber meine sind gerade woanders", gab er zu, dankbar für die Unterbrechung. Milchbartbubi visierte inzwischen über die Spitze des Montblanc fasziniert Melissas Ausschnitt an und schien sein Buchprojekt vergessen zu haben. Vielleicht würden mehr tiefere Dekolletés so manches schlechte Buch verhindern, dachte Landorff kreativ.

„Kommst du mit mir zur zweiten Buffetschlacht?"

Melissas dunkelbraune Augen sahen ihn erwartungsvoll an, bevor sie Milchbubi samt weiblicher Entourage in einem einzigen abschätzigen Rundum-Blick auf die hinteren Plätze der Schöpfung verwies.

„Oder machst du hier einen auf Kindergarten?"

Der Montblanc zeigte noch immer auf den Designer-Kronleuchter, als Landorff seinen Arm demonstrativ um Melissa legte und sie sanft in Richtung Buffet schob. „Der will auch ein Buch schreiben …“, weihte er Melissa in seine neuesten Erkenntnisse ein.

„Wird wahrscheinlich ein Aufsatz, nein, eher eine Kürzestgeschichte“, winkte sie ab und betrachtete interessiert den Rehrücken auf Orangenschaum. „Wenn überhaupt …“

„Sein Vater …“, begann Landorff.

„… hat das Buffet geliefert“, vollendete sie lakonisch. „Metzgermeister Zahlmann. Deshalb hängt sein Spross hier ab.“

„Der Möchtegern-Literat ist der junge Zahlmann?“, entfuhr es Landorff. „Der trägt sonst blutigen Kittel und hat seine Hände bis zu den Ellenbogen im Wurstbrät?“

„Kennst du eigentlich irgendjemanden hier, den Gastgeber und mich ausgenommen?“, mokierte sich Melissa und drückte Landorff einen Teller in die Hand. „Oder bist du nur wegen des Essens hier?“

„*Touché, ma chère*“, gab Landorff grinsend zu und lud sich zwei Scheiben Hirschschinken mit Preiselbeergarnitur auf Pfifferling-Mousse auf. „Und den Gastgeber kenne ich nicht. Aber er kennt offenbar mich.“ Gefolgt von Forellenfilet mit Meerrettichsahne. „Außerdem hatte ich heute Abend sowieso nichts anderes vor“, verteidigte er sich lahm.

„Welch’ Glück für uns alle, und vor allem für Winter“, ätzte Melissa, „der wüsste sonst sicher nicht, wohin mit den Fressalien. Ich dachte, du schreibst an deinem neuesten Thriller?“

„Da halte ich es genauso wie ein Freund von mir, der nach fünf Uhr nachmittags nichts mehr isst“, dozierte Landorff, während seine Hand über dem Brötchenangebot schwebte wie ein zögerlicher Geier. „Außer, das Gelage wird von jemandem anderen bezahlt, dann schlemmt er wie ein ausgehungerter Hugenotte. Der er im Übrigen auch ist.“

Melissa ließ nicht locker. „Jetzt schweif nicht ab. Wie weit bist du jetzt mit dem nächsten Buch?“

„So ziemlich mittig“, antwortete Landorff locker. „Ich erinnere mich nicht mehr an den Anfang, dafür liegt das Ende noch völlig im Dunkeln.“

„Sag mal, hast du nur getrunken oder auch etwas geraucht?" Melissa kniff ihre Augen zusammen und betrachtete Landorff forschend. „Der Schwarze Afghane tut dir nicht gut." Dabei streckte sie ihre Hand aus, trat zwei Schritt zur Seite und drängte so unerbittlich eine übertrieben geschminkte Blonde Mitte fünfzig in trägerlosem Kleid und daher mit haltlosem Busen ins Mehlspeisen-Aus.

„Hast du überhaupt schon einen Verlag?", setzte sie nach, ohne Landorffs Antwort abzuwarten. Der brummte Unverbindliches vor sich hin. „Ich möchte heute über gewisse Themen nicht reden", raunte er ihr zu. „Schon gar nicht angesichts der kulinarischen Verlockungen, die vor mir liegen."

„Heyiiii! Siiieeee!", wagte es die Blonde, sich aufzuregen, während Melissas Ellenbogen sie eisern auf Distanz hielt.

„Sie werden es noch erwarten!" Melissa musterte sie kühl von oben bis unten. „Oder stehen sie auf hormonverpestete Putenfilets auf Chemiesauce und über den Haufen geschossenes Rehkitz namens Bambi? Seien Sie froh, wenn ich Sie davor bewahre. Nehmen Sie lieber etwas von dem Schokopudding. Ist in Ihrem Alter viel leichter zu verdauen." Daraufhin griff sie ungerührt und vor allem ungestört weiter zu. „Also, nochmal – Verlag?", schoss sie sich weiter auf Landorff ein, doch der schüttelte nur stumm den Kopf.

Vollkornspitz oder besser doch Weizenbrötchen?

„Und dein Agent? Schläft der nur oder wacht der auch mal auf?", setzte sie nach. „Wovon lebt der eigentlich? Weil von deinen Honorar-Prozenten kann der kaum seine Parkuhr bezahlen."

„Erstens, ja, üblicherweise hat er einen tiefen und festen Schlaf, und zweitens, von seiner reichen Frau."

Also Vollkorn, man muss ja etwas für seinen Stoffwechsel tun.

„Wo ist hier übrigens die Toilette?", fragte Landorff seine Begleitung unvermittelt.

„Wo das lauteste Stöhnen herkommt", kam die prompte Antwort.

„Hä?", machte Landorff und selbst die Blonde, inzwischen wieder mit normaler Gesichtsfarbe, schaute Melissa mit großen Augen und offenem Mund an und vergaß ihre Vorspeisen.

„Der einzige Platz, wo hier ungestört gevögelt werden kann", erklärte Melissa ungerührt. „Winter hat vorsichtshalber das halbe obere Stockwerk gesperrt. Im letzten Jahr …" Ihre Stimme versickerte, während sie einer alten Freundin, die zufällig am Buffet vorbeirauschte, Bussi-Bussi auf beide Wangen hauchte und ein bemühtes Lächeln hinterherschickte. „Im letzten Jahr hat er angeblich ein gebrauchtes Kondom in seinem Zahnputzglas gefunden."

Der Weißblonden fiel klirrend die Gabel aus der Hand, während ihre Wangen wieder röter und ihre Ohren immer länger wurden.

„Von den getragenen Dessous, die überall herumlagen, und der Sauerei in der Badewanne ganz zu schweigen." Melissa schaute Landorff wissend an. „Von den seltsamen Flecken an den Fenstern will ich jetzt auch nicht reden. Also – plane voraus, die Toilette ist begehrt."

„Irgendwie ist es mir gerade vergangen", stellte Landorff fest. „Vergiss es. Kann sicher warten bis zu Hause."

„Suchen wir uns ein ruhiges Plätzchen zur Nahrungsaufnahme", beschloss Melissa schließlich, balancierte geschickt Teller und Besteck und einen kleinen Salat, während sie sich suchend umschaute.

„Garten?", schlug Landorff vor.

„Nichts da", schüttelte Melissa energisch den Kopf. „Mücken-Brutstation, ein Teich grenzt ans Grundstück und ich möchte etwas *essen*, nicht auf dem Speiseplan der halben Insektenwelt stehen."

„Punkt für dich", musste er zugeben. „Wo bleibt denn deine sprichwörtliche Vorbereitung? Hast du diesmal kein Autan dabei?"

„Stinkt wie Iltis", hakte Melissa diesen Punkt ab. „*Odeur du malheur*. Da kann ich mir gleich mein Douglas-Abonnement sparen. Nichts da, wir bleiben drin." Schon segelte sie davon wie ein Teeclipper auf Heimatkurs, umschiffte Milchbubi samt Anhang ohne einen Blick an den Juniormetzger zu verschwenden. Aber Landorff bemerkte, wie ihr Po mit einem Mal Samba tanzte, als sie sicher war, dass Zahlmann junior ihr nachblickte.

„Also, nochmal. Was ist mit deinem Agenten?", stieß sie nach, als beide sich auf dem Sofa im makellos weißen Wohnzimmer – weiße Bodenfliesen, weiße Wandbespannung, weiße Möbel, weiße Leinwände, weißes Alles – ein Plätzchen erkämpft hatten.

„Was soll mit ihm sein? Er tut seit eineinhalb Jahren genau nichts", brummte Landorff unwillig. Der Lachs schmeckte edel. Vielleicht ein bisschen zu viel Füllung in den Röllchen. Und ein Hauch zu wenig Dill. Landorff spürte, wie seine miese Laune aus den Tiefen des Ignorierens heraufstieg. „Ich hab schon mehr als vier Monate nichts von ihm gehört. Zuletzt schrieb er einen Ansichtskarte aus Marrakesch."

„Tourt der mit Edathy durch Marokko? Arbeitet an dessen heißer Biografie?", wollte Melissa gnadenlos wissen. „Wozu hast du den Typen eigentlich?"

„Gute Frage. Ich hab gerade den Vertrag gekündigt. Bringt sowieso nichts." Landorff attackierte den Rehrücken. Butterweich. Erschossenes Bambi hin oder her, dachte er genussvoll, Herr Salten, tut mir leid.

„Wie viele Bücher hast du bisher verkauft?" Melissa war auf Krawall gebürstet und wie immer gnadenlos.

„Über 100.000 in fünf Jahren", rechnete Landorff kurz nach. „Definitiv zu wenig für Verlage."

„Zu wenig??" Melissa schaute ihn ehrlich verblüfft an.

Landorff nickte stumm, während ein Pärchen an dem weißen Sofa vorbeizog. In einer Wolke von Parfum und wild gewordenen Hormonen. Sie, kaum volljährig und rollig wie eine Katze, trug ein Lederhalsband mit Hundeleine, ein enges schwarzes Top und einen Ledergürtel als Rock. Laut kichernd tänzelte sie wie eine Nachwuchs-Mata-Hari um einen glatzköpfigen Bodybuilder mit Hals-Tattoo, der grimmig und unbeeindruckt durch den Raum blickte und sich endlich in einen der herumstehenden weißen Lehnstühle fallen ließ. Als sie sich über ihn beugte, konnte jeder sehen, dass sie von Slips auf Partys nichts hielt.

„*Fifty shades of grey*?", fragte Landorff Melissa, die seinem Blick gefolgt war.

„Ach was, das Halsband kommt von Fressnapf und der Schlüpfer liegt sicher irgendwo im Obergeschoss“, lästerte sie.

„Ich dachte, das ist off-limits?“

„Das ist die einzige Tochter des Hausherrn, du Ignorant“, zischte sie zurück. „Shaneya Winter, achtzehn, dumm wie Stroh, gierig wie Paris Hilton, geil wie Lumpi und im Hauptberuf Tochter. Du kennst wirklich niemanden. Kein Wunder, dass sich deine Bücher nicht verkaufen.“

Landorff zuckte die Schultern und räumte konzentriert den Hirschen von seinem Teller. Die Preiselbeeren waren köstlich.

„Und jetzt?“ Melissa kaute mit vollen Backen wie ein Eichhörnchen im Nussrausch.

Landorff schaute sie fragend an, bevor er einen Blick in die Runde warf. Am Couchtisch zog sich inzwischen ein Typ mit eingefallenen Wangen mit einem Hunderter eine Linie rein und grinste die Welt danach dämlich an.

„Was heißt – und jetzt?“

„Naja, du hast keinen Agenten mehr“, erinnerte sie Landorff und verdrehte die Augen. „Niemanden, der in Verlagen den Fuß in die Tür stellt und den richtigen Leuten auf die Nerven geht, um deine Bücher unterzubringen.“

„In großen Verlagen gehen die Türen schon nicht mehr zu, weil sich die Massen da drängen, um ihren Fuß unterzubringen – und sei es in der Klotür.“ Landorff versuchte, den depressiven Unterton zu unterdrücken, doch es gelang ihm nicht.

„Naja, wenn der Verleger da gerade sein Geschäft verrichtet“, ätzte Melissa und putzte den letzten Rest Hirsch von ihrem Teller. „Andererseits ... wenn er jung und nett ist.“ Sie bekam einen träumerischen Blick, den Landorff nur zu gut kannte. Eine Mischung aus „Wow, ich will dich!“ und „Wo, sagtest du nochmal, sind deine Ferrari-Schlüssel?“.

„Wenn er jung und nett ist, dann hat er in einem der üblichen Verlage nichts zu sagen, weil er dann nicht auf einem der entscheidenden Posten sitzt“, gab Landorff trocken zu bedenken und riss sie damit aus ihren Tagträumen. „Jung und nett ist bei

Verlagen die Azubine der Assistentin der Presseabteilung. Achtzehn Jahre jung oder kurz drüber, süß und unverdorben und voller Tagträume. Sie darf noch keinen Kaffee machen, hat aber schon gelernt, die Bohnen und die Filter einzukaufen. Die sind so was von hilfsbereit und willig. Putzig geradezu. Mit steigendem Alter allerdings …"

„Hab schon begriffen", winkte Melissa ab.

„Dazu kommt die immer kürzer werdende Latenzzeit", setzte Landorff unerbittlich nach. „Wer länger als zwei Jahre in ein und demselben Verlag ist, der hat etwas zu verbergen, den Anschluss verpasst oder weiß, dass er – Verzeihung, sie – schwanger wird. Das alte Sprichwort ‚Man sieht sich im Leben immer zwei Mal' gilt nicht für die Verlagswelt. Da sieht man sich mindestens fünf Mal, wenn du es lange genug im Business aushältst. Wann immer du den Verlag wechselst, die üblichen Verdächtigen aus den Vorjahren, die dir damals die Nerven geraubt haben und dich knapp vor die Tür der Gummizelle gebracht haben, sind schon da. Sie sind aus der Schweiz nach Hamburg, nach München oder Berlin, nach Frankfurt oder Stuttgart gezogen, auf der Suche nach einem Bestseller oder einem Erfolgsautor, der sie endlich schwängert und somit aller Sorgen enthebt. Sie stehen in den Startlöchern, etwa als Leiterin einer Presseabteilung, die aus ganzen zwei Leuten besteht, und prahlen mit einer Visitenkarte, auf der ‚CEO Öffentlichkeitsarbeit' prangt. Wenn du jemals etwas brauchen solltest, dann sind sie gerade in einem Meeting oder auf dem Sprung nach Barcelona oder sie kennen dein Buch gar nicht. Haben es nie gelesen, sprechen aber gut davon. Doch Presse ist nicht alles. Da gibt es noch die Marketing-Fachfrau und die Lizenzhändlerin, die Sekretärin oder die Assistentin der Assistentin. Oder die geile Azubine …"

„Du sprichst immer nur von Frauen!"

„49 Frauen und ein Mann – der übliche Schnitt der Verlagspopulation", gähnte Landorff und überlegte, einen Nachtisch anzudenken. „Und die meisten sind – oh wunderbarerweise – im gebärfähigen Alter. Also werden Presseabteilungen geschlossen schwanger", resümierte er aus Erfahrung und musste schmunzeln. Von ein und demselben? Oder schwanger und deshalb geschlossen?

Egal.

„Jetzt übertreibst du aber“, Melissa sah ihn missbilligend an.

„Was weißt du schon?“, gab Landorff herausfordernd zurück. „Du mit deinen noblen Kunden aus Industrie und Hochfinanz. Die haben einen komplizierten Ausleseprozess hinter sich, Job-Interviews und Eignungstests, Prüfungen und Staatsexamen an Hochschulen, sauteuren Privatinstituten oder Universitäten, danach Praktika in internationalen Unternehmen. Die haben sich hochgearbeitet durch Bürofluchten und Elite-Seminare, haben ihre Ellenbogen eingesetzt und ihre Moral vergessen, Netzwerke an Universitäten und in Schweizer Internaten gesponnen, den richtigen Clubs angehört. Recherchiere doch mal den Background des gängigen Verlagspersonals! Über Annahme eines Manuskripts oder dessen Ende im Papierkorb entscheidet manchmal nur die Stimmung der Sekretärin des Verlegers.“

Melissa blickte nachdenklich der Tochter des Gastgebers hinterher, die sich anschickte, in den Pool zu springen.

Herrschaften, wie witzig, dachte Landorff. Es war an der Zeit, zu verschwinden. Jetzt rutschte das hier auf „Berlin Tag und Nacht“-Niveau ab. Der Orang-Utan mit dem Hals-Tattoo machte schon mal den Oberkörper frei und schaute in die Runde wie Schwarzenegger auf der Suche nach einer neuen Putzfrau, bevor er in Richtung Poolrand joggte.

„Ich mach das!“ Melissa klang mit einem Mal völlig entschlossen. „Ab jetzt mach ich das.“

„Was? Angezogen in den Pool springen? Dann kenn’ ich dich nicht mehr! Das haben wir schon in den späten 1970ern als reaktionär abgewählt.“

Aus den Augenwinkeln erkannte Landorff den Gastgeber, der im letzten Moment mit festem Griff seine Tochter am Oberarm packte und sie glücklicherweise an der Verschmutzung des gechlorten und kristallklaren Wassers hinderte. Winter Senior sah ganz und gar nicht erfreut aus und blickte sich suchend nach der männlichen Begleitung seines missratenen Nachwuchses um.

„Blödmann! Vergiss den Pool! Ich werde deine Agentin. Wäre doch gelacht!"

Landorff war plötzlich gar nicht mehr zum Lachen zumute. „Du? Aber du …", stotterte er.

„… kannst das mindestens genauso gut wie andere, wolltest du sagen. Wenn nicht besser. Und nichts ‚aber'!", beschloss Melissa die Diskussion, die kaum erst begonnen hatte. „Ansichtskarten aus Marrakesch kann ich dir auch schreiben, wenn du willst sogar aus einem Bergnest in Slowenien oder einer chinesischen Provinzstadt. Wenn dich das inspiriert."

„Es inspiriert mich nicht", zischte Landorff bissig zurück und blitze sie an. „Du hast eine Werbeagentur, wenn ich dich daran erinnern darf, und keine Literaturagentur. Zwischen der Verpackung der lila Kuh und meinen Thrillern ist zumindest intellektuell gesehen noch ein kleiner Unterschied."

„Sehe ich nicht so. Sei nicht kleinlich", grinste Melissa, „außerdem – was hast du schon zu verlieren? Du hast keinen Agenten, keinen Verlag für dein nächstes Buch und hängst also zwischen allen Stühlen. Du kennst keine Prominenten, kannst in den letzten zehn Jahren keinen Skandal vorweisen und prügelst dich nicht auf den Titelseiten dieser Republik. Du bist unbekannt, uncool und uninteressant. In der Klatschpresse bist du so namenlos wie der Sekretär von Berlusconi", fuhr Melissa gnadenlos fort, „oder hat der eine Sekretärin? Deine Bücher werden unglücklicherweise tatsächlich gelesen und nicht gesammelt oder zum puren Angeben in Regale gestopft. Man schätzt sie, bewertet sie mit 4 ¾ Sternen, weil sie sich an Menschen mit Hirn wenden. Schon verloren, Herr Autor. Was erwartest du eigentlich?"

Landorff verkniff sich eine Antwort. Eigentlich erwartete er nichts mehr. Er spürte die große Depression am Horizont seines Gefühlslebens heraufziehen.

„Also werden wir das jetzt mal professionell in die Hand nehmen." Melissa akzeptierte keinen Widerspruch. „Komm morgen um zehn in mein Büro in Schwabing. Das andere in der Innenstadt wird gerade renoviert. Bring deine letzten Bücher mit, einen Lebenslauf und ein paar Stunden Zeit."

„Ich kann mir dich nicht leisten", wagte Landorff einen Einwurf. „Ich bin weder die Commerzbank noch Lindt, Nestlé oder einer der asiatischen Elektronik-Riesen. Ich bin ein in Ehren verarmter Autor."

„Weiß ich, weiß ich", nickte Melissa, schob den Teller zur Seite und sprang auf. „Genau das wollen wir ja ändern." Sie rieb sich die Hände. „Winter war übrigens auch mein Kunde, bevor er in Geld ersoff wie Onkel Dagobert in seinem Speicher. Ach ja – und Heino steht nach wie vor auf meiner Kundeliste. Und das musst selbst du zugeben – der Trick mit dem Hardrock-Heino war genial."

Landorff schaute Melissa mit offenem Mund an, während sie gewinnbringend lächelnd in Richtung des Hausherrn blickte, der mit wehendem Schal seine Tochter an der Hundeleine in Richtung Obergeschoss zerrte, während der Gorilla mit gerunzelter Stirn wortlos brav hinterhertrabte.

„Heino?", gurgelte Landorff überrascht, „Heino? Der aus der Rentnerband? Der ist auch dein Kunde? Das mit dem blonden Leder-Grufti und den Hardrockern beim Wacken-Open-Air, das warst *du*?"

„Ja, und mach den Mund wieder zu, damit siehst du nicht besonders intelligent aus", bemerkte Melissa wie nebenbei. „Mit dem Reichtum Winters und dessen Abgang ist jetzt ein Platz frei geworden und den wirst du einnehmen." Sie legte ihre Hand unter Landorffs Kinn. „Kopf hoch! Akzeptiere es als eine gute Tat meinerseits, das karitative Werk eines Mäzens, eine großzügige Spende an den Künstler in dir. Oder soll ich mich lieber um Zahlmann junior kümmern?", kicherte sie wie ein Schulmädchen, rückte den BH zurecht und zog die Brauen hoch. „Ich verspreche dir, den stecke ich morgen nackt in eine Zwangsjacke, deponiere ihn am blauen Sofa, lass die olle Heidenreich auf ihn los und bringe seinen Nonsens auf die Spiegel-Bestsellerliste."

Das gab den Ausschlag. „Ich bin morgen pünktlich bei dir", grummelte Landorff und merkte zu spät, dass sie seine Antwort nicht abgewartet hatte, sondern bereits mit schwingenden Hüften den Pool umrundete, um sich charmant lächelnd bei einem grauhaarigen Paten mit später Marlon-Brando-Figur einzuhängen, den Landorff noch nie in seinem Leben gesehen hatte.

2. Die Agentur

Es gibt Häuser, die man gerne selbst hätte, dachte Landorff und blickte an der Fassade hoch. Dann gibt es solche, die bleiben für immer Traumhäuser und man weiß es. Weil sie einfach eine Nummer zu groß, einen Tick zu weit weg oder schlicht und einfach bereits seit Generationen in ein und derselben Hand sind. Und schließlich sind da noch Häuser, die man mit offenem Mund bestaunt, völlig hin und weg ist, aber die man nicht haben will, weil die monatlichen Nebenkosten jenen Kleinkredit verschlingen, den man sowieso nicht bekommt.

In einem Palast der letzten Kategorie lag das Büro von Melissa Warttemberg. Die Mischung von alter Bausubstanz mit Glas, Edelstahl und Sichtbeton trug die Handschrift eines prominenten Architekten, der sonst nur Regierungsgebäude oder Nobelhotels konzipierte, aber eine Ausnahme machte, wenn man ihn persönlich kannte, auf Knien die Stufen zu seinem Büro hochrutschte und dabei noch das nötige Großgeld vor sich her schob.

Das Penthouse mit Blick auf halb Schwabing, inklusive des Englischen Gartens als grünem Fußabstreifer, wurde wohl als Perle in der silbernen Auster konzipiert. Als Landorff aus dem Fahrstuhl ausstieg und vor dem atemberaubenden Ausblick durch die Panoramascheiben stand, hatte er das Gefühl zu schweben und ihm fehlten die Worte. Vor allem, als sein Blick auf den ausladenden Empfang fiel, wo zwei ehemalige Miss-World-Kandidatinnen um die Wette lächelten – gleich neben einer lebensgroßen Pappmascheefigur von Heino, die schwarz behandschuhte Faust mit dem Mikrofon angriffslustig vorgestreckt.

„Guten Morgen", flötet eine der beiden. „Sie werden erwartet?"

Landorff nickte und bemerkte den Restalkohol, der seinen Kopf schwer machte und träge in meinem Gehirn hin und her zu schwappen schien.

„Ich komme zu Melissa … ich meine Frau Warttemberg. Wir haben einen Termin um zehn."

„Ooh, dann haben Sie ja noch ein wenig Zeit", hauchte die Grazie nach einem kurzen Blick auf ihre Armbanduhr. „Möchten Sie inzwischen einen Kaffee?" Sie wies auf eine riesige Ledergarnitur, die für ein Sit-in gereicht hätte.

„Schwarz, stark, heiß und groß", regte Landorff an, worauf ihn die Empfangsdame anstrahlte und begeistert nickte. „Kommt sofort!"

Wer allerdings tatsächlich sofort kam, war Melissa, in schickem Business-Kostüm und trendigem tibetanischen Schal. Wahrscheinlich ein Geschenk des Dalai Lama und signiert, vermutete Landorff insgeheim.

„Du bist ja schon da!", wunderte sie sich, betrachtete misstrauisch die große Sporttasche in Landorffs Hand und schob ihn unzeremoniell durch die Glastür in Richtung Allerheiligstes. „Immer geradeaus. Bist du noch lange auf der Party geblieben?"

„Nur bis die beste Whisky-Flasche leer war", meinte Landorff und verzog das Gesicht. Die Kopfschmerzen setzten ein. „Bin im Garten zu einer Runde von Wissenschaftlern gestoßen, die sich über irgendwelche unbekannten Krankheiten unterhalten haben. Meist auf Latein. Hat mich aber nicht gestört, da trinkt es sich ruhiger. Und du?"

„Ich bin nach einem interessanten Gespräch mit dem Innensenator so schnell wie möglich verschwunden. Wusstest du, dass die Stadt eine Imagekampagne plant?" Melissas Lachen war ansteckend. „Wir haben noch schnell ein Brainstorming vereinbart, bevor Winter mich nach Hause gebracht hat. Ich denke, der ganze Auftrieb ging ihm auf die Nerven und er nahm einen Kurzurlaub von seiner eigenen Party."

„Hatte er da sein Töchterchen schon wieder unter Kontrolle?"

„Ich vermute, er hat sie eingesperrt, den Schlüssel weggeworfen und den Gorilla in den Zoo zurückgeschickt", lachte Melissa und mit einem Blick auf meine Sporttasche: „Gehst du nachher zum Training?" Sie stieß die Tür zu ihrem Büro auf, das die Ausmaße einer Junggesellenwohnung hatte.

„Nichts liegt mir ferner", brummte Landorff und ließ die Sporttasche auf den ovalen Sitzungstisch fallen. „Ich halte es mit

Winston Churchill: Sport ist Mord. Lass dich nicht von der Verpackung täuschen. Du wolltest meine Bücher, nun, hier sind sie. Außerdem der Lebenslauf, ein Interview, Zeitungsausschnitte, alles wie gewünscht."

Ein wenig stolz holte er die Schmöker aus der Tasche und baute einen Stapel von 4600 Seiten auf.

„Soll ich das alles lesen?", fragte Melissa verwundert und wog das oberste Werk in ihrer Hand. „Fast ein Kilo Papier für ..." – sie ließ die letzten Blätter durch ihre Finger gleiten – „... 804 Seiten. Das muss alles kürzer werden."

Der Thriller knallte zurück auf die Tischplatte.

„Wer hat heute noch so viel Zeit? Zwischen Blog und Twitter, Facebook und Xing, SMS, Kik, YouTube und Google News soll ich noch 804 Seiten lesen? Vom Fernsehen ganz zu schweigen ..."

„Sag mal, musst du mir jeden Tag eine Depression stricken?", ärgerte sich Landorff und legte auch noch die drei Taschenbücher auf den Stapel. Fast ein Laufmeter Geschichten, dachte er, viel Arbeit in den letzten neun Jahren.

„Beängstigend", meinte Melissa kopfschüttelnd. „Da liegt noch viel Arbeit vor uns."

Der Kaffee wurde serviert und die Empfangsdame stellte unaufgefordert eine Kanne Früchtetee daneben, dann noch Plätzchen und einige Sandwiches.

„Wie meinst du das?", erkundigte sich Landorff, während er andächtig das tiefschwarze köstliche Gebräu schlürfte.

„Literatur muss heute leicht konsumierbar sein", begann Melissa, „egal, was es ist oder worum es sich dreht. Kurz, prägnant, klipp und klar, einprägsam. Ideale Seitenanzahl 180 bis 220, in U-Bahn-fähige Abschnitte eingeteilt."

„Häh?"

„Fünf Stationen à drei Minuten ergibt maximal eine Viertelstunde", erklärte Melissa geduldig. „Länger fahren nur Pendler. Und die spielen meist auf ihrem Handy und lesen keine Schinken, schon gar nicht so schwere Hardcover. Wie soll man die überhaupt transportieren? Handtaschen sind groß, aber bereits überfüllt mit allem, was frau so tagsüber braucht. Inklusive kleiner Zwischenmahlzeiten. Und Männer schauen sowieso eher Bilder an. Wenn die wirklich lesen, dann muss es um spärlich bekleidete Frauen, schnelle Autos oder Hardcore-Grillen, Fußball und eiskaltes Bier gehen. In dieser Reihenfolge. Oder?“ Sie zog spöttisch die Augenbrauen hoch und sah Landorff fragend an.

„Was in deinen Büchern ja wohl nur am Rand der Fall ist“, schloss sie messerscharf.

„Ja, aber meine Geschichten sind nun mal lang und können nicht auf ein paar Seiten erzählt werden“, wagte Landorff einen Einwurf.

„Papperlapapp, jede gute Geschichte kann in einem Satz zusammengefasst werden.“ Melissa schnupperte an den Sandwiches. „Außerdem kommt es sowieso nicht darauf an, was genau zwischen den beiden Buchdeckeln steht, sondern darauf, wie gut man es verkauft. Es ist ein Spiel mit einfachen Regeln. Hier gewinnt der, der am meisten Bücher unters Volk gebracht hat. Und nicht der, der mit fliegenden Druckfahnen intellektuell gut aussehend untergeht.“

„Du meinst, egal was für ein Blödsinn, Hauptsache die Werbekampagne stimmt?“ Landorff war knapp davor, seine Bücher wieder in der Sporttasche zu verpacken und gebückt nach Hause zu schleichen.

„Soll ich dir Beispiele nennen oder kommst du selbst drauf? Jeden Tag erscheinen Machwerke, die die Welt nicht braucht, die aber trotzdem in sechsstelligen Auflagezahlen verkauft werden.“ Mit spitzen Fingern deutete Melissa auf den Bücherturm. „Dein Ansatz ist komplett falsch und das müssen wir ändern. Damit beginnen wir.“

Es klang final, unabwendbar und Landorff fügte sich in sein Schicksal. „Wie stellst du dir das vor?“

Melissa blieb ihm die Antwort schuldig und fragte stattdessen: „Hast du deinen Lebenslauf mitgebracht?“

Er schob ihr das Blatt über den Tisch zu und seufzte leise. „Der wird dich nicht wirklich begeistern, das weiß ich jetzt schon. Zu wenig Skandale, keine Vorstrafen, abgeschlossene Schule, ja ich habe selbst brav den Dienst beim Heer abgeleistet und war nicht aktiv in der Friedensbewegung …"

„Damit lässt sich kein Staat machen", bestätigte Melissa unerbittlich, nachdem sie die Seite überflogen hatte. Die Liste segelte auf die Tischplatte. „Eklige Drogen? Publikumswirksame Verhaftungen? Skandalöse Schlagzeilen? Schmutzige Fotos? Ein Harem, über mehrere Länder verstreut? Uneheliche, kiffende Kinder? Insolvenz und Gerichtsvollzieher?"

Landorff schüttelte nur stumm den Kopf.

„Du machst es mir nicht leicht. Also müssen wir improvisieren und etwas aus dem Boden stampfen. Du brauchst eine neue Vita."

„Was ist so schlecht an der alten?", wagte er einen matten Einwurf. „Die begleitet mich jetzt schon fast fünfzig Jahre lang. Gute Schulbildung, Studium, Ausbildung zum Journalisten, Job bei einer Nachrichtenagentur, beim Fernsehen und und und ..."

„Das reißt keinen vom Hocker, das ist langweilig, alltäglich, nicht bunt genug für einen Bestsellerautor."

„Ich kann ja nicht …"

„Du kannst!", unterbrach ihn Melissa bestimmt und griff nach dem Telefon. „Und außerdem ist dein Outfit grottig. Petra? Kannst du bitte mal raufkommen?"

„Was heißt hier grottig?", erkundigte sich Landorff pikiert. „Was stört dich an meiner Kleidung? Und wer ist Petra?"

„Petra ist meine Spezialistin fürs Aufbereiten von Lebensläufen", meinte Melissa, als wäre es das Natürlichste der Welt. „Du glaubst ja gar nicht, was sich alles so aus der Vergangenheit von Menschen machen lässt, wenn man nur ein wenig sucht. Und ein wenig … anders bewertet, umschreibt oder übertreibt." Sie lachte. „Gilt für Firmen übrigens genauso. Wer will schon wissen, dass der Wert der Aktien seit Monaten auf Talfahrt ist? Klingt da Konsolidierung nicht besser? Oder Marktbereinigung?"

„Verstehe", murmelte Landorff griesgrämig.

„Aber grottig heißt trotzdem grottig." Melissa mustert ihn von oben bis unten. „Du brauchst einen unverwechselbaren Stil und nicht dieses Kik-Desaster."

„Lindenberg-Hut, maßgeschneiderter Kilt und Laufschuhe in pink?“, schlug Landorff stirnrunzelnd vor.

„Gar keine schlechte Idee, wenn wir das Darunter weglassen, ganz in der Tradition der Schotten, und du lässt dich von ein paar Paparazzi beim Aussteigen aus dem Auto fotografieren wie Paris Hilton.“ Melissa machte sich ein paar Notizen.

„Vergiss es!“, zischte Landorff und bereute augenblicklich seine blöde Bemerkung von vorhin. In diesem Moment schwang die Tür auf und die Lebenslauf-Fälscherin, wie er die ominöse Petra insgeheim getauft hatte, schwebte ins Büro. Langbeinig und schlank konnte sie auch als Besitzerin eines Schönheitssalons in der Münchner Innenstadt durchgehen. Brille, kurze Haare, Hosenanzug von Zara und High Heels, die Landorff schon beim bloßen Hinsehen Fußschmerzen verursachten.

Ihr strahlendes „Hallo!“ inmitten einer dezenten Parfümwolke war entweder perfekt einstudiert oder angeboren, dachte Landorff. Auf jeden Fall hinreißend.

„Wir haben hier ein neues Projekt, Petra, und das erfordert unsere gesamte Aufmerksamkeit. Herr Landorff ist Thriller-Autor.“ Melissa deutet auf den Bücherturm. „Zu viele Seiten, mitreißende Geschichten, zu wenig Verkäufe, hilflose Ex-Agenten, desinteressierte Verlage.“

Ich hätte es in dieser Kürze nicht besser auf den Punkt bringen können, dachte Landorff und sein Selbstbewusstsein sank.

Petra hingegen lächelt wissend und nickte verstehend.

„Nachdem wir Winter nun wegen plötzlichen Reichtums als Kunden verloren haben, wenden wir uns der ‚Operation Bestseller‘ zu.“ Melissa kicherte, als hätte sie einen ganz besonders fiesen Streich ausgeheckt. „Wir ziehen alle Register. Ich möchte, dass du einen attraktiven, pressefähigen Lebenslauf erarbeitest, dann einen Schlachtplan für die nächsten Monate inklusive Interviews in Funk und Fernsehen, mögliche Skandale, Auftritte bei Talkshows, das ganze Pipapo. Wir brauchen ihn auf Fotos mit Prominenten, also kümmere dich um die besten Partys. Söder, Maschmeyer, Helene Fischer, atemlos durch die Nacht, du weißt schon. Und engagiere die richtigen Fotografen dazu.

Überleg dir Schlagzeilen, rede mit der *SZ* und der *Abendzeitung* und der *Morgenpost* in Berlin. Die schulden uns noch was nach der letzten Anzeigenkampagne der Stadt. Ich will das ganze Programm und ich will es schnell."

Mit spitzen Fingern reichte Melissa den Lebenslauf, das Interview und Landorffs Mappe mit Presseausschnitten an Petra weiter. „Wenn du damit fertig bist, dann lass das in einer der untersten Schubladen verschwinden, meine Liebe. Ich nehme ihn jetzt mit zum Shoppen."

„Zum Shoppen? Kannst du dir deine Schuhe nicht allein kaufen? Ich habe heute noch was vor!", beschwerte sich Landorff.

Melissa strafte ihn mit Nichtbeachtung.

„Ach ja, und – Petra!?" Ihre Stimme holte die Profil-Spezialistin aus dem Flur zurück, bevor sich die Tür ganz geschlossen hatte. „Wir brauchen einen neuen Namen, ein Pseudonym. Mit Michael Landorff am Einband kann man keine Bestseller schreiben. Das klingt nach Mönch oder Landluft. Französisch wäre nicht schlecht, vielleicht ein ‚Von' irgendwo in der Mitte." Sie legte den Finger auf die Lippen und hypnotisierte kurz den Plafond. „Wie wäre es mit Michel de Gilles?"

„Ist notiert!", nickte Petra begeistert. „Michel wie Michael, klingt aber weltgewandter. Land ist zwar nett, aber bringt nichts, Dorff lassen wir einfach weg. Braucht keiner und klingt außerdem provinziell und nach plattem Land und Hinterhof. Michel de Gilles. Super!"

„Michel de Gilles? Das kann keiner aussprechen!", protestierte Landorff. „Außerdem war ich mit meinem Namen immer ganz zufrieden!"

„Häagen Dazs kann auch keiner richtig aussprechen", konterte Melissa unerbittlich. „Heißt nichts, ist purer Nonsens, schwer zu schreiben und noch schwerer zu buchstabieren. Ist trotzdem ein Hunderte-Millionen-Dollar-Unternehmen, Filialen auf der halben Welt, überbezahltes Eis, das sich direkt auf die Hüften schlägt wie frisch gefallener Neuschnee. Noch Fragen, Kienzle?"

„Hab mich lieb, Hauser", brummte Landorff verdrießlich. „Wenn ich genauer nachdenke, dann will ich keine Agentin."

„Wer fragt dich?", konterte Melissa unerbittlich. „Willst du reich und bekannt werden oder nicht?"

„Oder nicht."

„Zu spät, und jetzt gehen wir shoppen", entschied die neugebackene Agentin und schob Landorff erbarmungslos durch die Bürotür. „Manschettenknöpfe mit dem Monogramm M. d. G. kommen sicher gut an."

„Ich trage keine Manschettenknöpfe, sondern sportliches Kurzarm, T-Shirt und Kapuzenjacke!"

„Und all das werden wir jetzt ändern und sei froh, wenn es dabei nur um Manschettenknöpfe geht." Melissa grinste schadenfroh und drückte den Liftknopf. „Wie denkst du eigentlich über Hanf? Cannabis? Einen Joint?"

„Hab noch nie Drogen genommen", schüttelte Landorff den Kopf. „Ich bin Motorradfahrer seit früher Jugend, das reicht für gelegentliche Adrenalin-Stöße."

„Das ist schon mal nicht schlecht, darauf können wir aufbauen", gab Melissa zu. „Fierek fährt medienwirksam Harley, für dich müssen wir etwas anderes finden."

„Ich hätte da alte japanische Rennmotorräder im Angebot", versuchte es Landorff. „Ich restauriere sie, und wenn ich damit fertig bin, dann sehen sie aus wie aus dem Laden. So gut wie neu."

„Ein Ratbike wäre mir lieber", dozierte Melissa, „du weißt schon, so ein runtergerocktes Häufchen Schrott, mit Rost überall und Grasbewuchs am Tank. Oder ein Straßenkreuzer, in den Elvis mal seinen Kaugummi geklebt hat, bevor er seine Lolita vernaschte. Wenn geht mit Zertifikat und allen Stempeln." Melissas Augen bekamen einen träumerischen Ausdruck. „Oder ein Auto von Steve McQueen ..."

„Klar, dann bräuchte ich keine Bücher mehr zu schreiben, um zu überleben", murmelte Landorff. „Dann würde ich den Schlitten versteigern lassen und mit dem Zaster den Rest meiner Tage in der Toskana die Sonne und die italienische Küche anbeten."

Melissa blieb stehen, als sei sie gegen eine Betonwand gelaufen.

„Du – schreibst – nicht – um – zu – überleben!“

Ihr Zeigefinger mit dem langen, manikürten Nagel spießte fast Landorffs Nase auf.

„Das will ich nie wieder hören! Du schreibst, weil du inspiriert bist, weil ein ständiger, nie versiegender Strom von zündenden literarischen Ideen dich überschwemmt und du es einfach rauslassen musst! Weil du gar nicht anders kannst! Weil deine gedrechselten Sätze in die danach lechzende Menge geschleudert werden müssen. “

„Ich kann nicht anders?“, wunderte Landorff sich. „Wenn du wüsstest …“

„Will es gar nicht wissen!“ Sie funkelte ihn an. „Kein Mensch will hören, dass du kein Geld hast, dass du für so etwas Banales wie Kohle, Mäuse, Penunze schreibst. Ein Autor schwebt für sein Publikum entweder in höheren, unerreichbaren Sphären für sein Publikum, oder er schreibt nebenbei an seiner chronique scandaleuse. Aus dem Handgelenk, quasi. Wie Casanova oder die Katzenberger oder Miley Cyrus …“

„Die kann auch schreiben?“ Ein stechender Blick von Melissa ließ ihn verstummen.

„… oder Charlotte Roche.“

„Nicht dieses Buch …“, knirschte er.

„… und es wurde ein Bestseller“, vollendete Melissa genüsslich. „Merke – warum, das ist völlig egal. Danach fragt im Nachhinein niemand mehr. Da winken nur mehr die schwarzen Zahlen auf dem Bankkonto freundlich wie die Teletubbies.“

Ein tealfarbiger Mini Cooper mit weißem Dach blinkte mit allen Lampen und hupte leise. Melissa glitt hinters Steuer.

„Feuchtgebete“, zischte Landorff angewidert.

„Schoßgebiete“, grinste Melissa fröhlich. „Ich bin gespannt auf ihr nächste Buch. Sie hat immer einen Skandal am Start, wenn eines ihrer Bücher erscheint“, gab sie zu bedenken. „Muss einen guten Agenten haben. Merke erneut – Rechtschreibung, Grammatik, Aufbau oder Dramaturgie sind für ein Buch völlig unerheblich. Um solche Kleinigkeiten kümmern sich Lektoren und deren Assistentinnen. Die schreiben im Ernstfall gleich in einem Rutsch die ersten drei Kapitel um. Aussehen des Autors, fiese Skandälchen, marode Familienbeziehungen, schlechtes Benehmen und Kleidung, über die man sprechen, schimpfen oder sich mokieren kann, das alles ist viel wichtiger als der Text, der zwischen den beiden Buchdeckeln geschrieben steht. Wichtiger als das Gedudel, das auf die CD gepresst wird. Denk drüber nach."

„So eher arroganter, weltfremder Künstlertyp mit weißem Schal und englischem Woll-Jackett?", versuchte Landorff zu punkten. „Das könnte sogar ich mir vorstellen…"

Melissa verzog angewidert das Gesicht. „Zu gestrig, nicht mal old school. Die gehörten in die letzten Jahrhunderte, heute zieht das nicht mehr. Das Klischee ist abgearbeitet. Voll uncool. Vorbei. Wie Drogen-Romane, Vampir-Geschichten, Zauberlehrlinge in der Pubertät, hausfrauliche Peitschen-Fantasien etc. Wer hätte schon im deutschen Sprachraum mit einem Zauberlehrling namens Harald Töpfer einen Baum ausreißen können? Keiner. Er wäre über das Stadium der Vorauslese bei seinem irritierten Agenten nicht hinweggekommen."

Bei Melissa klang alles … Landorff suchte verzweifelt nach dem passenden Wort.

„Und wenn doch, dann wäre der gute Harald endgültig an der Liga der überheblich verlegenden Gentlemen gescheitert und hätte mit Voldemort Murmeln spielen können bis zum Sankt Nimmerleinstag. Zauberlehrlinge waren seit Goethe und den mühsamen „Besen, Besen seid's gewesen" – Schulaufgaben mehr als out. Mega out! Noch megaer out!"

Melissa redete sich in Rage. Sie schien nach dem Ende der gestrigen Party noch Fleißaufgaben in Sachen Verlags-Recherche gemacht zu haben.

Der Mini raste die Leopoldstraße in halsbrecherischem Tempo stadteinwärts und Landorff fragte sich verzweifelt, warum heute hier kein Stau war. Wenn ich Gokart fahren möchte, dann gehe ich in den Wiener Prater, dachte er, da gibt es wenigstens keinen Gegenverkehr, während Melissa mit quietschenden Reifen in die Theresienstraße einbog.

„In Deutschland gibt es keinen Bestseller ohne passende Geschichte dazu, ohne brillanten Marketing-Coup, ohne handfesten Skandal. Möchtest du nicht am Jakobsweg sterben?"

„Hää?", entfuhr es Landorff und er ignorierte die beiden Rollerfahrer, die mit kühnem Schwung und geballter Faust um Haaresbreite der ballistischen Bahn des Mini auswichen. „Sterben?"

„Naja, du könntest ‚*Ich bin dann mal weg*' doch wörtlich nehmen", fuhr Melissa unbeirrt fort. „Auf dem Weg zu seinem innersten Ich traf ihn der Schlag kurz vor Burgos auf dem Pfad der Erkenntnis. Keine Angst, du musst nur die letzten Kilometer bis zum Sterbeort zu Fuß gehen. Werbewirksamer Hintergrund und ich schicke einen Fotografen vorbei. Und – tote Autoren verkaufen sich sowieso am besten. Nimm Stieg Larsson. Oder Agatha Christie, Edgar Wallace, Georges Simenon, Alistair MacLean, alles Dauerbrenner und dankenswerter Weise schon lange gestorben."

„Am Jakobsweg sterben …", flüsterte Landorff ergriffen. „Ich fasse es nicht. Bist du meine Agentin oder mein Totengräber?"

„Jetzt sei nicht heikel", wehrte Melissa halbherzig ab, „wir müssen alles durchdenken. Für den Klub 27 bist du sowieso schon zu alt. Leider."

„Klub 27? Ich kenne nur den Club 45 in der Wiener Innenstadt. Treffpunkt der sozialdemokratischen Prominenz in den 1970er-Jahren." Landorff schwirrte der Kopf. Das mit Melissa war vielleicht doch keine so gute Idee gewesen.

„Amy Winehouse, Jim Morrison, Jimi Hendrix, Janis Joplin, die Schlagersängerin Alexandra, Kurt Cobain und noch jede Menge anderer, du Ignorant. Sie starben mit 27 und blieben so für immer Legenden. Jung, gut aussehend und kreativ. *Live fast, love hard, die young.*"

„Ich bin auch kreativ", versuchte es Landorff lahm.

„Aber du lebst noch und das schon viel zu lange für den Elite-Klub", gab Melissa kalt zurück. „Das macht es deiner Agentin nicht leicht. Nur tote Dichter pfuschen ihren Agenten nicht mehr ins Handwerk. Denen kann man unwidersprochen alles anhängen, was medienwirksam Schlagzeilen macht. Und so die

Verkaufszahlen steigern. Also denk nochmal über das Sterben am Jakobsweg nach."

„Will ich nicht! Ich will aussteigen!", entschied Landorff. „Außerdem fährst du wie eine Irre. Du wirst uns noch umbringen!"

„Na und? Hast du Angst? Die Verkäufe deiner Bücher steigen ab morgen exponentiell und meine Agentur wird die bestgebuchte in ganz Deutschland. Opfer müssen gebracht werden", grinste sie und für einen Moment dachte Landorff, Melissa hätte den Verstand verloren.

„Allerdings müssten wir da etwas Spektakuläres inszenieren, etwa ich nackt hinter dem Steuer oder ..."

„Ich will kein Wort mehr hören!", unterbrach Landorff sie. „Ein Wunder, dass Heino noch lebt."

„Ihr alten Männer hängt immer so am Leben", gab Melissa vergnügt zurück, „wahrscheinlich, weil euch nicht mehr so viel Zeit bleibt. Aber wie ich sehe, ist die Botschaft angekommen. Wenn ich dich also leben lasse, dann sei dankbar und widersprich mir nicht beim Shopping. Unfälle können sich überall ereignen, auch in Umkleidekabinen."

Landorff klammerte sich mit beiden Händen an den Haltegriff und biss sich auf die Lippen. „Und das mit dem alten Mann verbitte ich mir!"

„Apropos Umkleidekabine – hast du schon mal ...?", begann Melissa.

„Nein!", unterbrach er sie entschieden, „Nein und ich denke auch nicht daran!"

„Spießer!", war alles, was seiner neuen Agentin dazu einfiel.

3. Der todsichere Plan

Zwei Stunden später war Melissa mit Landorffs Garderobe und seinen Outfits fertig. Die beiden balancierten Dutzende eleganter Tragtaschen in Richtung Mini. Landorffs innerer Buchhalter hatte längst aufgegeben und im Stillen die Privatinsolvenz angemeldet.

„Wie soll ich dir jemals wieder all das Geld zurückzahlen?“, fragte er, während Melissa ihm noch ein paar Tüten aufhalste, um nach ihrem Autoschlüssel zu kramen.

„Na, damit haben wir doch ein Ziel“, kicherte sie herausfordernd. „Wir sind sozusagen zum Erfolg verdammt. Vergiss nicht, ich bin mit 15% bei deinen Honoraren dabei. Bei allen!“

„Ich will jetzt gar nicht nachdenken, wie viele verkaufte Bücher das allein für die Hemden sein müssen“, schnaufte Landorff und lud die Rückbank voll. „Deine Petra hat hoffentlich einen ausgezeichneten Plan in der Hinterhand. Sonst hast du gerade Verlust gemacht.“

„Petra sieht zwar nicht so aus, aber sie ist mit allen Wassern gewaschen und mit allen Cremes gesalbt.“ Melissa stopfte ihren Teil der Einkäufe auf die Rückbank und startete die kleine Rakete auf vier Rädern. „Sonst wäre sie nicht mehr bei mir. Und was die Spesen für die Kleidung betrifft – die setzen wir sowieso ab. Ohne Hosen kannst du nun mal nicht auf Lesungen erscheinen, das muss jeder Steuerprüfer einsehen. Obwohl …“

„Das mit dem Kilt hatten wir schon abgehakt“, gab Landorff zu bedenken. „Und ob die zerrissenen Jeans so unbedingt zu mir passen, das weiß ich noch nicht. Das ist so … vordergründig. Wie gegelte Haare. Lässt immer auf eine jüngere Freundin schließen.“

„Schlecht? Besser als ’ne olle Schachtel. Alt bist du selbst.“

„Du tust mir sooo gut“, ätzte Landorff und ärgerte sich im Stillen, noch immer Angst vor einem Mord im Affekt zu haben. So lange können sie mich ja nicht mehr einbuchten, dachte er, vor allem, wenn man Melissa zuhört.

„Bisher war mein Leben ruhig, verlief in halbwegs überschaubaren Bahnen und es gab nur ab und zu ein Fiasko. Seit ich dich geschäftlich kenne, rausche ich von einer Depression in die nächste, setze mich mit meinem werbewirksamen Tod auf der Pilgerroute nach Santiago auseinander und ärgere mich mit dir darüber, dass ich noch lebe. Geht's noch?"

„Willkommen im wirklichen Leben eines Erfolgsautors!", verkündete Melissa feierlich. „Held der bissigen Sätze, Genie der geistreichen Redewendung, geschickter Wortedrechsler, tiefgründiger Traumdeuter, abgebrühter Silbenhändler, Meister der Hochspannung, gefühlstrunkener Philosoph. Was wärst du gerne? Wir schnitzen jede gewünschte Autorenpersönlichkeit aus dem vollen Holz der deutschen Sprache. Drechseln Gesamtkunstwerke der Literatenwelt, tageslichttauglich. Wir machen aus einem greisen Volksmusikanten im Handumdrehen einen ledernen Hardrocker, gefühlsecht und nochmal *forever young*. Und ja, mit Erfolg! Du hast unverschämtes Glück, weißt du das? Jetzt lass' dir noch etwas Originelles einfallen, die Uhr tickt!"

„Was heißt hier einfallen?", giftete Landorff zurück. „Ich hab mir jedes Jahr etwas einfallen lassen. Hast du die Sporttasche voller Bücher schon vergessen? Geschichten sind gekommen, haben sich auf meine Schulter gesetzt und mir ins Ohr geflüstert, haben sich mir anvertraut, um erzählt zu werden."

Melissa verzog das Gesicht und winkte ab. „Wir brauchen etwas Knackiges, Frisches, Sensationelles, Ausgefallenes, um es gigantisch gut verkaufen zu können. Keine müden Geschichts-Wichtel auf deiner Schulter."

„Hast du nicht selbst gesagt, es ist egal, was zwischen zwei Buchdeckeln gedruckt wird, wenn es nur geschickt genug vermarktet wird?", wagte Landorff kleinlaut einen Einwurf.

„Mach hier nicht einen auf Klugscheißer, das ist meine Aufgabe", tadelte ihn Melissa prompt. „Hab ich gesagt, aber es hilft auch ungemein, wenn dann noch etwas halbwegs Intelligentes auf den 200 Seiten steht. Willst du einen Bestseller oder nicht?"

„Ich will!", sagte er entschieden und es klang wie ein Hochzeitsversprechen.

„Dann her mit der zündenden Idee, die allen Lektoren den Schauer der sechsstelligen Verkaufszahlen über den Rücken jagt! Die ihnen den Schlaf raubt, die sie süchtig macht nach mehr und nach dem Autor." Melissa klopfte mit der flachen Hand auf das Lenkrad. „Wir berufen eine Konferenz ein. Totales Brainstorming heute Nachmittag im kleinen Sitzungssaal. Das müssen wir konsequent und kompromisslos durchziehen. Eine Lektion an alle literarischen Warmduscher und Verlagsmurmeltiere im Dauerschlaf zwischen Flensburg und Garmisch-Partenkirchen. Wie lange brauchst du zum Schreiben?"

„Hmm … kommt drauf an", rechnete Landorff rasch im Kopf. „Für zweihundert Seiten, lockeres Thema, knappe zwei Monate."

„Na also, geht doch!" Mit diesem Ausruf schnitt Melissa gnadenlos ein Mercedes-Coupé, dessen Fahrer mit hochrotem Kopf etwas Unverständliches aus dem Fenster fluchte. „Wir brauchen keine rechercheintensiven Themen, keine Statistiken à la Sarrazin, keine philosophischen ewigen Wahrheiten. Wir brauchen Feuer auf den Seiten! Einen literarischen Flächenbrand, keinen glimmenden Funken. Also acht Wochen. Wir sind jetzt Ende Mai, du bist Ende Juli fertig, damit stehen wir vor Weihnachten in den Regalen und liegen damit unter den Christbäumen der Nation. Auf einen Bestseller wartet jeder in der Branche, noch dazu auf einen von Michel de Gilles, dem geheimnisvollen und erfolgreichen Franzosen. Hast du nicht eine Affäre mit BB gehabt und mit Serge Gainsbourg kettengeraucht? Liegt dein Weingut nicht direkt neben dem von Obelix? Wohnst du nicht in einem umgebauten Zirkuswagen, der nie zwei Monate am gleichen Platz steht? Lass mich nur machen. Wenn wir fertig sind, dann bist du französischer als Camembert, bekannter als Macron und geheimnisvoller als der junge Delon."

„Ich will nicht …!", protestierte Landorff entschieden, doch Melissa unterbrach ihn.

„… Erfolg haben, in Talern baden und Ruhm scheffeln? Lügner. Sonst noch was?"

„Ich will mich auch morgen noch in den Spiegel schauen können", wagte er einen letzten Einwurf.

„Lächerlich altmodisch, häng ihn ab“, dozierte seine Agentin gnadenlos. „Was erwartest du, da zu sehen? Du wirst jeden Tag älter, die Falten werden jeden Tag mehr, der Bauch größer und die Haare dafür weniger. Du bist auch schon zu alt, um noch jung zu sterben. Aber das hatten wir schon.“

„Danke, das habe ich gebraucht“, brummte er. „Musst du mich eigentlich immer an meine Vergänglichkeit erinnern?“

„Sei nicht wehleidig“, konterte Melissa und schaute auf die Uhr. „Wir haben noch eine gute Stunde bis zu unserem Brainstorming. Gehen wir eine Kleinigkeit essen. Vegan, vegetarisch, Paleo, Running Sushi?“

„Stehender Schweinsbraten“, entschied Landorff prompt, „mit Knödel.“

Melissa seufzte und steuerte ihre vierrädrige Mini-Rakete unbarmherzig von der linken Spur schräg über die ganze Straße direkt in eine Parklücke, vor der ein älterer Porsche-Fahrer zum Einparken ansetzte.

„Hast du nicht gesehen …?“, rief Landorff und zeigte auf den Sportwagenfahrer, der die geballte Faust durchs Schiebedach reckte.

„In Schwabing muss man hart sein, wenn man einen Parkplatz will“, entgegnete Melissa ungerührt. „Los, wir gehen zu Luigi. Vielleicht ist Wayne da.“

„Luigi? Hat der einen Schweinsbraten in der Röhre?“

Hatte er nicht, wie sich wenig später herausstellte. Als Landorff im Fahrwasser seiner neuen Agentin durch die Menschenmassen drängte, grüßte Melissa nach allen Seiten. Sie schien hier alle und jeden zu kennen, verteilte großzügig Küsschen-Küsschen, lächelte in die Runde. Der kleine dunkelhaarige Wichtel mit dem Horst-Lichter-Bart, der grinsend auf sie zustürzte, um seinen Kopf in ihrem Busen zu vergraben, musste Luigi sein.

„Cara mia, wasse für eine Froide“, klang es aus den Tiefen und Landorff konnte sichein Lachen nicht verkneifen.

„Hast du einen Tisch für uns, Luigi?“, flötete Melissa und blickte sich rasch in dem hoffnungslos überfüllten Lokal um.

„Ich habe einen berühmten Autor aus Frankreich zu Besuch, Monsieur de Gilles, und wollte ihn nicht mit Schweinsbraten und Knödel erschlagen. Du machst uns doch sicher dein göttliches Carpaccio?“

„Aber sischer doch, amore mio“, strahlte Luigi und betrachtete Landorff neugierig von Kopf bis Fuß. „Un francese famoso? Cool! Aspetta un minuto!“ Damit verschwand er blitzschnell zwischen den Herumstehenden.

„Melissaaa!“ Mit spitzen Lippen und neugierigem Seitenblick steuerte die nächste Blondine auf die neuen Gäste zu und drückte Melissa ein Glas Rotwein in die Hand. „Du warst gestern so schnell verschwunden, dabei ging es dann erst so richtig looos.“ Sie musterte Landorff fragend an und zog einen Schmollmund. „Willst du mich nicht vorstellen?“

„Noch nicht“, entgegnete die Agentin kühl, „wir sind sozusagen inkognito hier. Vergiss einfach, dass du ihn gesehen hast.“

„Ahhh“, machte Blondie und zwinkerte Landorff zu. „Interessant …“ Damit entschwand sie hüftschwingend und hängte sich bei einem etwas untersetzten Anzugträger ein, den sie um einen halben Kopf überragte.

„Ehndschie, die Tratschtante der Nation“, zischte Melissa, ohne eine Miene zu verziehen.

Blondie flüsterte dem Anzugträger angeregt ins Ohr und warf Landorff immer wieder einen verstohlenen Blick zu.

„Die Kugel ist im Rollen“, stellte Melissa zufrieden fest, bevor sie Luigi mit einem „Una tavola per te, cara!“ entführte und Landorff sich bemühen musste, sie in dem Trubel nicht aus den Augen zu verlieren.

Kaum hatten sie sich an einen mikroskopisch kleinen Tisch gequetscht und die handgeschriebene Karte entziffert, tauchte ein Typ mit Hut, Schal und Dreitagebart auf, der ungefragt ein Blitzlichtgewitter entfesselte, um dann sofort wieder zu verschwinden.

„Wayne, der Szenefotograf“, dozierte Melissa ungerührt. „Morgen sind wir auf den einschlägigen Klatschseiten. Und alle werden sich fragen, wer du bist, wer da neben der erfolgreichen

Medienagentur-Chefin sitzt.“ Sie kicherte. „Gut so. Umgekehrt wäre es katastrophal.“

„Danke!“, stellte Landorff lakonisch fest, „wie reizend.“ Carpaccio wäre tatsächlich eine gute Wahl … gefolgt von einer Pizza Quattro Stagioni, überlegte er. Die Preise grenzten an Raubrittertum. „Dafür werden Wirte in Sizilien in Beton gegossen und danach als Statuen auf Hauptplätzen aufgestellt“, murmelte er ergriffen.

„Nein! Ehrlich! Wie gut, dass dich niemand kennt.“ Melissa nippte am Rotwein. „Sonst könnten wir dich nicht als Michel de Gilles verkaufen.“

„Warum komme ich mir gerade wie ein Stück Handelsware aus dem literarischen Restpostenverkauf vor?“, frage Landorff niemanden im Speziellen und sah sich um. Bilder von Prominenten tapezierten die Wände, manche mit unleserlichen Widmungen, wohl an diesen Luigi Canelloni, der ihnen gerade bis zu beiden Ohren grinsend einen Teller mit Antipasti auf den Tisch stellte und Melissa unverhohlen anhimmelte.

„Cara mia, du schaust fannetastisch aus“, strahlte er und zwinkerte mir zu. „Habt ihr schon etwas gefunden? Auch Sie, Monsieur?“

„Wir nehmen zwei Mal Carpaccio und danach zwei leichte Salate“, entschied Melissa. „Ah ja, e una bottiglia di aqua minerale gassata. Wir hatten gestern Abend ein ausgiebiges kulinarisches Feuerwerk bei der Party von Winters.“

„Danne zünde iche die letzte Raketa per te, bella“, feixte Luigi doppeldeutig, bevor er in Richtung Küche entschwand.

„Warum keine Quattro Stagioni?“, wunderte sich Landorff.

„Weil du mir dann mit vollem Magen bei unserem Meeting wegschlummerst“, konterte Melissa. „Und das wird richtungweisend und entscheidend für deine zukünftige literarische Karriere. Also jetzt Pizza oder später Kaviar?“

„Ich mag keinen Kaviar“, brummte er. „Kannst du an die Geissens verschenken.“

„Hummer? Weinbergschnecken? Wachtelbrust? Fasan im Speckhemd? Austern? Loup de mer?“, versuchte es Melissa mit hochgezogenen Augenbrauen.

„Igitt!“ Landorff schüttelte sich bei der Vorstellung des Menüs.

„Hoffnungsloser Fall“, winkte seine Agentin ab. Doch in diesem Augenblick kamen die Carpaccios und Landorff ertränkte seinen Kummer über die versäumte Pizza in San Pellegrino.

4. Die Konferenz

Die Runde, die sich im kleinen Sitzungssaal der Agentur zusammengefunden hatte, war übersichtlich. Das obere Ende des spiegelblanken, endlos erscheinenden Besprechungstisches reichte für vier völlig aus. Landorff wollte nicht wissen, wie der große Sitzungssaal aussah. Wahrscheinlich hatte er Ähnlichkeit mit einem überdachten Minigolfplatz.

Die vier in der Runde waren Melissa, voller Tatendrang und aufgedreht wie ein Duracell-Häschen auf Speed, Petra die Lebenslauf-Fälscherin, die unentwegt etwas auf einen Notizblock kritzelte, wenn sie nicht gerade ihre E-Mails checkte oder hektisch SMS tippte, ein kleiner, magerer junger Mann mit scheuem Blick und rosa Schal, der ein Apple MacBook Air mit *Hello Kitty*-Aufklebern hypnotisierte, und Michael Landorff, der sich irgendwie deplatziert vorkam.

Während seine neue Agentin noch ein „letztes Gespräch" am Telefon mit einem prominenten Konzertveranstalter führte, Petra mit spitzem Nagel wie ein Specht auf das Display ihres Smartphones hämmerte und der junge Mann, der sich mit „Karim, angenehm" vorgestellt hatte und danach vor seinem Laptop langsam in eine Art verzückter Trance geraten war, schaute Landorff aus dem Fenster. Hinter den Baumwipfeln grüßte der Chinesische Turm herüber. An seinem Fuß wartete der bekanntlich zweitgrößte Biergarten Münchens auf Gäste und Landorff wäre lieber dort gesessen, vor einer kühlen Maß und ein paar Nürnberger Bratwürsten.

Während Melissa begeistert etwas von einer „ausverkauften Waldbühne" tirilierte und von einer „Tournee durch Österreich und die Schweiz" schwärmte, überlegte er, ob sie gerade Heino samt Roadies, Bühne, Ledermantel und Sonnenbrillenkollektion an den Meistbietenden versteigerte.

Petra, die auch als Mittelseiten-Puzzle von *Bravo* die Träume pubertierender Pickelbekämpfer anheizen könnte, schlug gedankenverloren ihre Beine übereinander und brachte Landorff damit etwas aus dem Konzept. „Na gut, vielleicht bleibe ich ja noch ein bisschen", dachte er im Stillen, der Biergarten wartet sicher noch.

Karim, der in seinen Apple hineinzukriechen schien, war geistig völlig weggetreten und starrte fasziniert auf den Schirm. Landorff wartete jeden Moment darauf, dass er zu sabbern begann. Waren Pornoseiten hier im Firmennetzwerk freigeschaltet? Als eine Art besondere Motivation für die Mitarbeiter? Neugierig stand Landorff auf, schlenderte zur Fensterfront und blickte alibihalber kurz hinaus auf die Wipfel der Bäume. Dann drehte er sich um, warf einen Blick auf das Apple-Display und sah – ganz normale Zeilen auf weißem Hintergrund.

Karim war am Lesen!

In Gedanken entschuldigte er sich bei ihm für seine schmutzige Fantasie und versuchte gleichzeitig, ihm unauffällig über die Schulter zu schauen. Den Text kenne ich doch, dachte er sich.

Karim liest meinen neuesten Thriller!

Landorff unterdrückte im letzten Moment die Regung, Karim um den Hals zu fallen. Angesichts des rosa Schals vielleicht doch keine so gute Idee, könnte falsch verstanden werden, war aber trotzdem herzerwärmend, dachte er ehrlich gerührt.

Melissa legte mit triumphierendem Blick ihr Smartphone auf den Tisch zurück und rieb sich die Hände. „So, Tournee und Pressetermine sind eingetütet", freute sie sich. „Wo waren wir stehen geblieben?"

„Wir wollten gerade beginnen, die richtige Strategie für Monsieur de Gilles auszuarbeiten", kam Petra ihr zu Hilfe und schickte stirnrunzelnd eine letzte SMS auf die Reise.

„Richtig, wir brauchen eine Strategie, die alle vom Hocker haut und unseren geheimnisvollen Franzosen aus der Auvergne zum Tagesgespräch macht", nickte Melissa, schlug ihre Mappe auf und raschelte mit den Unterlagen. „Den Punkt Bekleidung können wir abhaken, das haben wir bereits erledigt." Sie blickte Landorff forschend an. „Ab morgen hältst du dich an die Kleiderordnung, ich sorge für die Fotografen, die deinen Weg säumen. Karim?"

Landorffs Fan war so in die Zeilen vertieft, dass er offenbar den Ruf zur Ordnung überhört hatte.

„Punkt für mich", murmelte Landorff überlegen und Melissa sah ihn fragend an.

Mit einem „Bin schon wieder da!" tauchte in diesem Moment Karim hinter dem Schirm auf und lächelte schüchtern. „Sorry, aber das Buch ist richtig gut …"

„Du liest Landorff?", erkundigte sich Petra interessiert mit hochgezogenen Augenbrauen, während sie sich mit ihren Ellenbogen auf die Tischplatte aufstützte und den Autor anstrahlte.

„Muss ja wissen, was Sache ist", kommentierte Karim trocken und lächelte Melissa schüchtern an. „Ich habe ihn schon mal am Freitag bei dem Irischen Abend im ‚Shamrock' auf die Gästeliste setzen lassen."

„Ich hasse Ale und ähnliche Gesöffe", versuchte Landorff einen Einwand, den Melissa mit „Aber der Bürgermeister ist ebenfalls da und darauf kommt es an" abschmetterte. „Wir schicken dich schon zu keiner Hinterwäldler-Veranstaltung, wenn es nicht der Sache dient. Wenn auf deinem Terminplan also die Krönung der Saumagen-Prinzessin oder die Wahl des besten Rock 'n' Roll-Tänzers aus Papenburg aufscheint, vertrau mir einfach."

„Genau das fällt mir schwer", murmelte Landorff und verzog das Gesicht in kaum unterdrückter Vorfreude auf irische Volkstänze, warmes Bier und gegrillte Hammelhoden.

„Dein Händedruck mit dem Bürgermeister wird es deshalb auf alle Society-Seiten schaffen, weil sonst nichts und niemand da ist, der dir Konkurrenz machen kann", seufzte Melissa und ihr belehrender Tonfall raubte Landorff die letzten Nerven. „Du stehst auf der untersten Stufe der Bekanntheitsleiter. Wir können dich nicht gegen Uschi Glas oder Udo Lindenberg antreten lassen. Aber der irische Abend ist ein guter Einstieg."

„Weil kein Promi da ist", räsonierte Landorff lakonisch.

„Weil der Bürgermeister da ist, neben einigen betrunkenen Iren, die Volkslieder schmettern, Unmengen von Bier in sich hineinschütten werden und nichts für die Klatschpresse hergeben", fuhr Melissa unbewegt fort. „Aber der geheimnisvolle französische Schriftsteller, der im Sinne der Völkerverständigung auch irischen Festen einen Besuch abstattet und geheimnisvolle Andeutungen zu seinem neuen, sensationellen Buch macht …“ Melissa ließ das Ende des Satzes in der Luft hängen.

„Ach ja?“, wunderte sich Landorff unverhohlen. „Hat mein neues, sensationelles Buch etwas mit Irland zu tun?“

Mit einer großzügigen Geste wischte Melissa die Frage vom Tisch. „Der Bürgermeister wird hoch erfreut sein, mit einem gebildeten und belesenen Literaten zu plaudern. Weiche ihm einfach nicht von der Seite, Wayne wird da sein und im entscheidenden Moment auf den Auslöser drücken. Flüstere dem Bürgermeister etwas ins Ohr, lächle verschwörerisch oder lege ihm die Hand auf die Schulter, das kommt immer gut an.“

„Und was, bitteschön“, seufzte Landorff ratlos, „was soll ich ihm ins Ohr flüstern? Ich kenne diesen Dieter Reiter nicht. Und Rot wähle ich schon gar nicht.“

„Wen genau interessiert das?“, schnappte Melissa kalt zurück. „Politik ist etwas für Kleingeister. Erzähl ihm einen schmutzigen Witz oder frage ihn, wo die Herrentoilette ist. Völlig egal. Wayne braucht ein Foto. Dann kannst du verschwinden und die Iren Iren sein lassen. Und trink nicht wieder so viel Whisky …“

„Karim hat Ihnen einen Google-Kalender eingerichtet, auf den wir Zugriff haben“, griff Petra den roten Faden auf. „Wir tragen alle Termine ein, die wichtigsten Daten übermitteln wir Ihnen gesondert. Hier ist meine private Telefonnummer, rufen Sie mich an, wenn Sie dazu Fragen haben.“ Sie schob ihre Visitenkarte über den Tisch.

„Am besten, du schaust jeden Abend in den Kalender und gehst die Termine für den kommenden Tag durch“, meinte Melissa spitz. „Lesungen gibt es bis auf Weiteres keine, du hast ja nichts zu lesen …“

Landorff war knapp dran, einen empörten Zwischenruf loszuwerden, aber dann bremste er sich ein. Naja, Michel de Gilles hatte in der Tat noch nichts anzubieten, zumindest nicht auf Deutsch.

„Die ersten Talkshows habe ich auch schon angedacht", warf Karim ein, „wenn nicht gerade Terroralarm herrscht, die mittelamerikanischen Flüchtlinge einen Grenzzaun eintreten, die Balkanroute zur Autobahn ausgebaut wird oder irgendein Promi seine Frau geohrfeigt hat, dann bekommen wir Sie aufs Sofa bei der Maischberger oder der Will."

„Ich habe auch mit Wieland Backes gesprochen", legte Petra nach. „Sie kennen sicher die Sendung ‚Ich trage einen großen Namen'. Ist zwar Vorabendprogramm, aber …" Sie verstummte etwas verunsichert.

„Ich trage aber keinen großen Namen, den hast du dir vor einigen Stunden aus den Fingern gesogen", erinnerte Landorff Melissa.

„Jetzt sei nicht kleinlich, das ist der Mädchenname deiner Mutter, den du nach dem frühen und schmerzlichen Tod deines Vaters angenommen hast", korrigierte ihn Melissa unerbittlich. „Beide waren übrigens in der Résistance. Seither wirst du nicht mehr immer auf deinen berühmten Namen angesprochen."

„Hat mich Napoleon irgendwann adoptiert?", ätzte Landorff kopfschüttelnd.

„Das war jetzt nicht sehr kooperativ", gab seine Agentin kühl zurück. „Du sollst der Presse geben, was sie verlangt, aber sie nicht verscheißern. Karim?"

„Ich habe ein wenig recherchiert, vor allem die Familiengeschichten von französischen Literaten und Malern, Dichtern und Großindustriellen, das kommt immer am besten", zählte Karim auf und tippte mit verblüffender Schnelligkeit auf der Tastatur des Laptops. „Am besten geeignet ist Émile Zola, der berühmte Schriftsteller. Er hatte mehrere Verhältnisse, unter anderem mit Straßenmädchen, war verheiratet, starb unter ungeklärten Umständen." Er blickte begeistert auf und strahlte mich an. „Émile Zola war ihr Urgroßvater."

Landorff war diesmal ehrlich verblüfft und starrte Karim entgeistert an. „Dass ich darauf nicht schon früher gekommen bin! Und was antworte ich auf die berühmte Frage: ‚Glauben Sie, Ihrem Vorfahren ähnlich zu sehen?'"

„Da wird dir schon etwas einfallen", mischte sich Melissa ein. „Schau dir Fotos von Zola an und entscheide selbst. Du siehst ihm gar nicht so unähnlich … Wir müssen nur die Frisur etwas ändern."

Bevor Landorff darauf geistreich antworten konnte, klopfte es an der Tür und das Mädchen vom Empfang schlüpfte in den Sitzungssaal, beugte sich zu Melissa und flüsterte ihr etwas ins Ohr. Die runzelte die Stirn und nickte. Dann sagte sie laut: „Petra und Karim, ihr könnt kurz eine Pause machen. Ich rufe euch später."

Kaum hatten die beiden den Raum verlassen, schob sich ein Preisringer in einem knapp sitzenden Anzug durch die Tür, musterte kurz den Saal, die Aussicht und Landorff, bevor er sich neben Melissa aufbaute und einen Ausweis auf den Tisch legte.

„Frau Melissa Warttemberg? Mein Name ist Kroning, Kommissar Kroning. Danke, dass Sie gleich Zeit für mich gefunden haben. Ich untersuche einen Todesfall, zu dem sie mir vielleicht etwas mehr sagen könnten." Neugierig blickte er erneut zu Landorff. „Sie waren doch gestern auf der Party von Gregory Winter?"

Melissa nickte gedankenverloren und musterte Kroning von Kopf bis Fuß.

„Sollten wir vielleicht in Ihr Büro gehen?", meinte der, doch Melissa winkte ab. „Herr Landorff war ebenfalls als Gast bei der Party, also können wir genauso gut hier reden."

Party? Todesfall? Landorff war etwas verwirrt.

„Ahh, das trifft sich gut", freute sich Kommissar Kroning und nickte ihm mit einem dünnen Lächeln zu. „Können Sie mir Ihre Eindrücke schildern, damit ich …?"

„Wer ist der Tote?", unterbrach Landorff ihn. „Sie haben vorhin etwas von einem Todesfall gesagt, und da Sie hier sind, ist es wohl kein natürlicher. Also – wer?"

„Der Gastgeber", antwortete Kroning einsilbig.

„Gregory Winter?", fragte Landorff ungläubig und schob den Ausweis des Kommissars mit spitzen Fingern von sich. „Als ich gegangen bin, da war er noch munter und lustig und cool drauf."

„Wann war das ungefähr?", wollte Kroning wissen.

„Das kann ich Ihnen, was mich betrifft, ganz genau sagen", erwiderte Melissa geschockt. „Ich wollte nach einem kurzen Gespräch mit dem Innensenator über die bevorstehende Imagekampagne Münchens so schnell wie möglich verschwinden. Als ich meinen Mantel aus der improvisierten Garderobe im Obergeschoss geholt habe, stand plötzlich Gregory vor mir und bot mir an, mich nach Hause zu bringen. Da war es knapp vor Mitternacht, die Party noch in vollem Gang, aber ich hatte den Eindruck, Gregory brauchte ein paar Minuten Ruhe vom allgemeinen Trubel."

„Und, hat er Sie nach Hause gebracht?" Kommissar Kroning zog einen Notizblock hervor. Fehlt nur noch ein Bleistift, den er anleckt, bevor er zu schreiben beginnt, dachte Landorff.

Melissa nickte. „Sein Bentley parkte in der Einfahrt und wir standen kaum zehn Minuten später vor meiner Tür. Nach einem kurzen Abschied fuhr Gregory wieder los. Er erzählte mir noch, dass er in den nächsten Tagen nach Indien fliegen wollte. Das war alles."

„Wollte er noch jemanden besuchen oder direkt wieder zurück zur Party?", erkundigte sich Kroning.

„Keine Ahnung", meinte Melissa ratlos und fixierte Landorff. „Hast du ihn danach nochmal gesehen? Wie lange warst du eigentlich auf der Party?"

„Offenbar länger als du", gab Landorff zu, „ich wusste nicht, dass du schon vor Mitternacht das Feld geräumt hast. Da habe ich noch im Obergeschoss nach einer freien Toilette gesucht."

Der Kommissar betrachtete Landorff wie ein aufgespießtes Insekt. „Woher wissen Sie das so genau?"

„Weil irgendeine Uhr im oberen Stock zwölf Mal geschlagen hat, so ein altmodischer Westminster-Gong", erinnerte sich Landorff. „Das übertönte sogar das laute Stöhnen, das aus dem Bad kam. Die waren zu viert da drin …"

In Kronings Augen leuchtete Interesse auf.

„Wieso ich das weiß?", kommt ihm Landorff zuvor. „Weil ich auf meinem Rückweg von der Kindertoilette wieder am Bad vorbeigekommen bin und die Akteure gerade die geflieste Bühne verließen. Drei halb nackte Mädchen und ein etwas zerfleddert aussehender junger Mann ohne Hosen." Er sah Melissa in die Augen. „Zahlmann."

„Schau an ...", murmelte sie verwundert. „Vielleicht sollte ich den Junior doch unter Vertrag nehmen ..."

„Wie lange sind Sie noch auf der Party geblieben? Haben Sie Winter noch gesehen, bevor Sie gegangen sind?"

„Es wird so gegen drei Uhr morgens gewesen sein", kramte Landorff in seinen etwas verschwommenen Erinnerungen. „Die Talisker-Storm-Flasche war leer und die Reihen der Wissenschaftler hatten sich auch bereits weitgehend gelichtet. Denen waren wahrscheinlich die Krankheiten ausgegangen. Also brach ich ebenfalls auf. Teilte mir das Taxi mit jemandem, der in die gleiche Richtung fuhr; keine Ahnung, wer das war. Winter verabschiedete mich nicht, der hatte alle Hände voll zu tun und versuchte zwei Mädchen in Unterwäsche davon abzuhalten, in den Pool zu springen. Er hielt eines von ihnen am Slip fest, doch der gab nach und das Letzte, was ich hörte, war ein lautes Platschen. Dann saß ich auch schon im Taxi."

„Und da war es gegen drei Uhr morgens?", fragte Kroning zur Sicherheit nach und Landorff nickte stumm. „War die Party da noch gut besucht? Wir haben die Einladungsliste gefunden, da standen knapp 200 Namen drauf."

„Und da sind Sie heute am frühen Nachmittag schon hier bei Melissa?", fragte Landorff verwundert.

„Zur Abwechslung haben wir das Alphabet von hinten aufgerollt – Warttemberg", erklärte Kroning mit einem dünnen Lächeln. „Bis wir alle Gäste befragt haben, wird sicher eine ganze Woche vergangen sein. Aber zurück zu meiner Frage ..."

„Nun, ich habe keine Runde durch das Anwesen gedreht, bevor ich nach Hause losgezogen bin, aber vierzig bis fünfzig Gäste werden sicher noch dagewesen sein", schätzte Landorff rückblickend.

„Haben Sie jemanden gesehen, den Sie kannten?", stocherte der Kommissar weiter.

„Das können Sie vergessen“, fiel ihm Melissa süffisant ins Wort. „Herr Landorff kannte mich und das war alles. Er kannte nicht einmal den Gastgeber. Wenn neben ihm die Königin von England am Buffet stehen würde, dann würde er wohl, darüber grübelnd, wo er diese Frau schon Mal gesehen hat, ungerührt das letzte Stück Braten vor ihrer Nase von der Platte nehmen und es auf seinen Teller hieven.“

Landorff warf Melissa einen zornigen Blick zu. „Vom jungen Zahlmann habe ich Ihnen bereits berichtet, Winter war am Pool und alle anderen waren über das Grundstück verteilt oder lagen irgendwo im Haus herum. Aber mit Zahlmann müssten Sie ja als einem der Ersten gesprochen haben ...“

„Mit Zahlmann senior“, korrigierte Kroning, „der junge Zahlmann ist noch nicht nach Hause gekommen ...“ Schwang da ein anerkennender Unterton in der Stimme des Kommissars mit?

„Wie ist Winter gestorben?“, wollte Landorff wissen.

„Kein schöner Tod.“ Der Kommissar drehte den Kugelschreiber zwischen seinen Fingern. „Es hat ihn jemand mit Benzin übergossen und dann angezündet.“

Die plötzliche Stille im Raum kroch in jede Ecke und schien immer dichter zu werden, wie kalter Nebel. Aus dem Vorraum drang Lachen durch die angelehnte Tür.

„Aber ... wieso ... Dann war er wohl vorher bewusstlos?“, Melissa dachte laut nach. „Wieso sollte er sonst stillhalten?“

„Nein, war er offenbar nicht“, gab Kroning zurück, schob seinen Sessel zurück an die Wand und erhob sich. „Der oder die Täter haben ihn an einen Heizkörper gefesselt und dann einen oder mehrere Benzinkanister als Brandbeschleuniger über ihm ausgeleert.“ Damit zog er eine Visitenkarte aus der Tasche und legte sie vor Melissa auf die Tischplatte. „Rufen Sie mich bitte an, sollte Ihnen noch irgendetwas einfallen, das uns weiterbringen kann. Und danke für Ihre Mithilfe. Vielleicht melde ich mich ja nochmal.“

Mit großen Schritten verschwand er durch die Glastür, die lautlos nachschwang. Landorff hatte Bilder im Kopf, hässliche

Bilder, die sich nicht beiseiteschieben lassen wollten. Bilder von einem verkohlten Körper, gefesselt an eine Zentralheizung.

Melissa starrte gedankenverloren auf ihre Hände mit den manikürten, rot lackierten Nägeln. Sie weinte fast unhörbar, ihre Tränen fielen auf das polierte Holz.

„Du hast ihn gut gekannt?", erkundigte sich Landorff leise.

Sie nickte nur und schniefte. Draußen vor dem Fenster, über den Kronen der Bäume, konnte Landorff Mauersegler ihre Kreise ziehen sehen. In Gedanken ging er nochmals die Gäste der Party durch, die Jungen und die Schönen, die Reichen und die Einflussreichen, die Adabeis und die Geier, die unaufhaltsam kreisten, um vom neuen Reichtum Winters vielleicht doch noch einen kleinen Teil abzubekommen.

Aufgefallen war ihm niemand, der irgendwie aus der Rolle fiel.

Es war die übliche Mischung aus Anzugträgern und Künstlern gewesen, ergänzt durch die Sektion „jung und erfolglos", abgerundet durch die Abteilung „grauhaarig und arriviert". Keine dunklen Mafia-Jungs, keine zwielichtigen Vögel, keine „voll krass"-Typen. Außer vielleicht der Gorilla ... Sonst die eingeborene Münchner Schickeria, die sich morgen wahrscheinlich bei einem Stehempfang bei Dallmayr wieder traf.

In alter Frische.

Bussi, Bussi.

Nur diesmal ohne Gregory Winter, den jemand an die Heizung gefesselt und abgefackelt hatte.

„Ja, ich hab ihn gut gekannt", murmelte sie und zog ein Taschentuch aus ihrer Handtasche. „Er war nicht nur ein Kunde, sondern auch ein Freund, ein netter Kerl ..." Sie suchte nach Worten. „Es gibt Kunden und Kunden. Solche, die man des Rufs oder des Geldes wegen nimmt, und solche, wo die Chemie stimmt und man fast schon ein schlechtes Gewissen hat, wenn man eine Rechnung schreibt."

„Und Winter gehörte zur zweiten Kategorie, so wie ich", schloss Landorff messerscharf und trat ans Fenster. Die Mauersegler waren weitergezogen, auf der Suche nach Insekten in der Stadtthermik an einer anderen Häuserecke.

„Er war mehr als acht Jahre mein Kunde", erinnerte sich Melissa, „und etwa die Hälfte davon auch mein Freund." Sie knetete das Taschentuch in ihren Händen. „Nichts Intimes, wir haben uns einfach gut verstanden, besuchten uns auch außerhalb der Geschäftsbesprechungen, gingen gemeinsam ins Theater oder Konzert, essen oder einfach nur einen Kaffee trinken. Nach der Scheidung von seiner Frau vor fünf Jahren gab es keine Frau mehr in seinem Leben. Zumindest kenne ich keine."

„Da war noch seine Tochter", erinnerte sie Landorff.

Melissa zog eine Grimasse. „Ein verzogenes Gör, spitz wie Lumpi und ein Quell andauernder Freude für ihren Vater." Ihr Gesichtsausdruck und ihr Tonfall straften ihre Worte Lügen.

„Sagen wir mal so – ihr wart keine Freundinnen." Mit Schadenfreude schaute Landorff einem Typen auf der Straße zu, der vergeblich versuchte, seinen Porsche in eine riesige Parklücke zu bugsieren.

„Ich denke, Shaneya hat keine Freundinnen", bemerkte Melissa trocken. „Die könnten ihr unter Umständen die Männer streitig machen."

„Was? Die junge Winter heißt tatsächlich Shaneya?", wunderte sich Landorff. „Ich dachte immer, das gibt's nur im Film oder in Proll-Familien."

„Eine Idee von Winters Frau, er wollte die Tochter ja Maria nennen, nach seiner Mutter." Melissa schnäuzte sich lautstark.

„Aber sie setzte sich am Ende durch", lächelte Landorff. „Armes Kind irgendwie ..."

„Das kleine Luder ist kein armes Kind", erinnerte ihn Melissa mit bösartigem Unterton. „Ab heute schon gar nicht mehr. Wenn ich das Vermögen Winters richtig einschätze, dann wird sich Shaneya nie in ihrem Leben die Hände schmutzig machen müssen. Um etwa so prosaische Dinge zu tun wie zu arbeiten. Dafür kann sie dann ohne Unterbrechung ihrer Lieblingsbeschäftigung nachgehen …"

Landorff winkte rasch ab. „Keine Details, bitte. Ich finde schon Paris Hilton nur mehr peinlich. Oder den deutschen Abklatsch …"

„Gegen die junge Winter-Schlampe ist Paris Hilton eine zurückhaltende, geradezu enthaltsam lebende Frau", giftete Melissa und vergaß für einen Moment ihre Trauer. „Gregory hat mir immer wieder erzählt, was für Typen er stets aufs Neue aus ihrem Bett gezerrt hat. Da war sie noch nicht mal 17 ..."

Im Stillen gratulierte Landorff sich zu der Tatsache, dass er keine Kinder hatte. „Wir sollten sie an den jungen Zahlmann verkuppeln", regte er an.

„Das können wir ihm nicht antun", gab Melissa entschieden zurück und grinste schon wieder ein bisschen.

„Dann denkt er zumindest nicht mehr daran, ein Buch zu schreiben, weil er viel zu schwach dazu ist." Der Gedanke daran, wie sich ein erschöpfter Zahlmann stöhnend an der Schreibtischkannte hochzieht, seinen Laptop und das ungeschriebene Buch vor Augen, bevor er von einer weiblichen Hand mit langen, schwarz lackierten Fingernägeln erbarmungslos von hinten gepackt und wieder ins Bett gezerrt wird, tröstete Landorff über vieles hinweg.

„Sag mal …" Der nachdenkliche Ton in Melissas Stimme ließ ihn hochblicken. „Du bist doch auch Journalist …"

„Seit ich 20 war", nickte er. „Der Autor gesellte sich erst viel später dazu."

„Aber die beiden könnten sich zusammentun für ein Buch über den Winter-Mord – der eine recherchiert, der andere schreibt." Sie tippte sich mit ihrem silbernen Montegrappa-Füller an ihre Lippen. „Wir müssen nur schnell sein. Ich finde einen Verlag, der mit dem Buch blitzartig in Druck gehen kann, wenn du damit fertig bist. Und bis dahin schüren wir das Feuer der Erwartung unbarmherzig. Wir geben der Presse immer wieder kleine Happen zu fressen. Der geheimnisvolle Franzose, Urenkel von Émile Zola, löst einen grausamen Mord noch vor der Polizei."

Landorff schaute sie verständnislos an. „Vor der Polizei? Ich heiße nicht Sherlock Holmes oder Hercule Poirot. Und der verkleidete Ringer von der Mordkommission hat auch nicht gerade den Eindruck völliger Unfähigkeit hinterlassen.“

Doch bevor Landorff weitersprechen konnte, rief Melissa auch schon laut „Petraaa! Kariiiim!“ und alles war zu spät.

5. Zehn Millionen

Was für eine Schnapsidee, dachte Landorff, als er die schwere Haustür aufdrückte und in den warmen Münchner Nachmittag hinaustrat. Das konnte nur jemandem wie Melissa einfallen.

„Fang einfach bei den Nachbarn von Winter an. Die Polizei wird noch in der Villa sein und eventuelle Spuren sichern. Aber das brauche ich dir ja nicht zu sagen, als alter Journalist“, hatte sie ihm noch auf den Weg mitgegeben, bevor sich auch schon der nächste Kunde gemeldet hatte.

„Biergarten?“, fragte sein innerer Schweinehund lauernd angesichts des Wetters.

Der weiß leuchtende Strafzettel unter dem Scheibenwischer seines alten Mercedes tat ein Übriges. Es war nicht sein Tag und würde es wohl auch nicht mehr werden. Als er einstieg und die Fenster öffnete, um die gestaute Hitze loszuwerden, fiel sein Blick auf die Garde von Einkaufstaschen auf der Rückbank.

Melissas Kleiderordnung.

Die hatte er fast schon wieder vergessen.

Vor Gregory Winters Villa parkten jede Menge Polizeifahrzeuge. Einige dezent grau, daneben silbern lackierte VW-Busse, wahrscheinlich die Spurensicherung, zwei Einsatzfahrzeuge und ein paar Privatwagen älteren Datums. Die gehören sicher keinen Anwohnern, dachte Landorff. Grünwald ist und war von jeher ein eigener Kosmos, in dem Geld nicht nur besessen, sondern auch gezeigt wurde. Dazu eigneten sich weder rostige VW-Passat noch zerknautschte Audi A80 mit einem halb abgelösten Sticker des Polizeisportvereins.

Er bog in die nächste Querstraße ein und suchte sich einen Parkplatz etwas abseits. Besser sein treuer, aber bereits etwas mitgenommener Stern parkte nicht direkt vor den Millionenvillen. Womöglich gab es hier Abschleppdienste, die um die nächste Ecke lauerten und blitzartig vierrädrigen Sperrmüll entsorgten …

Winters Haus wurde von zwei Villen flankiert, die zweifelsohne von Stararchitekten geplant worden waren. Während der eine auf modernen Historismus setzte, empfand der andere ein gestrandetes Ufo nach, das sich bei der unsanften Landung halb eingegraben hatte. Auf der Wiese davor schob ein älterer Mann einen Rasenmäher über die makellose Grünfläche.

Landorff schlenderte über die Straße und überlegte. Mähen Millionäre ihren Rasen selbst? Oder ist das Aufgabe des Hausmeisters? Der orange Pritschenwagen in der Einfahrt mit der Aufschrift „Peter Grünberger, Gartengestaltung und -pflege“ und einer Adresse in Garching beantwortete seine Frage.

„Herr Grünberger?“, rief er, lehnte sich an den blank geputzten Edelstahlzaun und hoffte, dass der Strom abgeschaltet war. Wenn nicht, würde er in wenigen Sekunden dem armen Winter ähnlicher schauen, als ihm lieb war. Er winkte dem Rasenpfleger zu, der nach kurzem Zögern den Mäher abstellte und zu ihm an den Zaun kam.

„Polizei?“, fragte er einsilbig, griff in die Tasche und begann sich eine Zigarette zu rollen.

„Presse. Ich versuche mehr über Gregory Winter herauszufinden, sonst wird die Meldung ein Einspalter und ich verdiene zu wenig.“

„Freier Journalist?“, lächelte Grünberger und leckte das Zigarettenpapier entlang. „Ist mein Sohn auch. Echter Hungerleider-Job.“

„Dann kennen Sie ja meine Probleme“, stimmte Landorff ihm zu. „Haben Sie schon gehört, was mit Winter passiert ist?“

Grünberger schüttelte den Kopf. „Muss was Ernstes sein, so viel Polizei sieht man hier selten auf einem Haufen.“ Er ließ sein Zippo aufschnappen und inhalierte den ersten Zug. „Mein einziges Laster“, meinte er entschuldigend.

„Jemand hat Winter an seine Heizung gefesselt, mit Benzin übergossen und angezündet“, stellte Landorff etwas drastisch fest und Grünberger verschluckte sich prompt am Rauch, hustete und krümmte sich.

„Im Ernst?", fragte er schließlich mit weit aufgerissenen Augen. „Ach, du Scheiße! Wer macht den so was?"

„Das möchte ich auch wissen. Kennen Sie Winter?"

„Ich mähe den Rasen in der halben Straße", meinte er, „harke das Laub und stutze die Hecken, pflege die Blumen und repariere die Zäune, wenn notwendig. Auch bei Gregory Winter. War erst letzte Woche da."

„Haben Sie irgendetwas Ungewöhnliches bemerkt?"

Grünberger schüttelte den Kopf und zog nochmal tief an seiner Zigarette. „War alles so wie immer. Winter war ein feiner Kerl, nie unzufrieden oder lästig."

„Haben Sie seine Frau noch gekannt?", wollte Landorff wissen.

Wieder das entschiedene Kopfschütteln. „Die lag schon am Waldfriedhof Grünwald, als ich bei Winter anfing. Muss ihn ziemlich getroffen haben, hat lange gedauert, bis er drüber hinweg war. Wenn überhaupt … Ihr Bild mit schwarzer Schleife stand noch Jahre später auf dem Piano im Wohnzimmer."

„Und die Tochter?", warf sein Gesprächspartner den nächsten Stein ins Wasser.

„Ach, hören Sie mir doch mit der auf", winkte er ab und verdrehte die Augen. „Die hat er nicht verdient. Winter, meine ich." Wieder ein tiefer Zug. „Die hätte ich schon längst an die Leine gelegt, und zwar an die kurze. Oder in ihr Zimmer eingesperrt und den Schlüssel weggeworfen."

Das hatte der Gorilla gestern Abend auch gemacht, dachte Landorff, das mit der Leine. Aber nicht so, wie Grünberger sich das wohl vorstellte.

„Vater verwöhnt Tochter bis über beide Ohren und drückt auch noch beide Augen zu?"

„Kann man wohl sagen", brummte der Gärtner und lehnte sich ebenfalls an den Zaun. „Hat aber nichts Gutes gebracht. Da liefen andauernd irgendwelche Grünschnäbel in der Villa herum, die auf sie und ihr Geld scharf waren. Die haben sich im Wochenrhythmus abgewechselt. Hab keinen ein zweites Mal gesehen. Außer vielleicht diesen Bodybuilder, den sie zuletzt hatte."

„Kenne ich, war gestern auch auf der Party", erzählte Landorff und blickte die Straße hinunter. Die ersten Polizisten in Zivil kletterten in ihre Autos und fuhren davon. „Hatte sie viel Geld?"

„Bekam wahrscheinlich doppelt so viel Taschengeld, wie ich im Monat verdiene", meinte Grünberger bitter und seufzte leise. „Der Porsche in der Garage ist ihrer. Geschenk zum 18. Geburtstag. Von ihrem Vater, klar."

„Jetzt ist sie auf jeden Fall noch viel reicher …", gab Landorff zu bedenken und Grünberger nickte.

„Diesen Tod hat Winter nicht verdient", meinte er schließlich nach einer Weile, „Nein, den hat er nicht verdient." Dann wies er auf den Rasenmäher, der verloren auf der Grünfläche stand. „Ich muss jetzt weitermachen."

„Noch eins", hielt Landorff ihn zurück. „Gab es irgendeine Frau im Leben Winters?"

Grünberger schaute über die Schulter zurück und runzelte die Stirn. „Jetzt, wo Sie fragen … Seltsam, ich habe Winter in all den Jahren nie in weiblicher Begleitung gesehen. Seine Mutter mal ausgenommen. Naja, vielleicht hat die kleine Schlampe alle vertrieben."

„Wissen Sie, wo seine Mutter wohnt?"

„Irgendwo in der Innenstadt, in der Nähe der Maximilianstraße. Winter beschwerte sich immer, dass er nie einen Parkplatz fand, wenn er sie besuchte." Damit wandte Grünberger sich endgültig seinem Rasenmäher zu, der wenig später wieder loshustete, bevor seine rotierenden Messer unter regelmäßigem Kreischen erneut die Grashalme militärisch kurz trimmten.

Nach der achten Runde um den Block Maximilianstraße/Marstallstraße/Wurzerstraße wurde Landorff klar, warum Winter seine liebe Parkplatznot hatte, jedes Mal, wenn er seine Mutter besuchte.

Hier wurden Parkplätze vererbt.

Eine Baustelle trug das Ihre dazu bei, die Situation nicht gerade zu vereinfachen.

Entnervt gab er eine Runde später auf und steuerte die nächste Parkgarage an. Doch im letzten Augenblick erspähte er am Thomas-Wimmer-Ring überraschend einen freien Platz und parkte rasch ein. Keine Sekunde zu früh, denn ein dicker BMW rollte an ihm vorbei und der Fahrer zeigte ihm den Stinkefinger.

Mit dem Gedanken, den Parkplatz anschließend an den Höchstbietenden zu versteigern, machte sich Landorff auf den Weg zum Haus Wurzerstraße 16. Die unterschätzten alten Telefonbücher leisteten manchmal doch noch gute Dienste. Maria Winter besaß sogar noch einen Festnetzanschluss.

Old school, dachte Landorff und hatte ein schlechtes Gewissen, als er den Klingelknopf drückte. Aus dem Augenwinkel beobachtete er eine attraktive Brünette, die vor einem Sushi-Lokal die Speisekarte studierte. Landorff erinnerte sich, dass er von rohem Fisch und Klebreis schon beim Hinsehen Sodbrennen bekam, und widmete sich wieder der Türklingel.

Keine Reaktion. Er parkte seinen Daumen drauf.

Niemand meldet sich und er wusste nicht, ob er erleichtert sein sollte oder nicht. Versuchsweise wählte er den Klingelknopf unter dem von Maria Winter. Eine gewisse Else Westenburg meldete sich sofort durch die Gegensprechanlage.

„Ja?"

„Eilzustellung!", log Landorff schamlos und eine Sekunde später summte der Türöffner. Aus den Augenwinkeln sah er die Brünette vor dem Sushi-Lokal, die mit einem Mal ganz aufmerksam zu ihm herüber blickte. Als er die Haustür aufstieß, startete sie mit klickenden Absätzen hektisch in seine Richtung.

Landorff beeilte sich absichtlich, schlüpfte durch die Tür und drückte diese von innen auch noch zu, während er spürte, wie sie sich von außen dagegen lehnte. Dann zog er fest am Griff, riss unvermittelt die Tür auf und die Brünette stolperte mit einem spitzen Schrei an ihm vorbei weiter in den Gang.

„Ich denke nicht, dass Sie hier wohnen", schickte Landorff ihr sarkastisch hinterher. „Oder haben Sie ihren Schlüssel vergessen? Haben wir es deshalb so eilig?"

„Ich wüsste nicht, was Sie das angeht", zischte sie wütend, nachdem sie sich gefangen hatte und sich gegen die Reihe der

Briefkästen an der Wand lehnte. Sie massierte ihren Knöchel und warf Landorff einen mörderischen Blick zu. „Sind Sie von der Polizei?"

„Ebenso wenig wie Sie," gab er zurück. „Presse. Ich recherchiere den Tod von Gregory Winter."

Die Brünette schwieg. Landorff ging an ihr vorbei und nahm die Treppen in Angriff.

„Wohin gehen Sie?", tönte es von den Briefkästen hinter ihm her. „Maria Winter ist nicht zu Hause."

„Mit Leuten zu reden ist mein Job", rief er über die Schulter. „Außerdem habe ich einen legalen Parkplatz. Und den gedenke ich auszunutzen."

„Sie können sich den Weg nach oben sparen. Die alte Frau Westenburg ist taub wie ein Fisch und hat mit Mutter Winter so gut wie keinen Kontakt."

Landorff stockte und drehte sich um. Die High Heels klapperten über die Bodenfliesen im Gang. „Woher wissen Sie das?"

„Ich habe mich über die Gegensprechanlage mit ihr unterhalten, die halbe Straße hat zugehört", meinte die Brünette und versuchte, an ihm vorbeizukommen.

„Warum wollten Sie dann ins Haus?", fragte Landorff sie verwirrt.

„Weil es noch andere Parteien gibt und ich nicht alle Klingelknöpfe drücken wollte", zischte sie ihm im Vorbeigehen zu.

„Was interessiert Sie eigentlich an Gregory Winters Tod? Ich verdiene mein Geld mit News, aber welchen Grund haben Sie, um hier herumzuschnüffeln?"

Sie blickte ihn von oben herab an. „Sind Sie jetzt bald am Ende mit Ihren Fragen? Ich habe zehn Millionen gute Gründe, glauben Sie mir."

Damit stöckelte sie weiter die Treppen hinauf, während Landorff überlegte. Zehn Millionen Gründe? War das ernst gemeint oder einfach so dahingesagt?

Plötzlich hörte er, wie die Haustür sich öffnete und jemand in den Flur trat. Die ältere Frau, die etwas schwerfällig mit zwei schweren Einkaufstüten um die Ecke zur Treppe bog, hatte rot geweinte Augen und wirre Haare, die so gar nicht zu ihrem eleganten Äußeren passen wollten.

„Frau Winter? Kommen Sie, ich helfe Ihnen, die sind ja viel zu schwer", meinte Landorff zuvorkommend und nahm ihr die beiden Tüten aus der Hand.

„Das ist sehr nett von Ihnen. Kennen wir uns?", fragte sie leise und holte ein Taschentuch aus der Manteltasche, um sich die Nase zu putzen.

„Ich habe Ihren Sohn gekannt und bin gekommen, um zu kondolieren", antwortete Landorff ausweichend. „Furchtbar, was passiert ist. Mein aufrichtiges Beileid." Sie begann wieder zu schluchzen.

„Ich bringe Ihre Tüten hinauf in die Wohnung und dann komme ich vorbei, wenn es Ihnen wieder besser geht", schlug Landorff vor und Frau Winter sah ihn dankbar an. „Gehen Sie nur vor, Sie müssen ja auch aufschließen."

Als die alte Dame an ihm vorbeiging, setzte die Brünette zu einer Begrüßung an, doch Frau Winter ging in ihrer Trauer unbeirrbar an ihr vorbei und würdigte sie keines Blicks.

„So geht das", raunte Landorff ihr schadenfroh im Vorübergehen zu.

Zehn Minuten später hatte er Maria Winter seine Visitenkarte in die Hand gedrückt und war zum Kaffee am nächsten Tag eingeladen worden. Als Landorff auf die Straße trat und sich umblickte, konnte er die Brünette nirgends erblicken.

Zehn Millionen Gründe …

Der kurze Satz ließ ihn nicht los. Schuldete ihr Winter zehn Millionen Euro? Dann hatte sie Pech gehabt. Nun war er tot und die Schuld hinfällig. Außer sie hatte etwas mit dem Erbe zu tun …

Landorff grübelte vor sich hin und hätte fast das Klopfen an die Scheiben des Sushi-Lokals überhört. Die Brünette balancierte mit zwei Stäbchen grüne Häppchen in ihren Mund und winkte mit der Linken, er solle doch an ihren Tisch kommen.

„Ich hasse Sushi“, verkündete Landorff naserümpfend, als ihm der Geruch von rohem Fisch und gärendem Seetang entgegenschlug. Er ließ sich vorsichtig auf dem schmalen Sessel nieder. „Algenröllchen mit Quallenextrakt? Trotzdem guten Appetit. Was gibt's noch?“

„Haben Sie mit Maria Winter gesprochen?“ Die braunen Augen fixierten ihn, während sie sich mit ihrer Hand die Locken zurückstrich.

„Habe ich, wir sehen uns morgen zu einem ausführlichen Kaffeeplausch“, nickte Landorff. „Die Polizei war bereits heute Mittag bei ihr und hat nicht wirklich Sympathiepunkte bei der alten Dame gesammelt. Naja, der Preisringer ist nicht jedermanns Sache.“

Die Brünette runzelte die Stirn und blickte Landorff verwirrt an.

„Der Leiter der Ermittlungen ist Kommissar Kroning und der kann bei jeder WWF-Veranstaltung allemal den Hauptkampf bestreiten“, machte ihr Landorff klar.

Ihr Blick wechselte von verwirrt zu fragend.

„WWF? World Wrestling Federation?“, stieß Landorff nach. „Schon mal gehört?“

„Nicht meine Art von Sport“, entgegnete sie. „Aber ich weiß, was Sie meinen. Ich habe Kroning auf der Straße getroffen, als er von Maria Winter kam. Ein Schrank von einem Mann …“

„Eher eine ganze Schrankwand“, nickte Landorff. „Sie sind also schon länger in der Gegend?“

„Oh, ich habe mich ein wenig umgehört“, meinte sie unverbindlich und schob sich das letzte Sushi-Röllchen in den Mund.

„Was machen Sie eigentlich, wenn Sie sich nicht umhören und in Rufweite alter Damen Sushi essen?“, erkundigte sich Landorff und lehnte sich vor. „Die Polizei ist an dem Fall dran, nicht nur weil Winter ein Mitglied der Münchner Schickeria war, sondern weil es sich nicht herumsprechen sollte, dass man in Bayerns Hauptstadt jemanden ungestraft an eine Heizung fesseln und anzünden kann. Kroning sieht nicht so aus, als würde er den ganzen Tag im Büro Däumchen drehen. Also – kommt Zeit, kommt bestimmt auch Aufklärung."

„Oder auch nicht", gab sie zurück. „Außerdem klingen Sie wie meine Mutter."

„Ihre Version?"

„Weitaus differenzierter." Sie klopfte mit den Essstäbchen auf die Tischplatte. „Wussten Sie, dass Prolicks zwar eine Dienstleistungsfirma war, hinter der Fassade aber eine ganze Gruppe von Unternehmen damit beschäftigt war, unter anderem Drohnen zu entwickeln und zu verkaufen? Dass das Unternehmen Winter allein gehörte? Keine Investoren, kein Fundraising, alles selbst aufgebaut. Als er die Gruppe verkaufte, kassierte er alles und musste niemandem einen Cent zahlen."

„Drohnen?", wiederholte Landorff ungläubig. Seltsamerweise hatte Melissa nichts davon erwähnt.

„Für Abnehmer und Auftraggeber in der ganzen Welt", nickte die Brünette. „Lieferdrohnen für Amazon, zivile Kameradrohnen für Hänschen Schmidt, Kampfdrohnen für diverse Einsatzkräfte und Armeeteile. Kleine Dinger, die Wände hinaufklettern können, tauchen wie ein Tintenfisch, krabbeln wie eine Ameise oder fliegen wie eine Libelle und dabei nie müde werden. Richtige kleine Schätzchen. Und wie man hört, hat es Winter mit den Waffenexportgesetzen diverser Länder nicht so genau genommen."

Landorff pfiff leise durch die Zähne. Das verändert alles, dachte er und fragte sich, ob Winter nicht das Opfer eines professionellen Killers geworden war.

„Feuer hat einen Vorteil – es vernichtet fast alle Folterspuren restlos." Die Brünette zog einen 20-Euro-Schein aus der Tasche und legte ihn auf den Tisch. „Habe ich schon das Gerücht erwähnt, dass Winter eine Lebensversicherung abgeschlossen hat, und zwar an dem Tag, an dem er seine Firma verkauft hat?"

Nach einem kurzen Augenblick der Verwirrung wurde Landorff auf einen Schlag einiges klar …

„Die Versicherungssumme betrug zehn Millionen?", versuchte er einen Schuss ins Blaue.

„So sagt man, Mr. Pulitzer“, grinste die Brünette, stand auf und zog sich ihre Jacke an. „Und die Versicherung ist ganz und gar nicht scharf darauf, einen Scheck mit sieben Nullen an irgendeinen bisher noch unbekannten Erben auszustellen.“

„Lassen Sie mich raten, Mrs. Schnüffelnase, es gibt da noch ein paar kleingedruckte Absätze auf der Rückseite?“

„*Touché*, und meine Auftraggeber bezahlen mich dafür, allen noch so kleinen Verdachtsmomenten nachzugehen. Und übrigens, es heißt *Miss*, *Miss* Schnüffelnase. Bis demnächst irgendwo!“

Mit einem majestätischen Winken stöckelte sie an Landorff vorbei und ließ ihn mit seinen dunklen Gedanken und dem Algengeruch allein.

Während er langsam zu seinem Mercedes zurückschlenderte, überlegte er, wem er als Nächstes auf die Nerven gehen könnte. Die Einladungsliste … die arbeitet die Polizei zwar auch ab, dachte er, aber mit etwas Glück fange ich beim richtigen Buchstaben an.

Doch was, wenn der Täter gar nicht auf der Liste steht? Er zog sein Smartphone aus der Tasche und wähle Melissas Nummer.

„Ich bin in einer Besprechung“, meldete sich die Agenturchefin kurz angebunden.

„Ich auch, mit dir nämlich“, gab Landorff ungerührt zurück. „Wer kann mir schnellstens eine Einladungsliste von der Party gestern besorgen?“

„Die kannst du am besten bei Zahlmann einsehen“, antwortete Melissa leise. „Als Caterer hat Gregory ihm die Liste wegen den Lebensmittelallergien übermittelt.“

„Musste jeder seine Allergie neben die Anmeldung schreiben?“, fragte Landorff ungläubig.

„Blödmann, natürlich nicht“, zischte sie. „Aber Zahlmann richtet alle großen Feste und Events in München aus und kennt seine Pappenheimer. Er weiß, wer keinen Fisch isst, wer Spargel mag oder Knoblauch aus dem Weg geht oder auf Eisalat allergisch ist.“

„Oder auf Kaviar und Rehrücken“, ergänzte Landorff mitfühlend.

„Auf die ist kein vernünftiger Mensch allergisch“, meinte Melissa abschließend und legte grußlos auf.

6. Der Insider

Die Firma Julius Zahlmann & Sohn lag inmitten eines Industriegürtels im Norden Münchens verkehrsgünstig zwischen Autobahnen und Bundesstraßen. Von der Idylle einer bayrischen Landmetzgerei war schon lange nichts mehr übrig geblieben. Selbst das voll verflieste Fabrikverkaufslokal verbreitete mit Edelstahl und Neonröhren den anheimelnden Charme einer Pathologie. Daran konnten auch die beiden Verkäuferinnen im Dirndl nichts ändern, die zwischen Wurstschneidemaschinen und modernem Kassensystem hin und her flitzten. Es schien, als kämen viele Münchner vor die Tore der Stadt, um hier ihr Fleisch zu kaufen und ihren Schinken- und Wurstbedarf bei Zahlmann zu decken.

Es war kurz vor sechs und das Dutzend großer Kühl-Lkw, das auf dem Parkplatz neben der riesigen Halle parkte, war wohl von den Lieferfahrten schon wieder zurückgekehrt. Auch das Fabrikverkaufslokal würde in wenigen Minuten seine Pforten schließen, wie eine kleine Tafel mit den Öffnungszeiten verriet.

„Ist Herr Zahlmann noch da?", erkundigte sich Landorff bei einer der Verkäuferinnen, die in die Kasse tippte.

„Is da Chef no daaaa?", rief die daraufhin ihrer Kollegin zu. Die nickte und packte einen Ring Bratwurst ein. „Gehen S' einfach da durch", meinte sie und deutete auf den Hinterausgang. „Über den Hof, dann in den ersten Stock, nach links und dann ist es die vierte … nein, warten Sie, die fünfte Tür? Egal, sind eh alle angeschrieben."

Also machte sich Landorff auf den Weg in die Innereien des Zahlmann'schen Imperiums. Alles wirkte aufgeräumt, selbst der Hof schien frisch gewaschen. Es roch nach Desinfektionsmittel und Sauberkeit. Viele Türen standen offen und im Licht der Neonlampen wuselten überall Mitglieder einer Putzkolonne, die offenbar dem Schmutz den Krieg erklärt hatten und fest entschlossen waren, diesen auch zu gewinnen.

Landorff blickte die Fassade des modernen Bürogebäudes hinter den Hallen hinauf, das überaus elegant wirkte und gar nicht nach den 70ern oder Metzgermeister Krause in Wuppertal aussah.

Eher nach einer Niederlassung von Samsung oder Sony.

Viel getöntes Glas, dezenter, matter Granit, gebürsteter Edelstahl und moderne Bilder in allen Gängen. Dazwischen Fotos von prominenten Kunden mit dem Firmenchef. *Le tout Munich* war vertreten, aber auch Künstler und „Zuagraste", die ihre Events oder Konzerte bei Zahlmann bekochen ließen und anschließend glücklich und satt in die Kamera lächelten. Darunter selbstverständlich auch Heino im Ledermantel …

Wahrscheinlich war die Achse Melissa – Wayne wieder mal aktiv gewesen, dachte Landorff, bewunderte das Foto, auf dem Heino mit Zahlmann um die Wette strahlemannte, und klopfte schließlich an eine Tür, auf der nüchtern *J. Zahlmann* neben einer großen 10 aus Messing stand.

„Bitte?", ertönte eine weibliche Stimme durch die Tür und Landorff stand vier Schritte später vor einem völlig überfüllten Schreibtisch. Dahinter saß eine weitere Dirndlträgerin, die ihn über ihre Brillen hinweg eher strafend als fragend ansah. „Tut mir leid, aber wir schließen gleich", meinte sie geschäftig und wies auf die futuristische Wanduhr.

„Ich hätte nur gern kurz Herrn Zahlmann gesprochen und ich verspreche Ihnen, ich halte ihn nicht lange auf."

„Herr Zahlmann wird in wenigen Minuten zu einer Besprechung außer Haus fahren, Herr …?" Sie sah ihn mit hochgezogenen Augenbrauen neugierig an.

„Ähm … de Gilles, Michel de Gilles aus Frankreich", improvisierte Landorff frech. „Ich bin Buchautor und Journalist und war gestern auf der Party von Gregory Winter." Er zwinkerte ihr charmant-vertraulich zu, wie es Franzosen bekanntlich immer machten. „Und habe dieses *ex-zel-len-te* Buffet genossen. Jetzt wollte ich mich erkundigen, ob ich denn für meine nächste Party ebenfalls mit einer dieser Köstlichkeiten rechnen könnte?"

Sie lächelte beglückt und verständnisvoll. „Monsieur de Gilles, wie schön, Sie sprechen aber ein ausgezeichnetes Deutsch!

Warten Sie bitte einen kleinen Augenblick, ich schaue, ob Herr Zahlmann noch kurz Zeit hat."

Hat er sicher, dachte Landorff. Vielleicht hatte Melissa ja recht. Die Franzosenmasche zog. Er sollte sich schnellstens einen passenden Akzent antrainieren.

„Monsieur de Gilles, wie schön, dass Sie sich hier heraus bemüht haben!" Julius Zahlmann, seine Hand weit ausgestreckt, sah irgendwie bedrückt aus, als er Landorff begrüßte und in sein Büro bat. „Ich habe gehört, Sie waren gestern auf der großen Party von Gregory Winter?"

„Ja, war ich und ich nehme an, Sie haben auch bereits erfahren, was geschehen ist." Landorff versank geradezu im ledernen Besuchersofa, dessen Geruch bei ihm Erinnerungen an Voltigieren und Pferdestriegeln in Kindheitstagen weckte.

Zahlmann nickte betrübt. „Die Polizei war bereits vor Stunden da und hat mich befragt. Aber wir haben nur das Buffet geliefert und meine Angestellten sind danach wieder gegangen. Zu viel Arbeit, Sie wissen ja, und Gregory, ich meine Herr Winter, wollte keinen Koch am Buffet. Was allerdings mit ihm passiert ist … furchtbar!"

Landorff wartete nur darauf, dass er sagte: „Zum Glück war das Buffet bereits bezahlt."

„Die Polizei, dieser Kroning, war auch schon bei mir und meiner Agentin", erzählte er ihm. „Die arbeiten die Gästeliste ab, von Z nach A."

Zahlmann nickte geistesabwesend. „Hätten Sie eventuell noch eine Kopie für mich?", erkundigte sich Landorff wie nebenbei. „Ich habe so viele bekannte Gesichter gesehen, konnte sie aber nicht zuordnen. Sie verstehen, als Franzose …"

„Aber selbstverständlich, ich habe sowieso zwei Kopien machen lassen und eine habe ich bereits diesem Kommissar mitgegeben." Zahlmann kramte auf seinem Schreibtisch. Landorff wurde klar, woher Kroning so rasch eine Gästeliste hatte. Der Profiringer war sofort zu Zahlmann gegangen, weil der das Buffet ausgerichtet hatte. Nicht dumm, dachte Landorff, man durfte Kroning nicht unterschätzen.

Die Liste, die ihm der Seniorchef kurz darauf in die Hand drückte, umfasste drei Schreibmaschinenseiten. „Ich brauche sie nicht mehr, Sie können sie gern behalten." Er fuhr sich nervös durch die Haare und schaute immer wieder aufs Telefon.

„Ihren Sohn habe ich gestern auch auf der Party gesehen oder habe ich mich getäuscht?"

„Ja, er war auch da und ich mache mir ein wenig Sorgen, wenn ich ehrlich bin", gab Zahlmann zu und ließ sich auf das Sofa neben Landorff fallen. „Kevin ist sonst nicht so …"

Der Junior heißt Kevin! Landorff grinste innerlich. Shaneya und Kevin würden es nicht immer leicht haben, dachte er schadenfroh. Und Kevin Zahlmann war auch nicht besser als Michael Landorff, wenn es um das Cover ging.

„Nicht so … wie meinen Sie das?"

„Nun, er ist verlässlich und meldet sich, wenn er nicht nach Hause kommt", erklärte Zahlmann leise.

„Das heißt, er ist nach der Party nicht mehr aufgetaucht? Haben Sie es auf seinem Handy versucht?"

„Ist ausgeschaltet, ich lande immer wieder auf der Mailbox." Der Seniorchef trommelte mit den Fingern nervös auf die Lehne des Sofas.

„Haben Sie das Kommissar Kroning erzählt?"

„Ich habe ihm nur gesagt, dass mein Sohn unterwegs ist und sich bei ihm melden wird."

„Verstehe", murmelte Landorff und war für einen Moment versucht, Vater Zahlmann darüber zu informieren, dass sein Sohn gestern mit drei halb nackten Grazien aus einem von Winters Badezimmern gestolpert war und seine Hose nicht finden konnte. Dann wäre der Traum vom Aufarbeiten seiner Postings in Form eines Buchs rasch ausgeträumt. Weil Papa Zahlmann wahrscheinlich schnellstens den Geldhahn zudrehen würde und der Filius Hausarrest in der Weißwurstproduktion mit anschließender Sicherheitsverwahrung in der Buletten-Dreherei ausfassen würde. Man kannte sich im großen Dorf München schon immer und Skandale waren nicht gut fürs Geschäft. Schon gar nicht in den oberen Kreisen der potenziellen Kundschaft.

„Könnte er bei einem Freund gestrandet sein?", gab Landorff stattdessen zu bedenken. „Es gab gestern jede Menge Alkohol und so ein Absturz …"

„Ich habe bei den beiden, die infrage kommen könnten, schon nachgefragt. Nichts. Er war bei keinem von ihnen." Zahlmann Senior klang bedrückt und sah immer wieder nervös auf die Uhr.

„Meine französischen Leser interessiert der Mordfall Winter sicherlich brennend, deshalb werde ich dranbleiben", versprach Landorff ihm. „Was immer ich herausfinde, ich werde mich melden und es Sie wissen lassen. Und was das Buffet betrifft – mein nächstes wird sicher eines von Zahlmann. Ganz bestimmt."

Zahlmann lächelte geschmeichelt, aber etwas zerstreut und schaute erneut demonstrativ auf die Uhr. „Wenn Sie mich jetzt entschuldigen, Monsieur de Gilles, ich habe noch einen Termin. Melden Sie sich?"

„Sobald ich etwas Handfestes erfahren habe", versicherte ihm Landorff und verabschiedete sich.

Auf dem Weg zum Ausgang fiel ihm im Gang ein Foto auf, das so ganz anders als alle anderen hier war. Das gerahmte Schwarz-Weiß-Bild zeigte einen Mann in einem altmodischen Tropenanzug, mit einer Schaufel in der Hand, der konzentriert in die Ferne blickte. Kurz geschnittenes hellblondes Haar, drahtig, eine Falkennase zwischen zwei stechenden Augen, kantiges Kinn. Zu seinen Füßen stand eine dunkle Kiste, auf der eine Karte lag, mit Steinen beschwert. Im Hintergrund waren Bauten zu sehen, die ein wenig an Pagoden oder exotische Wohnhäuser erinnerten.

Landorff blickte sich um, aber es war niemand zu sehen, der seine Fragen beantworten konnte. Die Türen der nebenliegenden Büros waren bereits verschlossen. So nahm er sein Handy und machte zwei Aufnahmen von dem Foto.

Dann machte er sich auf den Weg nach Hause.

Mit einem kleinen Umweg …

Der Abend war warm und die Biergärten überfüllt. So war auch im Augustiner Biergarten der Insel Mühle nicht einmal mit engen Beziehungen zum Wirt ein freier Tisch zu bekommen. Also setze sich Landorff zu einem Ehepaar, das in eine hitzige Diskussion vertieft war und sein „Ist da noch ein Platz frei?“ mit einer zustimmenden Handbewegung wie nebenbei abhandelte.

Während er auf sein Essen wartete, schaute er sich erneut das Bild an, das er im Treppenhaus Zahlmanns fotografiert hatte. Nach einigem Zoomen und Verschieben fielen Landorff einige Besonderheiten der Aufnahme auf, die wohl aus den 1930er- oder 1940er-Jahren stammen musste. Eine seltsame Zahnung am Rand, tiefe Kratzer an der Oberfläche und ein fehlendes Eck rechts oben. Außerdem war sie bereits einmal in der Mitte gefaltet und danach wieder glatt gestrichen worden. Am linken unteren Rand waren die dünnen Pinselstriche einer Retusche zu erkennen.

Warum hatte Zahlmann ausgerechnet dieses Foto zwischen all die anderen Prominenten gehängt? Würde der Mann in Tropenanzug heute noch leben, dann wäre er zu alt und zahnlos, um sich noch durch eines von Zahlmanns Buffets zu essen, überlegte Landorff. Ein Foto seines Vaters auf irgendeiner Expedition? Der helle Tropenanzug war sicherlich keine Uniform. Aber warum hätte Zahlmann dann nicht nur ein übliches Porträt des Vorfahren an die Wand gehängt? Aufgenommen von einem Star-Fotografen seiner Zeit? Geschniegelt und gestriegelt, mit blütenweißem Hemd und Konfirmationsanzug?

Irgendetwas war seltsam an dem Foto, dachte Landorff. Doch da kam die Kellnerin und es gab Wichtigeres zu tun: Der Schweinsbraten war angekommen.

Das Foto konnte warten.

Fast zwei Stunden später sperrte Landorff seine Wohnungstür auf und freute sich aufs Bett. Nur das Blinken seines Anrufbeantworters hielt ihn noch auf und so drückte er den unvermeidlichen Knopf. Der erste Anruf in der Liste war von seinem früheren Agenten, der ihm erklärte, warum sich niemand für sein geplantes nächstes Buch erwärmen konnte. Gleichzeitig verabschiedete er sich auf einen ausgedehnten Urlaub in die Champagne.

Für einen Moment erwog Landorff, ihn zurückzurufen und ihm alles Schlechte zu wünschen. Der zweite Anruf war seltsam. Niemand sprach, nur Hintergrundgeräusche waren zu hören. Es klang wie eine Menschenmenge in einer Bahnhofshalle, allerdings waren keinerlei Durchsagen zu hören. Dann atmete jemand tief ein und wieder aus und damit endete der Anruf. Ein Pieps verriet Landorff, dass es keine weiteren aufgezeichneten Gespräche gab.

Landorffs Festnetzanschluss stand natürlich im Telefonbuch, damit ihn auch all jene erreichen konnten, die seine gut gehütete Handynummer nicht hatten. Der Anrufbeantworter war eigentlich ein Relikt, dachte er und begann sich das Hemd aufzuknöpfen, aber es wäre zumindest kreativ, Name und Zweck des Anrufs zu hinterlassen, ärgerte er sich. Sonst konnte man sich den Anruf ganz sparen.

Nach einem kleinen Schluck Talisker ging er endgültig ins Bett. Morgen war auch noch ein Tag und er sollte dringend jemanden finden, der sich mit alten Fotos auskannte. Am besten den Archivar einer Fotosammlung oder eines Museums.

Darüber schlief er ein.

Das Klingeln des Telefons riss ihn unsanft aus dem Schlaf und holte ihn aus den Tiefen eines wirren Traums, in dem Männer mit Tropenanzügen Nashörner jagten, die anschließend bei Meister Zahlmann in der Wursttheke landeten.

Völlig verschlafen stolperte Landorff in den Nebenraum.

„Wenn der Idiot, der mitten in der Nacht anruft, jetzt auflegt oder es gar mein verblödeter Ex-Agent ist, der sich ein letztes Mal vom Flughafen meldet, um mir seinen Abflug nach Reims mitzuteilen, dann laufe ich Amok", murmelte er im Halbschlaf.

Doch das Telefon dachte gar nicht daran, mit dem durchdringenden Geklingel aufzuhören.

„Ja? Wer immer Sie sind, haben Sie den Verstand verloren? Wissen Sie, wie spät es ist?"

Auf der anderen Seite blieb es ruhig.

Nur diese Menschenmenge war mit einem Mal wieder da, im Hintergrund, dieser konstante Lärmpegel. Eine große Halle? Ein Bahnhof? Ein Flughafen? Die Abfertigungshalle in einem Hafen? Könnte auch ein Endlosband sein, das jemand in einem Raum laufen lässt, um seinen Aufenthaltsort zu verschleiern …

„Hallo?“ Landorff versuchte erst gar nicht, seinen Ärger zu verbergen. „Was soll der Blödsinn? Wenn Sie mich schon aus dem Bett holen, dann haben Sie wenigstens etwas zu sagen.“

Immer noch nichts. Im Hintergrund rief jemand nach einem Jungen namens Daniel und ein metallisches Quietschen war zu hören.

„Wissen Sie, was? Gute Nacht!“ Kurz entschlossen legte Landorff auf und schüttelte den Kopf. Die Irren da draußen wurden immer mehr, aber warum landeten sie immer öfter bei ihm?

Auf dem Weg zurück ins Bett stoppte ihn das Telefon erneut.

„Och komm, das ist nicht mehr witzig“, brummte er vor sich hin und warf seinem Bett, das im gelben Licht der Nachttischlampe so anheimelnd, warm und kuschelig aussah, einen sehnsüchtigen Blick zu.

Dann ging er doch zurück und hob erneut ab.

„Haben Sie vergessen, mir noch etwas zu sagen?“, meinte er sarkastisch und hörte wieder die vertrauten Hintergrundgeräusche. „Jetzt muss Ihr Zug doch bald abfahren. Hoffentlich … dann lassen Sie mich endlich schlafen.“

„Sie wissen nicht, worauf Sie sich da eingelassen haben“, meinte eine unbewegte, tiefe Stimme, die dem sonoren Bass von Henry Kissinger Konkurrenz machte.

„Doch, ich weiß, das mit Melissa als neuer Agentin geht mir auch etwas gegen den Strich“, forderte ihn Landorff heraus. „Ich möchte nicht als literarischer Heino enden, den Griffel in der geballten Faust, und auf einer Bühne gemeinsam mit Charlotte Roche aus meinen Büchern lesen.“

„Sie wissen genau, was ich meine“, fuhr der Anrufer unbeirrt fort. „Sie waren gestern auf der Party.“

„Sie auch?"

„Das tut nichts zur Sache. Dieser Kommissar, wie heißt er schnell? Ach ja, Kroning … dieser Kommissar ist auf der falschen Spur, wenn er die Gästeliste abarbeitet. Das kann er gern machen, aber es wird ihn nicht weiterbringen …"

„Woher wissen Sie das?", stieß Landorff nach.

„Weil ich dabei war", meinte sein Gesprächspartner kurz angebunden.

Landorff war etwas verwirrt. „Dabei? Wobei?"

„Als sie Winter angezündet haben", gab der Anrufer ungerührt zurück, als sei es das Selbstverständlichste auf der Welt. „Drei Mann im Morgengrauen, vermummt, ganz in Schwarz. Winter sah nicht mehr gut aus zu diesem Zeitpunkt. Sie müssen ihn gefoltert haben. Dann haben sie eines seiner Augen mitgenommen …"

Landorff fiel nichts mehr ein. Die Bilder holten ihn ein und es wurde ihm kalt.

„Waren Sie im Haus?", fragte er schließlich und seine Gedanken rasten. „Ich nehme an, im Morgengrauen war die Party schon gelaufen und die letzten Gäste gegangen."

„Nein, ich war nicht im Haus, ich habe zugesehen …", brummte die Stimme und ließ offen, wie und von wo aus.

„Warum haben Sie das nicht Kroning gesagt? Sie scheinen ihn ja zu kennen?"

„Meine Sache", erwiderte der Anrufer kurz angebunden. „Sie sind doch Journalist und Sie haben einen guten Ruf, wie man mir versichert hat. Bleiben Sie dran an der Geschichte, glauben Sie mir, sie ist es wert. Allerdings werden Sie dann nicht mehr oft zu Hause sein …" War das ein trockenes Lachen oder hatte er sich verschluckt? „Also sollten Sie mir Ihre Handy-Nummer geben, damit wir Kontakt halten können."

„Warum verraten Sie mir nicht Ihre?", drehte Landorff den Spieß um.

Diesmal lachte der Anrufer tatsächlich. Eine Lautsprecherdurchsage ertönte im Hintergrund, aber Landorff konnte kein Wort verstehen.

„Also gut", räumte er ein und diktierte sie ihm. „Wäre nett, wenn es keine Nachtanrufe werden", setzte er hinzu, doch die Leitung war bereits tot.

Landorff überlegte bis zum Einschlafen, ob er nicht gerade einen großen Fehler begangen hatte.

7. Die Spielerin

Am Morgen setzte sich Landorff als Erstes an seinen Laptop und begann damit, die bisherigen Ereignisse aufzuschreiben. Die Party, Melissa und der junge Zahlmann, die Besprechung in der Agentur und Kroning, der hereinplatzte und die Nachricht von Winters Tod verkündete. Dann der Besuch bei Zahlmann Senior und des seltsame Verschwinden seines Sohnes. Und nicht zu vergessen die Brünette von der Versicherung.

Dann fiel ihm ein, dass er heute einen Termin bei Winters Mutter zum Kaffee hatte. Wann war der nochmal? Er kontrollierte sein Handy. Richtig, um 14.00 Uhr. Aber vorher musste er einen Spezialisten für alte Fotografien finden.

Nach einer kurzen Recherche im Internet stieß er auf die Seite der fotografischen Sammlung des Münchner Stadtmuseums. Im Jahr 1963 eröffnet, verfügte diese über einen Bestand von 850.000 Fotos und war damit eine der führenden Sammlungen in Europa. Landorff notierte noch kurz die Adresse – St. Jakobsplatz 1 –, dann stürzte er sich in den Münchner Morgenverkehr, der diesmal besonders heftig war.

Die Tiefgarage Oberanger wies glücklicherweise noch fünf freie Plätze aus und einer davon war seiner. Das Zeughaus, in der Sonne leuchtend weiß strahlend, war ein immer wieder aufs Neue beeindruckender alter Bau mit Türmchen und Bogenfenstern, der auch als Rathaus auf jeder Kleinbahnanlage stehen könnte. Die ersten Touristengruppen waren bereits auf der Pirsch nach guten Fotomotiven, während Lkws und Lieferwagen versuchten, ihre Ladung so schnell wie möglich abzuladen, bevor die Ordnungshüter mit einem Strafzettel drohten.

Wie Landorff rasch entdeckte, befand sich der Eingang zum Museum in jenem Teil des Platzes, der Fußgängerzone war. Eine Gruppe von Touristen scharte sich vor dem großen Tor um eine Stadtführerin, die begeistert von der Größe und der Geschichte des Hauses schwärmte. Die ersten Zuhörer gähnten und schauten auf die Uhr.

„Und nun gehen Sie bitte schon vor, ich komme in einer Minute nach“, beendete die Führerin schließlich ihren Monolog, zog ihr Handy aus der Tasche und warf einen Blick aufs Display.

„Ich habe Ihnen mit großem Interesse zugehört“, erklärte Landorff und trat näher. „Ich bin vor allem an der Fotosammlung des Museums interessiert. Kennen Sie zufällig jemanden, der mir da weiterhelfen könnte? Ich möchte nicht unvorbereitet so einfach ins Museum reinstolpern.“

Sie nickte eifrig und deutet auf ihr Handy. „Ich wollte gerade eine Freundin von mir einladen, nach der Führung mit mir zu Mittag zu essen. Sie arbeitet im Museumsshop und kennt eigentlich jeden im Haus. Warum gehen Sie nicht zu ihr und fragen sie? Ihr Name ist Helene. Ich muss leider weiter, die Gruppe hat jetzt eine Stunde Zeit für die Ausstellung, danach liefere ich sie wieder im Hotel ab.“ Damit nickte sie ihm freundlich zu, presste ihr Handy ans Ohr und lief ihrer Gruppe zum Eingang nach.

Helene im Museumsshop war nicht nur nett und hilfsbereit, sie hatte gerade Zeit und musste nur kurz überlegen.

„Warum gehen Sie nicht zu Gerhard Schöninger? Der ist nicht nur der Fachmann für alte Fotografien hier im Haus, sondern es ist auch sein privates Hobby. Und wenn er Ihnen nicht weiterhelfen kann, dann schickt er Sie bestimmt zum Richtigen. Er kennt viele Sammler in ganz Bayern. Kein Flohmarkt ist vor ihm sicher.“ Sie lachte und gab einem Kunden Wechselgeld heraus. „Sagen Sie ruhig, ich hätte Sie geschickt.“

Gerhard Schöninger amtierte in einem Büro, in dem es keine freie Ecke mehr gab. Überall stapelten sich Alben, Schachteln und Kästen, Zeitschriften über Fotografie und Bücher, Glasplatten und Rollen mit Negativen, Dia-Magazine und Kameras, Projektoren und Betrachter. Der Schreibtisch in der Mitte des Raums schien auf den ersten Blick unerreichbar. Schöninger war damit beschäftigt, in einem großen Karton zu kramen, in dem er zur Hälfte verschwunden war. Kein Wunder, dass er das Klopfen überhört hatte.

„Ich möchte jetzt nicht noch mehr Chaos ins Chaos bringen, indem ich mich bis zu Ihrem Schreibtisch vorkämpfe", meinte Landorff laut und Schöninger fuhr überrascht hoch. „Helene vom Museumsshop schickt mich. Es geht um ein altes Foto."

Schöninger, ein hagerer, großer Mann mit einer ungezähmten braunen Haarmähne, schwarzer Hornbrille auf einer spitzen Nase und den Händen voller Fotos, lachte, als er Landorff da stehen sah, etwas verzweifelt auf den vor ihm liegenden Hindernisparcours blickend.

„Sieht nicht immer so aus bei mir", meinte er, „aber wir bereiten gerade eine Ausstellung vor und schöpfen davor aus dem Vollen." Er balancierte tatsächlich mit vollen Händen zwischen den Stapeln und Kisten hindurch.

Schließlich stand er vor Landorff. „Worum geht's?", fragte er neugierig und lauschte der Schilderung seines Besuchers, der ihm von dem Foto bei Zahlmann berichtete.

„Haben Sie es hier?", erkundigte sich Schöninger nach kurzem Überlegen. Landorff zog sein Handy aus der Tasche und zeigte es ihm.

„Das ist nicht groß genug, da kann man nichts drauf erkennen", meinte der Fotofachmann schließlich. „Besser wir drucken es aus. Schicken Sie mir die Datei auf meinen Computer oder geben Sie mir Ihre Speicherkarte."

Wenig später hielt Schöninger ein auf Fotopapier ausgedrucktes Bild in Händen. Es war sogar etwas größer als das Original und Landorff war von der Qualität seiner Handy-Kamera überrascht. Schöninger öffnete die Bürotür, den Ausdruck in der Hand, und gab seinem Besucher ein Zeichen, ihm zu folgen. Vor einem der großen Gangfenster, durch das die Vormittagssonne brannte und Rauten auf den gefliesten Boden zeichnete, blieb Schöninger stehen und zog eine Lupe aus der Tasche.

„Ich habe natürlich das Original nicht gesehen, aber …" Schöninger klebte mit der Nase fast auf dem Schwarz-Weiß-Ausdruck, der mit seiner glänzenden Oberfläche einer Fotografie zum Verwechseln ähnlich sah.

„So aus der Hüfte geschossen würde ich sagen, es stammt aus den 30er- oder 40er-Jahren des vergangenen Jahrhunderts. Negativ, Kleinbild, vergrößert. Das war keine Plattenkamera mehr, das war schon eine Kleinbildkamera." Er bewegte die Lupe kreuz und quer über das Blatt. „Die Leica I, die 1927 auf den Markt kam, hatte ein Leitz Elmar Objektiv, das schon ziemlich lichtstark war. Das war die erste Kleinbildkamera der Geschichte und sie begründete den Siegeszug der modernen Fotografie. Ich möchte wetten, dieses hier wurde mit einer Leica aufgenommen. Nein, das war keine Rolleiflex. Die hätte ein größeres Negativ und die Vergrößerung wäre deshalb schärfer geworden."

Er verstummte und betrachtete das Foto weiter aufmerksam, während Landorff sich kurz Notizen machte.

„Vieles spricht also für die späten 1930er-, frühen 1940er-Jahre. Nicht nur die Kleidung des Mannes passt dazu, auch der gezackte Rand des Abzugs, der sicher ein zeitgenössischer ist. Ja, das ist keine Reproduktion einer alten Aufnahme, das ist eine alte Originalfotografie, die Zahlmann da gerahmt und aufgehängt hat. Das können Sie auch an dem glatt gestrichenen Knick in der Mitte sehen. Jemand hat die Fotografie zusammengefaltet, wohl um sie einstecken zu können. Wäre das bei einem kleineren Foto passiert und man hätte es erneut abfotografiert und vergrößert, dann hätte man den Knick mit vergrößert. Hat man aber nicht. Er ist ziemlich dünn." Die Lupe wanderte weiter. „Wahrscheinlich ist es ein Einzelstück. Das Negativ ist wohl verloren gegangen, daher hängte Zahlmann das einzig verbliebene Original auf. Warum gehen Sie nicht in seine Firma und fragen ihn?"

„Weil ich zuerst so viel wie möglich über das Foto herausfinden möchte", gab Landorff zurück. „Ich habe keine Ahnung, wie mitteilsam Zahlmann zu dem Thema ist. Vielleicht ist das ja einer seiner Verwandten, über die er nicht so gerne spricht. Das schwarze Schaf der Familie, während der Zeit des Dritten Reichs in Afrika oder Asien auf Beutezug."

„Dann würde er das Foto nicht in seinem neuen Betrieb aufhängen", murmelte Schöninger vor sich hin und Landorff musste ihm im Stillen recht geben.

„Hoppla, was ist denn das?"

Schöningers Blick blieb an der linken unteren Ecke hängen. „Eine retuschierte Nummer …" Er lächelte. „Wissen Sie, woher die kommt? Fotografen haben ihre Negative nummeriert, um so bei Nachbestellungen rasch die richtigen zu finden, ohne lang suchen zu müssen. Winzige Nummern, die hier mehr oder minder kunstvoll übermalt wurden. Spricht dafür, dass die Aufnahme von einem professionellen Fotografen gemacht wurde." Er hielt das Blatt weiter weg und ließ den Gesamteindruck wirken. „Das sieht mir nicht nach Europa aus", dachte er erneut laut nach. „Aber nach Afrika auch nicht. Asien …?"

Landorff schaute ihm neugierig über die Schulter. Er begann die Fotografie mit anderen Augen zu sehen. Asien? Eine Expedition in unbekannte Gebiete? Auf Erkundungsreise zu einem der letzten weißen Flecken der Erde? Warum nicht. Doch weder exotische Pflanzen noch irgendwelche Symbole, die man damals so sehr geschätzt hatte, deuteten darauf hin. Keine Trophäen, Gewehre oder Träger im Hintergrund.

„Nein, Afrika ist es nicht", stellte Schöninger fest. „Ich habe viele solcher Fotos aus jener Zeit gesehen und katalogisiert. Das hier ist woanders aufgenommen. Die Gebäude im Hintergrund könnten … Tempel sein?" Er schaute Landorff zum ersten Mal interessiert an. „Was fasziniert Sie eigentlich an dem Foto so?"

„Ehrlich gesagt, keine Ahnung. Ich habe in meinem journalistischen Leben stets auf mein Bauchgefühl vertraut. Das hat mich auf viele Spuren und Hinweise gebracht, an denen andere achtlos vorbeigegangen sind. Ist ein bisschen so wie Ihr System …"

Landorff wies mit dem Daumen über die Schulter in Richtung des chaotischen Büros und Schöninger nickte lachend.

„Das kann ich gut verstehen. Ich fürchte aber, ich kann Ihnen zu dem Bild nicht mehr erzählen" meinte er schließlich. „Sie werden also nicht umhinkönnen und Zahlmann selbst fragen müssen. Aber lassen Sie mir den Ausdruck des Fotos da. Vielleicht fällt mir noch etwas auf, dann melde ich mich bei Ihnen."

Für das Treffen mit Maria Winter war Landorff noch ein wenig zu früh dran, also ließ er den Wagen in der Garage stehen und machte sich zu Fuß auf den Weg in die Maximilianstraße. Am Rindermarkt kaufte er sich bei einem Einkehrschwung in einer Metzgerei zwei dicke Leberkäs-Semmeln, die verführerisch rochen. Gerade, als er genussvoll in die erste hineinbeißen wollte, meldete sich sein Handy. Nach einem Blick auf das Display – „Unbekannter Anrufer" – nahm er das Gespräch mit einem vorsichtigen „Ja?" an.

„Klingt danach, als seien Sie bereits in der Stadt", tönte die bekannte tiefe Stimme an sein Ohr.

„Ich frühstücke gerade ambulant", gab Landorff zurück. „Leberkäs-Semmel."

„Bisschen spät", meinte sein anonymer Gesprächspartner. „Heute Früh hat man die Leiche des jungen Zahlmann gefunden, auf einer Baustelle in Pasing. Einbetoniert bis zum Hals. Vorher hatte man ihm seine Zunge herausgeschnitten und sie an eine der Bauhütten genagelt."

Landorff spürte, wie sein Appetit verflog und die Scheibe Leberkäse ein Eigenleben bekam.

„Kroning hat noch keine Ahnung davon", fuhr der Anrufer unbewegt fort. „Die Spurensicherung ist erst im Anrollen. Sie wissen ja, wie das mit dem Verkehr in dieser Stadt ist."

„Aber Sie sind bereits auf dem Laufenden?", wunderte sich Landorff.

„Machen Sie etwas aus Ihrem Vorsprung", ermahnte er ihn, ohne weiter auf die Frage einzugehen. „Sieht so aus, als sei Zahlmann nackt gewesen, aber Genaueres wird die Polizei erst erfahren, wenn sie den Beton aufgehackt hat. Jedenfalls haben sie nur einen Teil seiner Kleidung gefunden. Der Rest fehlt noch."

Vielleicht hat er auch nicht viel angehabt, dachte Landorff betroffen und entsorgte die beiden Semmeln im Vorübergehen in einem Mülleimer.

„Warum ausgerechnet der junge Zahlmann?", wunderte er sich.

„Vielleicht hat er etwas gesehen, was er nicht hätte sehen sollen. Zur falschen Zeit am falschen Ort gewesen."

„Möglich“, meinte Landorff, aber es klang wenig überzeugt. „Wir hören uns.“

Doch der Anrufer hatte bereits aufgelegt.

Auf der Höhe des Rathauses riss eine Polizeisirene aus einer der Nebenstraßen Landorff aus seinen Gedanken. Er griff zu seinem Smartphone und rief Melissa an.

„Ha! Monsieur de Gilles meldet sich“, begrüßte sie ihn aufgeräumt. „Na, wie fühlt es sich an in des Kaisers neuen Kleidern?“

„Der Kaiser trägt die alten Kleider und hat im Moment andere Sorgen“, entgegnete Landorff etwas barsch. „Kannst du mir bitte einen Gefallen tun? Schick Wayne zu der Firma von Zahlmann, die kennt er wahrscheinlich sowieso. Die meisten Bilder, die da hängen, hat wohl er geschossen. Ich möchte, dass er im Treppenhaus im ersten Stock ein paar Fotos von einem Bild macht, das da an der Wand hängt. Eine alte Fotografie, die etwas aus dem Rahmen fällt, bildlich gesprochen. Sie hat nichts mit den anderen Promi-Bussi-Bussi-Fotos zu tun. Schwarz-Weiß und kein bisschen Glamour.“

„Habe ich dich richtig verstanden? Du willst, dass Wayne wegen eines alten Fotos zu Zahlmann fährt?“ Melissas Stimme klang ungläubig.

„Korrekt und er sollte versuchen, unbemerkt rein und wieder raus zu kommen“, wies Landorff sie an.

„Aber …“

„Frag mich nichts, tu es einfach, ja? Willst du einen Bestseller oder nicht? Na eben. Dann arbeite gefälligst mit.“

Damit legte Landorff einfach auf und schnitt ihr so das Wort ab.

Maria Winter sah besser aus als am Tag zuvor. Sie war zwar noch immer etwas fahrig in ihren Bewegungen, als sie die gute Kaffeekanne mit passenden Tassen aus der Vitrine holte, aber ihre Augen waren wieder klar und weniger verweint.

„Nehmen Sie ihn mit Milch und Zucker?“, fragte sie Landorff und ihre Stimme zitterte ein wenig.

„Volles Programm, bitte", nickte er. „Haben Sie eigentlich gewusst, womit Ihr Sohn sein Geld verdient?"

Der Kopf der alten Dame wackelte etwas von links nach rechts, wie ein Pendel.

„Ach, ich habe von diesen Dingen nicht viel Ahnung. Gregory hat einmal versucht, mir das zu erklären, aber ich habe nach einigen Minuten nicht mehr zugehört." Sie lächelte ein wenig. „Das können wir alten Menschen ganz gut. Ein verständnisvolles Gesicht machen und an etwas ganz anderes denken."

Unwillkürlich fiel Landorff seine eigene Mutter ein. Wie wahr …

„Ihnen ist aber schon klar, dass Ihr Sohn nach dem Verkauf seines Unternehmens ein reicher Mann war", meinte Landorff, schnupperte am Kaffee und setzte hinzu: „Der riecht köstlich!"

„Ein guter Bohnenkaffee, etwas Kakao, Malzkaffee, eine Prise Salz und entkalktes Wasser", dozierte Mutter Winter stolz und ihre Augen leuchteten kurz. „Ich habe mir nie viel aus Geld gemacht, wissen Sie? Mein Mann, Gregorys Vater, ist früh gestorben und hat uns eine Rente und ein wenig Anlagevermögen hinterlassen. Ich habe halbtags gearbeitet und wir hatten nie große Ansprüche. Mein Sohn zog mit achtzehn von zu Hause aus und hat danach nie mehr etwas von mir angenommen."

Sie blickte irgendwie verloren aus dem Fenster, durch das man ein Stück blauen Himmel sah, über den sich weiße Schäfchenwolken schoben.

„Wir reden hier über einige Hundert Millionen Euro, manche sprechen sogar von einer Milliarde", versuchte Landorff zu erklären.

„Das ist so unvorstellbar für mich, dass ich gar nicht darüber nachdenken will", meinte Maria Winter kategorisch und schob ihm einen Teller mit Keksen zu. „Greifen Sie zu, die hatte Gregory auch immer so gern ..." Ihre Stimme versiegte und sie schluchzte, holte ein Taschentuch hervor und hielt es sich vors Gesicht.

„War die Polizei nochmals bei Ihnen?", wollte Landorff wissen. „Dieser Kroning?"

Sie schüttelte den Kopf, schluchzte noch ein bisschen und schniefte dann. „Nein, er hat mir seine Visitenkarte dagelassen, das war alles.“

„Wie gut können Sie mit Ihrer Enkelin, mit Shaneya?“

Ihr Gesichtsausdruck sagte alles. „Die Enttäuschung meines Lebens. Ich weiß nicht, woran es liegt … Vielleicht fehlt dem Mädchen die Mutter und Gregory ist auch nicht oft zu Hause. Nicht oft genug, so scheint es. Shaneya ist weder nach ihrer Mutter noch nach ihrem Vater gekommen. Eher haben ihr die verschiedenen Kindermädchen Flausen in den Kopf gesetzt.“

Landorff hielt das für sehr vornehm ausgedrückt für ein Gör, das über jedes männliche Wesen herfiel, das nicht bei drei auf dem Baum war.

„Aber es sieht so aus, als hätte sie ihr Vater auch sehr verwöhnt“, gab er zu bedenken. „Welches Mädchen bekommt schon einen Sportwagen zum 18. Geburtstag und läuft in teuren Designerklamotten zum Einkaufen?“

„Ich denke, mein Sohn wollte damit einiges wiedergutmachen, was er in den Jahren zuvor falsch gemacht hat.“ Sie lehnte sich in ihrem Sessel zurück. „Den Tod von Andrea hat er nie ganz überwunden, auch wenn er es nicht zugeben konnte. Sie war ein feiner Mensch, obwohl wir nicht immer einer Meinung waren.“

„Gab es außer Andrea eine andere Frau im Leben Ihres Sohnes? Hat er Ihnen jemals davon erzählt.“

Maria Winter schüttelte stumm den Kopf. Sie knetete das Taschentuch in ihrer Hand und Landorff sah ihr an, wie schwer es ihr fiel, nicht die Fassung zu verlieren. „Da gab es niemanden. Er hat immer so viel gearbeitet, auch an den Wochenenden, war viel auf Reisen. In seinem Leben hatten Frauen keinen Platz.“

„Oder er räumte ihnen keinen ein“, gab Landorff zu bedenken.

„Ja, das kann schon sein …“, meinte sie leise und bedächtig. „Oder so.“

Für einige Minuten hingen beide ihren Gedanken nach.

„Was haben Sie eigentlich mit dem Tod meines Sohnes zu tun?", fragte Maria Winter unvermittelt. „Ich meine, warum interessieren Sie sich so für sein Leben?"

„Weil ich herausfinden will, wer es getan hat", befolgte Landorff eine seiner ältesten Regeln: Wenn möglich so nahe an der Wahrheit bleiben, wie es nur geht. „Ich war Gast bei der Party, die vorgestern Abend von Ihrem Sohn organisiert wurde. Allerdings weiß ich nicht so genau, wie ich zu der Ehre gekommen bin. In meinem Postkasten lag eines Tages die Einladung." Er zog etwas ratlos die Schultern hoch. „Vorher habe ich Ihren Sohn nie getroffen. Zwar ein paar Artikel über ihn gelesen, ihn aber niemals persönlich kennengelernt. Also weiß ich nicht, wieso er ausgerechnet auf mich kam."

„Nun, glauben Sie mir, mein Sohn tat niemals etwas grundlos", stellte Maria Winter entschieden fest. „Das wäre gegen seine Überzeugung gewesen. Wenn jemand rational und durch und durch logisch dachte, dann war es Gregory. Vielleicht hat er deshalb nach Andrea keine Frau mehr gefunden."

Das verwirrte Landorff, der sich bereits seit Tagen sein Hirn zermarterte, um Anknüpfungspunkt zum Leben von Gregory Winter zu finden.

Vergebens.

„Ich möchte Sie nicht einfach so hinauswerfen, aber ich muss mich um die Beerdigung meines Sohnes kümmern", sagte sie unvermittelt und ihre Finger verschränken sich so fest ineinander, dass ihre Knöchel weiß hervortraten.

„Nein, nein, das verstehe ich schon, verzeihen Sie bitte, dass ich so lange gestört habe", beruhigte Landorff sie. „Allerdings wird es sicher noch einige Zeit dauern, bis die Untersuchungen abgeschlossen sind und die Leiche Ihres Sohnes freigegeben wird."

Sie sah ihn mit einem seltsam kalten Blick an. „Das weiß ich auch, aber was soll ich denn sonst machen?"

Da er darauf auch keine Antwort wusste, bedankte er sich für den Kaffee, verabschiedete sich und lief die Treppen hinunter.

Als er auf die Straße trat, erwartete er irgendwie, die Brünette zu treffen, die ihn ein Loch in den Bauch fragen würde. Doch da war niemand. In der warmen Nachmittagsluft schwirrten Dutzende Mauersegler zwischen den Häusern, Menschen hasteten vorbei, ohne ihn zu beachten. Selbst das Sushi-Lokal hatte bereits geschlossen und drohte damit, erst wieder abends seine Tore zu öffnen.

Landorff trabte los. In Gedanken ließ er das Gespräch nochmals Revue passieren, versuchte es in einen Zusammenhang mit den anderen Fakten zu bringen.

Und scheiterte.

Da war etwas, das im Hintergrund blieb, sich versteckte, wie unter einem Tarnmäntelchen, und sich ins Fäustchen lachte.

Und Landorff hatte keine Ahnung, was es war.

Auf dem Weg zurück zur Parkgarage gingen ihm der junge Kevin Zahlmann und dessen Tod nicht aus dem Sinn. Einbetoniert und die Zunge herausgeschnitten … ein wenig viel an Klischee. Davon war selbst die sizilianische Mafia inzwischen wieder abgekommen.

Wer wollte damit wem etwas mitteilen? Spätestens wenn die ersten Reporter am Tatort die Fakten sammeln würden, gab es kein Halten mehr. Die grauenhaften Details würden genüsslich in sämtlichen Blättern breitgetreten werden. Und so in Windeseile den skurrilen Tod deutschlandweit bekannt machen.

War genau das geplant?

Oder hatte der junge Zahlmann tatsächlich etwas gesehen, das er nicht hätte sehen sollen?

Aber dann hätte es ein einfacher Schuss auch getan und keine aufwendige Aktion auf einer Baustelle mit dem Risiko, dabei überrascht zu werden.

Ratlos zog Landorff während des Gehens die Gästeliste aus seiner Tasche und überflog sie. Melissa hatte recht. Er kannte niemanden aus der Münchner Schickeria. Natürlich hatte er hie und da ein paar Namen in den Gesellschaftskolumnen aufgeschnappt, aber es fehlten ihm die Gesichter dazu. Es war nicht seine Welt. Dann kam ihm eine Idee: Ich sollte mich auf jene konzentrieren, die Melissa nicht kennt, dachte er. Denn genau die könnten interessant sein.

Also zog er sein Handy aus der Tasche und wählte erneut die Nummer seiner Agentin.

„Hast du schon wieder einen Auftrag für eine Undercover-Aktion für mich?", begrüßte sie ihn diesmal leicht verstimmt.

„Kommt noch, nur nicht ungeduldig werden", gab Landorff zurück. „Ich hab dir vor einigen Minuten die Seiten der Gästeliste von Winters Party zugemailt. Kannst du mal die Namen überfliegen und mir sagen, wen du *nicht* kennst?"

„Ist das jetzt ein Scherz oder bist du betrunken?", erkundigte sich Melissa mit der ihr eigenen Direktheit. „Ich wette, ich kenne alle auf der Liste. Ich kenne ja sogar dich ..."

„Herzlichen Dank, du tust mir soo gut", knurrte Landorff, während zwei spielende Kinder in der Fußgängerzone versuchten, ihn mit Mini-Fahrrädern in die Enge zu treiben. „Kannst du trotzdem rasch drüberschauen?"

Melissa seufzte theatralisch. „Also gut, für dich. Ich hab ja sonst nichts zu tun. Wirfst du auch ab und zu einen Blick in deinen Online-Kalender? Vergiss den Termin am Freitag nicht."

„Jaja, ich weiß, der irische Abend mit dem Bürgermeister." Landorff räusperte sich. Der wäre ihm glatt entfallen. Er hatte in der Zwischenzeit schon wieder vergessen, wie er überhaupt an diesen verdammten Kalender kommen sollte. Doch da konnte Petra, die Profil-Fälscherin, sicher helfen. Instinktiv kramte er in seinen Taschen nach ihrer Visitenkarte.

„Und? Was sagt die Society-Expertin?"

„Wie ich es mir dachte", murmelt Melissa vor sich hin, „kein einziger Unbekannter in der Liste. Alles die üblichen Verdächtigen."

Naja, dachte Landorff, den Versuch war es wert gewesen ...

„Warte mal, da ist jemand, von dem ich tatsächlich noch nie etwas gehört habe." Melissa klang fast ein wenig aufgeregt. „Alexandra D. Buschmann. Der Name sagt mir gar nichts. Ist aber auch der einzige", setzte sie nach einem Augenblick entschuldigend hinzu.

„Danke, das war auch schon alles für den Moment", gab Landorff zurück, legte rasch auf und verhinderte damit eine Diskussion über seine nächsten Termine.

Also Alexandra Buschmann und Michael Landorff. Zwei Leute, die nicht ins Konzept passten. Schnell hatte er den Eintrag auf der Liste gefunden: „Alexandra D. Buschmann, Bodenkirchen." Na gut, nicht gerade der Nabel der Welt. Er überlegte kurz. Das war im Nirgendwo, gleich neben Vilsbiburg oder Velden, da drüben an der Grenze zu Niederbayern.

Google Maps wusste es genauer. Bodenkirchen lag eine gute Stunde Fahrt von der Münchner Stadtgrenze entfernt in Richtung Osten. Für Münchner tiefste Provinz.

Eine rasche Personensuche zum Namen Buschmann brachte wenig Details, aber dafür zumindest eine Telefonnummer.

„Buschmann?", meldete sich auch prompt eine angenehme Stimme, die unternehmungslustig und gut aufgelegt klang.

Nach einem kurzen internen Kampf entschied sich Landorff für seinen wahren Namen. Petra hin oder her.

„Mein Name ist Michael Landorff und es tut mir leid, falls ich Sie stören sollte. Wir waren beide auf der Party von Gregory Winter vor zwei Tagen eingeladen und haben laut meiner Agentin eines gemeinsam – wir passen nicht zum Rest der Truppe."

Andrea Buschmann lachte ein ansteckendes Lachen. „Darüber habe ich auch schon nachgedacht", gestand sie unumwunden. „Sie haben eine Agentin? Wie interessant. Im Sinne von geheim oder so …?"

„Ach was, im Sinne von Literatur", beschwichtigte Landorff sie und begann zu erzählen. Von der Einladung in seinem Briefkasten, von Gregory Winter und seinem heißen Ableben, von dem bis zum Hals in Beton steckenden Zahlmann Junior und der Gästeliste als ein Who is Who der Münchner oberen Zweihundert. „Auf der nur wir beide eine Ausnahme bilden ..."

„Unglaublich", meinte sie nach einem kurzen Augenblick. „Ich habe die Einladung – wie Sie ebenfalls – an meine Heimadresse zugestellt bekommen, ich glaube von einer dieser Post-Alternativen, die es heute gibt. Bin da aber nicht mehr so sicher, was das betrifft. Zu Winters Party bin ich dann gegangen, weil ich neugierig war und an dem Abend keinen Termin hatte. Und ganz ehrlich: Bis auf eine Handvoll Leute habe ich überhaupt niemanden erkannt. Und auch die waren mir nur vom Lokalfernsehen oder aus der Zeitung ein Begriff. Aber andererseits, das Essen war gut und der Wein sensationell …“ Sie lachte wieder und es machte sie auf Anhieb sympathisch.

„Ich bin Autor und Journalist“, stellte Landorff fest, „und das Buffet war in der Tat ausgezeichnet. *Touché*. Ich habe mich zwar mehr an den Whisky gehalten, aber sonst ging es mir wie Ihnen. Ich habe keine Ahnung, warum Winter mich eingeladen hat. Ich habe ihn vorher jedenfalls nie getroffen. Was treiben Sie so, wenn Sie nicht bei der Schicki-Micki-Truppe eingeladen sind und helfen, Zahlmann-Buffets zu leeren?“

„Ich verdiene meinen Lebensunterhalt meist nachts“, antwortete sie und lachte kehlig. „Ich bin professionelle Pokerspielerin.“

8. Künstliche Intelligenz

Eine Pokerspielerin und ein Journalist …

Kroning hatte durchaus recht, die Gästeliste durchzugehen, nicht so geglückt war allerdings die Reihenfolge, in der er sie abarbeitete, dachte Landorff und ließ sich auf den Fahrersitz seines Wagens fallen. Hier stimmte einiges nicht und je tiefer er grub, desto mehr Schlamm wirbelte er hoch.

Alles wurde immer undurchsichtiger und trüber.

Warum hatte Winter zwei Leute zu seiner Party eingeladen, die er noch nie gesehen hatte? Die auch nichts miteinander zu tun hatten, ja, die in seine hochkarätige Gesellschaft gar nicht hineinpassten. Die beide aus dem Rahmen fielen, sozusagen.

Ausgerechnet zu einer Party, die seine letzte werden sollte … Was er aber nicht wissen konnte, weil er doch einige Tage später nach Indien fliegen wollte. Doch dann müsste es ein Ticket geben, irgendwo im Haus. Und das wiederum hätte der Polizeiringer finden müssen.

Kurz entschlossen wählte Landorff die Nummer Kronings und der meldete sich tatsächlich nach dem zweiten Läuten.

„Landorff hier, wir haben uns im Besprechungsraum von Melissa Warttemberg getroffen. Ich war ebenfalls auf der Party von Gregory Winter."

„Ah, ja, ich erinnere mich. Ist Ihnen noch etwas eingefallen, Herr Landorff?"

„Melissa hat mir erzählt, dass Winter in den nächsten Tagen nach Indien fliegen wollte. Haben Sie ein Ticket in Winters Haus gefunden?"

An Kronings Schweigen war unschwer zu erkennen, dass er nichts dergleichen gefunden hatte.

„Warum interessiert Sie das?", fragte er schließlich.

„Weil ich Journalist bin und plane, über den Fall Winter zu schreiben. Also sammle ich Informationen."

„In diesem Fall wenden Sie sich am besten an die Pressestelle." Kroning klang abweisend.

„Ich wollte eigentlich einen aktuellen Artikel und keinen hundertjährigen Kalender schreiben“, gab Landorff zurück. „Sie und ich, wir wissen beide, wie schnell die Pressestellen der Polizeidirektionen arbeiten. Sehr schnell, wenn es darum geht, über die Verdienste der Exekutive zu berichten, und zäh wie flüssiger Teer, wenn es um tatsächlich relevante Informationen geht.“

„Sie haben Ihre Probleme, ich habe meine“, brummte der Kommissar unwillig.

„Was Winter betrifft, so habe ich Ihnen gerade eine wichtige Information gegeben, finden Sie nicht? Wie wäre es mit einem Gegengeschäft?“

„Kommt darauf an. Schießen Sie los.“

„Wo ist eigentlich Winters Tochter zurzeit?“

„Die ist zu einer Freundin gezogen, weil sie nicht in der Villa ihres Vaters bleiben wollte“, antwortete Kroning. „Die Adresse kann ich Ihnen beim besten Willen nicht geben, aber der Name der Freundin lautet Evelyn Aichner. Haben Sie nicht von mir.“

„Wir haben nie telefoniert“, versicherte Landorff, legte auf und startete Google.

Die Aichners wohnten nicht weit entfernt von Winters luxuriöser Villa. Kurze zwei Straßen. Immer noch dieselbe hohe Porsche-Dichte und Landorff rechnete damit, seinen Gartenpflege-Guru Grünberger mitsamt Rasenmäher am Werk zu sehen, doch der hatte offenbar einen anderen Auftrag.

Das Wohnhaus der Aichners sah dem Weißen Haus in Washington zum Verwechseln ähnlich – allerdings im Maßstab eins zu zehn. Landorff erwartete, Barack Obama als Gartenzwerg neben der Einfahrt anzutreffen, aber so viel Witz hatten die Besitzer dann doch nicht. Dafür saßen zwei venezianische Löwen auf den Pfeilern des Einfahrtstors und starrten ins Leere.

Neben den blank geputzten Messingknöpfen gab es keinerlei Namen. Reichtum war schon immer namenlos in Grünwald. Also drückte Landorff auf drei untereinanderliegende Knöpfe zugleich. Eine Stimme meldete sich mit einem herablassenden „Jaaa?“.

„Ist da das Oval Office?“, fragte er unbekümmert. „Oder die Küche?“

„Sie müssen sich in der Hausnummer geirrt haben“, verkündete die Stimme irritiert.

„Glaube ich kaum“, beharrte Landorff. „Ist Shaneya Winter hier?“

„Die beiden jungen Damen sind zum Shopping. Kann ich etwas ausrichten?“

„Ich werfe meine Visitenkarte in den Postkasten, bitte leiten Sie die an Shanyea weiter. Ich erwarte ihren dringenden Rückruf, wenn geht noch heute.“

„Ich werde es Frau Winter ausrichten, Sie können sich darauf verlassen“, tönte die Stimme etwas hochnäsig aus dem Lautsprecher, gefolgt von einem Tut-tut-tut.

Der lästige Besucher war entlassen.

Die Fahrt nach Bodenkirchen dauerte länger als geplant. Bis Landorff auf der richtigen Landstraße aus München herausgefunden, sich dann in den nachmittäglichen Verkehr auf der Bundesstraße eingereiht hatte und hinter zahlreichen Lkws verzweifelt war, hatte er genügend Zeit zum Nachdenken.

Wenn Kroning den jungen Zahlmann bereits untersuchen ließ, dann konnte es nicht mehr lange dauern, bis er die Resultate von Gerichtsmedizin und Spurensicherung vorgelegt bekam. Andererseits würde er kaum gewillt sein, sie mit Landorff zu teilen, schon gar nicht, nachdem er erfahren hatte, dass der als Journalist ebenfalls an dem Fall dran war.

Sackgasse.

Und Landorff müsste Kontakte bei der Münchner Polizei mobilisieren, die er jedoch nicht hatte.

Ein wahnsinniger Motorradfahrer schnitt vor Landorff von links nach rechts und wäre um ein Haar auf seiner Kühlerhaube gelandet. Nach einer Schrecksekunde griff Landorff zum Telefon.

„Nicht schon *wieder* du!“ Melissa klang frustriert. „Wayne hat mich gefragt, ob ich noch alle Tassen im Schrank habe! Das kostet mich wieder eine Lawine an Gegenleistungen.“

„Daraus entnehme ich, dass er den alten Abzug fotografiert hat“, schloss Landorff messerscharf. „Sehr gut. Kommen wir zum nächsten Punkt.“

„Wie bitte? Nächster Punkt? Glaubst du, ich arbeite nur mehr für dich?“, ereiferte sich Melissa.

„Willst du einen Bestseller oder nicht? Dann wirst du auch etwas dafür tun müssen. Hast du Verbindungen zur Münchner Polizei? Am besten ganz oben?“ Landorff wechselte die Fahrspur und beschleunigte bei einer grünen Ampel in Erding. Hinter ihm regte sich ein Wichtel mit Hut in einem BMW-Geländewagen auf und hupte.

„Was hätte der Herr gern? Polizeipräsident, Innensenator oder vielleicht gleich den Innenminister?“ Melissa hörte sich ganz und gar nicht gut drauf an.

„Kannst du ein Geheimnis für dich behalten? Dann hör zu …“, sagte ihr Landorff und erzählte vom junge Zahlmann in seinem Betonkorsett, seiner Zunge, angenagelt an eine der Bauhütten, und dem ziemlich unwilligen Kommissar Kroning.

Melissa schwieg betroffen.

„Ich wette, dieser Mord hat etwas mit dem Abfackeln von Gregory Winter zu tun“, räsonierte Landorff weiter.

„Kannst du das auch etwas eleganter darstellen?“, fragte seine Agentin betroffen nach. „Der junge Zahlmann ist also ebenfalls tot …“

„Und genau deshalb brauche ich einen Draht zu den Informationen, die Kroning auch bekommt“, erklärte er ihr. „Weil der jetzt weiß, dass ich Journalist bin, und mir nichts mehr anvertrauen wird, ohne bei seiner Pressestelle rückzufragen.“

„Ich werde meine Kontakte durchgehen“, versprach Melissa. „Wie dringend ist es?“

„Noch vor dem irischen Abend?“, meinte Landorff sarkastisch. „Bis heute Abend wäre nett, wenn wir unseren Vorsprung halten wollen.“

„Du nervst“, zischte Melissa. „Ich ruf dich zurück.“

Unter den karibischen Klängen von Jimmy Buffett und seiner „Barometer Soup" liefen Landorff und sein alter Mercedes eine Stunde später in Bodenkirchen ein. Landmaschinen, ein Sattler, ein Supermarkt mit gut gefülltem Parkplatz davor, gegenüber ein Friseur. Dann war er auch bereits durch das Ortszentrum durch und rollte auf der anderen Seite aus dem Ort hinaus. Die Straße schlängelte sich durch die hügelige bayrische Landschaft und es roch nach Stall und Dünger.

Der Ortsteil Bonbruck war noch kleiner und Landorff musste aufpassen, die Abzweigung nicht zu verpassen. Links – links – links und schon stand er vor einem schmucken Einfamilienhaus mit jeder Menge Blumenkaskaden, die von den umlaufenden Balkonen herabhingen und vom grünen Daumen ihrer Besitzerin kündeten.

Die neue große Alpina-BMW-Limousine sprach dafür, dass Alexandra Buschmann nicht nur Glück hatte, sondern auch etwas von der Taktik des Pokerspiels und von Autos verstand. Die Frau, die wenig später die Tür öffnete und ihn interessiert musterte, mochte um die vierzig sein, mit kurzen schwarzen Haaren und blitzenden Augen. Sie hatte einen Pullover um die Schultern gelegt und sah auch in Jeans und weißer Bluse gut angezogen aus.

„Haben Sie es gleich gefunden oder doch länger suchen müssen?", erkundigte sie sich und streckte Landorff ihre Hand entgegen. „Willkommen hinter den sieben Bergen."

„Grüßen sich hier Fuchs und Hase noch oder kennen die sich nicht mehr?", lächelte er und betrachtete Alexandra Buschmann näher. Sie war schlank und hatte schmale Hände mit frisch manikürten Nägeln, was bei Pokerspielern wahrscheinlich zur Berufsausstattung gehörte, dachte Landorff.

„Ist lange her, dass ich einen der beiden gesehen habe", lachte Buschmann und bat ihn herein. „Ich mag das Landleben, im Gegensatz zu vielen meiner Berufskollegen, die lieber in Las Vegas, New York oder London wohnen."

Das große Wohnzimmer mit dem riesigen Fernseher war modern, aber gemütlich eingerichtet. An der Wand hingen Drucke von Andy Warhol, die einladende Sitzgarnitur füllte fast den halben Raum. Der Blick durch die hohen Fenster ging weit über die Hügel und Wiesen bis zu einem dunkelgrünen Wald am Horizont.

„Ein starker Kontrast zu den Spieltischen", bemerkte Landorff nachdenklich. Buschmann hatte sich neben ihn gesetzt und drückte ihm ein Glas Cola-Zitrone mit Eis in die Hand.

„Und genau deshalb bin ich sehr gern hier", meinte sie und lehnte sich zurück. „Einer meiner erfolgreichen Kollegen hat einmal gesagt, High Stakes Poker zu spielen ist ungefähr genauso stressig wie Fluglotse mit Angststörung zu sein. Um den schwächeren Spielern am Tisch das Geld abzunehmen, braucht man Intelligenz, ein gutes Gedächtnis und viel Disziplin – es ist harte Arbeit. Der Weg zum Elitespieler ist ein dorniger und teurer, glauben Sie mir. Kein Spaziergang. Und der Stress ist mein täglicher Begleiter bei den Turnieren."

„Wie wird man professionelle Pokerspielerin?", wunderte sich Landorff. „Ist ja nicht gerade ein alltäglicher Beruf ..."

„Ach, es gibt mehr von uns, die sich an den Spieltischen ihr Geld verdienen, als man denken sollte", meinte Buschmann. „Mit den Online-Pokerrunden im Internet hat die Zahl geradezu explosionsartig zugenommen. Viele spielen von zu Hause, aber mir macht das keinen Spaß. Ich brauche die Atmosphäre der Spieltische, möchte meine Gegner aus Fleisch und Blut mit mir am Tisch sitzen sehen. Daher fahre ich nur zu den großen Turnieren, bei denen es auch etwas zu gewinnen gibt."

„Macht das Spiel um viel Geld irgendwann süchtig?"

„Für mich ist Pokern ein Sport. Und wie jeder Sport kann auch das süchtig machen. Jeder Fußballspieler will nach ein paar Tagen der Untätigkeit wieder auf den Rasen, ich will wieder an den Tisch." Sie sah ihn herausfordernd an. „Ich denke, jede Leidenschaft bringt das mit sich."

„Aber wird man angesichts der Summen und des leicht verdienten Geldes nicht leichtsinnig? Ich könnte mir vorstellen, dass irgendwann auch die Spielsucht einsetzt."

Buschmann schüttelte energisch den Kopf.

„Spielsucht ist etwas anderes, die werden Sie bei professionellen Pokerspielern nicht finden. Ich kenne zumindest keinen, der sich verschuldet hat, um weiter zu pokern. Ein Pokerspieler braucht viel Disziplin und er muss vor allem mit Geld umgehen können. Sie bringen einen genau abgemessenen Betrag mit an den Tisch und versuchen, ihn im Laufe eines Turniers zu vermehren. Seine Miete mit an den Tisch zu nehmen, das ist keine gute Idee." Sie lächelte und Landorff glaubte ihr.

„Was war Ihr bisher höchster Gewinn?", wollte er wissen.

„Eine knappe Million, aber vor Abzug aller Steuern und Spesen, und nicht zu vergessen die Verluste, die man all die Jahre so hat. Am Ende bleibt genug zum Leben über, aber reich wird man nicht. Nicht so reich wie Winter und Konsorten."

„Nahtloser Übergang zum Thema", hakte Landorff ein. „Gregory Winter war laut seiner Mutter ein sehr rational denkender Mensch. Überaus erfolgreich, verkehrte in den richtigen Kreisen und gehörte zur Münchner Schickeria. Die lud er auch ein, um seinen größten Coup zu feiern – den Verkauf seiner Unternehmensgruppe. Am Ende der Party war er tot und die Polizei sucht nun fieberhaft nach Hinweisen und Zeugen und arbeitet dafür derzeit die Gästeliste ab, von Z nach A."

„Deshalb waren sie noch nicht bei mir", stellte Buschmann fest. „Die einzigen beiden, die also bei dieser Party nicht ins Bild passten, sind wir."

„Definitiv. Entweder ich täusche mich völlig und es hat gar nichts zu bedeuten oder Winter hat uns zu einem ganz bestimmten Zweck eingeladen." Landorff drehte sein Glas in den Händen und bewunderte die Aussicht auf die sonnenbeschienenen Wiesen. „Aber lassen Sie mich erklären. Erstens – er hätte uns nicht einladen müssen. Wir sind keine Freunde, nicht einflussreich, nicht mal flüchtige Bekanntschaften. Im Gegenteil. Keiner von uns beiden hat ihn jemals getroffen. Zweitens – wir kannten einander bis jetzt nicht mal. Er kann also keine Verbindung gefunden haben, weil es keine gibt. Oder er wusste etwas, das wir nicht wissen."

„Vielleicht wusste er, dass er sterben würde?"

Der Satz Buschmanns hing im Wohnzimmer wie eine dichte Wolke Zigarrenrauch, die sich nicht auflösen wollte. Landorff schaute sie verblüfft an. Dieser Gedanke war ihm noch gar nicht gekommen. Und dennoch …

„Nehmen wir mal für einen Moment an, Sie haben recht“, meinte er. „Was nutzen wir beide ihm dann auf seiner Gästeliste?“

„Im Grunde hat er bereits erreicht, was er wollte“, stellte seine Gastgeberin nachdenklich fest. „Sie recherchieren den Fall, die Hintergründe und die Querverbindungen, und zwar aus einem anderen Blickwinkel als die Polizei. Der Journalist hat mit seiner Arbeit begonnen, kaum zwölf Stunden nach dem Tod Winters.“

Was allerdings stimmte … wenn man es von dieser Seite her betrachtete. Landorff stellte überrascht fest, dass Alexandra Buschmann das alles sehr rational sah.

„Aber ich bin noch nicht draufgekommen, welche Rolle ich in der ganzen Sache spiele“, fuhr die Hausherrin fort. „Was hat Winter in mir gesehen? Weshalb hat er mich eingeladen?“

„Weil Sie hübsch sind?“, lächelte Landorff. „Nein, im Ernst, bestimmt nicht, weil Sie Poker spielen. Da muss es noch etwas anderes geben. Etwas, das Winter wusste und das wir jetzt übersehen. Also – Zeit für eine Beichte. Was macht die Pokerspielerin, wenn sie nicht ihr Full House oder ein Straight Flush auf den Tisch legt?“

Buschmann zuckte mit den Schultern und schaute ihren Besuch ein wenig ratlos an. „Eigentlich nichts Besonderes. Mein Haus hier und der große Garten halten mich ganz schön auf Trab, da ich allein lebe und alles an mir hängen bleibt. Ab und zu mache ich eine Runde mit dem Fahrrad bis nach Rosenheim oder an den Chiemsee, die Urlaube verbringe ich meist in der Toskana. Da gibt es ein großes Weinbauernhaus in der Maremma, in der Nähe von Massa Marittima, mit einfachen Fremdenzimmern. Die Lage ist idyllisch und das Essen unvergleichlich.“

Landorff blickte sie weiterhin erwartungsvoll an. „Das alles hat Winter kaum motiviert, Sie einzuladen. Also? Kramen Sie ein wenig tiefer in Ihrer Vergangenheit!“

Buschmann runzelte die Stirn. „Ich habe ursprünglich Mathematik und Wirtschaftswissenschaften studiert, eine kuriose Kombination, ich weiß, aber beides hat mich wirklich interessiert. Nach dem Abschluss arbeitete ich für rund acht Jahre in der Firma meines Vaters und habe nebenbei mit dem Pokern begonnen. Als ich dann meinem alten Herrn eröffnete, dass ich in Zukunft mit dem Kartenspiel mein Leben bestreiten würde, hat er mich hochkant hinausgeworfen. Das ersparte mir die Kündigung."

„Und das war wann?"

„Vor mehr als sechs Jahren", antwortete Buschmann und zuckte die Schultern. „Der Kontakt zu meinem Vater ist so gut wie abgerissen. Wir schreiben uns gerade noch vorgedruckte Weihnachtskarten, das ist alles."

„Geniale Männer, hochbegabte Kinder, Jugendsünden, versteckte Fähigkeiten, paranormale Veranlagungen", regte Landorff an, doch sie schüttelte entschieden den Kopf. „Dann übersehen wir etwas. Und es muss so offensichtlich und allgemein bekannt sein, dass Winter es ebenfalls wusste oder unschwer herausfinden konnte. Und sich deshalb entschloss, Sie einzuladen."

Für einen Moment saßen beide schweigend nebeneinander und schauten hinaus ins Grüne. Ein Traktor rollte am Waldrand entlang und ein schwarzer Hund sprang vergnügt daneben auf und ab. Durch die offene Tür war sein begeistertes Kläffen zu hören.

„Welche Art von Unternehmen besitzt Ihr Vater eigentlich?"

„Es ist eine Forschungseinrichtung für künstliche Intelligenz, der ein Dienstleistungsunternehmen für Steuerungstechnik angeschlossen ist", meinte Buschmann etwas abwesend und schaute dem Hund nach, der im Wald verschwunden war.

„Dann wissen wir jetzt, warum Sie auf der Gästeliste standen. Bevor er seine Firmen verkaufte, baute Winter Drohnen aller Art für Kunden in aller Welt. Davon verstehe ich genauso viel wie von Quantenphysik oder künstlicher Intelligenz. Nämlich nichts."

Die Frau des Hauses runzelte die Stirn. „Davon wusste ich gar nichts! Ich dachte immer, er hätte eine dieser typischen Start-up Companies gewinnbringend an den Mann gebracht. Drohnen? Seltsam. Dann hätte er ja nur meinen Vater einladen müssen. Ich nehme an, der wäre sogar gekommen. Vielleicht war Winter ja ein Kunde der AICT."

„AICT?"

„Artificial Intelligence Control Technology", erklärte Buschmann. „So heißt das Unternehmen meines Vaters."

„Das erklärt es", stellte Landorff zufrieden fest. „Und wieder fällt ein Puzzleteilchen an seinen Platz. Winter wollte, aus welchem Grund auch immer, nicht Ihren Vater auf der Party haben, er wollte Sie. Vielleicht hatten er und Ihr Vater sich gestritten … oder Winter wusste, dass Ihr Vater nach seinem Tod sicherlich niemandem bei irgendwelchen Recherchen unterstützen würde. Was ist Ihr Vater für ein Mensch?"

„Ich bin ganz sicher voreingenommen, aber er ist ein alter Geheimniskrämer, der sich lieber die Zunge abbeißen würde, als irgendjemandem in die Projekte seiner Firma Einblick zu gewähren." Buschmann trank den letzten Schluck Cola aus. „Einer der Gründe, warum ich sehr froh war, als mein Vater mich hinauswarf. Er nahm prinzipiell an, meine Freundinnen und Freunde hätten es nur auf seine Entwicklungen abgesehen. Sein Misstrauen Fremden gegenüber ist legendär in der Firma. Es gibt da einen alten Spruch: ‚Buschmann gewöhnt sich am liebsten an Leute, die er schon kennt.'"

„Passt! Winter wollte einen freien Journalisten und eine Pokerspielerin, die Zugang zu künstlicher Intelligenz hat, auf seiner Party und er wollte sie zusammenbringen. Was ihm bemerkenswert gut gelungen ist", überlegte Landorff. „An Winter ist ein Stratege verloren gegangen. Seine Mutter hat recht. Er war ein durch und durch logisch und rational denkender Mensch. Selbst als er Angst um sein Leben hatte, plante er alles ganz genau."

„Und wenn alles gut gegangen wäre? Wenn Winter nicht ums Leben gekommen wäre?", wunderte sich Buschmann.

„Dann wäre gar nichts passiert. Wir hätten uns nie kennengelernt, Gregory Winter hätte zwei zusätzliche Gäste auf seiner Riesenfete gehabt und irgendwann in den frühen Morgenstunden wären wir nach Hause gewankt. Hätten danach noch ein, zwei Mal an den Abend zurückgedacht – *et voilà*. Winter wäre nach Indien geflogen und ich hätte mich weiter mit meiner Agentin herumgestritten, während Sie zum nächsten Turnier aufgebrochen wären."

Buschmann lachte in sich hinein. „Schon irgendwie genial, wenn er das tatsächlich so geplant hat. Aber was machen wir nun?"

„Ich warte auf zwei Rückrufe, einen von meiner Agentin und einen von der Tochter Winters. Dann sehen wir weiter. Planen Sie, das Land zu verlassen?"

Buschmann schüttelte den Kopf. „Die nächsten drei Wochen gehe ich nirgendwohin. Danach gibt es ein Turnier in Kopenhagen, für das ich mich angemeldet habe. Und dann Urlaub in der Toskana."

Landorff erhob sich. „Dann mache ich mich wieder auf den Weg zurück nach München. Danke für Ihre Zeit, ich halte Sie auf dem Laufenden. Winter hat irgendetwas ausgeheckt für uns beide. Und ich bin gespannt, wohin uns das führt."

Als das Telefon läutete, war Landorff bereits wieder an der Münchner Stadtgrenze. Auf dem Display stand „Unbekannt" und er erwartete seinen anonymen Informanten mit weiteren Hinweisen. Doch dann drang eine weibliche Stimme an sein Ohr.

„Herr Landorff? Hier ist Shaneya Winter. Sie wollten mich sprechen?"

„Danke für den Rückruf und mein herzliches Beileid zum Tod Ihres Vaters. Ich war ebenfalls auf der Party, bin aber gegen drei Uhr früh gegangen. Ich nehme an, dass Sie bis zum Ende geblieben sind? Oder hat Ihr Freund Sie auf einen Morgentrunk mitgenommen?"

„Nein, aber ich sehe nicht ein, warum Sie das interessiert. Oder warum ich Ihnen darauf antworten sollte." Mademoiselle Winter klang unwirsch.

„Weil ich Journalist bin, den Tod Ihres Vaters recherchiere und derzeit der Einzige bin, der vielleicht herausfinden kann, warum Gregory Winter tatsächlich sterben musste."

„Da gibt es immer noch die Polizei ...", wandte sie ein.

„Wussten Sie, dass der junge Zahlmann heute Morgen bis zum Hals einbetoniert und ohne Zunge auf einer Baustelle in Pasing gefunden wurde?"

Der Schuss saß. Sie holte erschreckt Luft.

„Kevin? Kevin ist tot?"

„Vierundzwanzig Stunden nach Ihrem Vater." Dann erzählte er ihr von seiner Vermutung, wie Alexandra Buschmann und er auf der Gästeliste gelandet waren.

„Sie meinen, mein Vater hat seinen Tod geahnt?" Landorff konnte ihre Verwirrung durchs Telefon hören. „Das ist ... absurd."

„Was wussten Sie von seinen Geschäften, außer dass sie viel Geld einbrachten?", landete Landorff seinen nächsten Seitenhieb.

„Ähh ... nicht viel." Sie räusperte sich und Landorff merkte, dass es ihr nicht so gut ging, wie sie vorgab. Die harte Schale war sehr dünn geworden und darunter war das unsichere Mädchen zum Vorschein gekommen. „Sehen Sie ... mein Vater war viel unterwegs und hat nie besonders viel Zeit mit mir verbracht. Also sprach er zu Hause kaum über die Firma."

Auch so ein Haushalt, bei dem der Strom aus der Steckdose kommt und das Geld von der Sparkasse, dachte Landorff und fragte weiter: „Wie war Ihre Verbindung zu Kevin Zahlmann? Woher kannten sie sich?"

„Wir sind gemeinsam in die Grundschule gegangen, dann habe ich die Schule gewechselt und wir haben uns erst in den letzten beiden Jahren wieder öfter gesehen, seit sein Vater für meinen die Partys ausrichtet."

„Hatten Sie eine Beziehung zum jungen Zahlmann?"

„Nein, wir waren viel zu verschieden", entgegnete Shaneya bestimmt, „und außerdem war er zu jung für mich."

„Haben Sie irgendeinen Verdacht, wer Ihren Vater umgebracht haben könnte und weswegen?", fragte Landorff sie und kam sich vor wie der Assistent Kronings.

„Nein …“ Dann schluchzte sie los. „Ich habe mich mit meinem Vater auf der Party sogar noch gestritten wegen dieses Lackaffen, dieses Personal Trainers aus der Muckibude. Völlig unnötig!“

„Und danach?“

„Danach kam irgendwann einmal ein Blackout und ich bin auf der Couch im Wohnzimmer eingeschlafen. Und wach geworden, als die Haushälterin mit den Gläsern klirrte und sauber machte.“

„Die war es auch, die Ihren Vater gefunden hat?“

„Ja, sie schrie und schrie und dann bin ich hinübergelaufen in sein Arbeitszimmer. Seitdem habe ich Albträume …“ Sie verstummte und Landorff war mit einem Mal froh, dass ihm der Anblick erspart geblieben war.

„Haben Sie sonst jemanden im Hause gesehen, bevor die Polizei kam? Haben Sie aus dem Fenster geschaut? Stand ein Wagen auf der Straße, der Ihnen ungewöhnlich erschien?“ Dabei dachte Landorff an den unbekannten Informanten, der behauptet hatte, den Mord an Winter beobachtet zu haben.

„Nein, mir ist nichts aufgefallen und außer mir und Frau Keller war sicher niemand im Haus, das hätten wir gehört.“ Shaneya klang überzeugt.

„Kann man eigentlich von der Straße in das Arbeitszimmer Ihres Vaters sehen?“

„Kann man nicht. Nur vom Nachbargrundstück.“ Ein Schnäuzen tönte durch das Telefon. „Die Fenster sind hoch und Vater hatte etwas gegen Vorhänge oder Stores. Er wollte Licht und mochte den freien Blick, auch wenn der nur über die Wiese bis zum nächsten Haus reichte.“

„Liegt das Wohnzimmer, in dem sie geschlafen haben, auf der gleichen Ebene wie das Arbeitszimmer Ihres Vaters?“

„Wir haben zwei Wohnzimmer, eines im Erdgeschoss und eines im ersten Stock“, antwortete Shaneya prompt. „Ich lag oben auf der Couch.“

„Mehr oder minder bewusstlos. Sie hätten auch nichts gehört, wenn im Garten zwei Bomben hochgegangen wären, habe ich recht?“ Das klang nicht sehr freundlich, entsprach jedoch sehr wahrscheinlich der Realität. Landorff war überzeugt, die kleine Winter war voll wie eine Haubitze auf dem Sofa im ersten Stock weggekippt, während einen Stock tiefer ihr Vater von drei Männern in Schwarz gefoltert und ins Jenseits befördert wurde.

Mit anschließender Brandbeschleunigung.

„Ja, wahrscheinlich …“, gab sie zu und schniefte wieder. „Denken Sie, Sie finden heraus, wer das getan hat?“

„Die Polizei ist derzeit auf einem ganz falschen Dampfer unterwegs“, behauptete Landorff. „Für mich hängen der Tod Ihres Vaters und der von Kevin Zahlmann irgendwie zusammen. Ich bin noch mitten in den Recherchen, aber ich halte Sie auf dem Laufenden. Versprochen. Wissen Sie, bei welchem Notar Ihr Vater sein Testament hinterlegt hat? Oder gibt es einen Tresor im Haus? Ein Bankschließfach, in dem es liegen könnte?“

„Tresor gibt es keinen …“ Sie verstummte etwas hilflos. „Ich werde mich schlau machen und melde mich, sobald ich etwas weiß.“

Mit diesem Versprechen beendete sie das Gespräch und Landorff hatte wieder ein paar Puzzleteilchen an den richtigen Platz geschoben. Der Gorilla war abgezogen oder vom Hausherrn an die frische Luft befördert worden, das Töchterchen war ins Koma gefallen und die letzten Gäste, die sich auf den Heimweg machten, hatten wahrscheinlich den drei Killern die Klinke in die Hand gedrückt. Denn eines stand für Landorff fest: Die Männer in Schwarz hatten nicht zu den Partygästen gehört. Sie hatten nur den Zeitpunkt sehr gut gewählt.

Dann war der Tod der Letzte gewesen, der zur Feier gekommen war.

Als Melissa zurückrief, war Landorff fast wieder zu Hause.

„Hallo Nervensäge“, begrüßte sie ihn. „Ich bin heute Nachmittag mindestens fünf Jahre gealtert. Zuerst eine Besprechung mit einem widerspenstigen Kunden, die mir den letzten Nerv geraubt hat, dann die Suche nach einem mitteilsamen Mitwisser bei der Kripo.“

„Besserwisser sucht Mitwisser …“, grinste Landorff und Melissa klang gar nicht erfreut.

„Meinst du dich?“, gab sie pikiert zurück. „Eines der Mitglieder der Spurensicherungstruppe, die bei Winter vor Ort war, ist ein Bekannter von Petra. Sie hat mit ihm gesprochen und ihm die Situation geschildert. Er hat zugesagt, sich mit dir zu treffen, aber verdeckt. Wenn das rauskommt, dann kann er sich nach einem anderen Job umsehen, das ist dir hoffentlich klar. Ich habe deshalb einen Treffpunkt an der Isar ausgemacht. Da wird um diese Zeit gegrillt bis spät in die Nacht, ihr solltet also nicht auffallen. Kennst du die Eisenbahnbrücke an der Isartalstraße? Ihr trefft euch darunter, am Isarufer, auf der Seite vom Freibadbächl. Er wird eine Flasche mit irischem Bier in der Hand halten.“

„Wem ist denn das eingefallen? Ich vergesse diesen verdammten Abend morgen schon nicht, verlass dich drauf! Und ich ziehe auch meine Michel-de-Gilles-Klamotten an. Wann soll ich an der Isar sein?“

„21.00 Uhr und sei pünktlich, Florian ist schon nervös genug.“

„Guter heil'ger Florian, schütz unser Haus, zünd' andere an“, murmelte Landorff.

„Wenn du das nach dem Tod von Gregory für witzig hältst, dann muss ich nochmal über unser Arrangement nachdenken“, zischte sie durchs Telefon und gab Landorff nicht einmal eine Chance, sich zu bedanken.

Der Abend war lau und die tief ziehenden Grillschwaden ließen Landorff das Wasser im Mund zusammenlaufen. Überall wurde gebrutzelt, was das Zeug hält. Die Profis hatten bereits Klappsessel und -tische mitgebracht, während andere ihre Wurst auf Einmal-Grillschalen drehten und es sich auf Decken bequem gemacht hatten. Er schaute auf die Uhr und stellte zufrieden fest, dass er noch fünf Minuten Zeit hatte. Trotzdem hielt er nach dem einzigen irischen Biertrinker Ausschau, der inzwischen hoffentlich noch nicht von der Augustiner- oder Hofbräu-Fraktion gelyncht worden war.

Der junge Mann, der nahe am Wasser saß und eine Flasche Kilkenny neben sich ins Gras gestellt hatte, war schmal, fast schmächtig. Er trug ein übergroßes T-Shirt und Shorts.

„Hey, Florian, ich bin Michael und ich nehme an, du wartest auf mich." Landorff setzte sich neben ihn auf die Stufen und nickte in Richtung Kilkenny-Flasche. „Die kannst du jetzt verschwinden lassen, kommt hier nicht so gut an."

„Aber ein gutes Erkennungszeichen, auf die Schnelle ist mir nichts Besseres eingefallen", meinte er fast entschuldigend. „Du bist also ein Freund von Petra?"

„Naja, sagen wir eher ein Kunde von Melissa, Petras Chefin. Und du arbeitest bei der Spusi?"

„Ja, aber erst seit ein paar Monaten. Ist immer mein Traumjob gewesen. Petra hat mir gesagt, du bist an dem Winter-Fall dran?"

Landorff nickte. „Ist faszinierend, und je tiefer ich grabe, desto interessanter wird es. Aber mir fehlen leider alle Angaben zum Tatort und zur Leiche. Ich war zwar Gast bei der Party in der Nacht des Mordes, bin aber nie bis in das Arbeitszimmer vorgedrungen, in dem er gestorben ist. Was habt ihr gefunden?"

„Na, dafür waren aber viele andere dort, den Fingerabdrücken nach zu schließen. Wir haben die Abdrücke von mindestens zwölf Personen gefunden, darunter wahrscheinlich auch die von Winter, aber das muss erst geklärt werden. Den Resten der Leiche konnten wir keine mehr abnehmen ..."

„Hat schlimm ausgesehen?"

„Muss ziemlich lange gebrannt haben, die Benzinkanister waren aber nirgends zu finden, die müssen die Täter wieder mitgenommen haben. Von Winter blieben nur mehr ziemlich verkohlte Reste. Mehr oder minder Asche und ein Skelett mit Fleischstücken. Deshalb konnte der Arzt auch keinen genauen Todeszeitpunkt festsetzen. Die Putzfrau war erst um neun im Haus, wann die Letzten von der Party verschwunden sind, findet Kroning erst heraus. Aber dazwischen kann viel Zeit liegen."

Florian nahm doch noch einen Zug aus der Kilkenny-Flasche.

„Womit war Winter an die Zentralheizung gefesselt?“, wollte Landorff wissen und warf einen Kieselstein in die Isar. Brachte das Glück, wie beim Trevi-Brunnen?

„Handschellen, massive Ausführung, kein Spielzeug fürs Schlafzimmer“, berichtete Florian. „Unmöglich, sich daraus zu befreien. Die brachten die Täter sicher ebenfalls mit. Das rundum verspritzte Blut lässt darauf schließen, dass sie Winter ausgiebig folterten, bevor sie ihn angezündet haben.“

„Irgendwelche Spuren, die man den Tätern zuordnen kann?“

Florian zuckte mit den Schultern. „Durch Haus und Garten sind 200 Gäste marschiert, haben gegessen und getrunken und gefeiert, und was sie sonst noch so gemacht haben, das will ich gar nicht wissen. Wenn ich dir erzähle, was wir alles gefunden haben …“

Landorff winkte ab. „Lass gut sein, das kann ich mir vorstellen.“

„Also kann kein Mensch Spuren von drei Leuten herausfiltern, die irgendwann ins Haus gekommen sind und eine oder vielleicht sogar zwei Stunden später wieder gegangen sind. Selbst wenn Winter geschrien hat … Die Nachbarn wussten von der Party und hätten jedes Gekreische am frühen Morgen als Folgen des Restalkohols in Verbindung mit *sex and drugs and rock 'n' roll* abgetan. Deshalb wird sich Kroning auch schwertun mit Zeugen, selbst wenn es nur Ohrenzeugen sind.“

Ach, ich hätte da schon einen Zeugen, dachte Landorff, aber das werde ich dir nicht auf die Nase binden, mein lieber Florian. Und doch hätte er gerne eine Bestätigung für das fehlende Auge gehabt … „Ist dem Doc an der Leiche etwas aufgefallen?“

„Ich war auch mal im Haus unterwegs und nicht immer im Arbeitszimmer, aber nach dem, was ich so aufschnappen konnte, fehlten Winter einige Körperteile, nachdem die Täter mit ihm fertig waren.“

„Genaueres?“

„Müsstest du in der Pathologie nachfragen. Ich weiß nur von einem Auge und der rechten Hand. Die Reste der anderen hat man gefunden. Andere Hand und anderes Auge, meine ich.“

„Das heißt, die Mörder haben Winter die Hand abgeschnitten, bevor sie ihn angezündet haben?"

Florian nickte still. Dann meinte er: „Und das Auge ausgestochen …"

Der Geruch der gegrillten Steaks war mit einem Mal nicht mehr so verlockend. „Warst du auch auf der Baustelle in Pasing, wo man die einbetonierte Leiche gefunden hat?"

Florian schüttelt den Kopf. „Haben wohl die Kollegen gemacht. Ich hatte heute meinen freien Tag."

Wäre ja auch zu schön gewesen, dachte Landorff. „Kann ich dich zum Essen einladen? Gleich um die Ecke ist das ‚Makassar', da kochen sie kreolisch. Brennt zwei Mal …"

„Gern. Und dazu ein gescheites Weißbier." Florian blickte auf das Etikett des Kilkenny und verzog das Gesicht. „Bierbrauen müssen die noch lernen, auf der grünen Insel. Zum Glück bin ich nicht oft in Irland."

„Aber mir droht morgen ein irischer Abend und ich fürchte, die werden da auch kein Augustiner ausschenken", meinte Landorff düster. „Komm, auf ins ‚Makassar'!"

Kurz darauf kletterten sie auf den Bahndamm und liefen illegal im Halbdunkel über die Schienen ans andere Ufer der Isar.

9. Der Horror

Der Wecker musste sich anstrengen, um Landorff aus dem Traumland zu holen. Mit tastender Hand suchte er nach der Schlummertaste und drückte stöhnend mehrmals drauf. Dann machte er nochmal kurz die Augen zu – und schlief eine weitere Stunde.

Als er erneut auf die Uhr schaute, stellte er mit Entsetzen fest, dass es bereits nach neun war. Unter der Dusche fiel ihm siedend heiß ein, dass am Abend die irische Veranstaltung mit Bürgermeistergeflüster drohte. Dazu die Kleiderordnung, die Melissa ausgegeben hatte, Wayne als Paparazzo und zu all dem gute Miene machen. Sonst würde morgen die Hütte brennen und seine Agentin ihm die Hölle heiß machen, ihn von der Sympathisantenliste streichen und nie wieder ihre Verbindungen für ihn einsetzen.

Doch bis dahin blieben noch eine Gnadenfrist und ein wenig Zeit für Recherchen. Landorff stürzte in der Küche einen Stehkaffee hinunter und wählte die Nummer eines alten Freundes in der Redaktion des *Tagesanzeigers*.

„Janninger, Wirtschaftsredaktion", meldete dieser sich nach dem ersten Läuten.

„Grüß dich, Berndt, Michael hier. Hast du kurz Zeit für mich?"

„Das letzte Mal, als ich kurz Zeit für dich haben sollte, war ich drei Wochen beschäftigt", erinnerte sich Janninger. „Was ist es diesmal? Die Weißwurstmafia oder ein Brauereiskandal? Ein Nachbeben der Hypo Alpe Adria? Klüngelei im Bauernbund? Skandalfotos von Söder?"

„Was weißt du über Gregory Winter?", fragte ihn Landorff ohne Umschweife.

„Das Übliche. Hat sein internationales Vergleichs-Webportal Prolicks in wenigen Jahren zur Nummer eins bei den Start-up-Unternehmen gemacht, es vor wenigen Tagen abgestoßen, zu einem geradezu obszön hohen Preis, und sich nicht lange an seinem Reichtum freuen können."

„Der Grund, warum ich dich anrufe …"

„Du bist am Winter-Mord dran? Dann bin ich ja gespannt, was du herausbekommst!“

„Hast du jemals davon gehört, dass es sich bei Prolicks um eine Unternehmensgruppe gehandelt hat? Dass hinter dem Webportal noch ganz andere Firmen standen?“ Landorff schwankte zwischen Details und Verschwiegenheit. „Die im Paket mit dem Webportal mitverkauft wurden?“

Der ratlosen Stimme Berndts war unschwer zu entnehmen, dass er keine Ahnung hatte.

„Wir haben nicht weiter nachgegraben“, gab er zu. „Hier brennt im Moment der Hut, du kennst ja die alte Geschichte: zu wenig Mitarbeiter und zu viele News. Aber ich kann meine Fühler ausstrecken, wenn du möchtest. Winter können wir ja nicht mehr fragen. Aber warte mal! Was ist mit dem Käufer? Soviel ich weiß, hat eine internationale Investorengruppe Prolicks gekauft. Sitz in … Moment mal, ich hab da was … Sitz auf den British Virgin Islands, in der Karibik. Lass mich raten: Du willst vor Ort recherchieren?“

„Träum weiter, das kann ich mir nicht leisten. Könntest du ein wenig nachhaken, was die Firmengruppe von Winter und den neuen Besitzer betrifft? Die haben sicher nur ihren offiziellen Sitz in der Karibik. In Wahrheit residieren sie wahrscheinlich irgendwo in Europa, vielleicht gerade noch in den Emiraten.“

Seine letzten Worte gingen im Zischen der antiquierten Kaffeemaschine unter, die sich mit dem zweiten Aufguss mühte.

„Was ist los? Bist du bei einem Dampfmaschinentreffen?“, lachte Berndt.

„Ich versuche gerade, einen zweiten Kaffee in Angriff zu nehmen. Wann höre ich von dir?“

„Nächste Woche?“, versuchte es Janninger.

„Scherz“, gab Landorff trocken zurück. „Morgen allerspätestens und dafür verspreche ich dir einen Exklusivbericht. Der muss allerdings noch etwas warten, aber wir werden ihn mit dem Erscheinen meines Buchs abstimmen.“

„Also nächstes Jahr?“

„Quatsch, ich habe eine neue Agentin, die macht das im Schnellschussverfahren. Sonst bringt das nichts. Ich schreibe bereits parallel zu meinen Recherchen." Das heiße Gebräu, das aus der Maschine in die Tasse tröpfelte, duftete köstlich. „Drei Monate und wir liegen in den Buchläden. Und du hast deine Story."

„Gut, Nervensäge, ich schau, was ich tun kann. Ruf mich morgen Vormittag an."

Nach dem kargen Frühstück machte sich Landorff stöhnend über die Armada von Einkaufstaschen her, die noch immer unberührt in seinem Flur standen. Er packte Hemden und Hosen, Blazer und Pullover, Schals und Schuhe aus und fragte sich, wer das alles anziehen sollte. Dann versuchte er, etwas Geschmackvolles zusammenzustellen, wählte einen grünen Blazer zu Ehren der Iren und eine hellgelbe Bohemien-Hose im Stil der 1920er-Jahre, trat als Michel de Gilles vor die Tür und lief seiner Nachbarin direkt in die Arme. Die sah in von Kopf bis Fuß an, runzelte erstaunt die Stirn, sagte aber nichts. Dabei hat sie meine neuen Krawatten noch nicht gesehen, dachte Landorff, die gefallen außer Melissa gerade noch jenen Galeriebesitzern, die sich auf bizarr-abstrakte Kunst spezialisiert haben. Die Irische-Abend-Krawatte würde den Bürgermeister erblinden lassen, während Wayne und Melissa ihren Glücksmoment hätten. Sonst keiner. Denn die Zeitungsleser würden ihn in Schwarz-Weiß überblättern.

Aber was soll's, grübelte Landorff. Vielleicht hatte seine neue Agentin ja recht. Er erinnerte sich an einen Bekannten, der sein halbes Leben lang mit einem unmöglichen, mit Kobra-Haut überzogenen Aktenkoffer herumgelaufen war. Der Kopf der armen Schlange, in 3D auf dem Deckel skulptiert, hatte bei ihm Albträume ausgelöst. Der Bekannte jedoch hatte lächelnd gemeint: „Ist scheußlich, ich weiß, aber alle erinnern sich an mich. Jahrelang. Versprochen."

Wollte Landorff das nicht auch? Sollten sich seine Leser und Fans nicht ebenfalls jahrelang an ihn erinnern?

Auf der Suche nach seinem Wagen lief er Franco, dem Barbesitzer, über den Weg. Seine „Wunderbar" lag im nächsten Block und war als Anlaufstelle für letzte Absacker in den späten Nachtstunden allseits beliebt.

Franco betrachtete Landorff von oben bis unten und grinste.

„Noch ein wenig früh für modische Entgleisungen … Ich brauche sofort meine Sonnenbrille."

„Blödmann. Irischer Abend beim Bürgermeister", versuchte Landorff eine Rechtfertigung. „Ich muss Publicity für mein neues Buch machen, sagt meine neue Agentin. Und da ich den ganzen Tag unterwegs sein werde, blieb mir nichts anderes übrig, als gleich in die passenden Klamotten zu schlüpfen."

„Du hättest dich noch als Kleeblatt verkleiden können", regte Franco an. „Dann hätten sie dich ruck-zuck von der Straße geholt und sofort eingeliefert. Bringt auch einen Einspalter in der niederbayrischen Ausgabe von *Acker und Furche*. Man gönnt sich ja sonst nichts und deine Agentin wäre zufrieden gewesen."

„Alles nur der Neid, der aus dir spricht", sagte Landorff und ließ sich hinter das Lenkrad seines rostigen, ungewaschenen Mercedes fallen, dessen zerrissene Sitzbezüge in völligem Kontrast zu seinen brandneuen stylischen Klamotten standen.

„Und diese Klapperkiste wird auch bald über den Jordan rollen, nämlich als Ersatzteillager für Burkina Faso", ätzte Franco weiter. „Darf ich dich bei dieser Gelegenheit an deinen Deckel erinnern? Ich kann mich nicht entsinnen, wann du das letzte Mal bei mir gezahlt hast. Das muss jetzt was werden mit dem Bestseller, sonst gehst du bald zu Fuß und trinkst Leitungswasser."

Landorff ersparte sich jede Antwort, winkte kurz und fuhr los. Doch tief in seinem Inneren wusste er, dass Franco recht hatte.

Keine drei Ampeln weiter meldet sich sein Handy. Da die Freisprechanlage des Mercedes bereits vor Langem das Zeitliche gesegnet hatte, kurz nach dem Ventilator und der Heckscheibenheizung, nahm er das Gespräch an, presste sein Smartphone ans Ohr, lenkte mit der Rechten weiter und hoffte, dass die Polizei anderes zu tun hatte, als sich um ihn zu kümmern.

„Ich bin ein wenig verwundert über Ihr Outfit", stellte die tiefe Stimme fest, „nicht gerade unauffällig."

„Ich habe heute einen irischen Abend auf meinem Veranstaltungsprogramm, gemeinsam mit dem Bürgermeister", verteidigte sich Landorff, „außerdem hat meine Agentin darauf bestanden. Unterstreicht den Künstler und Freigeist ..."

Erst dann dämmert es ihm ...

„Moment, heißt das, Sie beobachten ...."

„... seien Sie uns lieber dankbar, im Interesse Ihrer eigenen Sicherheit", unterbrach ihn sein unbekannter Gesprächspartner ungerührt.

„Ach ja? Danke, das behauptet die NSA auch schon seit Jahren. Blöd nur, dass lange niemand etwas davon bemerkt hat – weder von der Überwachung noch von der Erhöhung der Sicherheit. Merke: Wenn Geheimdienste etwas machen, dann dient es vor allem deren Interessen. Also lassen Sie meine Sicherheit aus dem Spiel."

„Wenn ich ein Gewissen brauche, dann melde ich mich wieder bei Ihnen. Bis dahin habe ich noch ein paar Informationen, die Sie vielleicht interessieren könnten."

Instinktiv schaute Landorff in den Rückspiegel. Irgendein verdächtiger Wagen, der ihm folgte? Doch weit und breit war, abgesehen von einem Taxi, das jedoch abbog, und einem DHL-Kurierwagen, der zum Überholen ansetzte, nichts zu sehen.

Aber was hatte er erwartet? Er erinnerte sich an die alte Journalistenweisheit: Informationen kommen meist mit einem Preisschild daran. Und: Wer sich mit dem Teufel ins Bett legt, wird von ihm in der Nacht gefressen.

„Warum habe ich das dumme Gefühl, dass Sie mir genau jene Informationen zukommen lassen, die Ihnen ins Konzept passen?", stocherte Landorff weiter und blieb vor der nächsten roten Ampel stehen. „Machen wir es doch diesmal anders – ich frage und Sie antworten."

Die Stille auf der anderen Seite überdauerte die Rotphase.

Landorff beschleunigte die Tegernseer Landstraße südwärts und wartete noch immer. Die Straßenbahngarnitur vor ihm bremste den Verkehr auf etwas mehr als Schrittgeschwindigkeit herunter.

„Also gut, fragen Sie."

„War Gregory Winter ein Kunde der AICT von Buschmann Senior?"

Alles blieb still. Dachte sein Informant nach oder war er vor Überraschung vom Sessel gekippt?

„Sie sind bereits weit gekommen", meinte der jedoch unverbindlich.

„Scheint, als hätte ihr Bluthund gestern vorübergehend meine Fährte verloren. Ach ja, und eine klare Antwort wäre nett …"

„Ja, Buschmann und Winter waren langjährige Geschäftspartner", bestätigte der Anrufer nach einer weiteren Pause. „Die AICT entwickelte für das größte von Winters Unternehmen Programme, Software und vernetzte künstliche Intelligenz."

„War es die einzige Quelle dieser Art?"

„Sie meinen für Software? Keine Ahnung. Das Firmennetzwerk Winters reichte weit, bis nach Indien, Russland, China, Japan und Taiwan, den Hochburgen der Programmierer. Aber Winter war geschickt, wenn es darum ging, seine Produkte zu bauen und auszurüsten. Er ließ jeden ein Puzzleteil fertigen, den Gesamtplan aber kannte nur er. Das war sein Kapital."

War es nicht Melissa gewesen, die gesagt hatte, ihr Freund Winter würde in einigen Tagen nach Indien fliegen?

Landorff bog unvermittelt in eine Seitenstraße ein und beschleunigte, schaute in den Rückspiegel und wartete. Doch niemand folgte ihm. Langsamer rollte er weiter durch die schmale Straße.

„Wenn Sie den drei schwarz gekleideten Männern zugesehen haben, wie sie Winter umbrachten, warum sind Sie nicht eingeschritten?"

„Weil ich mich sicher nicht mit drei schwer bewaffneten professionellen Killern anlege", antwortete die tiefe Stimme unbewegt.

Das klang logisch. „Wer hat Prolicks gekauft?", fragte Landorff weiter.

„Das stand in der Zeitung. Eine internationale Investmentgruppe, die wohl wie üblich versucht, das Geld ihrer Anleger vor den Finanzämtern, den niedrigen Zinsen und der Inflation zu retten. Das übliche Modell. Wahrscheinlich werden sie Teile davon wieder abstoßen, um rasch Cash Flow zu generieren, und andere wiederum behalten."

„Wollte Winter verkaufen oder musste er?"

„Ich denke, er war bereits seit einiger Zeit auf der Suche nach einem Käufer, aber die Summe, die er verlangte, schränkte den Kreis empfindlich ein. Winter wusste genau, was Prolicks wert war, und er wählte den richtigen Zeitpunkt."

„Das denke ich auch. Er vermarktete sich hervorragend. Allerdings überzog er es zum Ende hin anscheinend etwas."

„Oder er verkaufte an den Falschen", gab sein Gesprächspartner leise zu bedenken. „Haben Sie sich schon mal gefragt, wie viele Interessenten am Schluss noch im Rennen waren?"

Landorff suchte einen Parkplatz und ärgerte sich darüber, dass er nicht von selbst auf die Idee gekommen war. Sollte Gregory Winter ein Opfer seiner eigenen Geschäftstüchtigkeit geworden sein? Waren die anderen Bieter ganz und gar nicht angetan davon, dass einer der typischen weißen Haie der Marktwirtschaft sich den Happen schnappte? Direkt vor ihrer Nase? Und ließen das den Verkäufer final spüren?

Als er den Motor abstellte, meldete sich der Unbekannte nochmals zu Wort. „Ich wollte Ihnen eigentlich berichten, dass ein Testament Winters aufgetaucht ist. Es liegt bei einem Notar, einem gewissen Walter Grundlinger, in der Maxvorstadt. Winters Tochter ist soeben davon verständigt worden."

Die kleine Gastwirtschaft an der Ecke Gietlstraße und Aignerstraße, die „Speisegaststätte Hohenwart", hatte mit weißen Tischen, grünen Stühlen und ein paar Topfpflanzen zwei Schanigärten auf dem breiten Gehweg eingerichtet. Um diese Zeit am späten Vormittag war nur ein einziger der zahlreichen Tische besetzt: Eine einsame Joggerin war auf ihrer Laufstrecke offenbar schwach geworden, eingekehrt und hatte sich ein großes Weißbier bestellt.

Landorff bestellte im Gastraum eine Apfelsaft-Schorle, die er gleich mitnahm. Dann setzte er sich der Frau in Shorts und T-Shirt gegenüber.

„Irgendwer beobachtet mich", vertraute er ihr an und Alexandra Buschmann warf überrascht einen langen Blick in die Runde.

„Das Gefühl hatte ich heute Morgen ebenfalls", meinte sie schließlich. „Am Parkplatz vor der Schule im Ort standen zwei Wagen, die ich nicht kenne. Das muss nichts bedeuten, die Schule ist eine Behindertenanstalt und Besucher kommen aus allen Teilen Bayerns, aber …"

„Konnten Sie die Kennzeichen erkennen?", wollte Landorff wissen.

„Als ich losgefahren bin, waren die Wagen nicht mehr da. Auf der Landstraße nahe Moosinning habe ich mir aber eingebildet, im Rückspiegel einen der beiden wieder zu sehen. Er fuhr in sicherem Abstand hinter mir her. Als ich auf die Autobahn aufgefahren bin, war er plötzlich weg."

„Irgendetwas ist hier faul." Landorff schob sein Glas im Zickzack über den Tisch und versuchte seine Gedanken zu ordnen. „Wir haben uns gestern zum ersten Mal getroffen und unseren heutigen Treffpunkt absichtlich nicht telefonisch ausgemacht."

„Ja, ich war über den kleinen Zettel auf meinem Tisch ziemlich überrascht, nachdem Sie gestern wieder gegangen waren", lächelte Buschmann. „Aber wie man sieht, war es offensichtlich die richtige Entscheidung."

„Alter Journalistentrick. Und trotzdem … zwei Wagen in Sichtweite Ihres Hauses und ein mysteriöser Informant, der an mir dranklebt und sogar die Farbe meines Hemds kennt … Entweder hat hier jemand die gleichen Schlüsse aus der Einladungsliste gezogen wie wir oder … oder …"

Er stockte.

„Mir fällt gerade kein ‚oder' ein", gab er schließlich auf.

„Zufall können wir ausschließen", stimmte Buschmann ihm zu. „Ich habe gelernt, dass alles im Leben einen kausalen Zusammenhang hat. Ist selbst beim Pokern so." Sie nahm einen großen

Schluck Weißbier. „Was war der Plan Winters? Was würde er jetzt von uns erwarten? Ich habe die ganze Nacht gegrübelt und bin doch auf keinen grünen Zweig gekommen. Was haben Sie in der Zwischenzeit herausgefunden?"

Mit wenigen Sätzen brachte Landorff sie auf den neuesten Stand. Das gab ihm die Möglichkeit, alles nochmals zusammenzufassen und etwas klarer zu sehen. Die bewusstlose Shaneya Winter im Obergeschoss und ihre Ratlosigkeit, Florian von der Spurensicherung und seine Resultate, Freund und Kollege Janninger, die internationale Investorengruppe und der geheimnisvolle Anrufer, der alles zu wissen schien.

„Winter und Ihr Vater waren jedenfalls Geschäftspartner, das steht in der Zwischenzeit fest."

Buschmann verzog das Gesicht.

„Allerdings war die AICT nicht der einzige Lieferant von Software für Winters Firmengruppe. Indien, Russland und wahrscheinlich noch ein paar weitere Länder steuerten das Ihre dazu bei. Sieht so aus, als habe Winter seine Aufträge nur häppchenweise vergeben."

„Hoher Sicherheitsstandard", nickte sein Gegenüber. „Wird meist bei Unternehmen eingehalten, die für militärische Stellen entwickeln oder produzieren. Die sind geradezu paranoid, was die Geheimhaltung betrifft. Hatte ich in der Firma meines Vaters oft genug."

Landorff erinnerte sich an das Gespräch mit der Brünetten von der Versicherung und er erzählte Buschmann davon. Davon und von den zehn Millionen … „Sie berichtete, Winters Unternehmen würde Drohnen für Abnehmer und Auftraggeber in der ganzen Welt entwickeln. Lieferdrohnen für Amazon, zivile Kameradrohnen für Hänschen Schmidt, Kampfdrohnen für diverse Einsatzkräfte und Armeeteile. Drohnen, die schwimmen und tauchen können, klettern und wahrscheinlich auch sich selbst zerstören, wenn sie in Gefangenschaft geraten."

Alexandra Buschmann tippte mit einem ihrer langen Fingernägel nachdenklich an den Rand ihres Glases.

„Und wie Madame Insurance weiter ausführte, habe es Winter mit den Waffenexportgesetzen diverser Länder nicht so genau genommen."

„Das ist eine Voraussetzuung in der Branche", erklärte Buschmann. „Mit den kleinen Spielzeugdrohnen, von denen jedes Jahr Zehntausende unter dem Weihnachtsbaum liegen, kann man zwar reich werden, aber nicht obszön vermögend. Sie wissen schon, diese kleinen Dinger mit Kamera, um der Nachbarin in den Garten zu schauen. Sind Sie der Brünetten eigentlich nochmal begegnet?"

Landorff schüttelte den Kopf. „Die muss eine andere Abzweigung genommen haben. Aber warum hat Winter eine Lebensversicherung über zehn Millionen abgeschlossen, wenn er doch gerade sein gefährliches Geschäft losgeworden war? Geld bis zum Abwinken, kein Konkurrenzdruck mehr, keine Neider, keine Spione. Absolut unlogisch!"

Beide schwiegen nachdenklich. Eine junge Mutter schob ihren Kinderwagen an den Tischen vorbei und versuchte mit „tutsitutsituuuu", das kleine quengelnde Etwas in der rosa Strampelhose zu beruhigen.

„Außer er wusste etwas, von dem wir keine Ahnung haben", meinte Buschmann nach einiger Zeit leise. „Was wird passieren, wenn ich eine hohe Lebensversicherung abschließe, die erste Rate zahle und dann urplötzlich sterbe und der Versicherungsfall eintritt?"

„Die Schadensabteilung wird mit den Zähnen knirschen", grinste Landorff, aber dann dämmerte ihm, worauf Alexandra Buschmann hinauswollte. „Sie meinen, Winter hat noch ein Sicherheitsnetz eingebaut, abgesehen von uns beiden? Er wollte auch noch einen Versicherungsdetektiv an seinem Fall haben, falls er überraschend ins Gras beißen würde?"

„Nach allem, was wir bisher wissen, wäre es ihm zuzutrauen. Er schien nicht wirklich viel Vertrauen in die Polizei zu haben."

„Und vielleicht würden wir beide ja doch nicht so funktionieren, wie er sich das vorstellte", ergänzte Landorff und begann, Winters Strategie zu bewundern. „Er kannte uns ja nicht. Dann war da noch immer die Frau von der Versicherung. Und die würde jeden Stein zweimal umdrehen, bevor sie der Auszahlung zustimmte. Das wusste Winter und darauf baute er. Wenn es so war, dann war es ein genialer Schachzug."

„Hätte einen guten Pokerspieler abgegeben", musste Buschmann zugeben. „Was machen wir jetzt?"

„Angeblich ist ein Testament Winters aufgetaucht. Es soll bei einem Notar in der Münchner Maxvorstadt liegen, einem Walter Grundlinger. Winters Tochter ist verständigt worden und wahrscheinlich bereits auf dem Weg zu ihm. Wir können also nur warten, bis sie sich meldet. Da wir nicht zum Kreis der Angehörigen zählen, wird uns der Notar kein Sterbenswörtchen verraten. Aber so weit sind wir noch nicht. Plaudern Sie aus dem Nähkästchen. Ich möchte mehr über die künstliche Intelligenz wissen, an der Ihr Vater arbeitet und damit offenbar Winter belieferte."

„Hmm …", machte Buschmann und nickte. „Künstliche Intelligenz ermöglicht es Maschinen, aus Erfahrungen zu lernen, sich so auf neu eingehende Information einzustellen und damit Aufgaben zu bewältigen, die menschenähnliches Denkvermögen erfordern. Heißt, sie werden in ihren Reaktionen und Aktionen ihren Erschaffern immer ähnlicher. Der Begriff selbst wurde bereits 1956 geprägt, doch da steckten Computer noch in den Kinderschuhen.

In den 1960er-Jahren begann das amerikanische Verteidigungsministerium, sich dafür zu interessieren und Computer darauf zu trainieren, grundlegende menschliche Denkleistungen nachzuahmen. Die Defense Advanced Research Projects Agency in den USA schuf bereits 2003 intelligente persönliche Assistenten, lange bevor Siri, Alexa oder Cortana in aller Munde und Wohnzimmer waren."

„Das heißt, Winter stattete seine Drohnen mit künstlicher Intelligenz aus, die Ihr Vater für ihn entwickelte", murmelte Landorff. „Wie gescheit sind diese Dinger dann?"

„Künstliche Intelligenz ermöglicht die Analyse größerer Datenmengen in größerer Tiefe, und zwar mithilfe sogenannter neuronaler Netze, die unter Umständen viele verborgene Schichten aufweisen. Man nennt das ein Deep-Learning-Modell.

Für das Training solcher Modelle werden große Datenmengen benötigt, denn die Modelle – in Winters Fall Drohnen – lernen anhand von Daten. Je mehr Daten Sie für solche Modelle bereitstellen, desto präziser werden sie. Wenn man dann die Modelle verknüpft, dann geht der Datenaustausch und damit das Lernen noch schneller."

„Heißt, jede Drohne lernt aus den Erfahrungen der anderen?"

„Und aus dem Datenstrom, mit dem man sie füttert", ergänzte Buschmann. „Künstliche Intelligenz stellt kein in sich geschlossenes Forschungsgebiet dar. Vielmehr werden Techniken aus verschiedenen Disziplinen kombiniert, selbst wenn sie vordergründig keine Verbindung miteinander haben müssen. Deshalb beauftragte Winter wohl Firmen in aller Welt mit Teilentwicklungen. Richtig kombiniert ergibt sich ein explosiver und hochgefährlicher Ansatz, vor dem der Wissenschaftler Stephen Hawking bereits 2014 warnte. Er sah in künstlicher Intelligenz eine Bedrohung für die Welt und meinte, dadurch könnte das Ende der Menschheit eingeleitet werden. Hawking hatte Angst, dass die Maschinen irgendwann die Kontrolle übernehmen würden. Drei Jahre später forderten 116 Unternehmer und Experten aus der Technologiebranche in einem offenen Brief an die UN ein Verbot autonomer, also denkender und selbstständig handelnder Waffen."

„Lassen Sie mich raten … Winter war nicht darunter."

Buschmann schüttelte den Kopf. „In dem Schreiben hieß es unter anderem, wenn diese Büchse der Pandora einmal geöffnet sei, werde es schwierig, sie wieder zu schließen. Diese Waffen könnten, einmal erfunden, bewaffnete Konflikte in einem nie dagewesenen Ausmaß erlauben. Und das schneller, als Menschen sie begreifen könnten. Terroristen und Despoten könnten in den Besitz der autonomen Waffen gelangen, sie nutzen oder sogar hacken."

„Wir sprechen von Winters intelligenten Drohnen …"

„… und von autonomen Kampfrobotern aller Art, die selbst entscheiden, ob auf einen Menschen geschossen wird oder nicht. Alle Länder arbeiten daran."

„Die Büchse der Pandora steht also bereits offen", fasste Landorff zusammen. „Winter hat seine Entwicklungen und sein Wissen verkauft, wer weiß, an wen. Und jetzt ist er tot. Wie wäre es also mit einem Besuch bei Ihrem Vater?"

Alexandra Buschmann schnitt eine angewiderte Grimasse und seufzte laut. „Genau das habe ich die ganze Zeit befürchtet."

Die Gebäude der AICT lagen auf der grünen Wiese, umringt von Kühen und einer großen Schafherde, die gemeinsam friedlich grasend ländliche Idylle *par excellence* verbreiteten. In der Ferne ragte die imposante Alpenkette aus dem sommerlichen Dunst. Eine bayrische Bilderbuchlandschaft unter strahlend blauem Himmel.

Das moderne graue, dreistöckige Gebäude mit den riesigen, blau getönten Glasflächen sah verlassen aus und wirkte völlig deplatziert inmitten der sanften bayrischen Hügel. Doppelte Zäune rundherum, Kameras mit Bewegungsmeldern, schweres Tor mit Wärterhäuschen. Fehlen nur noch die Wachen mit Schäferhunden, dachte Landorff und warf einen Blick auf die Straßenkarte auf seinem Schoß. Die Hot Spots hießen hier Kleinpienzenau, Buchbichl oder Reichersdorf.

„Das ist hier nicht gerade ein weiß-blaues Silicon Valley", stellte er fest.

„Die Scheiben sind alle schusssicher", gab Alexandra Buschmann zurück und bog in die Zufahrtsstraße ein. „Glauben Sie mir, es ist genauso schwierig hineinzukommen wie anschließend wieder heraus."

„Ungeheuer beruhigend …"

„Keiner der Angestellten darf sich länger als nötig im Freien aufhalten, Anordnung meines Vaters. Damit will er verhindern, dass es zu Unterhaltungen kommt, die man von außen mit Richtmikrofonen abhören könnte."

Landorff schaute sich um. Landwirtschaft, Äcker, Wiesen, flaches Land wohin das Auge reichte.

„Von wo genau?"

„Die Kühe und Schafe stehen auf der Gehaltsliste, nur bevor Sie fragen", fuhr Buschmann fort. „Kein Scherz. Die Tiere reagieren auf jeden Eindringling, der sich über ihre Wiesen den Gebäuden nähert. Gänsescharen konnte ich ihm damals gerade noch ausreden. Ziemlich auffällig im Bayrischen."

Landorff sah sie ungläubig an und war sich nicht ganz sicher, ob sie ihn nicht auf den Arm nahm. Doch ihr schien es sehr ernst zu sein.

„Mein Vater hat einen Sicherheitswahn", fuhr sie fort, während sie den BMW weiter langsam die kerzengerade Straße auf das geschlossene Tor zusteuerte. „Was das betrifft, so muss er sich mit Winter gut verstanden haben. Spätestens jetzt haben uns die Kameras im Visier, die Kennzeichenabfrage wird durch den Computer gejagt, die Haussicherheit verständigt und mein Vater wird informiert, wer im Anrollen ist."

„Alarmstufe rot?"

„Fast", lächelte Buschmann. „Was ihn beunruhigen wird, ist die Tatsache, dass ich nicht allein im Wagen sitze. Sonst hätte er mich wahrscheinlich ohne Kontrolle aufs Gelände gelassen. So aber …"

Tatsächlich blieb das massive Tor geschlossen. Dafür begann ein rotes Licht hektisch zu blinken. Zwei Wachmänner in einer Art Kampfanzug traten aus dem Wärterhäuschen und verharrten abwartend, während sie dem BMW entgegensahen.

„Ich warte auf die Artillerie", murmelte Landorff beeindruckt.

„Haben Sie einen Ausweis dabei?", fragte ihn Buschmann.

Mit den Worten „Wiedersehen macht Freude" drückte ihr Landorff seinen Führerschein in die Hand.

„Warten Sie, ich bin gleich wieder hier." Damit stieg sie aus und ging auf die beiden Wachen zu. Wenige Minuten später glitt das Tor lautlos zur Seite, Alexandra Buschmann trat aus dem Häuschen und stieg wieder ein.

„Lassen Sie mich raten? Wir bekommen unsere Ausweise zurück, wenn wir das Gelände wieder verlassen?", fragte Landorff sie.

Buschmann nickte. „Mein Vater erwartet uns auf neutralem

Boden. Er hat im Erdgeschoss einen Sitzungsraum einrichten lassen, der noch vor der Hauptsicherheitssperre liegt."

„Das ist jetzt alles nicht wahr", schüttelte Landorff den Kopf. „Was denkt er, was das hier ist? Fort Knox in Kleinformat? Der Hochsicherheitstrakt des Weißen Hauses? Putins Vorzimmer? Wir sind mitten auf einem bayrischen Feld zwischen Kleinpienzenau und Buchbichl! Hierher verirrt sich nicht einmal das Fähnlein Fieselschweif unaufgefordert!"

„Und selbst *dem* würde mein Vater zutiefst misstrauen", kommentierte Buschmann seelenruhig und todernst, parkte den BMW auf einem der Besucherparklätze und stieg aus. „Hier ist das Zentrum der neuzeitlichen Paranoia südlich des Weißwurstäquators. Es herrscht eine ständige Angst vor Spionage, es gilt ein Überflugverbot für alles, das größer als ein Spatz ist. Maulwürfe haben schon vor langer Zeit das Feld geräumt und den Mäusen ist mein Vater mit ganzen Wagenladungen von Katzen zu Leibe gerückt."

Landorff war so verblüfft, dass ihm die Worte fehlten. Er ließ die Wagentür ins Schloss fallen. „Anschließend hat er die Katzen von Schäferhunden auffressen lassen, die danach zu Chappi verarbeitet wurden?"

„Ach wo, die Katzen wurden wieder ins Tierschutzheim verfrachtet, nachdem sie ihren Job erledigt hatten, und werden seither alle sechs Monate wieder aufs Gelände gebracht." Alexandra Buschmann hatte nicht ein einziges Mal ihre Miene verzogen. Sie scherzte nicht.

„Was um Gottes Willen können Mäuse ...?", setzte Landorff an, doch dann winkte er ab. „Vergessen Sie's, ich will es gar nicht wissen. Hinter den verspiegelten Bürofenstern sind sicher bereits Dutzende Objektive auf uns gerichtet und ich habe einen einzigen Trost: Ich bin wenigstens nicht underdressed heute ..."

Die doppelflügelige Eingangstür aus gebürstetem Stahl schwang lautlos auf und gab den Blick auf eine dieser Scanner-Schleusen frei, wie sie auch auf den Flughäfen rund um die Welt im Einsatz sind. Die etwas füllige Dame mit den Ausmaßen einer Walküre, die sie mit finsterer Miene erwartete und ihnen mit einer Notlüge einen guten Tag wünschte, deutete mit einer geübten Handbewegung auf den Durchgang.

„Vorher bitte alle metallischen Gegenstände in einen der Körbe legen. Handys, Kameras, Laptops, Tablet-PCs bleiben bis zum Ende Ihres Besuchs bei mir."

Der Scanner piepste wie verrückt, als Landorff durchging. Taschen – leer, Gürtel – im Körbchen, gleich neben dem Kleingeld, Uhr daneben, räsonierte er und war ratlos. Der vorwurfsvolle Blick der Walküre ging ihm durch Mark und Bein.

„Ziehen Sie bitte Ihre Schuhe aus!"

Landorff nahm einen zweiten Anlauf, diesmal auf Socken. Alles blieb ruhig. Als Landorff sich umdrehte, streckte ihm die Sicherheitsbeauftragte vorwurfsvoll seine Schuhe entgegen – mit der Sohle nach oben: Die Preisetiketten, besonders stylisch gedruckt auf Metallfolie, glänzten ihm entgegen.

Alexandra Buschmann konnte sich ein Lachen nicht verkneifen.

„Herr Buschmann erwartet Sie im Sitzungsraum", meinte die Security-Amazone in der blauen Uniform etwas spitz und händigte Landorff seine Schuhe aus. „Diesen Gang hinunter und die erste Tür rechts." Dann verschwand sie durch eine Tür in ihr Büro.

„Und was, wenn wir jetzt einfach die oberen Stockwerke enterten?", versuchte Landorff gedanklich in einer anarchistischen Anwandlung die Sicherheitsvorkehrungen zu unterlaufen.

„Dann kämen wir nur bis zur nächsten verschlossenen Tür, der nächsten Sperre, dem nächsten Scanner, der nächsten bewaffneten Security." Alexandra Buschmann klang fatalistisch und Landorff begann sie zu verstehen. Die Freiheit an den Pokertischen dieser Welt sah von hier ungemein verlockend aus. Wie die endlosen Weiten des amerikanischen Westens im Vergleich zu einer engen Zelle in Alcatraz.

Der Mann, der am Kopfende des kleinen Besprechungstisches saß, sah aus wie ein jüngerer Bruder von Christopher Lee. Hohe Stirn, zurückgekämmte schwarz-graue Haare, eine markante Nase, die über einem nachsichtig lächelnden Mund endete.

Die Hand mit der Zigarette lag auf einer makellosen Schreibtischunterlage, auf der unübersehbar das AICT-Logo prangte.

Buschmann Senior machte nicht einmal Anstalten, sich zu erheben. Er nickte seinen beiden Besuchern nur gnädig zu.

„Alex, welch seltener Besuch. Nimm Platz. Herr Landorff? Ich habe bereits viel von Ihnen gehört, leider aber nur wenig gelesen. Was bringt Sie in diesen abgelegenen Teil der bayrischen Landschaft?"

„Ein Todesfall", antwortete Landorff und blicke sich in dem Sitzungszimmer um. Kein Bild an der Wand, keine Fotos, kein Hinweis darauf, was die AICT eigentlich machte. „Sie haben vom plötzlichen Ableben Gregory Winters gehört?"

„Schrecklich, ich habe davon aus der Zeitung erfahren", antwortete Buschmann Senior mit der gleichen Stimme, als würde er das morgige Wetter verkünden. Wolkig mit regnerischen Abschnitten. Er zog an der Zigarette und zwinkerte ein wenig. War er nervös, fragte sich Landorff? Weil seine Tochter gekommen war oder weil sie nicht allein war?

Alexandra Buschmann schwieg weiterhin. Man sah ihr an, dass sie sich an diesem Tisch, in diesem Zimmer, in dieser Gesellschaft keineswegs wohl fühlte.

„Winter war Ihr Kunde", stellte Landorff fest und lehnte sich vor. „Die AICT hat Software für eine der Firmen der Prolicks-Gruppe entwickelt. Welche Art von Programmen waren das?"

Buschmann Senior musterte ihn kühl. „Warum sollte ich Ihnen auf diese Frage antworten? Diese Art von Informationen unterliegt wie überall …"

„Vater?" Buschmanns Tochter unterbrach ihn ungerührt und mit einem Mal wurde die Luft im Raum eiskalt. „Ich will dir nichts vormachen, ich bin nur hier, weil Herr Landorff mich darum gebeten hat. Ich hatte sechs Jahre lang keine Sehnsucht nach dir und habe nicht vor, das in den nächsten zehn Jahren zu ändern. Aber Gregory Winter hat uns beide zu seiner Party eingeladen, auf der wir nichts zu suchen hatten. Wir kannten weder ihn noch die übrigen Gäste. Und es war Winters letzte Party. Stunden später war er tot."

Buschmann Senior musterte seine Tochter mit unbewegter Miene.

„Wir sind zu dem Schluss gekommen, dass wir zu einem ganz bestimmten Zweck auf der Gästeliste Winters gelandet sind. Um unsere Nase nach seinem Tod in Dinge zu stecken, die uns sonst eigentlich nichts angehen. Warum auch immer Winter das für zweckmäßig gehalten hat … Auch eine Versicherungsdetektivin hat er posthum mobilisiert, indem er eine Lebensversicherung über zehn Millionen Euro abgeschlossen hat."

„Die war bereits hier", antwortete Buschmann Senior abfällig. „Ich habe sie hinausgeworfen." Sein Gesichtsausdruck stufte die Brünette zwischen Pest und Kakerlakeninvasion ein.

„Wie es aussieht, haben drei Profikiller Winter auf dem Gewissen", kam Landorff seiner Begleiterin zu Hilfe. „Sie haben ihm einige Körperteile abgeschnitten, bevor sie ihn angezündet und dafür gesorgt haben, dass nur mehr eine Handvoll Asche und ein paar Knochen zurückblieben. An Geld scheinen sie kein ausgeprägtes Interesse gehabt zu haben. Eher an Informationen. Und an seiner rechten Hand und einem Auge."

Buschmann saß mit eisiger Miene auf seinem Platz. Täuschte sich Landorff oder wurde das Zwinkern ausgeprägter?

„Habt ihr jetzt die Rolle der Polizei übernommen?", wollte Buschmann Senior wissen und drückte seine Zigarette im Aschenbecher aus. „Soviel ich weiß, haben wir eine gut funktionierende Exekutive in diesem Land. Die braucht weder einen Journalisten noch eine Pokerspielerin … pfff … fällt das überhaupt unter Berufe?"

Aus seinem Mund klang das wie eine Beleidigung.

„Soweit ich mich erinnere, hast *du* gar nichts gelernt", gab seine Tochter kühl zurück und Landorff begann ihre Beherrschung zu bewundern. „Mit ach und krach das Gymnasium geschafft, um dann in Jesuslatschen über den Khaiber-Pass nach Indien zu trampen und dabei alles zu vögeln, was Batikkleider trug und nach Patschuli roch. Selbstfindung in einem Aschram hat das damals geheißen. In Rauchschwaden von Gras und Räucherstäbchen, die du beide geschnorrt hast."

„Du vergisst dich!“, zischte Buschmann Senior aufgebracht.

„Im Gegenteil, ich erinnere mich noch genau an die Erzählungen meiner Mutter“, konterte seine Tochter unbewegt. „Du warst für zwei Jahre so bekifft, dass du nicht mal deinen Namen wusstest. Also komm mir jetzt nicht mit irgendwelchen abschätzigen Bemerkungen über Journalisten.“

Landorff hielt inzwischen den Atem an und wartete auf die große Explosion. Doch sie kam nicht. Noch nicht?

„Wenn dich dein Bruder damals nicht aus Indien rausgeholt und in einen Flieger nach Hause gesetzt hätte, würdest du wahrscheinlich noch immer am Schwarzen Afghanen hängen und irgendwelchen Bhagwans gehirnloses Gewäsch von den Lippen lesen.“

Alexandra Buschmann kam nun richtig in Fahrt.

„Thomas war alles das, was du nicht warst, Vater. Ein Visionär, klug, umsichtig, fleißig und genial. Er hat dich zu dem gemacht, was du heute bist, und das weißt du genau. Wenn er nicht gestorben wäre, dann würde diese Firma wahrscheinlich in Silicon Valley residieren und nicht in der bayrischen Pampa. Deine Sicherheitsparanoia kaschiert nur deine eigene Unsicherheit. Und *das* wissen *wir* beide.“

Die Stille, die sich über das Besprechungszimmer legte, war mit den Händen zu greifen.

Buschmann Senior fehlten offenbar die Worte, denn er saß wie versteinert da und wartete.

„Wir tappen noch immer im Dunkeln, was Gregory Winter eigentlich von uns erwartete“, fuhr seine Tochter ungerührt fort. „Er spannte uns zusammen, hat aber vergessen, uns den Auftrag mitzugeben. Es wäre also nett, wenn du dir einen Ruck geben und zumindest von deiner Seite aus ein wenig Licht in die Angelegenheit bringen könntest. Bevor die Pokerspielerin und der Journalist sich da draußen mit dem Rest der Welt anlegen, vor der du dich so effizient abschottest.“

Buschmann Senior trommelte mit den Fingern auf die Tischplatte und sah ganz und gar nicht glücklich aus, sondern eher stinksauer.

„Ich habe mir unser nächstes Zusammentreffen etwas anders vorgestellt", begann der Mann am anderen Ende des Tisches und sah dabei niemanden im Speziellen an. Seine Stimme klang heiser und angestrengt. „Etwas … harmonischer. Aber das schaffen wir offenbar beide nicht. Die mangelnde Konsensfähigkeit liegt wohl in der Familie."

In diesem Moment klopfte es an der Tür und einen Augenblick später betrat die Walküre von der Sicherheitsschleuse den Sitzungsraum.

„Tut mir leid, Sie zu stören, Herr Buschmann, aber ich habe eine dringende Nachricht für Sie", meinte sie, griff an ihren Gürtel und hatte mit einem Mal eine schwere Pistole in der Hand. Ohne zu zögern richtete sie die Waffe auf Buschmann Senior und feuerte sofort. Fünf Schüsse, schnell aufeinander folgend, donnerten durch den Raum.

Sie trafen alle ihr Ziel.

Durch die Kraft der Projektile wurde der alte Mann mit seinem Sessel an die Wand geschleudert, Blut spritzte, malte ein abstraktes rotes Muster auf die weiße Tapete. Landorffs Ohren rauschten und klingelten, er roch das Kordit, während er starr den leblosen Körper von Buschmann Senior fixierte, der in sich zusammensackte und wie in Zeitlupe vom Sessel rutschte.

Alexandra Buschmann starrte mit weit aufgerissenen Augen auf die Leiche ihres Vaters. Unfähig sich zu bewegen, zu reagieren, auch nur einen Muskel zu rühren.

Die Walküre warf Landorff und Buschmann einen letzten Blick zu, dann schob sie sich den Lauf der Waffe in den Mund, drückte ab und der hintere Teil ihres Kopfes schien aufzuplatzen wie eine vollreife Melone. Als ihr Körper an der Tür zusammenbrach, übergab sich Alexandra Buschmann unter den Tisch, Alarmsirenen heulten los und das totale Chaos brach aus. Menschen stürzten schreiend in das Sitzungszimmer und irgendwo begannen wütend Hunde zu bellen.

Landorff legte schützend seinen Arm um Alexandra Buschmann und fragte sich verzweifelt, ob sie es schaffen würden, die Büchse der Pandora jemals wieder zu schließen.

10. Die Verwirrungstaktik

Es dauerte vier Stunden, bis die Polizei endlich zustimmte, Buschmann und Landorff wieder aus der Festung AICT zu entlassen. Davor hatte sie ein schlauer Kriminalkommissar, der wohl zur Tarnung einen massigen Bierbauch vor sich her schob, durch die Mangel gedreht, ihnen alle möglichen und unmöglichen Fragen gestellt, die Personalien aufgenommen und ansonsten etwas ratlos, aber bitterböse in die Gegend geschaut.

„Sie halten sich bitte zur Verfügung, sollte ich noch weitere Fragen haben", hatte er ihnen nachgeschickt, als sie durch den piepsenden Scanner wieder zum Ausgang gingen.

Alexandra Buschmann sah nicht gut aus, als sie sich aufstöhnend auf den Fahrersitz ihres BMW fallen ließ und erschöpft die Augen schloss. „Für meine Albträume der nächsten Jahre ist gesorgt", murmelte sie müde.

„Dann werden wir uns in den Träumen begegnen", gab Landorff zurück, der vergeblich versuchte, die Bilder des Blutbads zu verdrängen. „Wir haben der Polizei nicht wirklich viele Anhaltspunkte geliefert. Ob sie den Mord an Winter und den an Ihrem Vater in Zusammenhang bringen?"

Sie streckte ihm ihre Hand herüber. „Ich habe keine Ahnung. Aber erst mal – ich heiße Alexandra, Freunde nennen mich Alex."

„Michael", antwortete Landorff und schüttelte ihre Hand, „und meine Freunde nennen mich auch so. Ich hätte mir einen besseren Anlass gewünscht …"

„Ich mir auch, aber wie es aussieht, hat uns Gregory Winter zusammengebracht und mein Vater den Bund besiegelt. Oder besser gesagt sein Tod." Sie schüttelte den Kopf. „Was für eine verrückte Geschichte. Erst Winter, dann der junge Zahlmann und jetzt mein Vater und diese Wachebeamtin."

„Irgendetwas ist in Bewegung geraten. Der Journalist in mir sagt, wir sind auf der richtigen Spur. Die Frage ist nur, wie lange werden wir das überleben?"

„Hoffentlich lange genug, damit du dein Buch schreiben

kannst.“ Alex startete den BMW, rollte vom Parkplatz, hielt kurz an, um die Ausweise zurückzubekommen, und wurde durch das Tor gewunken, das nun von der Polizei bewacht wurde. „Wohin jetzt?“

„Ich habe heute einen irischen Abend auf meinem Programm und überhaupt keine Lust hinzugehen. Aber wenn ich da nicht erscheine, bringt mich meine Agentin um und streicht mich anschließend eiskalt und ohne Bedauern aus ihrer Kundenliste. Obwohl sie meint, nur ein toter Autor sei ein guter Autor.“

„Ein bemerkenswert beunruhigendes Konzept angesichts der Ereignisse“, bemerkte Alex. „Soll ich dich nach München zurückbringen?“

Landorff schaute auf die Uhr und nickte. „Bitte, zumindest bis zu meinem Mercedes. Sonst komme ich zu spät zu meinem Stelldichein, samt Geflüster mit dem Bürgermeister.“

Michael Landorff hatte ausnahmsweise Glück. Er erreichte das „Shamrock“ fünf Minuten früher als geplant. Nachdem er Runde um Runde um den Block gedreht hatte und knapp davor war, entnervt die Parkplatzsuche aufzugeben, scherte ein BMW aus der Reihe der abgestellten Autos aus und sein Problem war gelöst.

Von außen sah das „Shamrock“ etwas heruntergekommen und abgewohnt aus. Aber die Patina gehört wahrscheinlich dazu, dachte Landorff, wie das warme Bier und die Eintopfgerichte.

Das Halteverbot direkt vor dem Lokal war wohl für den Bürgermeister samt Gefolge eingerichtet worden und wurde von einem streng dreinblickenden Polizisten überwacht. Landorff wollte gerade in das Pub gehen, da schnitt ihm Melissa den Weg ab und stoppte ihn noch am Gehsteig.

„Deine Krawatte!“, zischte sie und sah ihn vorwurfsvoll an. „Ich habe es ja gewusst, bei dir muss man immer hinterher sein.“

Schuldbewusst zog Landorff das Kunst-Stück aus der Tasche und Melissa legte es ihm um, während sie unentwegt auf ihn einredete: „Das Programm ist übersichtlich. Die übliche irische Musik, ein wenig Karaoke, ein verkannter Poet aus Dublin trägt ein paar Gedichte vor und dazu gibt es Stout und das beliebte Pub food. Der Bürgermeister schaut vorbei, weil die Veranstaltung praktischerweise direkt auf seinem Weg zum nächsten Termin liegt und er jede Stimme in diesem Stadtteil brauchen kann. Vergiss nicht, die Wahlen stehen vor der Tür. Und bevor du fragst, ja, ich manage im Hintergrund einen großen Teil seiner Kampagne. Wayne kommt in einer halben Stunde, dann hängst du gefälligst am Ohr des Bürgermeisters und erzählst ihm Schwänke aus deinem Leben in der Auvergne."

Schließlich nickte sie zufrieden, zog sein Jackett glatt und schob ihn in Richtung Eingang. „Und bis dahin viel Spaß bei Speis und Trank."

Direkt an der Tür stand ein junger Mann und hakte Namen auf einer Liste ab. Er blickte Landorff freundlich-auffordernd entgegen und der erinnerte sich noch rechtzeitig an „Michel de Gilles".

Zwei auffällig unauffällige breitschultrige Herren hielten sich im Hintergrund und sondierten die Umgebung, so gut das eben in einer ständig hin und her flutenden Menge, die zwischen Buffet und Bar nach dem besten Platz suchte, möglich war. In einer Ecke spielte ein Quartett melancholische irische Volksweisen, die sich aufs Gemüt legten und von verlassenen Tälern, endloser Weite, dichtem Nebel, nassen Schafen und verzweifelter Einsamkeit erzählten. Landorff sah vor seinem inneren Auge grüne Hügel, romantische Ausblicke über friedlich grasende Herden hinweg aufs Meer. An der Wand hingen Bilder, naive Malerei, mit obszön hohen Preisen auf handbeschriebenen Kärtchen, und er fragte sich, ob es sich um einen unbekannten irischen Picasso handelte. War er der eigentliche Grund der Veranstaltung?

Landorff spürte, wie ihm noch immer die Knie zitterten. Der Schock saß tief, und als er an Alexandra Buschmann dachte, bewunderte er deren Fassung. Er war noch ganz in Gedanken versunken, als ihm jemand aus Versehen den Ellenbogen ins Kreuz rammte und er sich umdrehte. Wayne war bereits da und pflügte durch die Menge, immer auf der Suche nach der Prominenz. Doch diesmal glänzte ebendiese durch Abwesenheit. Melissa verfügte über ein erstaunliches Informationsnetzwerk, das musste der Neid ihr lassen.

Das Publikum war überraschend normal, eine Mischung aus ziemlich flippigen Kiez-Bewohnern, Künstlern samt Anhang, ein paar befreundeten Musikern, die andächtig dem Quartett lauschen, und den Stammgästen des „Shamrock", die sich durch die kleine Veranstaltung ihr Lokal nicht madig machen ließen und ungehemmt weiter tranken.

Landorff blickte sich suchend um. Nach seinem eher traumatischen Tag heute benötigte er eine solide alkoholische Grundlage, bevor er sich dem Bürgermeister an den Hals warf. Eine junge Kellnerin schien seine Gedanken erraten zu haben und kam mit einem Tablett voller Getränke auf ihn zu. Eine Mähne naturroter Haare, unter der grüne Augen blitzten, und ein Gesicht voller Sommersprossen lächelten ihn an.

„Sie müssen Hellseherin sein", lächelte Landorff dankbar zurück und griff nach einem der Gläser mit bernsteinfarbener Flüssigkeit auf ihrem Tablett.

„Nur in meiner Freizeit", erwiderte sie schelmisch grinsend. „Sonst studiere ich Soziologie an der Universität und versuche nicht daran zu denken, dass ich wahrscheinlich keinen Job bekommen werde. Also wird es wahrscheinlich bei kellnernder Hellseherin bleiben." Sie strahlte ihn an und er musste lachen.

„Wahrsagerin wäre auch eine Option, und keine schlechte", gab er zu bedenken. „Ich bin mir fast sicher, Sie finden genügend Kundschaft in München, die einer glänzenden Zukunft entgegensehen möchte und für ebensolche Aussichten bereit ist, viel Geld zu bezahlen."

„Sie meinen, eine schwindelnde Wahrsagerin?", zwinkerte sie ihm zu. „Mit Kristallkugel, einem zahmen Raben und einer buckligen schwarzen Katze?"

„Entweder haben Sie die falschen Filme gesehen oder zu viele alte Märchenbücher gelesen!"

In diesem Moment drängte eine kleine Gruppe von Männern

in das Pub und die beiden unauffälligen Anzugträger in Schwarz wurden blitzartig aktiv.

Der Bürgermeister war angekommen.

Selbstverständlich hatte ihn Melissa bereits an der Angel. Sie hatte sich bei ihm eingehängt und lächelte triumphierend in die Runde. Wayne war auf der Pirsch und auf der Suche nach dem besten Schusswinkel. Irgendwo ging ein Scheinwerfer an und tauchte die Theke, auf der ein Dutzend gefüllter Biergläser auf Trinker warten, in helles Licht.

Melissa schleuste den OB geschickt in Richtung Stout und sah sich forschend um.

„Ich bin ja schon da …“, murmelte Landorff ergeben und schob sich durch die Leute zur Theke. Zur gleichen Zeit begann das Quartett wieder zu fiedeln und intonierte den alten irischen Klassiker „Forgiven, not fogotten“.

Alle stimmten lautstark ein.

Melissa zog Landorff an ihre Seite und stellte ihn vor: „Monsieur de Gilles, von dem ich Ihnen bereits erzählt habe, arbeitet an einem neuen, sensationellen Buch und hält sich deshalb in München auf“, meinte sie, beugte sich verschwörerisch zum Bürgermeister und zog Landorff mit.

„Geht es in Ihrem neuen Buch um Irland?“, wollte der OB wissen und nahm einen großen Schluck Stout.

„Nein, es geht um Münchner Themen, ich habe hier nur im Sinne der französisch-irischen Völkerfreundschaft auf ein Glas vorbeigeschaut“, stellte Landorff lautstark fest, beugte sich vor und raunte dem Bürgermeister ins Ohr: „Und ich mag den Whisky, den die Iren destillieren.“

Blitzlichtgewitter.

Der OB musste lauthals lachen und nickte begeistert. „Glauben Sie, ich kann auch ein Glas bekommen?“

„Kommt gleich!“, rief Landorff und machte sich auf die Suche nach der rothaarigen Hellseherin. Wayne hatte sein Bild im Kasten und er einen Stein im Brett des Bürgermeisters. Als er ihm das Glas mit einem doppelten Jameson in die Hand drückte, war der OB vollends begeistert.

Blitzlichtgewitter.

„Danke, das kann auf keinen Fall schaden, Monsieur de Gilles. Und wenn ich Ihnen bei Ihrem Buch irgendwie behilflich sein kann, dann rufen Sie mich an." Er drückte ihm seine Visitenkarte in die Hand und wandte sich auch schon dem Nächsten zu.

Melissa lächelte siegessicher, gab Wayne ein Zeichen und schlüpfte durch die Eingangstür auf die Straße.

„Sieht so aus, als würden Sie den OB gut kennen." Die Hellseherin balancierte ein volles Tablett hinter Landorff vorbei und hielt kurz an, um ihn zugreifen zu lassen.

„Alles nur Schau", beruhigte er sie. „Hat meine Agentin eingefädelt."

„Sie haben eine Agentin?", erkundigte sie sich mit großen Augen. „Was sind Sie? Schauspieler?"

Landorff schnupperte an dem Whisky. „Ach was. Verarmter Autor, der sich gerade mit dem Gedanken anfreundet, das Hellseherzelt neben dem Ihren auf dem nächsten Markttag zu beziehen."

„Denken Sie nicht mal dran! Ich kann keine amateurhafte Konkurrenz brauchen!", zischte sie mit gespielter Empörung und eilte weiter. Landorff sah ihr lächelnd hinterher und überraschte sich dabei, sie entzückend zu finden.

Wenig später winkte der Bürgermeister in die Menge und steuerte dem Ausgang zu, seine Leibwächter im Schlepptau. So richtig nahm niemand wirklich Notiz von ihm, bemerkte Landorff zufrieden. An einem der großen Tische hatte der geladene Poet begonnen, unverständliche Gedichte zu nuscheln, in einer Sprache die offensichtlich nur er kannte. Dabei wedelte er mit seinen Armen wie eine Windmühle unter Strom. Das erklärte wohl auch seine Frisur.

Landorff überlegte kurz und tat dann etwas, woran er bereits seit Jahren nicht einmal mehr gedacht hatte – er schob der rothaarigen Kellnerin vorsichtig seine Visitenkarte in den Ausschnitt und lächelte entschuldigend: „Ich sehe keine anderen Taschen … und ich bin hundemüde. Heute war nicht mein Tag.

Rufen Sie mich an? Ich würde gern mehr über meine Zukunft wissen."

„Sie bringen die Kristallkugel, ich meinen berühmten Weitblick." Die grünen Augen versanken für einen Augenblick in den seinen, während sie zwei runde Tabletts mit Getränken balancierte. „Schieben Sie die Visitenkarte weiter nach unten, ich möchte nicht, dass sie mir jemand aus Versehen herauszieht."

Als er den alten Mercedes vor seiner Wohnung parkte, zog die Nacht über München herauf und der Himmel wurde schwarzblau. Genug für heute, sagte er sich und schloss die Wohnungstür auf, als sein Handy zu läuten begann.

„Oh nein ... nicht jetzt", seufzte er nach einem Blick aufs Display. Da stand wieder einmal „Unbekannt" und er hatte nicht so viele unbekannte Freunde. Er drückte die Tür auf.

„Es ist spät, ich bin müde und ... Scheiße!"

Das Chaos in seinem Wohnzimmer war knöcheltief und Landorff ließ betroffen das Handy sinken. Irgendwer hatte alles auf den Kopf gestellt, die Laden aus den Schränken gerissen, die Polster der Sitzgarnitur aufgeschlitzt, die Bilder aus den Rahmen geschnitten und selbst die Teppiche in einem Eck zusammengeschoben. Die Bücherregale lagen umgekippt in der Mitte des Raums, der Inhalt über das halbe Zimmer verstreut.

„Hallo?" Die tiefe Stimme aus dem Handy klang etwas ratlos.

Landorff hastete weiter. Im Schlafzimmer sah es genauso aus, in der Küche musste zusätzlich eine Bombe eingeschlagen haben und im Badezimmer hatte jemand den Spiegel von der Wand gerissen und den Inhalt der Schränke in die Wanne gekippt.

In seinem Arbeitszimmer war die Lage noch schlimmer. Massen an Papier bedeckten den Boden zentimeterhoch.

Der Computer war weg!

Instinktiv griff Landorff in seine Hosentasche. Gott sei Dank, der Stick mit allen Daten war noch da.

„Hallo!?"

War da noch etwas Wichtiges zum Fall Winter auf seinem Laptop gewesen? Landorffs Gedanken rasten. Nein, keine Namen, keine Fakten, nur die ersten dreißig Seiten der Story.

Schlimm genug.

„Hallo! Warum melden Sie sich nicht?"

„Ach geh doch scheißen!!", schrie Landorff ins Telefon, drückte die rote Taste und schaltete das Smartphone ab.

Wer zum Teufel war für diese Zerstörung verantwortlich? Landorff war einfach zu müde, um noch klar denken zu können, verriegelte die Tür zusätzlich mit einem Stuhl, den er unter die Klinke klemmte, und ließ sich angezogen auf sein Bett fallen, das einem Schlachtfeld aus Federn und Bezügen ähnelte.

Egal.

Schlafen.

Und nur nicht träumen.

Nur das nicht!

Am nächsten Morgen fühlte er sich todmüde, verkatert und hatte rasende Kopfschmerzen. Nachdem er die Nummer von Kommissar Kroning gewählt und ihm das Versprechen abgenommen hatte, gleich jemanden herüberzuschicken, lief er auf dem Weg ins Badezimmer an seinem großen Spiegel vorbei. Er sah aus wie gefedert. Zum Glück hatte jemand das Teeren vergessen, dachte er und trat in die Dusche, das Durcheinander in seinem Bad geflissentlich ignorierend.

Als er wieder halbwegs trocken war und sich ein wenig besser fühlte, klingelte es an der Wohnungstür. Kommissar Kroning füllte den Flur in seiner ganzen Breite aus, hinter ihm schoben sich noch zwei Männer und eine Frau in die Wohnung und begannen mit der Sicherung der Spuren.

„Einen guten Morgen zu wünschen erübrigt sich angesichts des Durcheinanders", meinte Kroning und schüttelt Landorff die Hand. „Wissen Sie schon, was gestohlen wurde?"

„Bisher fehlt auf jeden Fall mein Computer. Was die Einbrecher an Papieren mitgenommen haben …" Landorff zuckte mit den Schultern. „Keine Ahnung."

„Irgendwelche anderen Wertgegenstände?", fragte der Kommissar.

„Sie sind nicht bei den Geissens, sondern bei einem Schriftsteller. Ich habe meine Aktienpakete alle auf der Bank. Außer meiner guten Armbanduhr gibt es bei mir nichts zu holen. Und der Fernseher ist auch noch da."

„Also ging es um die Informationen …", zog Kroning den messerscharfen Schluss.

„… auf dem Laptop", pflichtete Landorff ihm bei. „Aber ich sichere meine Daten immer doppelt. Berufskrankheit. Deshalb …" Er zog den Stick aus der Tasche und hielt ihn Kroning vor die Nase. „Alles noch da."

„Irgendwelche sensiblen Daten auf dem Laptop? Sind Sie noch immer an dem Fall Winter dran?"

„Genauso wie Sie", gab Landorff zurück. „Sind Sie bei der Leiche des jungen Zahlmann schon weitergekommen?"

„So gut wie keine verwertbaren Spuren auf der Baustelle", brummte der Kommissar unwillig. „Da trampeln jeden Tag mehr als dreißig Arbeiter drüber. Der Nagel, mit dem man die Zunge an die Bauhütte genagelt hat, stammt aus einer Kiste mit Tausenden anderen Nägeln. Den Hammer haben wir auch gefunden, aber darauf sind keine Fingerabdrücke. Selbst die Arbeiter tragen alle Handschuhe."

Er klang ehrlich frustriert. Wieder einmal hatten die Täter einen perfekten Platz gewählt, wie es scheint. Aber warum ausgerechnet der junge Zahlmann?

„Keine Überwachungskameras in der Gegend?", erkundigte sich Landorff wie beiläufig.

Kroning schüttelte den Kopf. „Keine Zeugen, die ganze Baustelle ist durch einen Zaun abgesperrt. Davor Plakatwände. Nicht einsehbar." Er sah sich um. „War die Wohnungstür eigentlich verschlossen, als Sie gestern Abend heimgekommen sind?"

Landorff runzelte die Stirn und versuchte sich zu erinnern. „Doch, ja, ich habe ganz normal aufgesperrt. Die Tür war sicher nicht aufgebrochen worden."

„Danke, das habe ich auch gleich gesehen, aber das heißt auch, dass der oder die Täter hinter sich wieder zugesperrt haben", stellte Kroning klar und der ironische Unterton war nicht zu überhören. „Waren offenbar sehr gründliche und sicherheitsbewusste Einbrecher. Wer hat außer Ihnen noch einen Schlüssel zur Wohnung?"

„Niemand. Ich habe keine Putzfrau und lebe allein."

„Zweitschlüssel?"

„Im Handschuhfach meines Wagens. Versteckt in der Mappe mit den Bedienungsanleitungen und den Radiocodes."

„Dann sehen Sie nach, ob der Schlüssel noch immer da ist", meinte der Kommissar und trat zur Seite. „Wir schauen uns inzwischen hier oben weiter um."

Landorff machte sich auf den Weg zu seinem Mercedes, der entgegen aller Erwartungen noch immer da stand, wo er ihn geparkt hatte.

Fest verschlossen.

Nach kurzer Suche fand er den Schlüssel tatsächlich im Handschuhfach in der richtigen Mappe und ging wieder hinauf in seine Wohnung.

„Hier ist er", meinte Landorff triumphierend und reichte Kroning den Schlüssel. Der übergab ihn umgehend einem der Spurensicherer, der ihn eintütete und in einem Koffer verstaute.

„Wir werden ihn für ein oder zwei Tage benötigen, danach bekommen Sie ihn wieder zurück", beruhigte er Landorff. „Allerdings kann jeder Anfänger das Schloss der Wohnungstüre mit einer Haarnadel aufsperren."

„Da Sie ja jetzt meinen Zweitschlüssel haben, können Sie auch gleich zusperren, wenn Sie fertig sind." Landorff zog sein Jackett an und griff zu seiner Tasche. „Ich bin dann mal weg."

Auf dem Weg in die Agentur machte er einen Einkehrschwung in der „Wunderbar", wo Franco mit einem Latte Macchiato Erste Hilfe leistete. Alexandra hat sicherlich auch keine gute Nacht gehabt, dachte Landorff, nachdem sie gestern mitansehen musste, wie ihr Vater regelrecht hingerichtet wurde. Er war versucht, sie gleich anzurufen, doch dann siegte die Sucht nach dem Koffein über das Mitgefühl.

Auf den Latte folgten ein Cappuccino und zwei Tramezzini, dann ging es ihm besser.

„Alex? Hast du die Nacht halbwegs überstanden?“ Er gab Franco ein Zeichen für einen letzten Cappuccino und presste das Handy ans Ohr.

„Frag lieber nicht. Kaum geschlafen, und wenn, dann schlecht“, gab Buschmann zu. Als Landorff ihr berichtete, dass Unbekannte gestern bei ihm eingebrochen und seinen Computer mitgenommen hatten, verbesserte das Alexandras Laune auch nicht. „Sie haben jetzt also auch den Anfang deines Buchs?“

„Ja, zum Glück hab ich eine Sicherungskopie in der Tasche. Und die wichtigsten Daten und Zusammenhänge gibt es nur in meinem Kopf. Aber es hat mich schon getroffen. Noch dazu war die Wohnungstür nicht aufgebrochen. Die müssen mit einem Dietrich aufgesperrt haben.“

„Was dich jetzt auch nicht wirklich beruhigt, nehme ich an“, wirft Alex ein. „Weißt du, was mich die ganze Nacht verfolgt hat? Der Gedanke, dass mein Vater mir die Firma hinterlassen könnte. Mit all ihren Geheimnissen, mysteriösen Projekten und den Stapeln an Leichen im Keller.“

Landorff nippte an seinem Kaffee und musste ihr recht geben. Der Gedanke daran war beängstigend. „Und vergiss die Dämonen in den Schränken nicht. Das Beste wird sein, du nimmst einen Profi als Geschäftsführer und lässt ihn machen. Du bist nicht der Typ, der hinter drei Sicherheitsschleusen glücklich wird. Ich bin schon auf dem Weg in die Agentur. Lass uns am Nachmittag wieder telefonieren. Leg dich nochmal aufs Ohr und dann überlegen wir gemeinsam, wie's weitergeht.“

Melissa schaute Landorff mit großen Augen an, als er bei den Empfangsdamen an der Theke lehnte und auf sie wartete.

„Was machst du hier?“, fragte sie ihn erstaunt. „Wir haben uns doch erst gestern Abend gesehen.“

„Du meinst, ich sollte noch keine Sehnsucht nach dir haben?", grinste Landorff. „Aber mach dir keine Sorgen, wenn es danach geht, reicht mir ein Telefonat hie und da alle vier Wochen. Ich brauche ein Büro zum Schreiben."

Melissa runzelte die Stirn und die beiden Grazien an der Rezeption schauten Landorff fassungslos an, als hätte er soeben einen schmutzigen Herrenwitz von sich gegeben.

„Jetzt übertreibst du es aber, *mon cher*. Wenn alle meine Kunden hier Hof halten würden, dann könnte ich anbauen oder zehn Stockwerke draufsetzen."

„Und ich brauche einen Computer", fuhr Landorff unbeirrt fort und berichtete ihr vom Tod Buschmanns und dem Einbruch in seiner Wohnung. Samt Chaos und Zerstörung. „Kroning ist schon da und dreht alles nochmal um."

„Sie haben Buschmann vor deinen Augen erschossen? Und in Gegenwart seiner Tochter?" Melissa war geschockt, doch dann übernahm ihr professioneller Instinkt. „Nimm den Besprechungsraum", entschied sie kurz entschlossen und mit grimmiger Miene, „der ist für die nächsten drei Stunden frei. Petra wird dir meinen Reserve-Laptop bringen. Du bist also auf der richtigen Spur … Das trifft sich …"

Sie lehnte sich über die Theke beim Empfang.

„Gaby! Verbinden Sie mich mit dem *Merkur*. Wie heißt der Redakteur nochmal? Genau. Sommersberg. Anton Sommersberg. Sagen Sie ihm, ich habe eine sensationelle Geschichte für ihn."

„Öhh …", runzelte Landorff die Stirn, doch Melissa winkte ab.

„Wayne hat die Bilder vom irischen Abend geschickt, sie sind auch schon bei zwei Zeitungen erschienen. Der Einbruch allerdings kommt uns wie gerufen."

„Wie …?" Landorff war verwirrt und konnte ihr gedanklich nicht folgen.

„Wir werden die Kugel ins Rollen bringen", freute sich seine Agentin und rieb sich die Hände in Vorfreude. „Geh du schreiben und überlass mir den Rest."

Damit schob sie Landorff in Richtung Sitzungszimmer. Augenblicke später stand tatsächlich ein Laptop vor ihm und er legte los.

Drei Stunden später war er zufrieden mit sich und dem Text, speicherte alles auf den Stick und sicherheitshalber noch auf einen zweiten. Außerdem legte er einen passwortgeschützten Ordner auf Melissas Laptop an und speicherte den Text da ein drittes Mal.

Als er den Besprechungsraum verließ, sah er eine charmant lächelnde Melissa mit zwei Kunden im Schlepptau. Mit einem kurzen Winken entließ sie ihn in den Nachmittag.

Die Fahrt zu Alexandra Buschmann würde heiß und lang werden. Draußen glühte der Asphalt in der hochsommerlichen Hitze und eigentlich wäre es an der Zeit gewesen, die Stadt zu verlassen und auf Urlaub zu fahren, überlegte Landorff. Doch allein um seine Wohnung wieder auf Vordermann zu bringen, würde er drei Tage brauchen. Außerdem hatte der Fall Winter Vorrang.

Und das Buch.

Wenn Melissa es tatsächlich noch in diesem Jahr auf den Markt bringen wollte, dann durfte er nicht trödeln. Und Berndt Janninger würde es ihm ebenfalls nicht verzeihen.

Janninger!

Den hatte er in der Aufregung ganz vergessen! So lehnte sich Landorff an die Motorhaube seines Wagens und wählte seine Nummer.

„Janninger, Wirtschaftsredaktion."

„Der lästige Landorff. Irgendetwas Neues für mich in Sachen Prolicks?"

„Warte mal, ich hab da zwischendurch ein paar Kontakte angezapft. Du hattest recht, Winter hat für die gesamte Firmengruppe rund 950 Millionen Euro kassiert. Prolicks war sozusagen der Aufhänger, die Fassade, der Nebelvorhang. Das wirklich Interessante an dem Deal hat es niemals bis in die Wirtschaftskolumnen geschafft. Bist du Hellseher?"

Landorff pfiff lautlos durch die Zähne. 950 Millionen waren wahrlich kein Trinkgeld.

„Leider nein, sonst hätte ich schon die Euromillionen in der Tasche und würde dir nicht auf den Geist gehen. Also standen hinter dem Vorzeigeunternehmen doch noch ganz andere Firmen?“

„Definitiv“, antwortete Janninger und Landorff hörte ihn in Unterlagen blättern. „Aber welche es sind, damit will niemand so recht herausrücken. Winter kann nichts mehr erzählen und die neuen Besitzer sind nicht erreichbar. In einem Kommuniqué haben sie verlautbaren lassen, sie wüssten noch nicht, welche Unternehmensteile man behalten wolle …“

„… und welche man abstoßen will. Das habe ich schon irgendwo gehört. Und die Käufer?“

„Eine Gruppe mit dem Namen Allstarinvest, die vor wenigen Monaten gegründet wurde und so gut wie keine Vergangenheit hat. Andererseits müssen sie über ein großes Budget und einen großen Kreis an Investoren verfügen, wenn sie eben so mal schnell 950 Millionen aus der Tasche ziehen können.“

„Banken? Reiche Russen? Arabische Scheichs?“ Die Liste ließe sich erweitern, aber als Anstoß für Janninger sollte es reichen.

„Bin ich Hanussen? Darüber schweigen sich alle aus und auch in den internationalen Medien findet sich nichts darüber. Da Allstarinvest noch kein Jahr alt ist, gibt es keinerlei Bilanzen oder Geschäftsberichte. Und dann noch der Sitz auf den British Virgin Islands in der Karibik. Glaubst du wirklich, die spielen mit offenen Karten, selbst wenn sie irgendwann Zahlen veröffentlichen?“

„Ich glaube an gar nichts mehr, wenn es um geschönte Zahlen von Investmentfirmen oder Banken geht“, gestand ihm Landorff, „nicht einmal von deutschen. Und die karibischen Inseln sind eher kein Garant dafür, dass alles mit rechten Dingen zugeht. Hast du sonst irgendwo eine Niederlassung der Allstarinvest gefunden?“

„Negativ. Wenn sie noch eine haben, dann ist sie nicht registriert oder erwähnt. Und ich wette meinen mageren Gehalt, die haben auf den Virgin Islands gerade mal einen Briefkasten.“

Janninger schien noch immer in irgendwelchen Unterlagen zu kramen.

Der Lack des Mercedes speicherte die Hitze und war inzwischen brennend heiß geworden. Landorff entschloss sich, lieber ein paar Schritte zu gehen, bevor er bleibende Schäden davontragen würde.

„Irgendetwas ist seltsam an dieser Investmentgruppe", zog Janninger Bilanz. „Normalerweise haben Unternehmen wie dieses Hochglanzprospekte, aufwendige Websites, vielversprechende Portfolios, Mitarbeiterfotos mit den üblichen geschniegelten Verdächtigen, Wertsteigerungsberechnungen, Erfolgskurven und Anlagetipps bis zum Abwinken. Alles weist stets nach rechts oben. Hier gibt es gar nichts von allem und trotzdem kauft Allstarinvest eben mal schnell Prolicks um eine knappe Milliarde. Das stinkt zum Himmel."

„Gebe dir ja recht, aber ein Gestank allein genügt noch nicht für eine Untersuchung und jetzt ist der Deal über die Bühne gegangen und die Kuh vom Eis. Winter ist zwar reich, aber tot, ein zufälliger Zuschauer musste aus dem Beton gehackt werden, Prolicks hat den Besitzer gewechselt und wird zerstückelt, einer seiner Software-Lieferanten ist gestern von seinem eigenen Sicherheitspersonal mit fünf Schüssen über den Jordan geschickt worden, und meine Wohnung sieht aus, als habe eine Bombe eingeschlagen. Also besser du hältst dich raus, reicht schon, wenn ich den Kopf hinhalte."

Das verschlug selbst dem abgebrühten Berndt Janninger die Sprache.

„Hör zu, Berndt, sollte mir etwas passieren, dann habe ich den letzten Stand der Ermittlungen auf dem Laptop meiner Agentin gespeichert. Passwort ist unser altes Stammlokal. Das ist zugleich der erste Teil eines Manuskripts für ein Buch und ich möchte, dass du es fertig schreibst oder pressemäßig begleitest, sollte ich verschwinden oder in Einzelteilen aus der Isar gefischt werden."

„Kannst dich darauf verlassen", stieß Janninger kämpferisch hervor. „Da machen hier beim *Tagesanzeiger* alle mit. Aber jetzt mal nicht den Teufel an die Wand. Irgendwer hat tatsächlich deine Wohnung auseinandergenommen?"

„Und gründlich auch noch", brummte Landorff unwillig. „Das waren Profis, die haben ohne Spuren aufgesperrt und sogar die Kacheln im Bad abgeklopft. Ich bleib dran und melde mich wieder bei dir, Berndt. Ciao!"

Als er die Tür seines Wagens öffnete, schlug ihm ein Schwall heißer Wüstenluft mit McDonald's-Duft entgegen, der ihm den Atem nahm. Das erinnerte ihn daran, dass er die Reste eines erweiterten Big-Mac-Menüs noch nicht entsorgt hatte, das im hinteren Fußraum seit Tagen wohl bereits ein reges Eigenleben entwickelte.

Doch auch diesmal war wieder einmal kein Mülleimer in der Nähe, also startete Landorff den Mercedes und fuhr los. Die hereinströmende Luft war nur wenig heißer als die Innenraumtemperatur. Die Klimaanlage war eher zu einer Klimaablage geworden, dachte Landorff. Sie hatte sich gleich nach der Freisprecheinrichtung verabschiedet.

„Dieser Wagen stirbt scheibchenweise", murmelte Landorff und musste plötzlich an die rothaarige Kellnerin mit den grünen Augen denken. Ob sie seine Visitenkarte noch hatte? Oder war die in der Hitze des Gefechts auf den Boden gefallen, von unzähligen Schuhen getreten, von der polnischen Putzfrau weggefegt und schließlich entsorgt worden?

Landorff wurde bewusst, dass er nicht einmal ihren Namen kannte. Ach was soll's, in den letzten Tagen ging alles schief, dachte er bedrückt und bog auf den äußeren Ring ein, nur um am nächsten Stauende in Richtung Autobahn zu landen.

Das Handy klingelte drauflos und die etwas hysterische Stimme von Shaneya Winter drang an sein Ohr.

„Herr Landorff? Mein Vater hat sein Testament bei einem Notar in der Maxvorstadt hinterlegt. Ich habe heute am späten Nachmittag einen Termin mit ihm vereinbart."

„Ja, bei Max Grundlinger."

Das brachte sie hörbar aus dem Konzept. „Sie wissen es also bereits?"

„Mich würde interessieren, was in dem Testament steht“, erklärte ihr Landorff, ohne näher auf ihre Frage einzugehen. „Rufen Sie mich an, wenn Sie aus dem Termin kommen?“

Sie war noch immer verwirrt. „Ja … kann ich gerne machen … ähh, ja … Wir hören uns, Herr Landorff.“

Damit legte sie auf.

950 Millionen.

Die Zahl ging Landorff nicht aus dem Kopf. Die wären wahrlich ein ausreichendes Motiv für einen Mord, aber Winters Tochter kam dafür sicher nicht infrage. Die hatte bewusstlos im Obergeschoss geschlafen. Und demnächst wurde sie aller Wahrscheinlichkeit nach die alleinige Erbin des Winter'schen Vermögens und damit zu einer der reichsten Frauen Deutschlands.

Der Stau hatte sich noch immer nicht aufgelöst und es ging nur im Schritttempo voran. Die Nadel des Kühlwasserthermometers tendierte gegen Rot und Landorffs Stimmung gegen Null.

950 Millionen in der Hand eines Teenagers, grübelte er. Das konnte nur schiefgehen.

Seine düsteren Gedanken wurden durch ein neuerliches Läuten des Handys unterbrochen.

„Und jetzt zu guter Letzt auch noch Sie!“, entfuhr es Landorff, nachdem er „Unbekannt“ gelesen und das Gespräch angenommen hatte.

„Ich kann auch gleich wieder auflegen“, schmollte die Anruferin prompt und Landorff war klar, dass er wieder mal einen Fehler gemacht hatte.

Rothaarig, grüne Augen, ein süßes Lächeln und seine Visitenkarte hautnah. Die sie jetzt wahrscheinlich entsorgen würde.

„Nein, dann stürze ich mich gleich aus dem Auto“, versuchte er sein Bestes.

„Lassen Sie mich raten, Sie stehen im Stau“, kam es prompt durchs Telefon.

„Es tut mir leid, ich habe eine Nervensäge erwartet“, verstrickte sich Landorff immer weiter.

„Und schon ist sie da!“, lachte die Rothaarige.

„Ich dachte, Sie hätten meine Visitenkarte im Trubel der Ereignisse verloren."

Endlich kam etwas Bewegung in die Verkehrslage und der Stau begann sich aufzulösen.

„Ach was, ich habe sie gerade unter einem der Tische gefunden und mich gefragt, wem die Nummer gehört. Der Name war schon unleserlich", kicherte sie und ihre gute Laune war ansteckend.

„Danke, jetzt geht es mir besser", meinte er ehrlich. „Bisher war das nicht mein Tag. So wie gestern und die Tage davor." Und dann berichtete er ihr von der Party bei Winter und dem Einbruch in seiner Wohnung, inklusive Verwüstung.

„Wie schrecklich! Und Ihre Wohnung ist ein Schlachtfeld?", fragte sie mitfühlend.

„Verdun 1916 ohne Schützengräben. Irgendwer hat alles umgedreht und auf den Kopf gestellt." Endlich erreichte er die Autobahn und der Fahrtwind begann zu kühlen. Seinen Kopf und den Motor. „Und von allem anderen möchte ich lieber nicht reden. Das reicht nämlich für jahrelange Albträume."

„Was machen Sie heute Abend? Mir scheint, es wäre an der Zeit, den Tag wenigstens positiv ausklingen zu lassen. Ich koche für uns und wir essen bei mir auf dem Balkon", schlug sie mit weicher Stimme vor. „Was halten Sie davon?"

„Unheimlich viel…"

„So gegen acht, wäre das OK? Emplstraße 1, gleich hinter dem Truderinger Wirtshaus. Sollte es Ihnen nicht schmecken, dann können wir immer noch essen gehen."

„Kann ich mir nicht vorstellen! Danke für die Einladung!"

Wenig später bog Landorff auf die A92 ein und nahm die Fahrbahn in Richtung Landshut. Und freute sich tief in seinem Herzen wie ein Schneekönig auf den bevorstehenden Abend.

Das Haus von Alexandra Buschmann lag ruhig und friedlich in der Nachmittagssonne. Irgendwo krähte hektisch ein verspäteter Hahn, der ganz offenbar verschlafen hatte und jetzt versuchte, alles nachzuholen. Landorff ging durch den Garten und sah Alex auf ihrem Sofa im Wohnzimmer schlafen. Für einen Moment war er versucht, einfach an eine der großen Scheiben zu klopfen und sie zu wecken, doch dann ließ er sich in einen der Liegestühle im Schatten fallen und genoss die ländliche Ruhe.

Und dachte nach.

Sogar an den redseligen Hahn konnte man sich nach einiger nach einiger Zeit gewöhnen.

„Michael?" Alexandra stand neben seinem Liegestuhl und schüttelt Landorff leicht. „Seit wann schläfst du hier schon?"

„Eigentlich habe ich nachgedacht", gab er etwas verwirrt zurück und blickte auf seine Uhr. Er hatte fast eine Stunde geschlafen! „Und ich wollte dich nicht wecken. Also habe ich es mir im Schatten bequem gemacht."

„Deine Ruhe möchte ich haben", meinte Alexandra und blickte sich misstrauisch um.

„Ich schlafe schon mal Probe, angesichts des Zustands meiner Wohnung. Hast du die beiden Wagen nochmals gesehen?" Langsam wurde Landorff munter. „Die beiden, die dich letztes Mal nach München verfolgt haben?"

Alex schüttelt den Kopf. „Keine Spur von ihnen. Heute Abend muss ich in die AICT wegen einer Besprechung. Wahrscheinlich die Nachfolgefrage diskutieren und die weitere Unternehmenslinie festlegen. Ehrlich gesagt, hab ich dazu weder die Lust noch das Wissen. Das war die Firma meines Onkels und dann die meines Vaters, aber nie meine."

„Jetzt ist es *deine* und ich bin sicher, es wird genügend Spezialisten geben, die dich sehr rasch mit dem Wichtigsten vertraut machen können." Landorff schälte sich aus dem Liegestuhl. „Dir ist auch klar, dass wir schnellstens alle Details über die Verbindung zwischen der Prolicks von Winter und der AICT herausfinden müssen. Hoffentlich bringt uns das weiter, weil im Moment sind wir nicht gerade mit zielführenden Hinweisen gesegnet. Mit anderen Worten, wir tappen völlig im Dunkeln."

„Mag sein, dass Winter doch nicht die Richtigen zusammengespannt hat“, meinte Alexandra unsicher. „Wollte er vielleicht, dass wir mit der Versicherungsdetektivin enger zusammenarbeiten?“

„Die habe ich nie mehr wieder gesehen oder gehört. Ist mir auch nirgendwo über den Weg gelaufen. Hat nicht dein Vater gesagt, er habe sie rausgeworfen?“

Alex nickte. „Also muss sie bereits bei ihm gewesen sein und ist uns unter Umständen eine Nasenläge voraus.“

„Bevor ich weggedöst bin, habe ich mich gefragt, wie sie eigentlich auf die AICT und deinen Vater gekommen ist“, überlegte Landorff laut. „Mein unbekannter Informant hat mir bestätigt, dass Gregory Winter ein Kunde der AICT von Buschmann Senior war, ja, dass dein Vater und Winter langjährige Geschäftsbeziehungen pflegten und die AICT für Prolicks Programme und Software entwickelte. Aber sonst wusste das niemand und ohne dich hätte ich es auch nicht erfahren. Wie es scheint, ist nicht mal Kroning am Laufenden. Und trotzdem tauchte die Brünette, wie ich sie getauft habe, noch vor uns bei der AICT auf, nur um von deinem Vater wieder an die frische Luft befördert zu werden.“

„Stimmt. Die Frage lautet also: Woher hatte sie die Information?“ Alexandra lehnte sich an eines der großen Fenster und blinzelte in die Sonne. „Winter wird das der Versicherung beim Abschluss des Vertrags sicher nicht auf die Nase gebunden haben.“

Sie sahen sich beide ratlos an und hatten keine Erklärung.

„Irgendwie möchte ich mit der Dame nicht zusammenarbeiten, wenn ich es mir richtig überlege. Seltsam, dass ich dieses Gefühl von Anfang an hatte. Mein Bauch hat mich noch nie getrogen.“

„Das trifft auf Pokerspieler auch zu“, lächelte Alex. „Obwohl wir sonst so rational sind. Die Buchhalter der Karten. Doch was treibt dich zu mir aufs Land? Meine bequemen Liegestühle im Garten?“

„Ich traue im Moment keinem der Kommunikationsmedien so richtig. Dieser Einbruch in meiner Wohnung … Ich bin seit mehr als 20 Jahren Journalist, aber bei mir wurde noch nie die Wohnung durchwühlt. Und jetzt mit einem Mal? Was ist an dem Winter-Mord so Spezielles? Was ist in der Firma deines Vaters los? Ist dir schon mal der Gedanke gekommen, dass der alte Herr ermordet wurde, weil wir mit ihm gesprochen haben? Dass er dich als seine Tochter vielleicht doch ins Vertrauen hätte ziehen und unsere Fragen beantworten können?"

Alexandra Buschmann schwieg lange. Sie hatte die Arme vor der Brust verschränkt und schaute übers Land. Wie sie so dastand, mit den verwuselten Haaren, dem nachdenklichen Blick, den verwaschenen Jeans und dem Ralph-Lauren-Polo, sah sie aus wie eines der Models aus einem der Agentur-Kataloge. Stil attraktive Business Woman. Nur die tiefen Augenringe und der verkniffene Mund wollen nicht so ganz dazupassen.

„Was heißen würde …"

„… dass jemand einen Maulwurf in der Firma platziert hat", führte Landorff ihre Idee weiter. „Einen Selbstmordattentäter für genau solche Notfälle. Eine Art menschliche Zeitbombe mit Fernzündung. Die Walküre ruft ihren Kontakt an, schildert ihm die Lage, der gibt ihr das OK. Den Rest kennst du."

„Ist das nicht ein wenig weit hergeholt?", fragte Alex stirnrunzelnd. „Spätestens heute Abend kenne ich alle Geheimnisse dieser Firma. Was hätte der Tod meines Vaters dann für einen Sinn gehabt?"

„Bist du sicher, dass die AICT nicht patriarchisch geführt worden ist wie ein Kriegsschiff in einer Seeschlacht? Dass dein Vater keineswegs all seine Informationen mit den Mitarbeitern geteilt hat?" Landorff blickte Alex fragend an und die wiegte den Kopf.

„Schon möglich, dass es auch Dinge gibt, die nur er wusste." Sie stieß sich von der großen Terrassentür ab. „Aber wenn das so war, dann werden wir es nicht mehr erfahren. Das war es wohl auch, was die Walküre erreichen wollte."

„Warum habe ich das blöde Gefühl, dass alle um uns herum mehr wissen als wir? Die Polizei jetzt mal ausgenommen. Alle sind uns einen Schritt voraus. Die Brünette von der Versicherung, die Typen, die meine Wohnung auseinandergenommen haben, mein unbekannter Informant am Telefon, der sogar weiß, was ich gerade anhabe, die Walküre in der AICT. Vielleicht sollten wir jetzt einmal zum großen Sprung nach vorn ansetzen."

„Und wie stellst du dir das genau vor?", wollte Alex wissen.

„Wir brauchen eine Verwirrungstaktik. Wo immer wir auch hinkommen, schon sind die anderen da. Also wird es Zeit, von der Bildfläche zu verschwinden. Unterzutauchen, uns einfach in Luft aufzulösen. Wir müssen sie abschütteln, unsere Spuren verwischen. Hast du Bargeld im Haus?"

„Einiges, ja, im Safe ..."

„Leg die Kreditkarten hinein und nimm das Bargeld mit. Ab sofort wird nur mehr bar gezahlt. Ich besorge uns von einem Freund ein paar Prepaid-Telefonkarten, die wir regelmäßig austauschen und erst aktivieren, wenn wir sie tatsächlich brauchen. Außerdem habe ich noch ein paar alte Handys zu Hause, die nehmen wir mit und entsorgen sie nach und nach. Dann räume ich noch mein Konto leer und spätestens morgen Vormittag werden wir unsichtbar."

„Hast du einen Plan?", erkundigte sich Alex neugierig.

„Du gehst heute Abend zu deinem Geschäftsmeeting und versuchst, so viel wie möglich über die Verbindung Prolicks – AICT herauszufinden. Woran hat die Firma deines Vaters für Winter gearbeitet, worum genau ging es und wer war daran beteiligt? Wo hatte eigentlich die Prolicks ihren Sitz? Wie heißen die Tochterunternehmen? Wer war wofür zuständig? Was wurde geliefert? Finde heraus, wer die Konkurrenzunternehmen der AICT sind. Wahrscheinlich hat Winter auch da arbeiten lassen. Meine Agentin hat irgendetwas von Indien erwähnt. Und der Geheimniskrämer am Telefon hat von Russland und einigen anderen Ländern gesprochen. Winter kann nichts mehr erzählen, dein Vater kann nichts mehr erzählen und die neuen Besitzer sind nicht erreichbar."

„Die halbe Welt scheint ihre Finger bei der Entwicklung von Winters Technologien im Spiel gehabt zu haben, nicht nur mein Vater", gab Alexandra zu bedenken.

„Und irgendwo müssen wir anfangen, den roten Faden aufzurollen. Winter wurde von Profis ermordet, wahrscheinlich von Auftragskillern. Das wird die Arbeit von Kroning noch zusätzlich erschweren. Er hat keine verwertbaren Spuren nach der Party gefunden, und wenn die drei aus dem Ausland kamen, dann sind sie längst schon wieder dahin zurückgekehrt. Und beim jungen Zahlmann wird es nicht anders sein. Entweder es waren dieselben Täter, was ich vermute, oder aber man hat ein Aufräumkommando nachgeschickt und dem ist er in die Hände gefallen."

„Und wir sollen diese Profis finden?", fragte Alex ungläubig.

„Die können uns ziemlich egal sein, wir sind nicht von der Polizei. Wir brauchen die Auftraggeber und den Grund, warum sie Winter um die Ecke gebracht haben. Denn am Geld kann es nicht gelegen haben, das wird mit ziemlicher Sicherheit bei seiner Tochter landen. Aber das sollten wir in kurzer Zeit wissen. Shaneya Winter hat versprochen, mich zurückzurufen. Sie ist gerade auf dem Weg zum Notar."

Alex nickte und schaute auf die Uhr. „Ich denke, ich sollte losfahren. Willst du über Nacht hierbleiben? Du bist herzlich eingeladen."

„Danke, aber ich habe schon eine Einladung für heute Abend und die will ich um nichts auf der Welt verpassen. Wir sehen uns morgen Vormittag. Ich fahre in meine Wohnung und packe ein paar Dinge ein, schaue bei der Bank vorbei und dann komme ich hierher und wir tauchen unter."

Der Parkplatz am Truderinger Wirtshaus war brechend voll. Die ersten Besucher hatten entnervt aufgegeben und ihre Autos ziemlich wahllos auf den umliegenden Bürgersteigen abgestellt.

Ein Fest für jede Politesse auf Abendspaziergang, dachte Landorff und suchte die richtige Adresse. Das Haus Emplstraße 1 war ein schmuckes Einfamilienhaus mit einer eigenen Einfahrt, die durch ein weißes, niedriges Holztor verschlossen wurde. Es gelang ihm gerade noch, sich zwischen zwei idiotisch geparkten Kleinwagen durchzuschieben und dann lief ihm seine rothaarige Gastgeberin bereits durch den Garten entgegen, um das Tor zu öffnen.

„Wenn ich das nicht geschlossen halte, dann ist der gesamte Garten zugeparkt“, entschuldigte sie sich und lächelte Landorff an. „Und zwar bis zu den Blumenbeeten.“

Der gepflasterte Hof war mit großen Blumenkästen vollgestellt, aus denen sich Meere von Blüten ergossen. Alles sah gepflegt, adrett und mit viel Liebe dekoriert aus. Irgendwie schämte sich Landorff für seine Rostschaukel. Er hätte sie vielleicht doch irgendwo weit weg parken sollen …

Als er aus dem Mercedes kletterte, öffnete sich die Haustür und eine attraktive Frau, die der rothaarigen Studentin wie aus dem Gesicht geschnitten schien, blickte ihm erwartungsvoll entgegen. Während er noch verwirrt lächelnd überlegte, was das nun für ein Abend werden sollte, kam seine Gastgeberin, hakte sich bei ihm ein und flüsterte ihm ein „Ich heiße übrigens Martina“ ins Ohr und zog ihn weiter in Richtung Haus.

„Darf ich dir meine Mutter vorstellen?“, meinte sie laut. „Wir wohnen alle zusammen in einem Haus, meine Eltern, mein Bruder und ich.“

Landorff schüttelte brav die Hand, tat erfreut und versuchte seine Enttäuschung zu verbergen. Wenn ich ein Familienevent gewollt hätte, dann wäre ich bei meiner einfallslos kochenden Mutter vorstellig geworden, dachte er im Stillen.

„Allerding habe ich meine eigene Wohnung im vorderen Haus“, lächelte Martina wissend und schubste ihn weiter durch die Haustüre zur Treppe. „Und jetzt sollten wir übers Essen reden, ich habe uns nämlich ein Drei-Gang-Menü gezaubert und den Tisch auf dem Balkon gedeckt. Mit Kerzen und Wein.“

Und bevor Landorff etwas sagen konnte, hatte sie die Tür zugezogen und abgeschlossen.

„Oder hast du wirklich gedacht, meine Mutter isst mit uns?“, fragte sie ihn neckisch und er nickte schuldbewusst. Daraufhin lief sie laut kichernd an ihm vorbei die Treppe hoch. Landorff sah ihr nach. Ihr Parfum stieg ihm in die Nase, es roch nach Vanille und Jacaranda.

„Sie … du bist der erste Lichtblick heute, weißt du das?", schickte er ihr hinterher. „Der Tag hat ganz schlecht begonnen und dann stark nachgelassen."

„Und dein Nachmittag? War der auch nicht besser?", wollte sie wissen.

Das große, helle Wohnzimmer war gemütlich eingerichtet. Ein dunkelrotes Sofa mit vielen Kissen lud zum Ausruhen ein, auf dem Sofatisch davor stand ein Strauß Wiesenblumen und die schrägen Wände vermittelten ein Gefühl der Behaglichkeit unterm Dach. Über eine kleine Theke mit zwei Hockern blickte man direkt in die offene Küche, in der Martina ihre Nase über dampfende Töpfe hielt, in einer Hand einen Kochlöffel und in der anderen einen Topflappen.

„Der war wenigstens kreativ", meinte Landorff, überlegte kurz und schilderte ihr dann in großen Zügen das Gespräch mit Alexandra Buschmann. Es tat gut, darüber zu reden. Also schilderte er ihr auch die Hintergründe. Gregory Winter, Prolicks, den Deal mit Allstarinvest.

„Nach allem, was du mir erzählt hast, geht es hier nicht nur um viel Geld, sondern vor allem um einen Technologie-Wettlauf", stellte Martina fest. „Was ich allerdings nicht verstehe, weil die Technologien und Produkt-Entwicklungen ja bereits von Winter im Rahmen seines Prolicks-Deals verkauft wurden."

Ein gescheites Mädchen, dachte Landorff und sagte es ihr auch.

Martina zwinkerte ihm zu. „Nur weil ich in einem Pub kellnere, um mir mein Studium zu finanzieren, muss ich ja nicht meinen Verstand an der Theke abgegeben haben. Findest du nicht, dass bei dieser Geschichte zu viele Seiten ihre Finger im Spiel haben?"

Sie holte ein Sieb heraus und schüttete nach Trüffel duftende Nudeln aus einem dampfenden Topf hinein.

„Warum sind alle hinter etwas her, das doch bereits verkauft wurde? Sie müssten sich nur an diese Allstarinvest wenden und entweder das Produkt kaufen oder die Technologie. Das ergibt keinen Sinn, genauso wenig wie der Mord an Gregory Winter."

Von dieser Seite hatte Landorff die Ereignisse noch gar nicht gesehen, gestand er sich ein. Denn im Grunde hatte sie recht. Was wollten die vermummten Mörder von Winter, als sie ihn folterten? Geld keinesfalls. Informationen? Wenn ja, worüber? Und wenn er sie ihnen verriet, warum brachten sie ihn dann noch um und nahmen ein Auge und eine Hand mit? Um in irgendein Geheimlabor einzubrechen? Oder handelte es sich tatsächlich um einen Racheakt verärgerter Käufer, die nicht in der Lage gewesen waren, 950 Millionen aufzubringen, deshalb bei dem Deal durch die Finger geschaut hatten und sich an Winter rächen wollten?

„Kann ich dir helfen und etwas auf den Balkon hinaustragen?", machte sich Landorff erbötig. „Dieser Abend soll nicht in eine Arbeitsbesprechung ausarten, ganz im Gegenteil. Und im Übrigen, ich wiederhole mich gern: Danke für die Einladung. Viel netter, als allein in einem Biergarten zu essen. Ich freu mich auf einen gemütlichen Abend bei Kerzenschein und ..." – er schnupperte begeistert – „... hervorragendem Essen."

„Nur keine voreiligen Komplimente!", lachte Martina. „Aber wir können immer noch einen Platz im Truderinger Wirtshaus bekommen. Mein Vater ist Stammgast da und der Wirt einer seiner besten Freunde."

„Kommt nicht infrage." Landorff nahm ihr das Tablett aus den Händen und machte sich auf den Weg auf den Balkon, der ganz in weiß gestrichen war und von einem großen weißen, festlich gedeckten Tisch mit bequemen Stühlen beherrscht wurde. Zwei Kerzen brannten und der schlechte Tag schien mit einem Mal weit weg.

„Großer gemischter Salat mit Thunfisch und Oliven zur Vorspeise, dann Steak mit Trüffelnudeln und Cognacsauce und zum Nachtisch ein Walnusseis mit selbst eingelegten Sauerkirschen." Martina stellte eine riesige Salatschüssel auf den Tisch und setzte sich neben Landorff. „Schenkst du uns ein?"

„Wenn wir *den* Salat vertilgen, dann brauchen wir für die nächsten Tage nichts mehr zu essen und deine restlichen Köstlichkeiten werden bei deinen Eltern landen."

„Das hätten sie gerne, kommt aber nicht infrage", wehrte Martina ab. „Hab ich doch extra für dich gekocht." Sie zwinkerte ihm zu und Landorff zwinkerte in stillem Einverständnis zurück.

Der Salat schmeckte ausgezeichnet und die Blumen in den Balkonkästen dufteten verführerisch. Wie schön das Leben an diesem warmen Sommerabend in Trudering doch war, dachte Landorff genießerisch.

Die Steaks waren auf den Punkt gebraten, die Trüffelnudeln ein Gedicht und die Kirschen, „selbst gepflückt und entkernt", wie Martina stolz feststellte, passten perfekt zum Eis. Dann saßen beide, satt und zufrieden, und schauten in den Abendhimmel. Die Flasche Rotwein war leer und die Kerzen flackerten im leichten Wind, der aus dem Süden kam und Geschichten aus Italien erzählte.

„Ich könnte jetzt schnurren wie eine Katze, aber das würde wahrscheinlich nicht so gut ankommen", meinte Landorff und streckte sich. „Danke, das war sensationell. Ich weiß nicht, wie ich mich bei dir revanchieren kann …"

„Aber ich weiß es", meinte sie leise, stand auf, ergriff seine Hand und zog ihn mit sich ins Haus.

Die Sonne schien bereits beim Schlafzimmerfenster herein, als er sich verschlafen von einer Seite auf die andere drehte und seinen Arm um Martina legte, die wie ein Baby mit dem Polster im Arm selig schlummerte. Ihr langes rotes Haar leuchtete im Morgenlicht und die Sommersprossen waren blasser als sonst und schliefen wohl noch. Landorff überlegte kurz, sie zu wecken, doch dann stand er leise auf, schlich auf Zehenspitzen aus dem Schlafzimmer und ging ins Bad.

Wenig später zog er die Wohnungstüre leise ins Schloss und stahl sich so dezent wie möglich aus dem Haus. Nach dem Motto „Es reicht, wenn einer früh aufsteht".

Martinas Mutter war noch zeitiger dran als er und bereits beim Blumengießen.

„Guten Morgen!", grüßte sie fröhlich. „Sie sind aber früh auf!"

„Ich habe heute einen langen Tag vor mir und muss rechtzeitig starten. Martina schläft noch tief. Ist auch gut so. Sie hat mir erzählt, sie kellnert heute Abend wieder im Pub."

„Das Mädchen arbeitet und studiert nur mehr", schüttelte ihre Mutter den Kopf und wandte sich wieder den Blumen zu.

Nun ja, dachte Landorff, daran könnte sich unter Umständen bald etwas ändern …

Dann machte er sich auf den Weg in seine verwüstete Wohnung.

11. Das Entsetzen

Als Landorff kurz vor zehn seine Bank verließ und sich überlegte, wer diesen saublöden Begriff „*Ihre Bank*“ geprägt hatte, waren seine wenigen Ersparnisse in einem dieser dünnen, mickrigen Papierkuverts verstaut. Und es überkamen ihn erste Zweifel. Setzte er auf das ganz falsche Pferd? Machte er nicht gerade einen Riesenblödsinn nur wegen dieses Buchs?

Den Mercedes hatte Landorff gleich in der Früh bei seinem Mechaniker um die Ecke abgegeben. Der sollte versuchen, wenigstens die Klimaanlage in Gang zu bringen. Ohne Freisprecheinrichtung konnte er im Sommer leben, ohne kühle Luft nicht. Zumindest nicht bei dieser afrikanischen Hitzewelle, die hellen Saharastaub bis nach München blies.

Also überquerte er die Straße und machte sich auf den Weg in die Werkstatt.

In Gedanken entwarf er einen Alternativplan. Vielleicht sollte er seine Wohnung aufräumen, die Nächte bei Martina verbringen, sich einen neuen Laptop kaufen und einfach sein Buch weiterschreiben, auf die Anrufe des unbekannten Informanten warten und inzwischen als Michel de Gilles Melissas Event-Liste abarbeiten, Wayne zu seinem Hausfotografen ernennen und Alexandra an die Spieltische dieser Welt schicken, damit wenigstens einer hier Geld verdiente.

Doch er hatte Angst … Angst, es nicht lange zu überleben.

Schenkte man seiner Agentin Glauben, dann war zwar nur ein toter Autor ein guter Autor, aber Landorff hing doch sehr an diesem Leben … bis auf Weiteres seinem einzigen.

Die Einschläge waren immer näher gekommen, dachte er, nachdem Winter an der Zentralheizung zu Asche verbrannt war. Und seit dem Mord an Buschmann Senior fragte er sich ununterbrochen, warum er eigentlich noch am Leben war. Alexandra und er, genau genommen. Die Walküre hatte sechs Schüsse in ihrer Pistole und trotzdem hatte sie fünf auf den Firmenchef abgefeuert und die letzte Patrone für sich aufbewahrt.

Warum nicht 3-2-1?

Warum hatte sie ihn und Alexandra verschont?

Das hatte sich niemand gefragt, selbst die Kriminalpolizei bei ihren Untersuchungen vor Ort nicht.

Nur Landorff ging es nicht mehr aus dem Kopf und es hatte ihn heute Morgen um den lächerlichen Rest seines Schlafes gebracht.

Hatte er in den letzten Tagen sein Glück restlos aufgebraucht? Es konnte nicht mehr lange dauern, bevor sie endgültig zwischen die Fronten geraten und auf der Agenda der Killer landen würden. Dann würde niemand mehr gnädig sein. Das hatten Winter und der junge Zahlmann erleben müssen.

Profis hatten einen Auftrag zu erledigen.

Gnade stand nicht auf ihrer Agenda.

Und auf welcher Seite hatte die Walküre gestanden? Lautete ihr Auftrag einfach: „Erschießen Sie den alten Buschmann und dann sich selbst" und sie hielt sich bis zuletzt daran? Wer um Gottes Willen macht so etwas? Purer, sinnloser Fanatismus oder selbstlose Hingabe bis zum Tod? Eine Sekte? Eine Terrormiliz? Ein Staat im Krieg? Die Walküre hatte nicht wie ein Mitglied der al-Kaida, des IS oder einer der anderen terroristischen Gruppierungen ausgesehen. Andererseits – nicht alle Fanatiker trugen Dschihadisten-Bärte, Turbane und Pluderhosen.

Landorff wechselte von der Sonnenseite der Straße auf die schattige. Er war völlig durchgeschwitzt. Die heiße Luft aus Afrika versprach heute das Thermometer in neue Höhen zu treiben. Hitzerekord in der Großstadt ...

Misstrauisch blickte er sich immer wieder um, konnte aber selbst mit viel Paranoia keine Verfolger erkennen. Die Handys wogen schwer in seiner Umhängetasche. Alles ältere Modelle, aber jedes für ein letztes Gespräch immer noch gut genug. Und zehn Prepaid-Karten, von Franco dezent über die Theke geschoben, sollten für den Anfang auch genügen.

Ich muss Alex anrufen, schoss es Landorff durch den Kopf. Die Werkstatt kam bereits in Sicht und so zog er sein Smartphone hervor und wählte. Sein Mechaniker Matze, ein Urgestein der schraubenden Zunft, hatte den Mercedes aus Platzmangel hinter zwei anderen Wagen geparkt, die ebenfalls fertig zur Abholung zu sein schienen. Als er Landorff auf der anderen Straßenseite erblickte, winkte er ihm zu und machte sich daran, die Autos umzuparken.

„Sag bloß, du bist schon unterwegs", begrüßte ihn Alexandra bemerkenswert munter.

„Gleich, kann sich nur mehr um Minuten handeln. Wie war die Besprechung gestern in der Firma?"

„Aufschlussreich, du wirst zufrieden sein", meinte sie und schlürfte irgendein Heißgetränk. „Ich hab die Leitung provisorisch dem Stellvertreter meines Vaters übergeben, der schon die rechte Hand meines Onkels war und der das Unternehmen kennt wie seine Westentasche."

„Eine weise Entscheidung", stimmte Landorff ihr zu und ärgerte sich gleichzeitig darüber, dass keiner dieser Schwachköpfe von Autofahrern anhielt, als er versuchte, die Straße zu überqueren. Jetzt kam auch noch ein riesiger Lkw mit Anhänger herangedonnert …

Matze war bei Landorffs Mercedes angelangt und stieg ein.

In diesem Augenblick riss Landorff eine Druckwelle von den Füßen und schleuderte ihn über den Gehsteig, dann noch über eine Stück Grünfläche und gegen eine Parkbank, deren harte Sitzfläche sich in seine Rippen bohrte und ihm die letzte Luft raubte. Der Schmerz schoss in sein Gehirn hoch, breitete sich aus wie ein glühend heißer Tsunami und brandete wieder zurück. Er schüttelte benommen den Kopf, während der ohrenbetäubende Knall der Explosion in der Ferne verklang wie ein wütend fauchender Dämon auf der Jagd nach verlorenen Seelen.

Seine Ohren klingelten und seine Gedanken waren irgendwo verschüttgegangen. Landorff saß wie betäubt am Boden, völlig verwirrt und abwesend, sein Smartphone immer noch krampfhaft festhaltend, als sei es der Draht zu einem letzten Rest alltäglicher Normalität.

Alexandra …

Er blickte verwirrt aufs Display und stellte fest, dass die Verbindung tatsächlich noch stand.

„Michael! Was um Himmels willen war das?", drang es ganz leise an sein Ohr, während rund um ihn das Geschrei und das Gerenne begann. Hupen ertönten, der Verkehr stand still.

Landorff schüttelte verzweifelt den Kopf, wie um den Albtraum loszuwerden. Seine Ohren wurden wieder freier.

„Alex? Bist du noch da?" Er erkannte seine eigene Stimme nicht.

„Ja! Was ist los?"

„Eine Explosion ... auf der anderen Seite der Straße ... mir tut alles weh."

„Bist du verletzt?"

„Keine Ahnung, muss erst ... muss erst aufstehen ...", brummte er und rappelte sich hoch. Der Schmerz in der Rückengegend, wo er gegen die Bank geprallt war, war erträglich. Stehen ging auch. „Sieht gut aus", meinte er zu Alex, doch dann fiel sein Blick auf die andere Seite der Straße und ihm wurde schlecht. „Nein, es sieht gar nicht gut aus ..."

Ein großer Krater, zwei Meter tief, erstreckte sich an der Stelle, wo Matze seinen Mercedes geparkt hatte. Von der Fassade der Werkstatt war nicht mehr viel übrig. Von den Passanten und Mechanikern ebenfalls nicht.

Matze ...

Landorff wurde schlecht und er wollte nur mehr kotzen. Ein Einsatzwagen hielt an und zwei Polizeibeamte blickten etwas verwirrt und überrascht auf das Chaos.

„Michael?" Alex klang besorgt.

Landorff wandte sich ab, mit Tränen in den Augen, und begann, in die andere Richtung davonzugehen. Er kam sich dabei vor wie ein Strauchdieb, ein Verräter, ein Fahnenflüchtiger. Doch er wollte nur weg von der Werkstatt, dem Tod, dem Verderben, den endlosen Fragen.

Weg von der Büchse der Pandora.

„Ich bin gerade gestorben", sagte er tonlos zu Alex und ein Stück weit stimmte es auch. „Sie haben eine Bombe an meinem Auto versteckt, die ist hochgegangen. Leichenteile liegen überall."

„Oh Gott …“, flüsterte Alex und er konnte ihre Betroffenheit hören.

Krankenwagen rasten ihm entgegen, die Feuerwehr nahm ebenfalls den Weg über den Gehsteig und er drängte sich in einen Hauseingang, um sie vorbeizulassen.

„Mach dich sofort auf den Weg“, stieß Landorff hervor. „*Jetzt*! Verlier keine Sekunde, hörst du? Und kontrolliere den BMW, bevor du losfährst.“

„Ich kann ihn fernstarten, keine Bange“, antwortete Alexandra mit einem grimmigen Unterton in der Stimme. Der präzise analysierende Teil ihres Gehirns hatte übernommen. „Wo treffen wir uns?“

„Flughafen München, Terminal 1, Modul E. Stell dich ins Halteverbot, aber bleib im Wagen, lass den Motor laufen. Ich werde dich sehen und komme raus.“

Dann lief Landorff los, immer mit dem Rücken zur Unglücksstelle, den Kopf gesenkt wie ein wütender Bulle, der sinnlos gegen eine Meute von Matadoren antrat und dessen Tod doch schon beschlossene Sache war. Die Tränen liefen ihm über die Wangen.

Der Taxifahrer, zu dem er ein paar Hundert Meter weiter in den Wagen stieg, streckte neugierig seinen Kopf aus dem Fenster und versuchte, von seinem neben ihm geparkten Kollegen den Grund des allgemeinen Verkehrsstaus zu erfahren. Als er Landorff die Tür zuschlagen hörte, wandte er sich ihm zu.

„Zum Flughafen bitte“, sagte sein Fahrgast und lehnte sich erleichtert in die Polster zurück.

„Was ist los … da?“, fragt der Fahrer Landorff mit ausländischem Akzent und deutete voraus.

„Keine Ahnung, wahrscheinlich eine Gasexplosion.“ Landorff bemerkte, wie sehr seine Hände zitterten, und er versteckte sie zwischen seinen Oberschenkeln.

Der Fahrer nickte, wendete das Taxi und beschleunigte.

Das Modul E lag ganz am Ende der Flugsteige von Terminal 1 und war erfahrungsgemäß weniger frequentiert als alle anderen, wie Landorff von früheren Treffen am Flughafen wusste. Das hatte den Vorteil, dass es leichter zu überblicken war.

Vorsichtshalber ließ er jedoch das Taxi bei Modul C anhalten und schickte den Fahrer weg. Erst als der Wagen in der Ferne verschwunden war, ging er hinein und bog in den Verbindungsgang zwischen den Modulen ein. Eine italienische Reisegruppe kam ihm entgegen, die offenbar die bayrische Provinz mit dem Strand von Caorle verwechselte und aufgeregt durcheinanderschrie. Landorff schlängelte sich zwischen den bunten Hemden hindurch und lief hinüber zu Modul D, wo es bedeutend ruhiger war.

Die Passagiere einer Maschine aus London strömten durch die Schiebetüre, wartende Angehörige winkten frenetisch, Firmenchauffeure schwenkten kleine Plakate mit groß geschriebenen Namen.

Das Übliche. Beruhigende Normalität.

Im Modul E warteten einige Zeitungsleser auf die Ankunft ihrer Angehörigen und zwei Kinder tollten durch den Raum. Landorff warf einen vorsichtigen Blick nach draußen. Ein paar Kleinbusse von Hotels aus den Voralpen, ein Polizeifahrzeug mit zwei lesenden Beamten, davor ein Reisebus aus Garmisch-Partenkirchen.

Alexandra war noch nicht da.

Nach einem Augenblick des Überlegens machte sich Landorff auf den Weg zu den Toiletten, sperrte sich in eine der Kabinen ein und lehnte sich gegen die Wand. Alles war still. Er schloss erschöpft die Augen, doch die Bilder wollten nicht verblassen.

Der Krater und die Leichenteile.

Schreiende Menschen am Boden.

Matzes fröhliches Winken Sekunden vor dem Feuerball.

Fensterhöhlen in den Wänden der Werkstatt, zersplitterte Türen und ein halb eingestürztes Dach.

Ein Kaleidoskop, das sich immer schneller drehte.

Als Landorff hörte, wie die Tür einer Kabine geöffnet wurde, stieß er sich ab und lauschte mit angehaltenem Atem. Als der Neuankömmling seine Kabine verriegelte, huschte Landorff aus seiner und eilte in die Ankunftshalle. Er musste sich zusammenreißen und schlenderte langsam, wie zufällig, an den Schiebetüren vorbei, warf einen Blick auf die kleine Parkbucht.

Der schwarze 7er-BMW hielt gerade vor dem Ausflugbus, Alex parkte ein und Landorff lief los, riss die Beifahrertür auf, ließ sich auf den Sitz fallen.

„Nichts wie weg!", zischte er und Alexandra überlegte nicht lange. Die schwere Limousine drängte vorwärts. Landorff ließ die Parkbucht, die hinter dem Wagen immer kleiner wurde, nicht aus den Augen.

Niemand folgte ihnen.

„Wir sind jetzt zwar auf allen Überwachungskameras zwischen Autobahnausfahrt und Flughafengelände zu sehen, aber man kann nicht alles haben." Landorff warf seine Tasche auf den Rücksitz und hatte das Gefühl, zum ersten Mal seit dem Anschlag tief auszuatmen. „Wenn Matze meinen Mercedes nicht zugeparkt hätte, wäre ich nicht mehr hier", erklärte er Alexandra. „So hat er ihn gestartet und nicht ich, ein schwerer Lkw hat den größten Teil der Druckwelle abgefangen, der fuhr genau zum Zeitpunkt der Explosion an mir vorbei. Und ich hab mich noch geärgert über den rücksichtslosen Fahrer …"

Er zeigte nach links.

„Nimm die Straße Richtung Erding, wir verschwinden über die Dörfer."

Dann berichtete er Alex von Martinas Bemerkungen zum Thema Technologien. „Denn im Grunde hat sie mit einer Frage alles zusammengefasst: Warum sind alle hinter etwas her, das doch bereits verkauft wurde? Sie müssten sich nur an diese Allstarinvest wenden und entweder das Produkt oder die Technologie kaufen."

„Nun, da kann ich dir vielleicht etwas auf die Sprünge helfen und dabei gleichzeitig meinem alten Herrn ein wenig Abbitte leisten", entgegnete Alex, während sie sich in die Abbiegespur auf die Bundesstraße nach Erding einreihte. „Die Projekte der Prolicks waren alle hochsensibel und standen auf der militärischen Geheimhaltungsskala so ziemlich an der Spitze. Kurz vor kosmisch."

„Militär?“

„Alle üblichen Verdächtigen ließen bei einer der Prolicks-Firmen arbeiten – Geheimdienste, Armeen, Regierungsbehörden wie Polizei und Einsatzgruppen, private Sicherheitsdienste, die in ihrer Freizeit in Afrika Despoten an die Macht putschen, Waffenspezialisten, um nur ein paar zu nennen. Dazu kamen dann Privatfirmen wie Amazon und der *weltgrößte Hersteller von Spielzeugdrohnen,* DJI.“

Alexandra gab dem BMW die Sporen und die Limousine schoss nach vorne, als die fünfhundert PS wach wurden.

„Und was genau haben die bei Prolicks gekauft?“, wollte Landorff wissen. „Die können doch nicht alle das Gleiche bei Winter bestellt haben, von 007 bis zum chinesischen Spielzeughersteller.“

„Haben sie auch nicht, Winter hat allen Kunden maßgeschneiderte Lösungen angeboten. Er hat genau das entwickelt und bauen lassen, wonach sie gesucht haben. Dann hat er es lizenziert und die Lizenz verkauft. Außer bei einigen wirklich großen Projekten, da hat er einmalig eine Gesamtlösung im Paket angeboten. Um viel Geld. Ich habe mich in einige Geheimunterlagen von Vaters Firma eingearbeitet und nicht wirklich viel geschlafen heute Nacht. Einer der Hauptabnehmer für Leitsysteme der Kampfdrohnen war unter anderem die Bundeswehr, aber auch die israelische Armee und die französischen Streitkräfte. An einigen Projekten war auch die AICT bis zu einem gewissen Grad beteiligt, aber worum es genau ging, das blieb Vaters Geheimnis. Es sieht tatsächlich so aus, als habe man sich stillschweigend geeinigt, an keinen der Software-Entwickler die Gesamtlösung auszugeben. Damit fiel die Geheimhaltung für indische oder russische Zulieferer flach, die sowieso wohl nur Makulatur gewesen wäre. Niemand konnte mit dem Bruchstück eines Programms etwas anfangen.“

„Und was passierte mit all den internationalen Bruchstücken?“

„Die landeten bei uns, also bei der AICT, und wir montierten sie zusammen, wenn man so sagen kann, und passten sie an.

Und verfeinerten sie auch noch, wenn ich das richtig verstanden habe, aber frag' mich nicht, was das genau bedeutet. Da wurden die Informationen dann richtig dünn und ich denke, da kam das Gedächtnis meines Vaters ins Spiel. Auf das wir nicht mehr zugreifen können."

„Operation schießwütige Walküre ..."

Alexandra nickte düster. „Die Auftraggeber, vor allem die militärischen und geheimdienstlichen, schrieben Winter die Sicherheitsstandards vor und die AICT musste sie ebenfalls einhalten, sonst wäre mein Vater aus dem Geschäft gewesen."

„Aber dein Vater kann ja nicht alles selbst gemacht haben, was Zusammenführen und Verfeinerung der Software betrifft. Da muss es doch noch andere Mitarbeiter geben."

„Gibt es ja auch, praktisch die gesamte Firma, aber was willst du fragen, wenn jemand zwar einen Haufen digitaler Anweisungen stapelt, aber nicht weiß, für welches Produkt sie am Schluss bestimmt sind?" Sie zuckte etwas hilflos mit den Schultern. „Die Endabstimmung hat dann immer mein Vater gemacht, die Endmontage und Installation Prolicks."

„Aber die AICT hatte ja auch noch andere Kunden außer Winter, und wenn ich mich richtig erinnere, dann steht AI für Artificial Intelligence, also künstliche Intelligenz. Was ist damit?"

„Wir haben keine kleinen weißen Roboter gebaut, die Hände schütteln, sprechen und alte Menschen betreuen können, wenn du das meinst." Alex schüttelte entschieden den Kopf. „Hier ging es um Vernetzungen, neurologische Netze und Denkschemata, die Lernfähigkeit von Steuereinheiten, Entscheidungen zu treffen."

Sie passierten das Ortsschild von Erding und Alex ließ den BMW vor einer roten Ampel ausrollen. „Und jetzt? Wohin?"

„Ich habe heute weder ein Frühstück noch einen Kaffee gehabt, dafür hat man versucht, mich in die Luft zu sprengen. Lass uns den Wagen etwas abseits parken und in Sichtweite ein Gasthaus mit Biergarten finden."

Kaum hatten sie an einem der vielen freien Tische im Garten

des Gasthauses „Zur Post" Platz genommen, meldete sich Landorffs Smartphone und er schaute Alex schuldbewusst an.

„Ja, ich weiß, ich hätte es schon längst ausschalten sollen, aber das ist Martina, meine neue Freundin …"

Sie verzog ihr Gesicht, dann nickte sie seufzend und vertiefte sich in die Speisekarte.

Nachdem Landorff Martina von dem Anschlag erzählt hatte und sich weigerte, ihr zu sagen, wo er sich befand („Glaub mir, es ist zu deinem Besten!"), war sie völlig aus dem Häuschen und starb vor Sorge um ihn tausend Tode. Mit einem „Ich melde mich wieder, mein Schatz" und einem anschließenden „Bitte mach dir keine Sorgen!", an das er selbst nicht glaubte, schnitt Landorff ihr das Wort ab und beendete das Gespräch.

Doch in dem Augenblick, in dem er sein Smartphone endgültig abschalten wollte, klingelte es erneut.

Unbekannt.

Er stieß Alex an, schaltete auf Lautsprecher, legte das Telefon in die Mitte des Tisches und nahm das Gespräch an.

„Sie haben mir ja richtig gefehlt …", begann er unverfroren.

„Bin ich froh, Sie leben!", tönte es aus dem kleinen Lautsprecher. „Und ich dachte schon …"

„… es hätte mich erwischt? Die Bombe hätte mich in kleine Stücke zerrissen wie meinen Freund und Mechaniker Matze? Wie ein paar Passanten, die zur falschen Zeit am falschen Ort waren?" Landorff spürte den Zorn hochsteigen. „Was für ein Spiel wird hier gespielt? Wer hat das alles auf dem Gewissen? Wer hat meine Wohnung durchsucht und meinen Computer mitgenommen? Und das ausgerechnet einen Tag bevor man mich in die Erdumlaufbahn pusten will?"

Stille am anderen Ende der Leitung.

„Ist alles Zufall, ganz klar, purer Zufall. Und meine Großmutter war Mutter Teresa!"

Landorff redete sich in Rage und merkte, wie gut es ihm tat nach dem Horror von heute Morgen.

„Genug mit dem Versteckspiel, mein unbekannter Stalker. Jetzt wechseln wir die Rollen. Ich tauche unter und Sie werden keinen Bauern mehr im Spiel haben, weil ich diese Telefonnummer nämlich abschalte. In zehn … neun … acht …"

„Warten Sie! Machen Sie keinen Blödsinn!" Der Anrufer klang hektisch. „Geben Sie mir wenigstens eine Nummer, unter der ich Sie erreichen kann!"

„Warum sollte ich? Geben *Sie* mir lieber einen einzigen vernünftigen Grund, warum ich mit zwielichtigen Typen wie Ihnen in Verbindung bleiben sollte. Vielleicht waren Sie es ja, der dem Bombenleger den Tipp gegeben hat!"

„Schwachsinn! Was hätte ich davon, dass Sie bei einer Explosion ums Leben kommen?"

„Was haben Sie davon, dass ich noch lebe?", gab Landorff ruhig zurück und Alex nickte anerkennend.

Schweigen als Antwort.

„Kann es sein, dass Sie mir in wohl dosierten Mengen Informationen zugespielt und andere einfach verschwiegen haben? In wessen Auftrag? Tut mir leid, an den selbstlosen weißen Ritter in seiner silbrig glänzenden Montur kann ich schon seit meinen Kindertagen nicht mehr glauben. Sie waren nicht aus Zufall dabei, als Winter starb. Sie hatten einen Auftrag."

„Sie haben ja keine Ahnung, worum es bei dieser Sache geht", kam es leise durch die Leitung.

Alex und Landorff lehnten sich vor, um nur ja kein Wort zu verpassen.

„Wenn Sie mir nicht Ihre neue Telefonnummer geben, dann werden Sie nicht lange genug leben, um das nächste Kapitel in Ihrem Buch zu schreiben."

„Und wenn ich sie Ihnen gebe, dann sprengen mich morgen die nächsten Irren in die Luft, bevor sie meine Überreste mit Benzin übergießen und anzünden, wie bei Gregory Winter. Pest oder Cholera, meinen Sie nicht auch?"

„Ich bin auf Ihrer Seite, merken Sie das nicht?"

„Hat das der Löwe nicht auch zum Zoobesucher gesagt, nachdem er aus seinem Gehege ausgebrochen war?"

„Sie sind ein Sturkopf, der …"

„… verdammt heftig an seinem Leben hängt", unterbrach ihn

Landorff ungehalten, „vor allem, wenn vor nicht mal drei Stunden eine Bombe unter seinem Auto gezündet wurde. Wissen Sie, wie tief der Krater war? Da hätte glatt ein Kleinwagen hineingepasst. Meine Überreste wären da gar nicht mehr aufgefallen. Ich bin stinksauer, Mr. Unbekannt, und Sie wundern sich darüber? Woher hatten die Einbrecher den Nachschlüssel zu meiner Wohnung? Woher wussten irgendwelche Attentäter, dass ich heute früh meinen Wagen zu meinem Mechaniker gebracht und ihn da stehen gelassen habe?"

„Vielleicht weil es ein und derselbe war, der Sie unter ständiger Beobachtung hat?", versuchte sein Gesprächspartner eine Erklärung.

„Und weil man sich ja sonst nichts gönnt, hatten der oder die sich bereits eine Bombe unter den Arm geklemmt und nur mehr darauf gewartet, sie unter dem Mercedes zu befestigen?", regte sich Landorff auf. „In welcher Bananenrepublik leben wir eigentlich?"

„Sie haben ja mein letztes Gespräch nicht angenommen, Herr Landorff, sondern es mit einem lockeren ‚Geh scheißen!' beendet", erinnerte ihn der Unbekannte nicht ohne hämischen Unterton. „Mir blieb keine Zeit für irgendwelche Warnungen."

Im Stillen musste Landorff ihm beipflichten und ärgerte sich.

„Da stand ich gerade vor den Trümmern meiner Wohnungseinrichtung und musste feststellen, dass mein Computer weg und mein Bad verwüstet war. Sollte ich dann noch Nettigkeiten austauschen mit Leuten, die ihren Namen unterdrücken? Oder was hätten Sie an meiner Stelle gemacht?"

„Ich hätte mir zugehört", meinte sein Gesprächspartner kalt. „Das Jammern über verschüttete Milch macht es auch nicht besser."

„War ja nicht Ihre Wohnung", warf Landorff ein, „Ihre Daten, Ihr Wohnzimmer und Ihr Bad. Da lässt sich leicht reden, oder? Also, wenn Sie tatsächlich meine neue Telefonnummer haben wollen, dann erklären Sie mir gefälligst, weshalb. Für den oder die Täter bin ich offiziell tot und ich habe nicht vor, diesen Status in nächster Zeit zu ändern. Denn es lebt sich bequem und ruhig als Toter. Und man kann endlich ungestört hinter die Kulissen schauen. Man kann den Leuten als Dämon auf den Geist gehen, als Phantom erscheinen und in der Geisterbahn einen Nebenjob andenken. Schon vergessen? Man hat mich heute Vormittag um ein Haar in kleine Teile gesprengt … und ich weiß nicht mal, warum …“

„Weil Sie der Einzige sind, der die richtigen Fragen stellt und an den falschen Stellen auftaucht“, meinte der Unbekannte lakonisch. „Wie bei der AICT und dann noch mit der jungen Buschmann im Gefolge! Und dann setzten Sie Vater Buschmann unter Druck! Da sind alle Sicherungen durchgebrannt …“

„Woher wissen Sie, was wir mit Buschmann Senior besprochen haben?“, wunderte sich Landorff und auch Alexandra war sichtlich überrascht. Die Kellnerin brachte zwei große Apfelsaftschorlen vorbei, Alex bestellte und Landorff zeigte stumm auf „Weißwurst mit Brezn“.

Zweimal.

„Ach, die gesamte AICT ist doch verwanzt, schon seit mehreren Monaten. Seit dem Tartarus-Projekt.“

Landorff warf Alexandra einen fragenden Blick zu, doch die schüttelte verwundert den Kopf.

„Seit welchem Projekt?“

„Dem Tartarus-Projekt“, wiederholte sein Informant. „Das war der Moment, an dem alles den Bach hinunterging. Wir hatten keine Ahnung davon. Und als unsere Leute dann bei der AICT vorstellig wurden, war es schon zu spät.“

„Könnten wir ‚unsere Leute‘ etwas näher spezifizieren?“ Landorff nahm einen Schluck aus dem beschlagenen Glas und warf einen Blick auf die Straße. Der schwarze BMW parkte sicher vor dem Gasthof, in Blickweite.

„Das kann mich den Job kosten“, murmelte die tiefe Stimme unsicher.

„Nun, denn … *arrivederci*, wir treffen uns in der Geisterbahn“, gab Landorff kalt zurück. „Willkommen bei den Arbeitslosen und als Toter hat man zusätzliche Privilegien. Man muss nicht mehr höflich sein. Man geht über Leichen, dann bleibt man unter seinesgleichen."

„Warten Sie! Es ist … ich arbeite für den BND."

„Ach ja? Bisschen dünn, das alles. Warum sollte mir der deutsche Nachrichtendienst Informationen zukommen lassen? Normalerweise funktioniert das immer andersrum: Ungehörige Journalisten werden zum Gespräch einbestellt und verwarnt. Im Interesse des Staates, wie das so schön heißt. Am besten gleich alle Informanten nennen, im Gegenzug dafür lässt man dich wieder gehen."

„Die Dinge sind aus dem Ruder gelaufen und uns sind die Hände gebunden", erklärte sein Gesprächspartner. „Nach dem Skandal vor einigen Jahren schauen uns alle auf die Finger, kontrollieren jede kleinste Aktion, das Kanzleramt hält uns an der kurzen Leine und steckt seine Nase in alle Akten."

„Tja, was du nicht willst, das man dir tut …" Landorff ließ das Ende des Satzes in der Luft hängen und Alex musste ein Lachen unterdrücken. „Agent 007 ist auf Sparflamme gesetzt worden, nachdem er zu viele eigene Freunde ausspioniert und den Amerikanern die Füße geleckt hat. Dann kam noch ein *maßloser* Wirbel … Aber was hat das alles mit mir zu tun?"

„Wir wollten Sie … über gewisse Vorgänge informieren und Sie dazu bringen, am Ball zu bleiben, bestimmten Leuten auf die Nerven zu gehen, die richtigen Fragen zu stellen, sich vielleicht sogar unbeliebt zu machen. Und so die Dinge ins Rollen zu bringen …"

„Aber klar doch, ich fühle mich gleich viel sicherer. Könnte man es auch Zielscheibe nennen? Oder nützlicher Idiot vor Ort, den man nach Bedarf von einem Hotspot zum nächsten schieben kann?" Landorff ärgerte sich über seine eigene Blödheit. „Ich mache hier Ihren Job, weil Sie einen Maulkorb verpasst bekommen haben und nicht mehr beißen können. Haben Sie meine Wohnung durchsuchen lassen?"

„Nein, das waren nicht wir, seien Sie versichert. Aber, um Ihrer Frage zuvorzukommen, nein, wir wissen auch nicht, wer es war."

„Warum wundert mich das nicht? Da sind mir ja noch unsere Freunde auf der anderen Seite des Atlantiks lieber und das fällt mir schwer zuzugeben. Was für eine Dilettantentruppe haben Sie da am Start! Doch zurück zu diesem Projekt, das Sie schließlich in die AICT gebracht hat, wie Sie es genannt haben. Dieses Tartarus-Projekt. Worum geht es dabei?"

„Darüber wird kein Mensch mit Ihnen sprechen, am Telefon schon gar nicht. Und ich auch nicht. Es ist schon ein immenses Risiko, dass ich überhaupt mit Ihnen telefoniere. Tartarus unterliegt der allerhöchsten Geheimhaltungsstufe, geht weit über unsere Befugnisse hinaus, weil es ein internationales Projekt auf oberster Ebene ist. Wir sind nicht eingeweiht worden, und als wir draufgekommen sind, da war es bereits zu spät …"

„Zu spät wofür?", erkundige ich mich.

„Um uns noch einzuschalten, um es zu verhindern." Die Stimme des BND-Mannes klang eindringlich. „Wir haben versucht, den Anschluss nicht ganz zu verlieren, und deshalb unsere Leute undercover zur AICT geschickt, um Wanzen zu installieren. Doch da war schon alles vorbei, Tartarus entwickelt und keiner wollte mehr ein Wort darüber verlieren."

„Daraufhin haben Sie sich einfach einen Außenstehenden gesucht, der sich die Finger schmutzig machen soll und dem man keinen Maulkorb verpassen kann. Und die Wahl fiel zufällig auf mich." Landorff schüttelte den Kopf und schaute Alex zweifelnd an. „Wenn ich tatsächlich Ihr Hoffnungsträger bin, dann möchte ich bei Gott nicht den Rest des Vereins kennenlernen. Aber nachdem Sie ja die Party von Gregory Winter beobachtet haben, müssten Sie mich da auch gesehen haben."

„Wir haben jemanden gesucht, der auf der Party war", erklärte der Unbekannte seelenruhig. „Am besten einen Journalisten mit gutem Ruf, der spätestens nach Bekanntwerden des Mordes an Winter loszieht und Nachforschungen anstellt."

„Und da kam ich Ihnen gerade recht. Warum waren Sie eigentlich als Beobachter da?"

„Wir dachten, wenn jemand eine Rechnung mit Winter offen hat, dann würde er sie auf der Party präsentieren", meinte der

BND-Mann. „Jeder Dienst hätte genauso gehandelt. Tausende Spuren, Hunderte Menschen, keine Übersicht, Alkohol ohne Ende. Eine bessere Gelegenheit, um unbemerkt in Winters Haus zu gelangen, würde es kaum geben."

„Und so schauten Sie eiskalt zu, wie Winter ermordet wurde, unter den Augen des deutschen nationalen Geheimdienstes. Was für eine Abrechnung war das?"

„Wir sind auf demselben Kenntnisstand wie Sie, ich habe Ihnen alle Details gegeben. Drei vermummte Männer, ziemlich groß, muskulös. Offiziell waren wir nie da, haben nichts gesehen. Es gab eine ausdrückliche Anordnung von ganz oben, uns nicht in Tartarus einzumischen oder uns daran zu beteiligen."

„Sie waren ganz allein da?", wollte Landorff wissen.

„Ja, auf eigene Faust, wenn Sie so wollen, aber mit Wissen einiger weniger meiner Vorgesetzten. Denen das Tartarus-Projekt auch zu weit geht, zu gefährlich ist."

„Weil wir gerade so intim plaudern … Kennen sie eine brünette, etwa 30-jährige Frau, schlank und elegant, die sich als Versicherungsdetektivin ausgibt, aber wahrscheinlich keine ist? Ist das eine Mitarbeiterin von Ihnen? Die recherchiert nämlich auch Winters Tod und ist mir gleich am ersten Tag über den Weg gelaufen."

Erst blieb es still auf der anderen Seite. Überlegte sich der Informant gerade eine passende Lüge? Immerhin war er Geheimdienstmitarbeiter …

„Schmales Gesicht, braune Augen, liebt japanisches Essen und italienische Gucci-Taschen?"

„Klingt gut. Ist etwa eins siebzig groß, spricht akzentfreies Deutsch."

„Interessant …" war alles, was die tiefe Stimme zunächst dazu bemerkte. „Die Dame arbeitet nicht für den BND, im Gegenteil, sie ist bei der Konkurrenz."

„Geht das auch genauer?", fragte Landorff nach.

„Israelischer Geheimdienst, Mossad. Ihr Name ist Roni Abitol. Sie kommt aus einer deutschsprachigen Familie aus Haifa. Daher das akzentfreie Deutsch. Wir müssen jetzt Schluss machen, sonst wird es zu gefährlich. Für Sie. Geben Sie mir noch rasch eine andere Nummer, unter der ich Sie erreichen kann, und dann schalten Sie das Handy ab."

Landorff breitete die Umschläge mit den Prepaid-Nummern wie einen Fächer vor sich aus und zog eine heraus. Dann riss er den Umschlag auf und gab dem BND-Mitarbeiter die Nummer. „Ich aktiviere sie in ein paar Stunden. Spätestens heute Abend."

Doch da war die Leitung bereits tot.

Dann machte er sich über die Weißwürste her und begann mit Alexandra zu planen, wie sie ihre Flucht und ihr Verschwinden am besten angehen sollten. Und wie sie sich am besten in Sicherheit bringen könnten, auch wenn sie keine Ahnung hatten, vor wem. Sie wussten nur eines: Ihre Chancen zu überleben wurden mit jeder Minute geringer.

12. Die Drehscheibe der Spione

Fünf Stunden später rollte der schwarze BMW über die Westeinfahrt nach Wien hinein.

Der Wienerwald lag malerisch im späten Nachmittagslicht, die ruppige Fahrbahn auf den letzten Kilometern konnte den Ursprung der Schnellverbindung als Reichsautobahn im Dritten Reich nicht verleugnen.

Dabei war dieses letzte Teilstück erst in den 1960er-Jahren eröffnet worden …

„Bleib weiterhin geradeaus", dirigierte Landorff Alex, während sie den Wienfluss entlang in Richtung Stadt fuhren. „Und gib acht auf die Radarfallen. Hier kannst du auf wenigen Kilometern den Führerschein verlieren und das Letzte, was wir jetzt brauchen, ist ein Passfoto mit anschließender Zahlungsaufforderung."

„Zumindest haben wir hier Heimvorteil", lächelte sie. „Du kennst deine Geburtsstadt wie deine Hosentasche und kannst alle unsere Verfolger abschütteln, die zum ersten Mal hier sind und ohne Navi nicht klarkommen."

„Wäre schön, aber du kannst darauf wetten, dass jeder große Geheimdienst ein Büro in Wien hat", gab Landorff zu bedenken. „Solange wir inkognito bleiben, ist alles gut. Aber sobald wir irgendwo auffallen, sind die Adler wieder in der Luft und setzen zum Sturzflug an. Schneller, als du denken kannst."

„Du hast eine Gabe, einem alle Illusionen zu nehmen. Ich habe zumindest keine Verfolger auf der Autobahn gesehen."

„Ich auch nicht", musste er zugeben. „Aber ich habe auch keine gesehen, als ich in der Bank war und die Bombe in mein Auto gelegt wurde. Eigentlich wurde ich als Optimist geboren, aber im Moment …"

„… gehst du lieber vom *worst case scenario* aus. Verständlich. Wo sollen wir abbiegen? Da vorne ist bereits Hietzing, dann kommt Schönbrunn. Sagt zumindest das Navi."

„Lass mich ans Steuer, das ist einfacher", schlug Landorff vor, worauf Alex prompt rechts ran fuhr. „Jetzt wird es ziemlich verwirrend, durch all die schmalen Gassen, und ich bin hier tatsächlich zu Hause."

Der Nachmittagsverkehr blieb hinter ihnen zurück, als Landorff von der Westeinfahrt nach rechts in Richtung Lainzer Tiergarten abbog, einem ehemaligen Jagdgebiet des Kaiserhofes. Enge, kleine Gassen zwischen Gärten und Wohnblocks, niedrige Häuser, später dann Villen und Botschaften. Hier war Wien noch Vorstadt-Barock mit viel Grün dazwischen.

„Tartarus, sagt dir das Wort etwas?", fragte Landorff unvermittelt, während er sich hinter einer rot-weißen Straßenbahn einreihte und auf eine Möglichkeit zum Überholen wartete.

„Irgendetwas aus der griechischen Mythologie. Aber warte mal …" Sie zog ihren Tablet-PC aus seiner Aktentasche und wählte sich mit einer der Prepaid-Karten ein. „Ha! Ich war gar nicht so schlecht. ‚Ist in der griechischen Mythologie ein personifizierter Teil der Unterwelt, der noch unter dem Hades liegt. Er ist angeblich so tief, dass ein Amboss, der von der Erde zum Tartaros hinabfiel, neun Tage brauchte, um ihn zu erreichen; genauso lange, wie der Amboss benötigte, um vom Himmel bis zur Erde zu gelangen.' Behauptet Wikipedia."

„Tartaros?"

„Im Griechischen, Tartarus im Lateinischen. Tartaros ist der Bestrafungsort der Unterwelt, aus dem man nie wieder heraufsteigt. Gleichzeitig scheint Tartarus ein Synonym für ‚Abgrund' zu sein. Deshalb bezeichneten die alten Römer die in Europa einfallenden plündernden Hunnen als Tartaren, da sie annahmen, diese kämen direkt aus der Hölle. Auch die Mongolen unter Dschingis Khan wurden später so bezeichnet."

„Klingt irgendwie nicht sehr vertrauenerweckend", stellte Landorff fest. „Mit diesem Namen wird das kein karitatives Nächstenhilfe-Projekt gewesen sein, in das Winter verwickelt war."

„Das kann ich mir auch nicht vorstellen", nickte Alex. „Das klingt eher nach den Reitern der Apokalypse, die aus der Hölle heraufstürmen. Seltsam nur, dass in der AICT dieses Tartarus-Projekt mit keiner einzigen Silbe erwähnt wurde. Weder bei der

Besprechung noch in dem persönlichen Gespräch, das ich mit der rechten Hand meiner Vaters geführt habe. Und in den Unterlagen, die ich gelesen habt, findet sich auch nichts." Sie lehnte sich in den Sitz zurück und schloss müde die Augen. „Als hätte die Firma meines Vaters nie etwas damit zu tun gehabt."

Das Haus, vor dem sie wenig später anhielten, erinnerte an seiner Front an einen griechischen Tempel, den jemand in hellblau gestrichen hatte. Die Säulen wurden von Efeu umrankt und ein kleiner Vorgarten war fast zur Gänze mit Buchsbaum zugewachsen. Eine schmale dunkelblonde Frau war gerade damit beschäftigt, einen der großen Büsche zurechtzustutzen, und blickte auf, als Landorff sich über den Zaun lehnte.

„Ahh, ihr seid schon da!", rief sie und eilte zum Gartentor. Gaby, eine der besten Schulfreundinnen Landorffs, fiel ihm um den Hals und begrüßte Alexandra wie eine alte Freundin, die schon viel zu lange nicht mehr auf Besuch gekommen war. „Wollt ihr den Wagen in den Garten stellen?"

„Wäre super, dann ist er von der Straße", nickte Landorff dankbar. „Hältst du uns für ein oder zwei Tage aus?" Aus dem Inneren des Hauses ertönt das Bellen von mehreren Hunden.

„Klar, das Haus ist groß und ich bin nur allein mit mir selbst, also habt ihr mehr als genug Platz. Und ich freue mich über ein wenig Ansprache." Gaby öffnete die Haustür und eine Meute von fünf Hunden aller Rassen und Mischungen fiel schwanzwedelnd über die Neuankömmlinge her.

„Darf ich vorstellen?" Gaby gab allen eine kurze Streicheleinheit. „Unsere verlässlichste Alarmanlage. Die drehen des Nachts ihre Runden durch den Garten und bewachen dabei auch noch den BMW. Und das alles für eine Dose Chappi."

„Ihr seid mir durch und durch sympathisch", lachte Alex und klopfte allen auf die Flanken. „Du hattest recht, besser und sicherer kann man nicht von der Bildfläche verschwinden."

„Den Wagen habe ich inzwischen unter den tief hängenden Ästen der großen Tanne im Garten geparkt – ist das OK?", wollte Landorff wissen.

„Bestens, da steht er gut“, antwortete Gaby.

„Und morgen fahren wir mit Taxi und den Öffis“, schlug Landorff vor.

„Ihr könnt aber auch mein Auto nehmen, ich brauche es den ganzen Tag nicht“, warf Gaby ein.

„Mit dem fahren wir jetzt zum Heurigen. Aber trotzdem danke für das Angebot“, meinte Landorff und drückte seine Schulfreundin herzlich an sich. „Ich habe Hunger und ein Glas Wein wäre nach dem heutigen Vormittag auch nicht zu verachten.“ Damit wandte er sich ab, aktivierte die Prepaid-Nummer für den BND-Kontakt und steckte das Handy ein.

Perchtoldsdorf, ein kleiner, aber berühmter Heurigenort vor den Toren Wiens, war dank des schönen Abends überfüllt mit Ausflüglern und hungrigen Großstadtbewohnern, die in den lauschigen Gärten und Höfen ein Glas trinken wollten. Mit etwas Glück fanden sie den letzten Parkplatz im Umkreis und schlenderten über den Hauptplatz mit seinem markanten Wehrturm aus dem 15. Jahrhundert. Gabys Hundemeute hütete das Haus und den BMW und Landorff fühlte sich zum ersten Mal seit zwei Tagen sicher.

„Was bringt euch überhaupt nach Wien?“, erkundigte sich Gaby zum ersten Mal und Landorff rechnete es ihr hoch an, dass sie ihnen nicht gleich bei der Ankunft ein Loch in den Bauch gefragt hatte. Also weihte er sie in groben Zügen ein, ließ aber die blutigen Abschnitte weg. Wie auch den Anschlag und Tartarus.

„Und jetzt?“, fragte sie schließlich und sah ihn besorgt an.

Landorff zuckte mit den Schultern. „Morgen werde ich in Wien einige alte Verbindungen aus meiner Zeit beim Fernsehen aktivieren. Das bewährte Netzwerk steht und es ist an der Zeit, es anzuzapfen und ein paar fast verjährte Schulden einzutreiben. Glaub mir, es ist besser, wenn du nicht mehr weißt. Ich schicke dir das Buch, wenn es fertig ist. Versprochen. Dann wirst du mich verstehen.“

Gaby und er kannten sich schon zu lange und so drängte sie ihn nicht weiter. Das war es, was Landorff so an ihr schätzte. In

Notfällen konnte man sich stets auf sie verlassen. Und sie wusste, wann es besser war, nicht nachzufragen.

Beim Spiegelhofer, einem der bekannteren Perchtoldsdorfer Heurigen, bekamen die drei tatsächlich einen Platz unter den Nussbäumen. Der Abend war gerettet und verging wie im Flug. Alex erzählte von Poker-Turnieren an exotischen Plätzen und gab Anekdoten aus sechs Jahren Kartenspielen zum Besten. Landorff schilderte seine Zeit als Chefreporter und Gaby, die einen Reitstall voller Galopper besaß, steuerte die Pferde- und Renn-Geschichten bei.

Als Landorff das nächste Mal auf die Uhr sah, war es weit nach Mitternacht und sie waren die letzten Gäste im Garten. Die müde Kellnerin freute sich sichtbar über ihren Aufbruch.

„Nehmt ihr noch einen Absacker?", fragte Gaby, als sie ins Haus traten und die Hundemeute sie stürmisch begrüßte.

„Nicht für mich", winke Landorff ab und gähnte. „Ich verschwinde ins Bett. Gute Nacht und trinkt ruhig noch ein letztes Glas. Wir sehen uns morgen."

Nachdem er die Decke bis zur Nase hochgezogen hatte, versuchte er die schrecklichen Bilder zu verdrängen und an sonnige Wiesen, Berge und Wälder zu denken.

Badeseen unter blauem Himmel.

Mit dem verzweifelten Gedanken „Ich will nicht so etwas Idiotisches wie Schafe zählen" schlief er ein und kippte in seinen ersten Albtraum dieser Nacht.

Kein Entkommen.

Tartarus.

Der Ort unter der Hölle.

Das Ende aller Hoffnung.

Das Grauen stieg an die Oberfläche.

Die Vögel zwitscherten vor den Fenstern und Landorff wachte auf, weil die ersten Sonnenstrahlen auf sein Gesicht fielen. Es war noch nicht mal sieben Uhr früh und so blieb er noch ein wenig liegen, dachte an Martina und genoss die frische Luft, die durch das offene Fenster hereinströmte. Es war Spätsommer in der Stadt und der Wind, der an den meisten Tagen in Wien vom Wienerwald her wehte, machte die Jahreszeit erträglicher als in anderen Großstädten.

Als er hörte, wie Gaby die Hundemeute fütterte, die laut kläffend aus allen Ecken des Gartens herbeistürmte, nachdem sie das Geräusch der sich füllenden Näpfe richtig gedeutet hatte, stand er auf und ging zum Fenster. Er lehnte sich ans Fensterbrett und schaute hinunter ins Grüne. Da schob und schmatzte und rangelte es, während Gaby noch ein wenig mehr Futter verteilte. Und sich dann noch zu einem dritten Gang hinreißen ließ.

„Das sind keine Hunde, das sind Fressmaschinen", rief Landorff hinunter und Gaby lachte laut, winkte herauf und nickte. „Die könnten Tag und Nacht fressen. Komm runter, es gibt Kaffee und frisches Gebäck. Alex sitzt schon im Garten und studiert die Zeitung."

Landorff war in Rekordzeit an der Kaffeemaschine, wo Gaby ihm einen Teller mit Buttersemmeln in die Hand drückte und ihn dann in den noch kühlen Morgen schickte. In einer Ecke der Terrasse saß Alex auf einer grünen Parkbank, die Beine hochgelegt, in der neuesten Ausgabe des *Standard* blätternd.

„Guten Morgen! Es kann einem schon schlecht gehen", begrüßte Landorff sie und Alexandra verdrehte theatralisch die Augen.

„Daran könnte ich mich gewöhnen, bei mir zu Hause muss ich immer zuerst die Brötchen holen fahren, bevor es Frühstück gibt. Gaby ist schon eine ganz Liebe. Sie war früh auf den Beinen und hat den Bäcker aufgesucht."

Landorff setzte sich neben sie und kostete den Kaffee. Köstlich. Die Semmeln? Knusprig und zergingen auf der Zunge.

„Unser Plan für heute sieht folgendermaßen aus: Wir besuchen einen alten Freund von mir im Innenministerium, Peter Palm. Er hat sich mit den Jahren in eine Position hochgearbeitet, in der er alle Minister überlebt hat. Eine Art graue Eminenz mit Überblick. Zugleich ist er Historiker und ein wirklich netter Kerl, moralisch über jeden Zweifel erhaben, unbestechlich. Und von wem kann man das schon noch behaupten in unserer Zeit?"

„Und du meinst, er kann uns helfen? Warum sollte das österreichische Innenministerium von Tartarus gehört haben?“

„Wenn Peter uns nicht helfen kann, dann kennt er zumindest jemanden, der es kann. Der österreichische Verfassungsschutz und die militärische Abwehr mögen klein sein, aber sie sind effektiv. Und sie haben langjährige Erfahrung, da Österreich im Kalten Krieg immer ein Brückenkopf war. Die ausländischen Geheimdienste gaben sich hier die Klinke in die Hand, beginnend Mitte der 1950er-Jahre nach der Unterzeichnung des Staatsvertrags, der Österreich die Freiheit wiedergab. Dann bezogen hier dreißig Jahre lang die Agenten aus Ost und West Stellung und belauerten sich gegenseitig.“

„Hat sich eigentlich unser Informant vom BND wieder gemeldet?“, wollte Alex wissen, während Gaby Kaffee nachschenkte.

„Negativ. Alles ruhig an der Heimatfront. Aber ich denke, der hat erst mal daran zu knabbern, dass wir uns einfach entschlossen haben zu verschwinden. Er hätte uns sicher lieber an der langen Leine geführt.“ Einer der Hunde, ein großer schwarzer unbestimmter Rasse, legte seinen Kopf an Landorffs Bein und wartete darauf, gestreichelt zu werden.

„Aber dann hätte er sehr bald die leere Leine in der Hand gehabt“, wandte Alex ein. „Weil uns vorher jemand von der Konkurrenz erwischt hätte. Komm, lass uns aufbrechen. Nehmen wir ein Taxi von hier oder wie lautet der Plan?“

Landorff grinste sie an und kraulte den nächsten liebesbedürftigen Hund hinter dem Ohr. „Wir gehen zu Fuß.“

Der Weg ins Innenministerium in der Inneren Stadt war, nach einem kurzen Spaziergang zur nächsten Haltestelle, mit Straßenbahn und U-Bahn ein einfacher und schneller. Die ersten Touristengruppen zogen durch die Stadt, folgten den Männern mit den kleinen Fähnchen und meist karierten Hemden. Der Michaelerplatz war traditionell Parkplatz der berühmten Fiaker und Aufmarschgebiet fotografierender Japaner, die einen stummen Tanz um die Pferde absolvierten und dabei glücklich lächelnd den Auslöser drückten.

Sobald Landorff und Buschmann in die Herrengasse einbogen, wurde es ruhiger. Die Touristenströme wurden zum Graben und zum Stephansplatz abgeleitet. In die Herrengasse kamen vor allem Angestellte und Ministeriumsmitarbeiter, Passanten und Wiener auf dem Weg zu Ämtern und auf Einkaufstour.

Der Mann an der Sicherheitsschleuse sah aus wie Jason Statham in seinen besten Jahren. Landorff fragte sich, ob er die beiden Besucher nicht mit Genuss hier und jetzt auseinandergenommen hätte, wäre nicht Peter um die Ecke gekommen und hätte sie mit den Worten „Ist schon in Ordnung, die Herrschaften kommen zu mir“ vor Schlimmerem bewahrt. Er umarmte Landorff und drückte ihn wie einen alten, verloren geglaubten Verwandten. „Du warst schon lange nicht mehr da!“, strahlte er.

„Was bist du jetzt? Sektionschef?“, erkundigte sich Landorff und stellte Alexandra vor.

„Ministerialrat“, winkte Palm ab und lächelte Alex zu. „Auch schon egal, nicht mehr lange hin bis zur Rente. Irgendwie zählen hier alle in meinem Alter die Tage. Erinnerst du dich? Wie beim Bundesheer, wenn der Moment des Abrüstens näher kam. Neue Lage – zwanzig Tage. Naja. Bei mir sind es noch eine Handvoll Jährchen. Aber ein Ende ist in Sicht. Gehen wir in mein Büro?“

Der Aufzug trug sie in eines der oberen Stockwerke. Peter Palms Büro war erschreckend nüchtern und bis auf ein Ölgemälde, das den Wienerwald zeigte, unpersönlich. Landorff hatte immer gedacht, hohe Beamte in Wien hatten geradezu Fluchten von Büros, mit schweren Doppeltüren und Stuck an der Decke. Doch Peter Palms Büro war weit entfernt von altösterreichischem Flair.

„So, dann erzähl, was dich nach Wien zurückbringt.“ Peter lehnte sich in seinem Bürosessel zurück und Landorff begann zu berichten. Er ließ nichts aus, erzählte die ganze Geschichte. Von der Party bei Winter bis zum Verschwinden von der Bildfläche. Palm unterbrach ihn nicht ein einziges Mal.

Als Landorff seine Schilderung beendet hatte, blieb Palm in Gedanken versunken sitzen und schob einen Briefbeschwerer in Form eines alten Aschenbechers über die Tischplatte.

„Sie sind also … die junge Frau Buschmann“, waren seine ersten Worte nach Minuten des Schweigens und Landorff blickte ihn überrascht an.

Alex ging es wohl genauso, weil sie Palm verständnislos anblickte und nicht wusste, was sie sagen sollte.

„Es gibt eine interne Liste, eine schwarze Liste, auf der Unternehmen aufgeführt werden, die mit Vorsicht zu genießen sind, weil sie mehr oder weniger offen mit sogenannten Schurkenstaaten zusammenarbeiten. Die AICT steht auf dieser Liste an einer ziemlich prominenten Stelle.“ Palm schob den Aschenbecher aus Messing in ein Dreieck, das er auf seine Schreibtischunterlage gezeichnet hatte. „Wer mit solchen Firmen Geschäfte macht, der riskiert, dass seine Erkenntnisse, Entwicklungen oder Kopien seiner Produkte bei Diktatoren und Despoten landen. Beispiele? Nordkorea, Syrien oder der Sudan, aber auch Organisationen wie Boko Haram, der IS oder die Taliban in Pakistan.“

„Und die AICT hat solche Geschäfte gemacht?“ Alex rutschte auf ihrem Sitz nach vorn. „Das hätte ich meinem Vater eigentlich nicht zugetraut.“

„Die AICT steht im Verdacht, solche Deals gemacht zu haben, wie übrigens auch Gregory Winter. Bewiesen ist bisher nichts, aber der bloße Verdacht genügt, um einen auf die Liste zu bringen. Und die ist keine Empfehlung, was staatliche Stellen oder Geheimdienste betrifft.“

„Und was weißt du von Tartarus?“, erkundigte sich Landorff.

„Gar nichts, ich habe den Namen heute zum ersten Mal gehört und ich überlege die ganze Zeit, wen ich möglichst unauffällig darauf ansprechen könnte.“ Er beugte sich vor und griff zu einem kleinen Telefonbuch, in dem er zu blättern begann. „Wundert euch nicht, ich bin noch aus der *pre-digital* Generation, wie du, Michael. Ich vertraue noch auf Papier und einen Bleistift. Altmodisch, ich weiß.“ Er grinste. „Aber ich kann selbst dann noch lesen, wenn der Strom plötzlich ausfällt.“ Dann schaute er seine Besucher über seine Hornbrille hinweg an. „Und außerdem kann die NSA nicht mitlesen. Bei meiner Handschrift schon gar nicht. Besser als jede Verschlüsselung.“

„Ich muss ja gestehen, ich habe keine Ahnung vom österreichischen Staatsschutz", meinte Alexandra, „ich wusste gar nicht, dass es ihn gibt."

„Ach, wir haben da eine heimische Lösung gefunden", lächelte Peter. „Wir teilen die Aufgaben zwischen Innenministerium, dem Amt für Verfassungsschutz und Terrorismusbekämpfung, Sicherheitsdirektionen und Bundespolizeidirektionen auf. Damit gibt es keinen großen, unkontrollierbaren Apparat, sondern eine Reihe von Dienststellen, die den staatspolizeilichen Dienst gemeinsam ausführen. Hat Vor- und Nachteile und seit 1993 schaut uns das Parlament dazu noch ganz genau auf die Finger."

„Kommt mir irgendwoher bekannt vor", warf Landorff ein und dachte an seinen BND-Informanten.

„Ich glaube, das ist heute bei allen Diensten in Europa das Gleiche." Palm blätterte in seinem kleinen Büchlein. „Die amerikanischen Auswüchse, sowohl bei den Budgets als auch was den Machtmissbrauch betrifft, haben hierzulande alle sehr vorsichtig gemacht. In Zeiten wie diesen hätten unsere Politiker es schwer, riesige schwarze Budgets zu verantworten, die spurlos versickern. Ah, da haben wir sie ja …"

Dreißig Minuten später saßen Landorff und Buschmann im Dienstwagen Palms und waren unterwegs nach Norden, die Donau entlang.

„Die Frau, die wir gleich treffen werden, war leitende Mitarbeiterin in der Generaldirektion für die innere Sicherheit. Als sie vor einigen Monaten in Pension ging, nahm sie viele Kontakte mit wie auch ihr Wissen, das sie in Jahrzehnten gesammelt hatte. Da sie auch eine gute Bekannte ist, liegt nichts näher, als ein Stück mit ihr spazieren zu gehen."

Peter lenkte den Wagen weg von der Heiligenstädter Straße und bog nach links in Richtung der beiden Wiener Hausberge Kahlenberg und Leopoldsberg ein, die einen herrlichen Ausblick über die Donau und die gesamte Stadt bieten. Es ging vorbei an Weinreben und kleinen Winzerhäuschen, an Ausflugsbänken und vereinzelten Wanderern, die das schöne Wetter zu einem Ausflug nutzten.

Die schmale Straße führte immer höher und mit einem Mal wusste Landorff, wohin sein Freund sie brachte.

„Willst du zum Kahlenberger Friedhof?“, fragte er Palm, der nur stumm nickte.

„Es ist windig heute und das Rauschen der Blätter überdeckt jede Unterhaltung, die Bäume bieten Sichtschutz und die gesamte Anlage liegt so versteckt, dass sie selbst die Wiener kaum kennen. Der perfekte Treffpunkt.“

Einige Minuten später parkte er den Wagen auf einer kleinen Wiese und ging die wenigen Schritte durch den Wald zu einem Gittertor voraus, von dem bereits die Farbe abblätterte. Dahinter erstreckte sich unter einem dichten Laubdach ein kleiner Friedhof, der verwunschen und verlassen aussah.

„Der Friedhof ist schon alt, er wurde im 18. Jahrhundert eingeweiht“, erzählte Palm Buschmann, die sich interessiert umsah. „Heute gibt es nur mehr eine Handvoll gepflegter Gräber, alle anderen hat sich die Natur zurückgeholt. Ah, Stephanie ist da drüben.“

Eine einsame Frau in hellem Sommerkleid und mit einem breitkrempigen Hut erwartete sie, an eines der Gräber gelehnt. Als sie Palm erkannte, lächelte sie und nickte den Neuankömmlingen zu.

„Hier liegt die schönste Wienerin zur Zeit des Wiener Kongresses begraben, Karoline Traunwieser“, meinte sie und deutete auf den Grabstein neben ihr. „Sie wurde allerdings nicht alt, sondern starb schon mit 21 Jahren an der Lungenschwindsucht. Unzählige Männer trauerten ihr nach, so berichtet man. Einige sollen sich aus Verzweiflung umgebracht haben. Ich frage mich gerade, wer um mich trauern wird …“ Sie lächelte ein wenig wehmütig. „Grüß dich, Peter. Wen hast du mitgebracht?“

Als Peter Landorffs Namen nannte, horchte sie auf. „Ich kenne Sie aus Ihren Zeiten als Journalist und Chefreporter hier in Wien. Man hat sich nur Gutes über Sie erzählt.“

„Dann haben Sie an den richtigen Stellen weggehört“, lachte

Landorff und schüttelte ihre Hand. Ihr Griff war fest und ihre wachen Augen verrieten einen starken Willen. Sie war Landorff auf Anhieb sympathisch.

„Alexandra Buschmann hier begleitet mich und ist in diese ganze Geschichte tiefer verwickelt, als ihr recht ist", erklärte er und überließ Peter Palm die Aufgabe, seiner Freundin in groben Zügen die Geschehnisse zu schildern.

„Projekt Tartarus …", murmelte sie nachdenklich, als Palm fertig war. „Irgendwo habe ich diesen Begriff schon gehört, aber es war nicht in Wien." Sie ging ein paar Schritte und wiederholte: „Nein, nicht in Wien …"

„Sind die Österreicher an dem Projekt beteiligt?", fragte Landorff nach.

„Das ist ein paar Nummern zu groß für unser kleines Land, nach allem, was Sie berichten. Wenn nicht einmal der BND eingeweiht wurde, dann findet das auf einer Ebene statt, die ungefähr in der geheimdienstlichen Stratosphäre angesiedelt ist. Was aber nicht heißt, dass man nichts darüber herausfinden könnte." Sie schaute sich misstrauisch um, doch niemand war zu sehen. „Gib mir zwei Stunden, Peter, ich melde mich bei dir."

Damit drehte sie sich um und ging zum Ausgang. Doch dann wandte sie sich doch noch einmal um.

„Ach ja, Frau Buschmann … Ich hätte im Gegenzug gern einmal Unterrichtsstunden von einem wirklichen Poker-Profi. Das sind Sie doch, oder?"

Und dann ging sie wirklich, eine bekannte Melodie vor sich hin summend. Wie aus dem Nirgendwo tauchte auf der schmalen Straße plötzlich ein großer weißer Mercedes auf, der nur kurz anhielt und sie einsteigen ließ.

Dann kehrte Stille ein, die lediglich von Vogelgezwitscher unterbrochen wurde.

„Hat ihr das einer von euch erzählt?", erkundigte sich eine verwirrte Alex Buschmann, doch Peter Palm schüttelte nur still den Kopf und schlenderte den schmalen Weg entlang, der zum schwarzen Gittertor führte.

„Warum, glaubt ihr, habe ich Stephanie um Hilfe gebeten?

Weil sie mehr weiß, als man ihr zutrauen würde. Diese Frau schafft es immer wieder, mich zu erstaunen."

„Glaubst du, sie schafft es auch, etwas Licht in das Tartarus-Projekt zu bringen? Mein deutscher BND-Agent schweigt hartnäckig und ich möchte nicht die Pferde scheu machen, wenn ich jetzt bei meinen ehemaligen Kollegen hier an die Tür klopfe und Tartarus an alle Wände schreibe."

„Wäre nicht gut", schüttelte Alexandra den Kopf. „Ich komme mir allerdings immer mehr wie das fünfte Rad am Wagen vor. Wozu hat Winter uns zusammengespannt? Du hast ganz allein alle notwendigen Kontakte, du brauchst mich gar nicht."

„Wenn ich dich daran erinnern darf, habe ich kein Auto mehr, wurde in die Luft gesprengt, meine Wohnung ist zerstört und meine Agentin feiert bestimmt gerade eine Party nach der anderen, weil sie das ungeschriebene Buch ihres berühmten französischen Autors posthum sicher bereits 100.000 Mal verkauft hat. Und beauftragt gleichzeitig einen Ghostwriter, irgendetwas zusammenzuschleimen. Ohne dich wäre ich aufgeschmissen. Irgendwie habe ich das blöde Gefühl, dass Winter ganz genau wusste, was und wer hinter dem Tartarus-Projekt steckt. Und er muss einen Plan gehabt haben, den wir noch nicht kennen und für den er uns zusammengespannt hat."

Der schwarze Dienstwagen summte nur leise vor sich hin, als sie wieder über die schmalen Straßen den Kahlenberg hinunter ans Ufer der Donau fuhren.

„Wir machen noch einen kleinen Ausflug", meinte Palm plötzlich und beschleunigte die Heiligenstädter Straße stadteinwärts. „Ich habe da jemanden, der die Agentenszene in Wien kennt wie kein anderer und der mir einen kleinen Gefallen schuldet …"

Der Karl-Marx-Hof war einer jener riesigen alten Gemeindebauten aus den 1920er-Jahren, die Krieg und Zerstörung trotz schwerer Bombenschäden überlebt hatten. Generalsaniert in den 1980er-Jahren, lebten fast 5000 Menschen in den 1300 Wohnungen. Eine kleine Stadt in der Stadt, errichtet von einem Schüler des berühmten Stadtbaumeisters Otto Wagner, die den

Spitznamen „Ringstraße des Proletariats“ schon allein ihrer Ausdehnung wegen verdiente.

Palm fand in der Nebenfahrbahn eine Parklücke und nahm einen der zahlreichen Eingänge in den Gemeindebau. Weite Höfe mit ausgedehnten Grünanlagen, eine Architektur, die ein wenig an den Bauhausstil erinnerte. Gedeckte Farben, hier und da stand die nächste Fassaden-Renovierung an.

Als sie einen kleinen Platz mit Sitzbänken überquerten, blieb Palm unvermittelt stehen und blickte sich prüfend um. Dann begann er zu erzählen.

„Bevor wir meinen Freund Anatoliy Grasnow besuchen, der da unter dem Dach eine kleine, aber feine Wohnung hat, wollte ich einiges klarstellen, was man im Ministerium nur hinter vorgehaltener Hand sagen darf. Nach Einschätzung von Experten hat Wien als Drehscheibe zwischen West und Ost die höchste Agentendichte der Welt. In Wien, dem Sitz zahlreicher internationaler Organisationen wie der OSZE, der OPEC und der Internationalen Atomenergiebehörde IAEA, wohnen rund 17.000 Diplomaten.“

Alex sah ihn überrascht an.

„Ungefähr die Hälfte von ihnen hat Verbindungen zu den verschiedenen Geheimdiensten. Allein die Russen haben 500 Geheimagenten in Wien im Einsatz, nur um einmal eine Zahl zu nennen. Die meisten beschäftigen sich mit der Überwachung der Exil-Tschetschenen in der Hauptstadt, und das wiederum sind rund 20.000. Laut dem neuen österreichischen Verfassungsschutzbericht sind bei uns ‚klassische Spione mit großem Engagement für ihr Heimatland nach wie vor in einer überdurchschnittlichen Zahl im Einsatz‘. Österreich sei laut dem Bericht ein zentrales Land in der Welt der Geheimdienste.“

„Und die Behörden?“, fragte Alexandra nach.

„Da fragen Sie den Richtigen. Wir sind auf dem Laufenden und kennen sie alle, behindern sie aber nur selten in ihrer Tätigkeit. Man regelt das alles mit Wohlwollen und Diplomatie, auf die österreichische Weise. Da gibt es hier eine lange Tradition. Wirtschaftliche Interessen der Republik an erster Stelle, dann sehen wir weiter.“ Palm spreizte die Finger und hielt seine Hände weit von sich gestreckt. „Wir müssen uns nicht in alles einmischen.“

„Und dein Freund Anatoliy unterm Dach?“, wollte Landorff wissen. „Wie passt der ins Bild?“

„Anatoliy kam als junger Besatzungssoldat Anfang der 1950er-Jahre nach Wien. Als 1955 alle ausländischen Besatzungsmächte abzogen, blieb Anatoliy in Wien, heiratete eine junge Frau aus der Vorstadt und ließ sich hier nieder, gründete eine Familie. Es dauerte nicht lange, bis der KGB auf ihn aufmerksam wurde und ihn anheuerte. Anatoliy lehnte sich niemals zu weit aus dem Fenster, lieferte handfeste Ergebnisse, aber keine Sensationen. So überlebte er alle Machtwechsel in Moskau, und da er auch uns hin und wieder wertvolle Tipps gab, ließen ihn alle in Ruhe. Er lebte sozusagen in seinem eigenen kleinen Kosmos. In den 1970er-Jahren eröffnete er ein Gasthaus, das zu einem Treffpunkt für Agenten aus aller Welt wurde, eine Art neutraler Boden, wo man sich informell traf und noch dazu gut speiste. Ein voller Erfolg. Doch als Anatoliys Frau 2010 starb, da traf ihn das ins Herz. Er verkaufte das Gasthaus, seine große Wohnung und zog in den Karl-Marx-Hof, unters Dach. Hier wohnt er nun seit Jahren, der alte Herr, und wartet auf sein Treffen mit dem Tod.“

Palm verstummte und fuhr sich mit der Hand über die grauen Haare. Irgendwo im nächsten Hof spielten Kinder auszählen und kreischten vor Vergnügen.

Buschmann und Landorff sahen ihn abwartend an. „Aber das ist nicht alles …“, meinte Landorff schließlich.

„Nein, das ist nicht alles …“, fuhr Palm fort. „Nein … sonst wären wir nicht hier. Anatoliy gehört einem sehr elitären Zirkel an, einer Art Club der alten KGB-Prominenz, der Mitglieder in der ganzen Welt hat. Man kennt sich, man hilft sich, man bleibt auf dem Laufenden und hält Kontakt zur Heimat. Und man erfährt Dinge, die woanders als Staatsgeheimnis gehandelt werden.“

„Also dann, auf unters Dach, worauf warten wir noch?“, meinte Alexandra Buschmann unternehmungslustig, doch Peter bedeutet ihr zu warten, zog sein Handy heraus, schaute aufs Display und wartete.

Wenig später macht es leise „bing".

„So, jetzt können wir", lächelte er. „Oder glaubt ihr, ich stehe hier zum Vergnügen in der Mittagssonne herum? Wenn Anatoliy uns nicht sehen wollte, dann hätte es diese SMS nie gegeben." Damit hielt er den beiden das Display seines Handys vor die Nase, auf dem groß „DAWAI" stand.

„Ich sehe schon, ich muss noch viel lernen", murmelt Alexandra, als sie an Landorff vorbeiging und Peter folgte, der auf den nächsten Hauseingang zustrebte. Der aus Wien gebürtige Journalist bildete den Schluss und kam sich mit einem Mal wieder sehr Zuhause vor.

Anatoliy Grasnow sprach ein lustiges Gemisch aus Wienerisch mit russischem Akzent und einem bemüht klingenden Hochdeutsch, nachdem er erfahren hatte, dass Alexandra Buschmann aus Bayern stammte.

„Sagens S' amal, Bayern … Buschmann … Der Name sagt mir was … chaben Sie …? Na, dazu saan S' zu jung."

„Ihr Vater hat und du hast ein unglaublich gutes Gedächtnis", stimmte Palm zu und setzte sich auf das alte Sofa mit den Plüschkissen. „AICT. Sie haben Buschmann Senior exekutiert, in seinem Büro, vor zwei Tagen und vor den Augen seiner Tochter."

„Tut mir laid", wiegte Anatoliy den Kopf und nickte Alex betrübt zu. „Wirklich, sehr laid. Und jetzt sind S' auf der Suche …?"

„Nach seinem Mörder? Nein, den kennen wir", sagte Alexandra ganz ruhig und Landorff war überrascht über ihre Distanz und Selbstbeherrschung. „Was sagt Ihnen Tartarus?"

Das war vielleicht nicht ganz die Dramaturgie, die Peter Palm im Sinne gehabt hatte, aber im Grunde konnte Landorff Buschmann und ihre Ungeduld verstehen. Sie liefen einem Schatten nach, der immer dann im Dunkeln zerfloss, wenn sie ihm zu nahe kamen.

Tartarus.

Anatoliy machte ein Gesicht wie ein schlechter Pokerspieler, der weiß, dass er einen Trumpf in der Hand hat. Aber Landorff konnte auch die Angst in seinen Augen sehen, das Zwinkern seines linken Augenlids, das mit einem Mal da war. Er stand auf, der alte Sessel knarrte, und als er zum Fenster schlurfte, das auf den großen Hof hinausging, sah man es in seinem faltigen Gesicht arbeiten.

„Was chast du damit ztuan, Peter?", fragt er über die Schulter und schaute hinunter ins Grüne.

„Ich habe heute zum ersten Mal den Begriff gehört", antwortete Palm ruhig, „und ich möchte Michael helfen, die Wahrheit herauszufinden."

„Die Wahrcheit … kann manchmal ganz sche gfährlich sei."

„Das weiß ich bereits, Anatoliy", meinte Landorff leise. „Die haben mein Auto gesprengt und meine Wohnung verwüstet und dabei bin ich noch nicht lange an der Geschichte dran. Also bin ich untergetaucht und Alexandra hilft mir dabei, am Leben zu bleiben."

„Am Leben blaiben … naja, das bin ich schon zu lang …" Anatoliy versenkte seine Hände in den Taschen seiner zu großen Hosen und drehte sich zu Landorff um. „Manche chängen am Leben, manche mechten fort." Er zeigte mit ausgestrecktem Zeigefinger nach oben. „Aber der da oben will mich nicht. Dabei mechte ich nur zu meiner Ninotschka."

„Und ich möchte hinter das Geheimnis von Tartarus kommen", erwiderte Landorff .

„Tartarus ist böse", raunte Anatoliy mit heiserer Stimme, als hätte er Angst, abgehört zu werden. Plötzlich wechselte er in ein akzentfreies Hochdeutsch. „Das Projekt ist entstanden aus Angst, aus der Panik vor Terror und unkontrollierter Zerstörung. Niemand hat es gewollt, doch plötzlich war es da – eine Konstellation des Bösen. Es wurde einfach geboren. In diese Welt hineingeboren. Direkt aus der Hölle. Deswegen heißt es Tartarus."

Landorff wurde kalt. Es stimmte also. Ein Projekt, vor dem selbst erfahrene Geheimdienstmitarbeiter Angst hatten.

Anatoliys Hände zitterten. Seine Augen sahen etwas, das nur er an der fleckigen Wand der Wohnung erkannte.

„Tartarus ist das Ende der Freiheit. Man muss es aufhalten."

„Für wen, Anatoliy, für wen ist es das Ende der Freiheit?", stieß Palm nach, der sich vorgelehnt hatte und den Russen nicht aus den Augen ließ.

„Fir alle, Peter, fir alle." Der alte Mann blickte in den Hof hinunter und runzelte mit einem Mal die Stirn. „Chabt ihr jemandem g'sagt, dass ihr zu mir kommt?"

„Nein, das war eine Eingebung, wir sind einfach losgefahren", erklärte Palm und war mit drei großen Schritten am Fenster neben dem alten Mann.

„Da!" Anatoliy zeigte hinunter. „Zwei Männer, zwischen den Bänken." Er griff in ein Regal unter dem Fenster und zog einen Feldstecher hervor, setzte ihn an die Augen. „Seltsam … Chab ich erst vor drei Wochen gesehen, die beiden." Er senkte das Fernglas wieder. „Naja, muss nichts heißen. Man sagt, die sind von den …"

In diesem Moment zersplitterte das Fenster und Anatoliy wurde nach hinten geschleudert, griff sich an die Brust und stöhnte auf, bevor er zusammenbrach.

Kein Schuss war zu hören gewesen.

Nichts.

Gespenstische Stille.

Peter hatte sich kaum gerührt, nur kurz gezuckt. Er beobachtete immer noch den Hof und Landorff fragte sich, ob er nicht eine ganz andere Vergangenheit hatte, als er ihm stets erzählt hatte. Irgendwo zwischen Einsatztruppe und der Antiterroreinheit Cobra.

„Die kommen rauf", stellte Palm dann alarmiert fest und half Alex, Anatoliy auf das Sofa zu legen. Der alte Mann stöhnte auf, griff aber mit einem überraschend starken Griff nach Landorffs Hand. „In der Küche, dritte Lade von oben, rechts neben dem Ofen. Pistolen mit Schalldämpfer, alle geladen. Rasch!"

„Komm!", meinte Alexandra und stürmte auch schon in die Küche, riss die Laden auf, fand die beiden Waffen, nahm geistesgegenwärtig auch noch eine Schachtel Munition mit und drückte Landorff eine der Pistolen in die Hand. „Los, zur Tür! Aber leise."

Palm stand schon da, an der halb offenen Tür.

„Anatoliy?", erkundigte sich Landorff leise.

„Bewusstlos", flüsterte Palm. „Die beiden Killer sind scheinbar auf dem Weg nach oben."

„Dann los, nichts wie raus und noch weiter hinauf, auf den Dachboden. Hier in der Wohnung haben sie uns in der Sackgasse." Landorff lud durch und entsicherte seine Pistole, schlüpfte an Palm vorbei durch die Tür und sprintete leise die Treppen hoch zu einer alten Metalltür mit schweren Riegeln, die nicht mehr gebraucht wurden, seit das Sicherheitsschloss eingebaut worden war.

Das Schloss ist sicher versperrt, dachte Landorff fluchend. Er drückte leise die Klinke herunter und hielt den Atem an. Irgendwann muss man auch einmal Glück haben, verdammt!

Offen!

Peter und Alex standen neben ihm, als er so vorsichtig wie möglich die Tür aufdrückte, während aus einem der unteren Stockwerke zögernde Schritte zu hören waren, die sich näherten.

Auf dem Dachboden des alten Gemeindebaus roch es nach Staub und trockenem Holz. Palm schaute sich rasch um, entdeckte ein massives Brett und klemmte es von innen gegen die Tür. „Das wird keinen Ansturm aushalten, aber uns zumindest vorwarnen."

„Wir sollten den Notarzt anrufen, wegen Anatoliy", schlug Landorff vor.

„Der ist schnell da, das Krankenhaus liegt um die Ecke", meinte Peter. „Willst du die Sanitäter in den Kugelhagel schicken?"

„Was machen wir jetzt?", fragt Alexandra, die an der Tür stehen geblieben war und mit schräg gelegtem Kopf versuchte, die Geräusche aus dem Treppenhaus zu unterscheiden. Irgendwo schlug eine Tür zu und eine Frauenstimme schimpfte und keifte.

„Wir warten", entschied Peter und streckte seine Hand aus. „Gib mir die Pistole. Noch fünf Minuten. Wenn sie bis dahin nicht hier waren, dann gehen wir zurück in die Wohnung."

Zwei Minuten später rüttelte jemand von außen an der Metalltür, trat dagegen. „Das Brett wird nicht lange halten", meinte Peter. „Wenn sie genügend lange rütteln, dann wird es wegrutschen und sie sind drin."

Also teilten sie sich auf, liefen weiter hinein in die dunklen Tiefen des staubigen Dachbodens, der lediglich durch das durch vereinzelte kleine Dachluken eindringende Licht erhellt wurde.

Nur wenige Augenblicke später traten zwei Männer durch die Tür.

Landorff lugte vorsichtig zwischen zwei Stapeln Bauholz hindurch und erblickte zwei Silhouetten im Schattenriss, die sich überraschend leise und leichtfüßig über den rauen Ziegelboden bewegen, die Waffen im Anschlag.

Alexandra hatte sie auch gesehen und Landorff sah aus den Augenwinkeln, wie sie versuchte, in einem weiten Halbkreis tiefer in den riesigen Dachboden zu gelangen. Doch dann stieß sie im Halbdunkel gegen eine abgestellte Kiste, kippte sie um und eine Lawine von alten Einsiedegläsern ergoss sich klirrend auf den Boden.

Die beiden Männer zögerten nicht einen Wimpernschlag lang. Sie schossen sofort. Ein Kugelhagel fegte durch den Dachboden, Holzsplitter sausten durch die Luft, Alexandra duckte sich instinktiv hinter einige Umzugskartons und lief dann gebückt weiter.

Peter und Landorff schossen gleichzeitig zurück und das jahrelange Combat-Training machte sich bezahlt. Mit wenigen gezielten Schüssen zwangen sie die beiden überraschten Killer in die nächste Deckung.

Patt. Jeder wartete auf den Fehler des anderen, der über kurz oder lang kommen würde.

Buschmann war in den Tiefen des Dachbodens verschwunden, Landorff hörte sie leise rumoren. Dann konnte er Peter erkennen, der ihm im Halbdunkel ein Zeichen gab, kurz wartete, bevor er gebückt losstürmte. Landorff begann zu schießen und verfeuerte nach und nach den Rest seines Magazins, um die beiden Agenten in der Deckung zu halten.

Plötzlich flog etwas in hohem Bogen über seinen Kopf und eine Feuerspur zog sich durch die Dunkelheit. Dann klirrte es und eine Stichflamme schoss hoch, breitete sich fauchend aus und schien alles zu verbrennen, was sich ihr in den Weg stellte. Doch da folgte auch schon die nächste Feuerspur, die einen leuchtenden Bogen durch das Dunkel zeichnete und punktgenau traf.

Klirr!

Die beiden Männer taumelten schreiend hoch, ihre Kleider standen in Flammen und sie schlugen verzweifelt um sich, bevor sie durch die Eisentür ins Treppenhaus flüchteten.

Dann stürmte auch schon Alexandra mit einem riesigen Feuerlöscher im Arm an ihm vorüber und legte voll konzentriert und mit geübten Bewegungen einen Schaumteppich über die restlichen Flammen, die nach und nach in sich zusammenfielen.

Peter war nun ebenfalls im Treppenhaus verschwunden und Landorff atmete auf.

„Bist du bei der Freiwilligen Feuerwehr in Bodenkirchen?", wollte er wissen, während sein Puls allmählich von knapp vor Herzinfarkt auf fast normal zurückging. „Wo hast du denn die Molotow-Cocktails gefunden? Selbst in Wien gehört das nicht zur Standard-Dachboden-Ausstattung."

„Ach was, ein vergessenes Lager von hochprozentigem Birnenschnaps", lachte Alexandra hämisch. „Abgefüllt in handliche Flaschen. Auf den Etiketten stand 65% und der Hals war mit Tuch und Wachs versiegelt. Ich hätte hier einen Straßenkampf entfachen oder das halbe Haus abbrennen können."

„Und der Feuerlöscher?"

„Steht an jedem dritten Stützbalken, wahrscheinlich eine feuerpolizeiliche Vorschrift. Naja, kein Wunder bei den Schnapsbeständen unterm Dach."

Der Rauch lichtete sich, es roch nach Williams und verbranntem Holz. Draußen auf der Treppe war es inzwischen ruhig geworden. Also liefen Buschmann und Landorff zur Wohnung von Anatoliy, doch Peter Palm kam ihnen entgegen und hielt sie davon ab, durch die Tür zu treten. „Geht besser nicht rein, es ist kein schöner Anblick. Sie haben ihm in beide Augen geschossen." Er streckte seine Hand aus. „Michael, gib mir die Pistole. Ihr verschwindet jetzt besser, ich muss die Polizei rufen. Nehmt die Straßenbahn, du kennst ja die nächste Haltestelle. Ich melde mich bei dir, sobald ich hier fertig bin."

Landorff schüttelte den Kopf. „Nein, ich rufe dich an. Heute Abend, so gegen acht. Bis dahin hat vielleicht auch deine Freundin Stephanie erste Ergebnisse." Nach kurzem Winken liefen Alex und er die Treppen hinunter. Auf einem der Absätze lag eine halb verbrannte Jacke.

Landorff blieb nicht stehen. Er wünschte sich nichts sehnlicher, als dass die beiden unter ihren Brandwunden noch jahrelang zu leiden hätten.

„Jetzt ist er bei seiner Ninotschka", murmelte Alexandra, als sie aus dem Haus traten und sprach damit aus, was auch Landorff dachte.

Dann joggten sie los in Richtung Straßenbahn, ohne sich umzusehen. Als sie wenig später in den Zug der Linie D einstiegen und sich einen freien Sitzplatz suchten, hörten sie die ersten Sirenen der Einsatzfahrzeuge.

13. Der Betrug

Der Wiener Prater hatte sich stark verändert, seit Landorff das letzte Mal hier gewesen war. In seiner Jugend war er mit seinem besten Freund oft zum Flippern in den berühmten Wiener Vergnügungspark gefahren, damals noch mit dem Fahrrad. Da waren die Holzbuden in der Mehrzahl gewesen, traditionelle Fahrgeschäfte wie Geisterbahn, Grottenbahn oder Toboggan, Schießbuden und Autoskooter hatten damals das Gesicht des Praters geprägt. Doch dies war Vergangenheit. Heute standen da Spielpaläste mit verspiegelten Scheiben, immer gewagtere Fahrgeschäfte, höhere und spektakulärere Achterbahnen, von Computern gesteuert, sich in wahnwitzigen Bewegungen drehende fliegende Scheiben, neu gebaute Häuser, die mit ihrem Stuck und den verspielten zuckerlrosa Fassaden eine Zeit vorgaukelten, die sie nie erlebt hatten.

Die neuen Attraktionen, touristengerecht aufbereitet, drängten den alten Prater an den Rand, degradierten ihn zu einem alternden Statisten, dem früher einmal alle Herzen zugeflogen waren. Bald würde er von der Bühne abgegangen sein, still und leise, verschwunden im Nebel der Zeit. Nur mehr eine vage Erinnerung im Gedächtnis Einzelner oder eine Reihe vergilbter Aufnahmen im Pratermuseum.

Darüber dachte Landorff nach, während er mit Alex zwischen ausländischen Touristengruppen die Gassen entlangschlenderte und feststellen musste, dass alle seine alten Anlaufpunkte der neuen, glatten, coolen Welt des modernen Praters gewichen waren.

Zumindest waren sie hier sicher, inmitten der vielen staunenden Kinder, der ständig gestikulierenden Jugendlichen, der lauten Halbstarken und der zahlreichen Gruppen türkischer Teenager, die lachend und rufend den Mädchen nachblickten. Die Gassen zwischen den Attraktionen waren voll, die Plätze vor den Ständen der Eisverkäufer, der Würstelbude und dem Zuckerwattestand heiß begehrt.

„Mir geht Anatoliy nicht aus dem Kopf“, meint Alexandra, „und diese beiden Killer, die aus dem Nichts auftauchten. Wenn ich mich richtig erinnere, dann stand doch dein Freund Peter ebenfalls an dem großen Fenster zum Hof."

Landorff hörte nur halbherzig zu, nickte geistesabwesend und beschloss, spontan einen Biergarten zu suchen, um im Schatten der Kastanienbäume etwas zu trinken.

„Warum haben sie dann nicht auf ihn geschossen?"

Landorff blieb stehen und schaute Buschmann verwirrt an.

„Wer hat nicht auf wen geschossen? Tut mir leid, ich war mit meinen Gedanken gerade bei einem kühlen Bier im Schatten der Bäume da vor uns."

„Die Männer auf deinen Freund Peter." Alexandra sah ganz und gar nicht glücklich aus. „Sie hätten ihn genauso beseitigen können wie Anatoliy."

Landorff blickte sie verständnislos an. Doch dann überlegte er. Peter hatte kaum zusammengezuckt, als Anatoliy getroffen wurde, er war sogar am Fenster stehen geblieben.

„Das … das gibt es nicht", war alles, was ihm dazu einfiel, als er seinen Gedankengang weiterführte. „Das glaube ich nicht!"

„Aber denk doch nach! Wer hätte den beiden den Tipp geben können? Wer wusste, dass wir den Russen besuchen würden?" Alexandra klammerte sich an seinen Oberarm und schüttelte ihn. Rund um sie schoben sich Trauben von Touristen durch den anbrechenden Abend, auf der Suche nach der nächsten Attraktion.

„Peter wusste, dass sie nicht auf ihn schießen würden. Er wusste, dass sie hochkommen würden. Aber er hatte keine Ahnung, dass Anatoliy zwei Pistolen mit Schalldämpfer in seiner Küche haben würde. Und wir damit zumindest nicht billiges Kanonenfutter abgeben würden. Wer war der Letzte, der Anatoliys Wohnung verließ, als wir bereits auf dem Weg auf den Dachboden waren?"

„Peter", erinnerte sich Landorff.

„Dann hat er mir die Waffe abgenommen. Du erinnerst dich? Damit war allerdings das Gleichgewicht zugunsten der beiden Killer verschoben. Er stand nämlich auf ihrer Seite, er hatte sie gerufen."

„Ich … ich kann es mir einfach nicht vorstellen." Landorff wusste nicht, was er sagen sollte.

„Aber dann kam ich mit meinen improvisierten Molotow-Cocktails und alles lief ganz anders ab als geplant. Die beiden flüchteten, Peter war der Nächste, der aus dem Dachboden verschwand. Wohin ging er?"

Landorff sah Alex entsetzt an. „Du meinst …?"

„Die beiden halb verbrannten Agenten werden Anatoliy kaum hingerichtet haben", stellte Buschmann nüchtern fest. „Die waren hinter dem Russen und uns her. Nachdem sie die Wohnung Anatoliys durchsucht hatten und nur den bewusstlosen, angeschossenen alten Mann gefunden haben, sind sie sofort in Richtung Dachboden aufgebrochen."

„Peter soll Anatoliy erschossen haben? In beide Augen? Das kann ich nicht glauben. Ich kenne ihn seit Jahrzehnten." Es klang etwas hilflos.

„Hast du Anatoliy gesehen? Mit eigenen Augen? Ich nicht. Wir haben uns auf die Aussage deines Freundes Palm verlassen. Er hat gemeint, geht lieber nicht rein, hat dir die Waffe abgenommen und uns fortgeschickt. Ende der Scharade."

Landorff fiel auf, dass sie noch immer in der Mitte der Gasse standen und die Touristenflut teilten wie ein neuzeitlicher Moses samt Gehilfen. Er zog Buschmann weiter in Richtung Gastgarten von „Kolariks Luftburg", einem der bekanntesten Gasthäuser im Prater.

„Wir können hier nicht stehen bleiben, komm", drängte er sie und seine Gedanken überschlugen sich.

Weg, nur weg von der Straße …

Mit einigem Glück bekamen sie sofort einen Tisch, etwas abseits, und bestellten.

„Du meinst, Peter hat uns verkauft?" Irgendwie konnte er es nicht glauben und trauerte gleichzeitig einer Freundschaft nach, die er für unerschütterlich gehalten hatte.

„Anatoliy und uns", bekräftigte Alexandra, die mit ihrem rationalen Verstand und ihrem Blick von außen manches viel klarer sah. „Vielleicht war er es, der Anatoliy den Gnadenschuss gegeben hat, aber angeschossen haben ihn schon die beiden Killer. Ist auch egal. Wer spielt in diesem Spiel eigentlich mit? Die brünette angebliche Versicherungsdetektivin, die in Wirklichkeit vom Mossad ist, wie hieß die bloß?"

„Roni Abitol aus Haifa", erinnerte Landorff sie. „Dann der BND, der so gern seine Finger im Tartarus-Projekt gehabt hätte."

„Dem Mossad muss Tartarus ebenfalls am Herzen liegen."

„Oder im Magen", ergänzte Landorff.

„Wie auch immer. Irgendwer hat viel Geld in die Hand genommen oder muss eine große Rechnung offen haben, um deinen Freund Peter zu kaufen." Alexandra trank das halbe Glas Apfelsaftschorle in einem Zug aus.

Landorff war erschüttert. Er ärgerte sich grün und blau über seine Gutgläubigkeit. Die Alarmglocken hätten bereits läuten sollen, als die beiden Killer im Hof gestanden waren und Anatoliy unter Feuer genommen hatten, während Peter unbewegt dabeigestanden hatte, dachte er. Egal. Wieder etwas gelernt.

Tartarus zerstörte auch alte Freundschaften in einem einzigen Augenblick.

Zum ersten Mal war er ratlos, sein Gehirn wie leer gefegt. Was Stephanie, die Freundin von Peter, herausgefunden hatte, das würden sie wohl nie mehr erfahren. Denn er hatte nicht vor, Peter Palm am Abend zurückzurufen.

Das wäre glatter Selbstmord.

„Wir müssen die Taktik ändern", stellte Alexandra leise fest und betrachtete aufmerksam die Gäste an den umliegenden Tischen. „Der BND möchte uns benutzen, um wieder ins Spiel oder hinter das Geheimnis zu kommen. Der Mossad möchte dem Geheimnis von Tartarus entweder näherkommen oder das Projekt verhindern. Wie immer das auch möglich sein könnte. Die deutsche Polizei sucht uns in der Zwischenzeit bereits, weil sie sicherlich gern unsere Aussagen zur Sprengung deines Wagens und nähere Einzelheiten zur Firma meines Vaters haben würde. Allein, sie kann uns nicht finden."

„Wir brauchen jemanden, der uns hilft", stimmte Landorff ihr zu, „jemanden, der auf unserer Seite steht. Und zwar nicht, weil wir ihm so sympathisch sind, sondern weil er ein eigenes Interesse an Tartarus hat. Jemand, der stark genug ist, um allen die Stirn zu bieten. Offen oder verdeckt."

„Den BND?", stellte Alex in den Raum und gab sich gleich die Antwort. „Den können wir vergessen, dem sind die Hände gebunden. Sonst hätte er nicht auf dich gesetzt, um die Geschichte überhaupt loszutreten."

„Die Österreicher sind zu klein. Peter im Innenministerium hat seine Beziehungen an den Meistbietenden verkauft, wer immer das sein mag. Der Mossad hat ein Standbein hier im Land – das hat Tradition – und ist uns um Jahre voraus. Mein altes Netzwerk ist dagegen wahrscheinlich machtlos und ich muss dir sagen, dass es mir wehtut, das sagen zu müssen. Doch alles andere würde heißen, dass wir uns selbst belügen."

Landorff war desillusioniert und müde.

„Also sollten wir einen Global Player, einen der wirklich großen Geheimdienste suchen?", dachte Alex weiter laut nach.

„Das würden wir nicht überleben, egal zu wem wir gehen. Entweder sind die Franzosen, Engländer oder Italiener selbst eingebunden und dann werden sie den Teufel tun, um uns dabei zu helfen, dem Projekt auf die Spur zu kommen. Oder sie sind wie die Deutschen außen vor und dann haben sie keine Ahnung. Dann würden sie warten, bis wir sie ans Ziel gebracht haben, um dann festzustellen, dass wir durchaus entbehrlich sind."

So gesehen machte sich Landorff immer ernsthaftere Sorgen um ihre Sicherheit. Vielleicht war Wien doch keine so gute Idee gewesen …

„Die Russen wissen davon, der Mossad auch und ich wette, wenigstens einer der großen amerikanischen Dienste steckt ebenfalls mit drin." Er trank den Rest seiner Apfelsaftschorle aus und sie schmeckte irgendwie metallisch.

„Aber warum haben die Gregory Winter ermordet? Wie es aussieht, hat er ihnen gemeinsam mit meinem Vater ja das entwickelt, was sie haben wollten. Er hat ihnen Tartarus geliefert." Alexandra schaute verwirrt und stirnrunzelnd in ihr leeres Glas.

„Weil sie keine Zeugen brauchen konnten. Und deinen Vater

haben sie erschossen, damit er keine deiner Fragen beantworten kann. Je weniger Mitwisser, desto besser. Tartarus scheint ja nicht gerade ein Gesellschaftsspiel für lange Abende zu sein, schenkt man dem armen Anatoliy Glauben."

„Wir übersehen etwas", beharrte Alex. „Irgendetwas stimmt hier nicht. Hat Anatoliy nicht auch gesagt, man müsse Tartarus aufhalten? Also muss es noch eine Möglichkeit geben, das Projekt zu stoppen. Was ist mit dieser Stephanie?"

„Willst du etwa mal kurz Peter Palm anrufen, nach Stephanie fragen und die Jungs mit den Schalldämpfern auf unsere Fährte locken? Dann können wir gleich vom Riesenrad springen. Wir sind unsere Verfolger gerade mühsam losgeworden. Hoffe ich jedenfalls …"

„Vielleicht können wir sie direkt kontaktieren?", schlug Alex vor.

„Wen? Stephanie? Ach ja? Hast du zufällig eine Telefonnummer oder einen Nachnamen von ihr bekommen, nachdem sie sich für einen Poker-Unterricht bei dir angemeldet hat?", ätzte Landorff und bestellte noch zwei Apfelsaftschorlen.

„Ich habe mir das Kennzeichen des weißen Mercedes gemerkt", meinte Alex wie nebenbei. „Als Pokerspieler merkt man sich solche Dinge, ich habe ein fotografisches Gedächtnis." Es klang fast entschuldigend.

Landorff schaute sie überrascht an. Klar, das Autokennzeichen! Er hatte nicht daran gedacht – zu offensichtlich – und er hatte es sich auch nicht gemerkt.

„Du erinnerst dich an das Kennzeichen? Genial! Gut, dann ist noch nicht alles verloren und wir haben noch eine Option." Er zog eines der Handys aus seiner Tasche und fütterte es mit einer unbenutzten Sim-Karte, während die Kellnerin den Getränkenachschub brachte. Dann wählte er eine Nummer, die er auswendig kannte, auch wenn er sie seit zwanzig Jahren nicht mehr gewählt hatte.

„Neumann! Und Ihr Anruf ist hoffentlich wichtig!", meldete sich eine aufgekratzte Stimme nach dem ersten Läuten und der gewohnt bissige Ton brachte Landorff wie immer zum Lächeln.

„Wenn das nicht wichtig ist, dann weiß ich nicht, was wirklich wichtig ist", gab Landorff zurück. „Keine Namen am Telefon, du weißt sowieso, wer dran ist." Rudi Neumann, sein Mentor und Lehrer, der ihm alle Tricks des Journalismus beigebracht hatte, war alles, nur nicht dumm.

„Brennt der Hut lichterloh?", wollte Rudi wissen und Landorff musste schmunzeln. Das war einer der Standardsätze in der Redaktion gewesen, wenn wieder einmal gar nichts funktionierte. Wenn sie alle ihre Felle davonschwimmen sahen und die Konkurrenz scheinbar uneinholbar die Nase vorn hatte.

„Für fünf Schilling lass ich mich nichts fragen", entgegnete Landorff und räumte damit den letzten Zweifel aus. Denn das war eine der ersten Lehren, die Rudi ihm, dem jungen Journalisten, vor langer Zeit mit auf den Weg gegeben hatte, als Landorff ihm eine Schlagzeile mit Fragezeichen abgeliefert hatte.

„Er ist also so gut wie abgebrannt, der Hut …"

„Du hast keine Ahnung … wir verstreuen gerade die Asche", murmelte Landorff und fühlte sich schlagartig zurückversetzt in jene Tage, als beide der Zeit nachgelaufen waren und sie doch nie eingeholt hatten. Tagesjournalismus in einer Nachrichtenagentur, der härteste Medienjob der Welt.

„So schlimm? Nicht gut. Was brauchst du?"

„Ich habe hier ein österreichisches Kennzeichen …", begann Landorff, doch Rudi unterbrach ihn sofort. „Gib durch und halt keine Festreden. Brauchst du die Adresse auch?"

„Wäre top, ich kann meinen alten Verbindungen nicht mehr trauen." Er gab ihm das Autokennzeichen durch, das Alex auf eine Serviette geschrieben hatte.

Rudi pfiff lautlos durch die Zähne. „Kein Vertrauen mehr in die alte Gang? Also ist es sehr schlimm. Ich rufe dich in fünf Minuten zurück. Sonst noch etwas?"

„Vorläufig nicht, aber lass mich nachdenken, dann fallen mir sicher hundert Dinge ein, die alle auf der schwarzen Liste stehen. Und, Rudi, danke!"

„Ich möchte dich nicht morgen in den Schlagzeilen wiederfinden", erwiderte Neumann trocken und legte auf.

„Wer war das?", erkundigte sich Alex misstrauisch und Landorff konnte es ihr nach dem Fiasko mit Palm nicht verdenken.

„Rudi Neumann, ein Urgestein, ein Fels in der medialen Brandung, ein Genie der Schlagzeilen und einer meiner besten Freunde, die ich noch bei der Presse habe", antwortete Landorff und drückte alle Daumen, dass seine legendäre Verbindung noch immer Bestand hatte. „Und verlässlich wie ein Schließfach im Keller einer Schweizer Bank."

„Das hast du in ähnlichen Worten auch von Peter Palm behauptet. Deshalb werden wir jetzt zahlen und dann hier verschwinden", schlug Alex vor. „Ein Handy orten kann inzwischen jeder minderjährige Hacker und, ja, es tut mir leid, aber im Moment traue ich niemandem mehr über den Weg. Und irgendwie hänge ich am Leben."

„Kann ich verstehen. Also los, dann ab in die Wiener Grottenbahn."

Minuten später mischten sie sich wieder unter die Touristen und ließen sich treiben. Landorffs Handy läutete, als sie gerade an der Geisterbahn vorbeischlenderten.

„Nummer zugelassen auf den finnischen Botschafter in Wien. Der hat ihn vor wenigen Tagen Stephanie Meisinger, Burggasse 36, 1090 Wien, überlassen. Ich schicke dir alle Daten inklusive ihrer Telefonnummer nochmal per SMS. Zum Hintergrund: Sie hat im Innenministerium gearbeitet, war dort nicht sehr beliebt, manche sagen, man habe sie aufs Abstellgleis geschoben und kurz danach in Pension geschickt. War verheiratet, ihr Mann ist letztes Jahr gestorben. Darüber ist sie nur schwer hinweggekommen. Ein Sohn, der in Australien lebte, kam drei Jahre zuvor bei einem Autounfall ums Leben. Jetzt ist sie allein."

Nun verstand Landorff ihre Bemerkung, wer um sie trauern würde.

Wahrscheinlich niemand.

„Meisinger hat einen persönlichen Chauffeur, weil sie selbst nie den Führerschein gemacht hat. Der Wagen, der früher der finnischen Botschaft gehört hat, ist diese neue Mercedes S-Klasse, Farbe weiß. Frag mich nicht nach den Details. Sieht so aus, als habe sie bei den Finnen einen Stein im Brett. So weit zum Background. Was interessiert dich an ihr?“

„Wir haben uns mit ihr getroffen und ich möchte sie nochmals kontaktieren“, erklärte Landorff Rudi und überlegte jedes Wort. Und was er Rudi noch fragen könnte, ohne jemanden zu gefährden. „Was hältst du von ihr?“

„Von Meisinger? Hmm …“ Neumann dachte einen Augenblick lang nach und Landorff wusste, dass er in diesem Land und in diesem Moment keine bessere Einschätzung bekommen würde. „Eine Querdenkerin, mit beiden Beinen fest am Boden, aber keine einfache Frau. Hat ihre eigene Moralvorstellung und die entsprach nicht immer der Regierungslinie. Verzeihung, den Regierungsserpentinen.“ Alex, die mithörte, musste lachen, während Rudi fortfuhr. „Sie war Vorsitzende mehrerer Untersuchungsausschüsse und war dann frustriert, als es einige der Ergebnisse nie bis in die Öffentlichkeit schafften, sondern unter Verschluss gehalten wurden. So lange, bis man sie wieder vergaß. Dann wurden die Akten geschnetzelt und verbrannt. Übliches österreichisches Prozedere.“

„Danke, Rudi, auch wenn ich mich wiederhole. Bist du erreichbar?“

„War ich das jemals nicht?“, lachte Neumann und legte auf.

„Noch einen Anruf von dieser Nummer, dann vernichten wir Handy und Karte“, entschied Landorff und Alex nickte. Also wählte er die Nummer von Stephanie Meisinger und mischte sich unter eine Gruppe fröhlich plaudernder Berliner, die auf einer Stadtrundfahrt im Prater Station machten. Zwischen „Haste dat jesehen?“ und „Nee, nee, dat wär nix für mich“ fühlte er sich halbwegs sicher.

Alexandra beobachtete trotzdem unruhig die Umgebung, während das Telefon bei Meisinger läutete.

„Ja? Wer ist da?“ Die Stimme klang ruhig und keineswegs überrascht, dass jemand sie auf ihrer privaten Handy-Nummer anrief und seine Rufnummer unterdrückte.

„Der Journalist und die Pokerspielerin – und wir legen gerade unser Leben in Ihre Hände.“

Stille.

„Wie soll ich das verstehen?“, erkundigte sich Meisinger vorsichtig.

„Haben Sie schon mit Peter Palm telefoniert?“

Neuerliche Stille.

„Warum?“

„Wir können das Spiel endlos weiterführen“, stellte Landorff fest und der dringliche Unterton in seiner Stimme müsste selbst jeden phlegmatischen Elefantenwärter im Zoo in hektische Betriebsamkeit stürzen. „Jede Frage mit einer Gegenfrage zu beantworten, vorsichtig um den heißen Brei herumzureden und am Ende nichts gesagt zu haben, ist diesmal leider nicht angebracht. Zwei Killer sind hinter uns her und es ist nur zwei Molotow-Cocktails zu verdanken, dass wir noch am Leben sind.“

„Haben Sie die getrunken?“

„Ich war noch nie so nüchtern wie heute. Peter Palm hat uns verkauft. Und Anatoliy gleich mit. Der alte Russe ist tot und wer ihn erschossen hat, ist unklar. Vielleicht sogar Peter. Tartarus korrumpiert offenbar alles und jeden.“

Stille.

Landorff wurde unruhig. Vielleicht war dies sein letztes Telefonat? Weil er sich final geirrt hatte?

„Wo sind Sie?“

„Ist das ernst gemeint? Glauben Sie wirklich, dass ich Ihnen das sage?“

„Sie werden sich entscheiden müssen, wem sie trauen. Das mag jetzt ein ungünstiger Zeitpunkt für lebenswichtige Entscheidungen sein, nach Ihren schlechten Erfahrungen mit Peter, aber Sie werden sie trotzdem jetzt treffen müssen. Wenn Sie mir nicht trauen, dann legen Sie einfach auf. Ich habe Ihre Telefonnummer nicht, ich weiß nicht, wo Sie sind, Sie haben mich nie angerufen.“

Nun war es Landorff, der still war und überlegte.

„Oder wir bringen Tartarus gemeinsam zu Fall und schicken ihn zurück in die Hölle. In die tiefste Hölle unter dem Hades, aus der er hervorgekrochen ist.“

„Anatoliy meinte, es sei plötzlich da gewesen, er nannte es eine Konstellation des Bösen. Es wurde einfach in diese Welt hineingeboren."

„Und das hätte vielleicht nie passieren dürfen", ergänzte Meisinger. „Entscheiden Sie sich. Je länger Sie überlegen, desto gefährlicher wird es. Also wo sind Sie?"

„Im Prater, in der Nähe des Riesenrads." Er schluckte und hoffte, dass er nicht seinen letzten Fehler gemacht hatte. Denn er konnte sich keinen einzigen mehr erlauben.

„Gut, bleiben Sie da. Viele Menschen sind eine hervorragende Deckung. Wechseln Sie von einer Gasse in die nächste, bleiben Sie nicht stehen. Mischen Sie sich unter Reisegruppen, fahren Sie mit der Grottenbahn oder einem Karussell. Fallen Sie nicht auf. Wir treffen uns um genau 16.00 Uhr an der Ecke Perspektivstraße – Tiefstraße. Das ist die Seitenfahrbahn der Ausstellungsstraße und da ist ein kleiner Parkplatz. Verlassen Sie den Prater über den Kratky-Baschik-Weg im Osten, der bringt Sie direkt zum Treffpunkt. Ich werde eine Minute lang in meinem Wagen warten. Sollten Sie nicht da sein, dann fahre ich wieder los und schaue nicht zurück. Haben wir uns verstanden?"

„Ja, wir werden da sein." Damit legte er auf, nahm die Sim-Karte aus dem Handy und ließ sie durch den nächsten Kanaldeckel fallen. Dann folgten der Akku und das Handy in zwei Teilen. Alex schaute ihm neugierig zu. Dann berichtete er ihr von seinem Gespräch.

„Was denkst du?", fragte sie ihn.

„Haben wir irgendeine Wahl? Ohne Hilfe kommen wir wahrscheinlich nicht mehr lebend aus Wien heraus. Es tut mir leid, dass ich uns in diese Situation gebracht habe."

Doch Buschmann legte ihm beruhigend die Hand auf die Schulter. „Wir waren viel zu naiv. Beide. Niemand hat uns auf das vorbereitet, was passieren würde. Tartarus ist kein Ringelreihen im Kindergarten. Es ist ein mörderisches Spiel und wir dachten, alle anderen am Tisch spielten fair. So ist es aber nicht." Sie strich sich eine Haarsträhne aus der Stirn. „Mein Vater hat den Teufel an seinen Tisch eingeladen und gedacht, er könnte entkommen, wenn das Spiel vorbei ist." Landorff spürte, wie ein Schauder seinen Rücken hinunterlief.

„Doch er ist tot und der Teufel lebt. Und es geht ihm verdammt gut." Sie sah Landorff an und zum ersten Mal konnte er die Angst in ihren Augen sehen. „Und jetzt, jetzt ist er hinter uns her."

Es war genau 15.59 Uhr, als sie den kleinen Parkplatz erreichten und den weißen Mercedes einbiegen sahen, der wenig später genau vor ihnen hielt. Stephanie Meisinger saß neben ihrem Fahrer und zeigte nur stumm nach hinten. Sekunden später, mit Buschmann und Landorff im Fonds, beschleunigte die schwere S-Klasse fast geräuschlos über die Ausstellungsstraße in die Molkereistraße, eine schmale, von Bäumen gesäumte Straße, die tiefer in den zweiten Bezirk hineinführt.

„Wir halten uns besser unter den Bäumen, hier gibt es viele Alleen. Kein Einblick für Spionagesatelliten. Wolfgang?"

Der Chauffeur nickte und fuhr langsamer, rollte unter dem Laubdach hindurch.

Landorff merkte, dass er noch viel zu einfach tickte. Wer dachte schon an Satelliten wenn er in Wien spazieren ging?

„Wir bleiben unter den Linden, Wolfgang, und fahren in die Ennsgasse, in den Innenhof. Stellen Sie da den Wagen unter dem Vordach ab und warten Sie auf uns. Sie wissen, was zu tun ist."

Ein kleiner Markt tauchte schräg vor dem Mercedes auf, doch bevor sie den offenen Platz erreicht hatten, bog der Chauffeur in eine Hauseinfahrt, rollte auf den Hof und parkte den Wagen unter einem schmutzig-braunen Vordach.

„Wir werden nicht lange unterwegs sein, Sie sorgen für unsere Sicherheit. Ich möchte mir für eine halbe Stunde nicht den Kopf zerbrechen müssen, wer mich zu bespitzeln versucht."

„Selbstverständlich", nickte Wolfgang, der in seinem makellosen Anzug eigentlich völlig unscheinbar aussah. Wie ein Buchhalter mit Nickelbrille und ordentlich gescheitelten Haaren. Durchschnittlich, unauffällig. Würde ich ihm meine Sicherheit anvertrauen, überlegte Landorff? Doch die Frage stellte sich nicht.

Er tat es bereits.

„Kommen Sie, gehen wir ein paar Schritte“, meinte Meisinger und schlenderte tiefer in den großen Hof hinein, immer unter dem Blätterdach, in dem der Wind rauschte. „Hier sind mehrere Höfe miteinander verbunden. Ein idealer Platz zum ungestörten Gedankenaustausch. Und jetzt erzählen Sie. Von Anatoliy und Peter Palm und den beiden Killern.“

Stephanie Meisinger hatte eines mit Peter Palm gemeinsam. Sie hatte in ihrem Leben gelernt zuzuhören. So unterbrach sie Landorff nicht, schritt neben ihm mit geneigtem Kopf, hochkonzentriert und doch ganz in Gedanken versunken.

Ein kleiner Hund lief einer Frisbee-Scheibe nach und Alex warf sie noch weiter weg, als sie schneller als der lustig kläffende Terrier nach ihr schnappen konnte. Der Besitzer des Hundes bedankte sich lachend und winkend, während Landorff versuchte, nicht überall gemeingefährliche Killer mit Kampfhunden zu sehen.

„Ich habe Peter noch nicht informiert“, sagte sie schließlich. „Ich möchte zuerst Ihre Geschichte hören. Er hat mich allerdings auch noch nicht angerufen und das ist seltsam.“

„Es gibt eine Menge aufzuräumen im Karl-Marx-Hof“, gab Landorff zu bedenken. „Haben die Österreicher auch eine Gruppe, die nach Einsätzen den Tatort reinigt und alle Hinweise vernichtet?“

„Alle werden diese Frage verneinen, aber natürlich gibt es so etwas“, lächelte Meisinger dünn. „Cleaning teams haben alle Geheimdienste. So oder so.“

„Was heißt das, so oder so?“

„Nun, es gibt cleaning teams, die einen Raum völlig sauber hinterlassen. Sie gehen, nachdem sie alle Spuren beseitigt haben. Und dann gibt es andere Teams. Die haben Tarnnamen. Wenn sie durch die Tür hinausgehen, dann lebt keiner mehr.“ Sie sah ihn mit einem seltsamen Blick an. „Dann sind alle tot. Selbst die Fliegen an der Wand.“

14. Die Apokalypse

„Wir haben sie verloren.“

Der Mann, der gebannt auf den Computermonitor im Halbdunkel starrte, schlug mit der Faust auf den Tisch und warf seine Brille frustriert auf die Schreibtischunterlage. Kleine Männchen bedeckten das Papier, stille Zeugen des Wartens und Beobachtens.

„Was heißt das?“ Die brünette Frau, die hinter ihm stand und missbilligend die Augenbrauen hochzog, trug ein dunkelblaues Designerkostüm und High Heels. Roni Abitol tippte dem jungen Mann am Tisch ungeduldig auf die Schulter.

„Was heißt das?“, fragte sie erneut drängend nach. „Ein ganzes Team hat es nicht geschafft, zwei Amateure und eine alte Frau zu beschatten? Inklusive Satellitenüberwachung, elektronischer Spione und einer Armada von Fahrzeugen?“

„Im Prater nutzen Fahrzeuge nicht viel“, gab der Operator etwas hilflos zurück.

„Soll das jetzt Ironie werden?“, fragte Abitol gefährlich leise. „Erst der Einsatz im Karl-Marx-Hof durch zwei schießwütige Cowboys aus dem Nirgendwo. Wer sind die und wo waren wir? Wir kamen zu spät. Und jetzt steht einer der besten Geheimdienste der Welt erneut mit leeren Händen da?“

„Ich kann sie nicht aus dem Hut zaubern“, seufzte der junge Mann und hämmert auf sein Keyboard. „Sie sind irgendwo in den Seitengassen im zweiten Bezirk verschwunden. Zwischen Prater, Donau und der Nord-Ost-Bahn-Linie.“

„Wie beruhigend“, ätzte Abitol und der junge Operator zog den Kopf ein. „Wir haben ja sogar ein begrenztes Gebiet. Dann kann ja nichts mehr passieren.“ Sie lehnte sich über seine Schulter und zischte in sein Ohr: „Welcher Tölpel leitet diesen Einsatz? Wenn Sie ihn erreichen können, dann lassen Sie ihn von mir grüßen und sagen Sie ihm, ich sorge mich um seine Zukunft und die seines Teams. Die Zahl der Liegestuhl-Verleiher am Toten Meer könnte sprunghaft steigen.“

Nach einem letzten Blick auf das statische Bild am Monitor

schnappte sie ihre Handtasche und rauschte aus dem unterirdischen abhörsicheren Raum der israelischen Botschaft in Wien, verfolgt von einem halblauten „Zicke“ des Operators.

Der schwarze Audi A3 im Hof der Botschaft hatte sich in der Sonne aufgeheizt und die Welle heißer Luft, die Abitol entgegenschlug, trug nicht gerade zur Verbesserung ihrer Laune bei. Als sie die Anton-Frank-Gasse hinunter beschleunigte, programmierte sie die Navigation und tippte das Fahrtziel ein: Molkereistraße, 1020 Wien. Dann drehte sie die Klimaanlage auf volle Kraft.

*

Als Landorff mit seinem Bericht fertig war, sah Stephanie Meisinger Alexandra Buschmann nachdenklich an. „Ich habe Ihren Vater gekannt“, meinte sie schließlich, „Sie sehen ihm gar nicht ähnlich.“

„Ich komme angeblich mehr nach meiner Mutter“, erwiderte Alex etwas unsicher. „Aber die ist gestorben, als ich fünf Jahre alt war. Die Erinnerung verblasst …“

„Ihr Vater war ein Sturkopf, es hatte keinen Sinn, mit ihm zu reden.“ Meisinger schüttelte den Kopf. „Gar keinen. Er sah die Gefahr nicht kommen. Er erkannte Tartarus nicht. Oder wollte ihn nicht erkennen.“

Plötzlich wandte sie sich scharf nach links und steuerte eine schmutzige, unscheinbare dunkelbraune Tür an, auf die jemand „Gaby und Mona sind doof“ gesprayt hatte. Die alte Dame zog einen Schlüsselbund aus ihrer Handtasche und sperrte auf. Dann sah sie sich kurz um, gab Buschmann und Landorff ein Zeichen ihr zu folgen und schlüpfte ins Innere des Hauses. Im Halbdunkel erkannte Landorff Bögen und Pfeiler, die die Decke hielten. Es roch nach Schmierfett und Eisenspänen. Es musste einmal eine Werkstatt gewesen sein, wie es früher Tausende in Wien gegeben hatte. Kleine Handwerksbetriebe hatten von hier aus die Umgebung mit Möbeln, Kohle oder Spenglerarbeiten versorgt.

Meisinger legte einen Schalter um, eine Reihe gelblicher Lampen unter verstaubten Schirmen flammten auf und bestätigten Landorffs Vermutung. Die Zeit schien stehen geblieben zu sein, irgendwann in den 60er-Jahren des letzten Jahrhunderts. Werkzeuge lagen herum, an der Wand hing ein Kalender von 1952. Seitdem dürfte die Metallverarbeitung hier nie wieder angelaufen sein.

Alex drehte ungläubig eine Runde, mit großen Augen wie ein kleines Mädchen, das zum ersten Mal dem Weihnachtsmann begegnete. Sie strich mit den Fingerspitzen über die Feilen, die auf den Werkbänken lagen.

„Bevor Sie fragen … Es ist die Werkstatt meines Großvaters mütterlicherseits. Wir haben sie geerbt und nichts daran verändert. Es blieb alles so, wie es war. Aber das ist eine andere Geschichte. Jedenfalls sind wir hier sicher."

„Eine kleine Zeitkapsel", murmelt Alexandra. „Faszinierend. Jemand hat die Zeiger der Uhr angehalten."

„Leider geht das nicht, auch wenn wir es wollen. Glauben Sie mir, ich habe es oft genug verzweifelt versucht." Meisinger lehnte neben Buschmann an einer der Drehbänke und legte ihre Hand fast zärtlich auf die alte Maschine. „Und ich hätte sie so gern zurückgedreht, nur ein paar Stunden … Warum schätzt man die besten Dinge erst richtig, wenn man sie verloren hat? Ich weiß es nicht." Ihre Stimme klang müde. „Das war einmal das Leben meines Großvaters. Er hat hier begonnen, jung und voller Enthusiasmus, hat einen Betrieb aufgebaut, zwei Weltkriege überlebt, alle Wirrungen der Geschichte umschifft, ohne jemals zu stranden. Dann, Mitte der Fünfzigerjahre, starb seine Frau und nahm seinen Lebenswillen mit nach drüben auf die andere Seite. Sie wissen schon … hinter die Sonne."

Sie zeigte tiefer in die Werkstatt hinein.

„Eines Tages hat er sich da hinten erhängt. Es war ein warmer Abend, das Ende eines Sommertags wie heute. Als alles ruhig war und die schmutzigen Scheiben kaum mehr das Licht der Straßenlampen durchgelassen haben. Er wollte nicht mehr und ich habe ihn damals nicht verstanden. Keiner in unserer Familie hat ihn verstanden." Sie sah Alexandra mit einem Blick an, der durch sie hindurchging. „Aber jetzt, jetzt verstehe ich ihn. Alle, die gegangen sind, haben es leichter als die, die sie zurücklassen."

Sie stieß sich von der Drehbank ab und glitt wie ein Schatten durch das Halbdunkel, gefangen in einer Erinnerung, die nur sie kannte. „Vielleicht sind wir nur mehr hier, weil wir noch eine Aufgabe haben. Eine einzige ..."

„Und dann?", fragte Landorff.

„Dann ist unser Weg zu Ende, unsere Aufgabe erfüllt. Dann können wir abtreten. Der Rest ist Vergessen. Vielleicht ein gnädiges Vergessen." Sie gab sich einen Ruck. „Jetzt werde ich Ihnen erzählen, was ich über das Tartarus-Projekt herausgefunden habe. Es ist nicht viel, aber immerhin einiges. Vertrauen gegen Vertrauen. Wie Sie ja bereits herausgefunden haben, war Gregory Winter der Besitzer einer Firmengruppe unter dem Konzernnamen Prolicks. Das für uns interessante Unternehmen der Gruppe war jedoch Phaetus ..."

„Noch nie gehört", warf Buschmann ein.

„... ein Kunstname aus Ikarus und Phaeton", fuhr Meisinger unbeeindruckt fort. „Das Unternehmen trat so gut wie nie in der Öffentlichkeit in Erscheinung. Was es mit einer anderen Firma, einer gewissen AITC, gemeinsam hatte."

Sie warf Alexandra einen nachdenklichen Seitenblick zu.

„Phaetus war von Anbeginn auf die Entwicklung von Drohnen spezialisiert. Erst kleine Fluggeräte, dann immer größere und raffiniertere, schließlich wurden in Zusammenarbeit mit verschiedenen militärischen Stellen höchst effiziente Kampfdrohnen entwickelt. Da machte Winter wohl seinen ersten Fehler. Er nahm es mit der Informationspolitik und dem Datenschutz in seiner Firma nicht so genau. Da gab es schon einmal eine Entwicklung aus Israel, die in eine US-Drohne einfloss, und umgekehrt. Auf die Dauer kam das gar nicht gut an und einige Auftraggeber waren daraufhin verstimmt, aber Winter konnte sich immer wieder herausreden. Außerdem wurden die Aufträge immer mehr und immer größer und Phaetus entwickelte sich zur Erfolgsgeschichte. Dann traf Winter Ihren Vater, Buschmann Senior, offenbar aus Zufall oder aufgrund einer Empfehlung eines Kunden, das habe ich nicht herausgefunden.“

Jetzt war auch Alex ganz Ohr, die auf einer der verstaubten Werkbänke ein altes Zahnrad gefunden hatte und es nun in ihren Fingern drehte.

„Die beiden haben sich augenscheinlich auf Anhieb verstanden, der beinharte, clevere Geschäftsmann Winter mit seinen weltweiten Beziehungen auf höchster Ebene und der penible, paranoide Entwickler Buschmann, der immer im Schatten seines Bruders gestanden war. Was lag näher, als ein gemeinsames Projekt auf den Weg zu bringen?“

„Tartarus“, meinte Alexandra tonlos, doch Meisinger schüttelte den Kopf.

„Nein, da war Tartarus noch in der Hölle und Ihr Vater träumte höchstens von intelligenten Einkaufswagen, die selbstständig in ihren Unterstand zurückkehren. Doch Winter hatte ganz andere Pläne und so stieg er in die AICT ein. Nicht mit Geld, sondern mit seinen Verbindungen. Er eröffnete Ihrem Vater ein völlig neues Betätigungsfeld, von dem dieser nicht einmal zu träumen gewagt hatte: das der Geheimdienste, der militärischen Kommandounternehmen, der millionenschweren schwarzen Budgets, der waffentechnischen Bedürfnisse der Randstaaten. Mit einem Mal waren Pflegeroboter oder denkende Einkaufswagen uninteressant geworden. Winter hatte rasch erkannt, dass sich Drohnenangriffe der Öffentlichkeit wesentlich leichter verkaufen lassen als Dutzende Särge mit Soldaten, die aus Krisengebieten nach Hause geflogen werden. So suchte er nach einem Gehirn für seine Drohnen.“

„Und mein Vater wollte es ihm liefern?“, fragte Alex ungläubig. „Mein Vater war überzeugter Pazifist, Wehrdienstverweigerer in seiner Jugend.“

Stephanie Meisinger lächelte dünn. „Das war der Moment, an dem Ihr Vater seine Seele dem Teufel verkaufte. Fakt ist, er wollte es nicht nur entwickeln und liefern, er lieferte es tatsächlich. Winter und Ihr Vater bauten gemeinsam die intelligente Drohne. Aber nicht irgendeine Drohne, verstehen Sie mich richtig. Da wäre die Konkurrenz viel zu groß gewesen." Sie verstummte und strich mit ihrem Finger über eine dünne Metallplatte mit ziseliertem Muster. „Sie wollten die ultimative Drohne, unbesiegbar, eine Waffe des nächsten Jahrhunderts. Eine denkende Drohne."

Buschmann runzelte die Stirn, sagte aber nichts.

„Sie meinen …", setzte Landorff an, verstummte aber, als Meisinger nickte.

„Eine Maschine, die laufend aus ihren Erfahrungen lernt, sich selbstständig korrigiert, ihr Verhalten anpasst, sich selbst verbessert, sich updated. Ohne Unterlass. Wahre künstliche Intelligenz. Keine Steuerung mehr notwendig. Das Ziel oder die Zielperson wurde vor dem Start eingegeben, fertig. Der absolut sichere fliegende, krabbelnde oder schwimmende Tod. Keine Müdigkeit, keine Bedenken, keine moralischen Skrupel."

Mit einem Mal wurde es kalt in der alten Werkstatt. Landorff schauderte es bei dem Gedanken an die Wunderwaffe des Todes.

„Große Drohnen, die selbstständig feuern und dann mit einer Erfahrung reicher wieder zum Ausgangspunkt zurückkehren. Je mehr Einsätze sie erleben, desto mehr Wissen sammeln sie. Mit jedem Mal werden sie besser."

„Furchtbar. Die digitalen Reiter der Apokalypse." Buschmann schüttelt den Kopf und ihre Miene verriet tiefe Abscheu.

„Sie haben zu viel Moral, das ist hinderlich in diesem Geschäft", fuhr Meisinger fort. „Alle waren begeistert, selbst die sparsamen Verwalter der Militärbudgets. Keine Piloten mehr notwendig, keine materialmordenden Kamikaze-Einsätze mehr, sondern wiederverwendbare Drohnen, die gescheiter zurückkehren, als sie gestartet sind. Sie werden mit jedem Mal intelligenter, ohne Update oder Aufpreis! Sie lernen anzugreifen und wieder zu entkommen, zuzuschlagen und punktgenau zu landen. Der wiederverwendbare Tod."

Die bedrückende Stille in der alten Werkstatt war greifbar.

„Was eine Drohne lernte, das lernten alle, weil Winter sichergestellt hatte, dass alle Lernerfolge wieder in den Bau neuer

Drohnen einfließen würden. Er baute Netze auf. Das Gehirn der nächsten Generation war dem der ersten haushoch überlegen. Wie sich herausstellte, lernen Drohnen schnell und jedes der digitalen Gehirne wurde wieder vernetzt, profitierte von allen Einsätzen weltweit. So konnte es schon einmal zu nationalen Überschneidungen der Interessen kommen, aber alle beteiligten Staaten tolerierten es. Es profitierten ja alle davon …"

Meisinger seufzte und fixierte Alexandra, die fasziniert zuhörte.

„Wir dürfen aber nicht nur von großen, bewaffneten Drohnen ausgehen. Es gibt unzählige Modelle, von der Größe einer Mücke bis zum Flugzeug. Sie fliegen, schwimmen, krabbeln, tauchen, ja, sie laufen sogar die Wände hoch. Winter hatte sie fast alle im Programm und ihr Vater entwickelte zielgerichtet für jede einzelne ein Gehirn, eine Erinnerung, eine Entscheidungsfähigkeit, basierend auf rationalen Beobachtungen. Und *das* war der Anfang von Tartarus. Die Hölle öffnete sich und der Teufel setzte an, ihn auf die Welt hochzuschicken. Doch es gab noch ein Riesenproblem: Die Drohnen waren noch immer aufzuhalten. Man brauchte sie nur vom Himmel zu fegen, abzuschießen oder mit einer Zeitung nach der vermeintlichen Biene zu schlagen und sie zu zerquetschen."

„Irgendwie ein beruhigendes Gefühl", gab Landorff zu.

„Warten Sie ab", entgegnete Meisinger. „Das dachten auch jene Staaten, die nicht in internationale Konflikte verwickelt waren. Sie beobachteten die Entwicklung zwar, aber sie verkannten die Bedrohung. Denn sowohl Winter als auch Buschmann Senior wussten, dass das ein Schwachpunkt war. So gescheit sie waren, ihre Drohnen waren verletzlich, konnten vom Himmel geholt oder einfach zertreten werden. So machte sich Gregory Winter eines Tages auf die Suche nach einer Lösung. Er war rational, emotionslos, ein taktisches Genie. Moral kam ihm nicht in die Quere, wenn es ums Geschäft ging. Das hatte er mit der internationalen Waffenlobby gemeinsam. Eines Tages war ihm eine Idee gekommen und damit stieg Tartarus endgültig aus der Hölle herauf. Anatoliy hatte recht. Mit einem Mal war er da, böse und bedrohlich. Entsprungen einer einzigen teuflischen Idee."

Ihr Handy piepste und Meisinger schaute kurz aufs Display, runzelte die Stirn. „Wir müssen leider den Ort wechseln, ein Mossad-Team durchkämmt den Bezirk. Sie haben Roni Abitol aus Haifa ja bereits kennengelernt."

„Ist sie hier?", wunderte sich Landorff.

Die alte Dame nickt geistesabwesend, dann gab sie das Zeichen zum Aufbruch. „Rasch jetzt, zum Wagen."

Als sie den Parkplatz im Innenhof erreicht hatten, konnte Landorff den weißen Mercedes nirgends entdecken. Erst als sie vor einer dunkelblauen S-Klasse standen, erkannte er Wolfgang, der den Motor bereits gestartet hatte.

„Aber ...", war alles, was er angesichts des dunkelblauen Wagens mit dem Diplomatenkennzeichen herausbrachte.

„Weiße Folie, für diesen Zweck angebracht und rasch entfernt", lächelte Meisinger, während sie einstieg. „Und die Nummernschilder sind eine Leihgabe der finnischen Botschaft. Der Botschafter ist derzeit auf den Mercedes seines Militärattachés angewiesen, aber das tut er gern für mich. Es gibt eine kleine, aber feine Gruppe von Staaten, die Tartarus wieder in die Hölle zurückschicken möchten. Peter wusste nicht, dass ich bereits im vergangenen Jahr von denen ins Vertrauen gezogen worden war."

Buschmann und Landorff schauten sich alarmiert an. Tartarus hatte die Welt also bereits in Blöcke aufgespalten.

„Was haben Sie eigentlich mit Abitol besprochen?", wollte Meisinger wissen, während der Mercedes an dem kleinen Markt vorbei in Richtung Donau rollte.

„Ach, wir haben über Winters Mutter gesprochen, über die Drohnen, die Winter produzierte, und über seine Lebensversicherung, die er offenbar kurz vor seinem Tod abgeschlossen hat. Abitol vermittelte den Eindruck, sie sei eine Versicherungsdetektivin auf der Suche nach der wahren Todesursache."

„Winter hat keine Lebensversicherung abgeschlossen", stellte Meisinger entschieden fest. „Dafür lege ich meine Hand ins Feuer."

„Aber Abitol hat von zehn Millionen Gründen gesprochen, den Tod Winters aufzuklären“, beharrte er.

Die alte Dame am Vordersitz dreht sich um und ihre graublauen Augen schauten ihn mitleidig an. „Sie müssen noch viel lernen, Herr Landorff. Wussten Sie nicht, dass es zehn Millionen Palästinenser gibt?“

*

Roni Abitol schlug mit der flachen Hand frustriert auf das Lenkrad des Audis und fluchte vor sich hin. Seit einer halben Stunde drehte sie nun bereits Runden durch das sogenannte Stuwerviertel, ohne jeden Erfolg.

Der weiße Mercedes von Meisinger schien wie vom Erdboden verschluckt. Zwei Mal hatte sie die Überwachungsfahrzeuge der „Operation Winter“ gekreuzt, aber die Insassen hatten genauso ratlos suchend in die Gegend geblickt wie sie.

„Brilliant!“, zischte Abitol und bremste wieder einmal auf Schrittgeschwindigkeit, als eine Gruppe von vier Personen die kleine Grünanlage am Ilgplatz überquerte. Nein, das sind sie auch nicht, dachte sich die junge Israeli und gab erneut Gas, drehte eine Runde um den Platz und bog in die Feuerbachstraße ein.

„Ich könnte genauso gut einen Diamanten am Strand suchen“, murmelte sie verärgert, griff nach ihrem Handy und wählte die Nummer des Operators in der Botschaft. Es läutete vier Mal, bis der junge Mann sich meldete. Abitol bog erneut ab, während sie ihn nach Resultaten fragte.

Doch der Operator war genauso ratlos wie alle.

Plötzlich sprang ein Polizist auf die Straße und stellte sich dem Audi in den Weg. Abitol bremste abrupt.

„Guten Abend! Haben Sie übersehen, dass das eine Einbahnstraße ist? Und das Telefon wollen wir gleich weglegen, junge Frau. Darüber reden wir dann später noch. Aber zuerst Fahrzeugpapiere und Führerschein, bitte!“

*

Zehn Minuten später rollte die dunkelblaue S-Klasse auf der Wagramer Straße über die Alte Donau ostwärts.

„Oft können Sie den Trick mit der Folie nicht machen“, meinte Alexandra anerkennend.

Stephanie Meisinger drehte sich um und zwinkerte ihr vergnügt zu. „Wird also wieder Zeit für ein neues Auto. Nein, im Ernst. Nicht nur normale Menschen, ja, selbst Profis lassen sich so leicht täuschen. Wenn sie auf einen weißen Mercedes fixiert sind, dann können Sie Ihnen mit einem schwarzen über die Füße fahren, sie werden es nicht merken. Jahrzehntelange Erfahrung. Und damit haben wir ein wenig Zeit gewonnen.“

Der Verkehr dünnte aus, als sie in die Erzherzog-Karl-Straße einbogen und Wolfgang den schweren Wagen in Richtung Stadtgrenze beschleunigte.

„Sie haben vorhin von einer weiteren Komponente gesprochen“, erinnerte sie Landorff, doch Meisinger schüttelte nur leicht den Kopf. „Eine teuflische Idee, die Winter als Lösung für sein Problem andachte und die Tartarus zur Realität werden ließ …“

„Wir fahren noch ein wenig, dann gehen wir ein Stück spazieren“, entschied sie und tat, als habe sie seine Frage nicht gehört. „Und anschließend müssen wir überlegen, wie es weitergeht. Fahren Sie uns zum ‚Roten Hiasl‘, Wolfgang. Sie können da etwas essen, während Sie auf uns warten.“

„Ein beliebtes Ausflugsrestaurant am Rande des Nationalparks Wien-Lobau, einer ursprünglichen Au-Landschaft entlang der Donau“, erklärte Landorff Alexandra. „Die Lobau wurde nach dem Ersten Weltkrieg als Naherholungsgebiet bei den Wienern beliebt. Eine Straßenbahnlinie führte direkt an den Rand der Au und viele Wiener unternahmen hier ausgedehnte Wanderungen und verbrachten geruhsame Badetage, ohne auf viele Menschen zu stoßen.“

„Klingt idyllisch“, lächelte Alex.

„War nicht immer so. Anfang des 19. ‚Jahrhunderts war die Gegend der Lobau der Schauplatz der Schlacht bei Aspern. Die Österreicher schlugen sich mit Napoleon herum. Und das

Scharmützel auf dieser Seite der Donau ging für den Kaiser der Franzosen schlecht aus. Die Schlacht bei Aspern war die erste, die Napoleon nicht gewann. Danach zog er sich mit seinen Truppen in die Lobau zurück, die damals eine Insel zwischen mehreren Armen der Donau bildete. Hier schlug er für einige Wochen sein Hauptquartier auf. Er sann auf Rache, denn kurz darauf ließ er mehrere Brücken über die Donau errichten, brachte so innerhalb weniger Stunden 150.000 Mann auf das linke Donauufer, die die österreichische Armee sofort angriffen und in der Schlacht bei Wagram vernichtend schlugen."

„Sie wissen gut Bescheid", meinte Meisinger anerkennend.

„Geschichte ist mein Hobby. Es ist der Teppich, auf dem wir uns heute alle bewegen. Auch wenn viele das nicht wahrhaben wollen."

Ein niedriger rostroter Bau rückte ins Blickfeld, mit einem Garten voller Holzbänke und Tische. Der „Rote Hiasl" war gut besucht.

„Fahren Sie uns zur Steinspornbrücke. Wir gehen dann die kurze Strecke zu Fuß zurück", entschied Stephanie Meisinger. „Sie können inzwischen in Ruhe eine Kleinigkeit essen."

Der schweigsame Wolfgang nickte nur und ließ die Insassen des Mercedes wenig später am Ufer der Neuen Donau, einem künstlich angelegten Hochwasser-Entlastungsarm, aussteigen.

Die Luft war warm und es roch nach frisch gemähtem Gras. Obwohl die Sonne bereits tiefer stand, lagen noch immer überraschend viele Besucher mit ihren Badetüchern auf den ausgedehnten Wiesen am Wasser. Von irgendwoher wehte Musik herüber und erinnerte Landorff an die vielen Nachmittage und Abende, die er in seiner Jugend hier verbracht hatte.

Stephanie Meisinger zog sich die Schuhe aus, nahm sie in die Hand und ging barfuß über die Wiese hinunter ans Wasser. „Da unten gibt es einen kleinen Steg und ein Schwimmfloß, da habe ich mit meinem Mann und meinem Sohn früher immer gebadet."

„Es tut mir leid wegen Ihres Mannes", stellte Landorff ehrlich fest und spürte das kühle Gras zwischen seinen Zehen. „Und wegen Ihres Sohnes …"

„Woher wissen Sie es?"

„Ein alter Freund hat mir einiges über Sie berichtet und mir geholfen, Ihre Telefonnummer herauszufinden."

Meisinger nickte und fragte nicht weiter nach.

Alexandra genoss ganz offensichtlich die grüne Umgebung, die Ruhe und die Nähe des Wassers. Trügerische Sicherheit? „Sollte ich jemals nach Wien ziehen, dann schlage ich hier meine Zelte auf", meinte sie, als sie an zwei jungen nackten Pärchen vorbeikamen, die Federball spielen.

„Nächste Woche?", fragte Landorff sie grinsend.

„Wenn Sie nächste Woche noch am Leben sind, dann sollten Sie unbedingt darüber nachdenken", ergänzte Meisinger leise und Landorff vermisste ihr gewohntes dünnes Lächeln.

Sie meinte es ernst und mit einem Schlag war alle Unbeschwertheit wieder verflogen.

Als sie den schmalen Steg zu dem leeren Badefloß erreichten, setzte sich Meisinger auf das ausgeblichene, rissige Holz und ließ ihre Füße ins Wasser hängen.

„Wir waren bei der weiteren Komponente, die Gregory Winter keine Ruhe ließ", begann sie. „Damit begann das Unheil, denn damit war das Tartarus-Projekt geboren."

Buschmann und Landorff setzen sich an ihre Seite und tauchten die Füße ins laue Donauwasser. Mit einem Mal war sich Landorff gar nicht mehr so sicher, ob er das alles hören wollte. Der Nachmittag war so verlockend entspannend ...

Doch Stephanie Meisinger holte ihn rasch in die Wirklichkeit zurück.

„Winter hatte es stets gestört, dass seine Drohnen zwar immer intelligenter wurden, aber andererseits durch jeden halbwegs geschickten Schützen vom Himmel geholt werden konnten. Er begann daraufhin, mit Tarnkappentechnik zu experimentieren. Die Amerikaner lieferten ihm als interessierte Abnehmer bereitwillig Daten und Materialien. Doch was in großen Höhen tadellos funktionierte, half bei tief fliegenden Drohnen, die vom Boden aus abgeschossen werden konnten, nichts. Auch die kleinen Fluggeräte, die oft und gern bei Militäreinsätzen als Kundschafter und Beobachter eingesetzt werden, sind überaus verwundbar. Die könnte selbst ein geschickter Junge mit seiner Schleuder aus der Luft holen oder zu ebener Erde mit einem Spaten plätten."

„Ich habe da etwas gelesen", meinte Buschmann. „Da wurden dieses Jahr in Japan bereits Drohnen entwickelt, die andere Drohnen einfangen können. Unglaublich …"

„Die Konkurrenz schläft nicht, auch auf diesem Sektor", stimmte Meisinger ihr zu. „Winter hatte starke Mitbewerber, vor allem in China und Indien. Ein technologischer Vorsprung ist unter Umständen morgen bereits verspielt und das ließ ihm keine Ruhe. Er hatte zwar für den Fall eines Abschusses einen Selbstzerstörungsmechanismus eingebaut, um seine gemeinsamen Entwicklungen mit der AICT auf dem Gebiet der künstlichen Intelligenz zu schützen, aber das war auch nicht der Weisheit letzter Schluss. Den Verlust jeder Drohne nahm Winter persönlich. Seine Kunden zahlten ein Vermögen für jede intelligente Drohne und sie zahlten gern, weil sie ja wiederverwendet werden konnte und nach dem Einsatz zu ihrem Besitzer zurückkehrte. Doch dann kam Winter eines Tages der Zufall in Form eines wissenschaftlichen Artikels zu Hilfe. Dieser fasste die neuesten Forschungsergebnisse auf dem Gebiet der Metamaterialien zusammen."

Die ratlosen Blicke ihrer beiden Begleiter quittiert Meisinger mit ihrem bekannten dünnen Lächeln.

„Ich sehe, dieser Begriff sagt Ihnen nichts. Nun, Sie befinden sich in guter Gesellschaft. Offiziell gibt es weltweit derzeit zwei Gruppen, die sich mit diesen Materialien und ihren faszinierenden Eigenschaften beschäftigen. Eine sitzt an der Universität von Kalifornien, die andere am Institute of Technology in Karlsruhe. Und Gregory Winter besuchte beide. Das war im Jahr 2010."

„Offiziell gibt es zwei Forschergruppen?", stieß Landorff nach. „Und inoffiziell?"

Meisinger schaute übers Wasser, das der Westwind kräuselte und dunkelblau färbte.

„Das weiß kein Mensch", sagte sie schließlich leise. „Auch das ist ein Teil von Tartarus. Er kann sich überall verstecken."

„Was ist so besonders an diesen Metamaterialien?“ Alex zuckte die Schultern. „Was wollte Winter damit?“

„Metamaterialien können Gegenstände unsichtbar machen. Sie sind die Erfüllung eines alten Menschheitstraums. Die Tarnkappe aus dem Märchen.“

Buschmann und Landorff sahen sie entgeistert an.

„Gregory Winter wollte die denkende, unsichtbare Drohne erschaffen. Unbezwingbar, intelligent, lernfähig. Die ultimative Waffe. Keine Gegenwehr möglich, weil niemand sie sehen kann. Emotionslos, tödlich, final. Zielgenau und präzise wie ein Skalpell.“

Ihren beiden Begleitern fehlten die Worte.

Das Tartarus-Projekt ist tatsächlich das Ende der Freiheit, dachte Landorff. Unsichtbare Drohnen, die jeden von uns überwachen können. Und bei Bedarf ausschalten. Liquidieren. Und die dann wieder heimkehren zu ihrem Besitzer für ihren nächsten Auftrag. Keine Bedenken, keine Gewissensbisse, keine Schwächen.

„Aber das ist doch nur Zukunftsmusik, nichts anderes“, versuchte Alex abzuschwächen. „Es ist bisher niemandem gelungen, ein dreidimensionales Objekt unsichtbar zu machen.“

„Das zeigt nur, dass Sie keine Ahnung haben“, gab Meisinger zurück. „Inzwischen können Sie die Experimente und ihre Ergebnisse bereits auf YouTube sehen. Als Winter im März 2010 die Karlsruher Forscher besuchte, hatten die bereits einen Quantensprung hinter sich. Nach den ersten Schritten mithilfe der sogenannten Metamaterialien war es ihnen gelungen, Tarnkappen zu konstruieren, die einfallendes Licht um sich herumlenken können. Hatte das zuvor nur im zweidimensionalen Raum funktioniert, waren die Forscher am Karlsruher Institute of Technology im Frühjahr 2010 so weit, dass ihre Tarnvorrichtung dreidimensionale Objekte versteckte, und zwar in einem Bereich, der sich nahe am sichtbaren Licht befindet.“

„Davon habe ich damals auch gelesen, aber dabei handelte es sich doch um mikroskopisch kleine Objekte von einigen Tausendstel Millimetern und nicht um große Drohnen.“ Alexandra schüttelte den Kopf. „Winter wird also in Karlsruhe nicht viel Glück gehabt haben."

„Mein Gott, seid ihr naiv!" Meisinger schaute Buschmann ungläubig an. „Glauben Sie wirklich, dass diese Ergebnisse ungefiltert an die Öffentlichkeit gelangen? Nur ein kleiner Teil der Ergebnisse wurde damals publik. Das nennt man zweckdienliche Veröffentlichung. Wer zwischen den Zeilen der Medienberichte lesen konnte, dem war klar, wohin die Reise ging. Da hieß es zwar noch sehr allgemein, ‚die Karlsruher Tarnkappe kann prinzipiell auch größer gebaut werden' und ‚die Gesetze der Physik stehen einer Vergrößerung der Tarnkappe nicht im Wege', man stellte aber gleichzeitig klar, dass die ‚Konstruktion einer Tarnvorrichtung, die einen Menschen oder noch Größeres verstecken könnte, derzeit eine wohl kaum überwindbare technische Hürde darstellen würde'."

„Na eben, sage ich ja", warf Alexandra ein.

„Und ich dachte immer, Pokerspieler gehören nicht zu den leichtgläubigen Menschen, die vertrauen nur ihrem Gedächtnis und den Karten, die auf dem Tisch liegen. Wer damals ein wenig tiefer nachgegraben hat, der stieß auf Aussagen wie ‚Die Versuche, dreidimensionale Objekte im sichtbaren Licht zu tarnen, könnten nach Meinung der Forscher bereits in fünf bis zehn Jahren erfolgreich sein'. Von der zweiten Gruppe in Kalifornien hörte man damals dazu gar nichts. Zehn Jahre sind seither vergangen … Fällt Ihnen noch immer nichts auf?"

„Wer sagt, dass Winter jemals so weit gekommen ist, eine seiner Drohnen unsichtbar zu machen?", wollte Landorff von ihr wissen.

„Der Kaufpreis von 950 Millionen Euro für sein Firmenkonglomerat", antwortete Meisinger lakonisch. „Oder glauben Sie, dass sonst jemand diese Summe für eine einfache Drohnenproduktion plus Nebenfirmen auf den Tisch gelegt hätte, selbst für intelligente Drohnen?"

Alle drei schauten schweigend über das Wasser, wo ein Junge in einem kleinen Paddelboot einem Ball nachruderte.

„Wahrscheinlich nicht", gab Landorff widerwillig zu.

„Sie sind erstaunlich gut über das Tartarus-Projekt informiert", hakte Alexandra nach, „und trotzdem haben Sie Peter Palm bei unserem Treffen gesagt, Sie hätten von dem Begriff gehört, aber nicht in Wien. Und Sie würden sich umhören. Das klang sehr unverbindlich."

„Und es war die Wahrheit. Ich habe nicht gelogen, sondern tatsächlich von Tartarus gehört, aber nicht in Wien. Und – haben Sie schon mal jemanden Verbindlichen bei den Geheimdiensten oder in den Innenministerien dieser Welt getroffen?" Wieder dieses dünne Lächeln.

„Haben Sie Peter bereits heute Nachmittag misstraut?", wollte Landorff wissen.

„Herr Landorff, ich bin in diesem Job so alt geworden, weil ich allem und jedem misstraut habe. Sie leben in einer ruhigen und geregelten Welt Ihr ruhiges und geregeltes Leben. Tut mir leid, das hat nichts mit meinem Leben zu tun. Meine Parameter sind andere, meine Prinzipien unterscheiden sich fundamental von ihren. Wien war immer schon ein heißes Pflaster, und nur weil ich mit jemandem zusammenarbeite, heißt das nicht, dass ich meine Vorsicht vergesse. Peter hat eine Scheidung hinter sich, er muss Unterhalt für drei Kinder zahlen, hat eine kostspielige Freundin und fährt ein fast neues Auto. Das macht angesichts des bekannten österreichischen Beamten-Besoldungsschemas jeden anfällig für Angebote."

So einfach war das, dachte Landorff und spürte die Enttäuschung tief drin nagen. Enttäuschung darüber, dass man in der – ach so geregelten Welt – seine Freunde so leicht verkaufte.

Für eine Handvoll Silberlinge. Der Judas-Lohn.

„Doch zurück zu Winter", fuhr Meisinger fort und riss Landorff aus seinen düsteren Gedanken. „Ich muss gestehen, ich hatte anfangs auch meine Zweifel. Ich fragte mich, ob wir ihm nicht etwas unterstellten, was vielleicht gar nicht seine Absicht war. Drohnen zu produzieren ist eines, eine Bedrohung für die gesamte Menschheit heraufzubeschwören eine ganz andere Sache. So habe ich mich näher mit Phaetus beschäftigt, das als Unternehmen bis vor einem Jahr ein markantes Firmenlogo hatte. Nämlich einen antiken Sonnenwagen, der von einem Pferd über das Firmament gezogen wird. Vor einigen Monaten jedoch änderte Winter das Logo von heute auf morgen. Aus dem Wagen wurden vier Pferde, die auf weit geschwungenen Linien über den Himmel jagten. Eine weiße, eine rote, eine schwarze und eine cremefarbene Linie, die einen gemeinsamen Ursprung haben."

„Geschmackvoll", zuckte Landorff mit den Schultern, „und nicht ungewöhnlich. Zahlreiche Unternehmen passen ihr Logo dem Zeitgeist und ihren Geschäftsfeldern an."

„Eben, das fand ich auch und grub ein wenig tiefer." Meisinger plätscherte mit ihren Füßen im Wasser wie ein kleines Kind. „Ab da wusste ich, dass Winter wusste, wohin er wollte. Die vier Pferde sind das Zeichen für die apokalyptischen Reiter aus der Offenbarung des Johannes, die Farben der Linien stimmen genau mit den Angaben in der Bibel überein. Sie sind Boten der nahenden Apokalypse, des Jüngsten Gerichts, eines der vier letzten Dinge vor dem Ende der Menschheit. Einer der wichtigsten Kommentatoren dieser Apokalypse war Andreas von Caesarea, der Erzbischof der gleichnamigen Stadt in Kappadokien. Nun, Sie haben mich heute nach den Einsatzgruppen der Geheimdienste gefragt. Die des Mossad, die grausamsten Einheiten überhaupt, heißen Caesarea."

Mit einem Mal war Landorff kalt, der warme Nachmittag weit weg und er blickte hilflos Alex an, die ihre Hand auf seine legte, als wolle sie ihn beruhigen. Doch ihm war, als hätte Stephanie Meisinger endgültig den Teppich unter den Füßen seiner Realität weggezogen.

„Also ist es wahr. Und mein Vater hat dabei tatsächlich mitgespielt?" Alex schaute Meisinger mit leeren Augen an.

Die alte Dame blickte starr über die kleinen Wellen und der Wind zerzauste ihre Haare. Doch sie merkte es nicht. Ihre Stimme war tonlos, als sie sagte: „Das war der Moment, an dem mir klar wurde, dass es Tartarus tatsächlich gab. Und dass es Winter war, der ihn aus der Hölle geholt hatte. Mithilfe Ihres Vaters."

Alle schwiegen betroffen und Landorff ging ein Gedanke nicht aus dem Kopf: Hatten seine Mörder Winter nicht an die Heizung gefesselt, ihn angezündet und zu einem Häufchen Asche verbrannt, nachdem sie ihm eine Hand abgehackt und ein Auge ausgestochen hatten?

Die Hölle hatte ihre Teufel ausgeschickt.

Tartarus hatte den vernichtet, der ihn gerufen hatte.

15. Die Million

Im Radio sang Leonard Cohen „Dance me to the end of love“ und gebannt hörten Landorff, Meisinger und Buschmann seiner heiseren, tiefen Stimme zu, froh darüber, nicht mehr reden zu müssen. Wolfgang steuerte die S-Klasse konzentriert über die Tangente in Richtung Westen, schloss sich dem Verkehrsfluss an, ohne aufzufallen.

Er schien die Ruhe selbst, doch die Blicke, die er immer wieder in den Rückspiegel warf, verrieten seine Rastlosigkeit.

„Es bleibt dabei.“ Stephanie Meisinger drehte sich um und sah Buschmann und Landorff streng an. „Keine Alleingänge. Wenn Sie sich an unsere Vereinbarungen halten, dann haben wir eine Chance. Aber nur dann. Sonst gibt es kein weiteres Kapitel in Ihrer Geschichte. Sondern nur mehr einen Nachruf.“

Landorff warf Alex einen Blick zu und konnte die Zweifel in ihrem Gesicht lesen. Er konnte es ihr nicht verdenken und fragte sich, ob er die Veröffentlichung seines Buchs jemals erleben würde.

„Naja, nur ein toter Autor ist ein guter Autor, sagt meine Agentin“, ließ er Meisinger lakonisch wissen. „Die wollte mich schon öffentlichkeitswirksam am Jakobsweg mit Pilgerstab in der wettergegerbten Faust sterben lassen, also ist es auch schon egal.“

„Geben Sie mir ihre Adresse, die Frau klingt fähig“, war alles, was der alten Dame dazu einfiel und Landorff schwieg gekränkt. „Gregory Winter wurde ermordet, weil er ein doppeltes Spiel spielte. Davon bin ich überzeugt. Ich habe nur noch nicht herausgefunden, welches Spiel. Daher müssen wir da ansetzen. Ich bin sicher, die CIA und der Mossad sind bereits auf Ihrer Fährte und die deutsche Polizei wird in der Zwischenzeit auch nicht untätig gewesen sein. Dazu kommt Peter Palm, der mehr über Sie weiß, als Sie glauben. Und auf den in der Zwischenzeit zwei Killer und der dazugehörige Geheimdienst ebenfalls nicht mehr so gut zu sprechen sein werden. Also auf in die Offensive. Je öffentlicher Sie agieren, desto schwieriger wird es für alle.

Wir zwingen sie damit, sich aus der Deckung zu wagen und zu handeln.“

„Und wir beide sitzen auf dem Präsentierteller“, wandte Landorff ein. Meisinger reagierte darauf nicht. „Außerdem sollten Sie Ihr Buch weiterschreiben, sonst hat Ihre Agentin nichts zu verkaufen.“

„Sie meinen, bevor ich tot bin?“, versuchte es Landorff mit einem Scherz.

„Ganz genau. Oder danach.“ Die alte Dame war unerschütterlich und brachte selbst Wolfgang zum Schmunzeln.

Wenig später waren sie bei Gaby angekommen. Die Hundemeute tobte sofort los, als Landorff auf die Klingel drückte.

„Wirksamer als jede Alarmanlage“, nickte Meisinger anerkennend. „Sie haben Ihren Wagen im Garten geparkt? Der beste Platz. Wolfgang?“

Der Chauffeur trennte sich von Schlüssel und Papieren und man konnte es ihm ansehen, wie schwer es ihm fiel. Er wollte noch etwas sagen, überlegte es sich jedoch und trabte los in den Garten.

Wenige Minuten später rollten Landorff und Buschmann in dem schweren Mercedes die abschüssige Straße in Richtung Westautobahn.

„Ich hoffe, Wolfgang behandelt meinen BMW Alpina gut“, seufzte Alex hoffnungsvoll, „der war das Preisgeld des letzten großen Turniers in Brüssel.“

„So gut wie wir seinen Mercedes“, beruhigte sie Landorff. „Ich bin auf jeden Fall zum ersten Mal mit einem Diplomatenkennzeichen unterwegs. Und in einer neuen S-Klasse.“

Nach den Kurven bis zum Maurer Hauptplatz wurde die Straße gerade und der Verkehr dünnte aus. Also gab Landorff Gas und erschrak angesichts der brutalen Beschleunigung, die der Mercedes offenbar mühelos an den Tag legte.

„Das ist keine normale S-Klasse, das ist ein AMG“, meinte er anerkennend. „Ich glaube, wir haben gar keinen so schlechten Tausch gemacht. Der finnische Botschafter ist ein Kenner. Knappe 600 PS. Damit können wir fast allem davonfahren.“

„Unsere letzte Rückversicherung im Ernstfall, der hoffentlich nie eintritt", nickte Alex.

Landorff kontrollierte im Rückspiegel, ob ihnen jemand folgte, doch es waren erfreulicherweise keine Autos zu sehen. „Und glaub mir, ich kann im Moment gar nicht genug Rückversicherungen im Ärmel haben. Was Meisinger einen Plan nennt, ist eher ein Selbstmordkommando: *Spazieren Sie offen in der Gegend herum und warten Sie ab, wer sich als Nächstes meldet.*"

„Immerhin verschwinden wir im Dunkel der Nacht, zumindest in ein paar Stunden", beruhigte ihn Alex und schaute zum tiefblauen Himmel. „Dann sehen auch Spionagesatelliten nichts mehr."

„Dein Wort in Gottes Ohr. Schön langsam habe ich den Eindruck, dass alle unsere Schritte verfolgt werden. Wir spielen die Hauptrolle in einem Theaterstück, das wir nicht kennen, auf irgendeinem Monitor in einer Geheimdienstzentrale, in die wir nie lebend reinkommen, irgendwo auf dieser Welt, die sich mit einem Mal völlig verändert hat. Blödes Gefühl. Weil *die* kennen das Szenario und *wir* haben nicht einmal den Pausenzettel in der Hand."

Alex lehnte sich zurück und seufzte. „Ach was, vielleicht kennen die es auch nicht und reagieren alle nur panisch. Wer weiß, was Winter denen für Versprechungen gemacht hat? Was ist wahr an Tartarus? Was ist bereits Realität geworden und was reines Wunschdenken?" Sie fuhr ihren Sitz weiter nach hinten. „Vergiss nicht, Gregory Winter hat uns ins Spiel gebracht und wir wissen bis heute nicht, warum. Hatte er plötzlich ein schlechtes Gewissen?" Alex zog die Augenbrauen hoch und sah Landorff fragend an.

„Das glaubst du doch selbst nicht, nach dem, was Meisinger uns erzählt hat. Winter war Geschäftsmann durch und durch. Wenn er uns tatsächlich bewusst einplante in seine geheimen Unternehmungen, dann zu einem ganz bestimmten Zweck. Und der war sicher nicht selbstlos." Landorff bog auf die Westausfahrt Wiens ein und bemühte sich peinlich genau, die vorgeschriebenen 70 km/h nicht zu überschreiten. Ein Strafzettel oder der Blitz einer Radarfalle waren das Letzte, was sie jetzt brauchen konnten.

„Die Geschichte von der Lebensversicherung können wir also vergessen", fuhr er fort,

„die gab es nie. Diese Roni Abitol wollte den Tod Winters nicht wegen einer Prämie untersuchen, sondern … ja, warum eigentlich?"

„Denken wir logisch", meinte Alex. „Wenn die Israelis seinen Tod untersuchen wollen, dann waren nicht sie es, die ihn umgebracht haben."

Landorff gab ihr im Stillen recht und ärgerte sich darüber, dass er nicht darauf gekommen war.

„Also wurden sie davon genauso überrascht wie alle anderen", fuhr sie fort, „und so stand tags darauf auch schon der Mossad in Person dieser Abitol auf der Matte, die auf Versicherungsdetektivin machte, aber eigentlich nicht mit dir zusammenarbeiten wollte. Was auch darauf hinweist, dass sie kein kleines Licht beim Mossad sein dürfte. Die schicken sicher nicht Anfänger nach München, wenn es um etwas so wichtiges wie das Tartarus-Projekt geht."

„Korrekt. Bin ganz bei dir. Da setzt sich schon die höhere Ebene in Bewegung." Die Autobahn hatte begonnen und Landorff programmierte den Tempomaten auf 140 km/h, auf die Toleranz der österreichischen Polizei vertrauend. Ein Blick in den Rückspiegel beruhigte ihn.

Andererseits … sah man Drohnen im Rückspiegel?

„Also hat Winters Tod die Israelis aufgeschreckt, sie genauso unvorbereitet getroffen wie etwa uns einfache Partybesucher", folgerte Alex weiter.

„Und der BND?", warf Landorff ein. „Der war von Anfang an nicht dabei, weil Tartarus angeblich zu weit oben angesiedelt war. Warum haben die Deutschen nicht zugegriffen bei Winters Drohnenprojekt? Weil sie keinen Krieg führen? Weil sie Bedenken hatten?"

Alexandra Buschmann machte ein abschätziges Gesicht. „Das glaubst du jetzt selbst nicht, oder?"

„Wenn also die Deutschen nicht dabei sind“, fuhr Landorff unbeirrt fort, „wie ist es dann mit dem Rest Europas?“

„Hat Meisinger nicht von den Finnen berichtet, die sich einer Anti-Tartarus-Allianz angeschlossen haben?“ Alex hielt ihre Hand hoch und begann an den Fingern abzuzählen. „Der BND wurde gestoppt und zum Zuschauer degradiert, die Israelis waren überrascht, die Österreicher nur am Rande informiert, der FSB hingegen wahrscheinlich genau im Bilde. Denk an Anatoliy, den Ex-KGB-Mann. Dem war Tartarus schon vorher bekannt, und wenn er es wusste, dann kannte es der Auslandsgeheimdienst Putins ebenso.“

„Deshalb wandte sich der BND an mich, um offiziell in der Zuschauerrolle zu bleiben, nach außen hin sauber und unbeteiligt“, nickte Landorff. „Das kann ich nachvollziehen. Aber warum sind bisher nur die Israelis auf der internationalen Bühne aufgetaucht? Wo sind alle anderen Tartarus-Jünger?“ Er tippte mit dem Finger auf den silbern glänzenden Stern im Lenkrad. „Die wirkliche Frage, die sich uns stellt, ist die: Wer war bisher noch nicht da? Und weshalb?“

„Du meinst, wer wusste vom Tod Winters schon vorher? Und wen überraschte er deshalb nicht? Die Liste ist wahrscheinlich nicht lang.“ Alex zog eines der Handys aus der Tasche, setzte eine Karte ein und schaltete es ein. „Die Leute, die ihn umbringen ließen, und alle, die davon wussten. Und ja, damit fällt, so leid es mir tut, der Mossad flach.“

„Dazu kommen alle, die von dem Mord an Winter noch nichts erfahren haben, für die er noch immer lebt und an der nächsten Drohnen-Generation arbeitet“, ergänzte Landorff. „Und wer hat den Anschlag auf mich geplant und ausgeführt?“

„Ich bin keine Hellseherin“, murmelte Alex gedankenverloren, während sie die PIN eintippte. „Die wichtigste Frage lautet nach wie vor: Warum wurde Gregory Winter eigentlich umgebracht? Die Firmengruppe war verkauft, das Geld bezahlt worden. Der Deal war perfekt und alles war gut in der besten aller Welten. Doch … es war offenbar nicht so. Vielleicht behielt Winter einen Teil der Phaetus-Unterlagen für sich, aus welchen Gründen auch immer, bis er Klarheit über die Allstarinvest erlangt hätte." Sie verstummte. „Hat sich eigentlich die Tochter Winters jemals bei dir zurückgemeldet?", erkundigte sie sich dann.

„Nein, hat sie nicht." Landorff schüttelte den Kopf. „Ist aber im Moment auch schwierig, mit unseren zahlreichen Telefonnummern."

„Also wissen wir noch immer nicht, wem Winter sein Vermögen vermacht hat."

„Aber wir werden es gleich erfahren", gab Landorff zurück und reichte Alex einen Zettel mit der Nummer.

Shaneya Winter hob nach dem dritten Läuten ab, meldete sich mit einem leisen „Ja?" und Alexandra Buschmann stellte das Telefon auf Lautsprecher.

„Hier Landorff, guten Abend. Da wir im Moment aus Vorsicht regelmäßig die Telefonnummer wechseln, wollte ich mich bei Ihnen melden. Wissen Sie schon, was im Testament Ihres Vaters stand?"

Wieder dieses leise „Ja", dann hörte man Papier rascheln, bevor Winter fortfuhr. „In dem Kuvert mit dem Testament gab es auch eine Nachricht meines Vaters an Sie."

Landorff sah Buschmann verblüfft an. „Eine Nachricht an *mich?*", stieß er nach.

„Das Kuvert war an Sie und Frau Buschmann adressiert, an Sie beide, und mit dem Testament beim Notar hinterlegt", fuhr Shaneya Winter leise fort. „Mein Vater hatte verfügt, dass ich den Umschlag an mich nehmen und ihn an Sie weiterleiten sollte. Ich lese Ihnen die Nachricht am besten vor, wenn es Ihnen recht ist?"

Wieder dieses Papierrascheln.

Landorff hatte plötzlich eine Gänsehaut, als er an den toten Winter an der Zentralheizung dachte.

„Sehr geehrter Herr Landorff, Frau Buschmann, wenn Sie dies lesen, dann bin ich tot, aber wenigstens ein Teil meines Plans hat funktioniert. Sie sind meinen Mördern und damit dem Tartarus-Projekt auf der Spur. Ich weiß, ich hätte Sie nicht unvorbereitet in ein solches Abenteuer stürzen dürfen, aber ich hatte nur sehr

wenig Zeit. Vielleicht können Sie mir das zugutehalten. Ich habe in meinem Testament verfügt, Ihnen alle Auslagen zu ersetzen und eine Million Euro als Honorar zu überweisen. Jedem von Ihnen. Das war das Mindeste, was ich tun konnte."

Shaneya Winter stockte und Landorff glaubte, sich verhört zu haben. Eine Million Honorar? Doch da fuhr die Stimme aus dem Telefon auch schon fort.

„*Wenn Sie es noch nicht getan haben, dann sollten Sie dringend mit Buschmann Senior sprechen. Er kennt viele Einzelheiten des Programms, wenn auch nicht alles. Zeigen Sie ihm diesen Brief, er kann Ihnen den Weg weisen.*"

„Das ist nicht mehr möglich", unterbrach Landorff sie. „Er ist tot, erschossen in seinem Unternehmen vom eigenen Sicherheitspersonal. Aber das konnte Ihr Vater damals nicht ahnen. Wann hat er das Schreiben bei seinem Notar deponiert?"

„Fünf Tage vor seinem Tod", gab Shaneya Winter prompt zurück. „Da änderte er auch sein Testament. Er vermachte mir rund 55 Millionen, der Rest des Geldes geht an eine Stiftung, deren Statuten mein Vater festgelegt hat."

„Er hat befürchtet, dass seine Mörder kurz vor oder unmittelbar auf der Party zuschlagen würden", meinte Landorff nachdenklich. Alex nickte.

„Das Schreiben geht noch weiter." Landorff konnte hören, wie Winters Tochter mit den Tränen kämpfte. Mit einem Mal tat sie ihm leid. Von der verwöhnten Göre war nicht mehr viel übrig geblieben.

„*Glauben Sie den Geheimdiensten kein Wort. Sie sind alle nur auf ihren Vorteil bedacht. Das Ringen um Tartarus und die damit verbundenen Technologien hielt in den letzten Monaten und Jahren Militärs, Politiker, Wissenschaftler und Terrorgruppen gleichermaßen in Atem. Hinter den Kulissen waren alle dahinter her, egal was sie heute behaupten. Schließlich habe ich das Projekt an den Meistbietenden verkauft, aber den letzten, entscheidenden Teil der Daten gut geschützt versteckt. Nennen Sie es ein Sicherheitsnetz, einen Vorsprung, den ich der Welt verschaffen wollte. Die Dokumente und Entwicklungen, die Allstarinvest gekauft hat, sind nur zu 97 Prozent vollständig. Ich wollte erst mehr über die Gruppe herausfinden, bevor ich auch noch die restlichen 3 Prozent offenlege, nämlich das Herzstück des Tartarus-Projekts.*"

„Oh, das wird die Käufer nicht wirklich gefreut haben", gab Alexandra zu bedenken. „Sie haben für die gesamte Kaufsumme nur 97 Prozent der Ware bekommen und daraufhin keinen Augenblick gezögert, um drei Mann in Schwarz zur Party loszuschicken und eine peinliche Befragung durchzuführen. Die Winter gefoltert, dann ein Auge entfernt, eine Hand abgeschnitten haben und ihn schlussendlich noch brennen sehen wollten. Da war jemand richtig sauer …"

„Viel wichtiger ist: Wann war die Unterzeichnung?", gab Landorff zu bedenken und sah instinktiv auf die Uhr. „Wie lange haben die Spezialisten der Allstarinvest gebraucht, um die fehlenden Unterlagen zu bemerken?"

„Der Vertrag wurde vor genau 16 Tagen unterzeichnet, meinte der Notar", antwortete Shaneya Winter. „Er hat in den Unterlagen nachgesehen."

„Dann waren die verdammt schnell", murmelte Landorff. „Wenn sie die fehlenden drei Prozent finden, dann ist Tartarus endgültig in unserer Welt angekommen. Oder wir kommen ihnen zuvor …"

„Mein Tod war kein Unfall, wie immer er sich auch ereignete. Finden Sie meinen Mörder", zitierte Shaneya Winter weiter, *„und überprüfen Sie, wer hinter Allstarinvest wirklich steht. Ich habe einen Verdacht, aber das genügt nicht. Buschmann Senior weiß, wo die restlichen Unterlagen versteckt liegen. Entscheiden Sie dann gemeinsam mit ihm, ob Tartarus jetzt Wirklichkeit werden soll. Über kurz oder lang können Sie ihn nicht mehr aufhalten. Die Technik schreitet immer weiter voran. Vor 75 Jahren explodierte die erste Atombombe und wir haben gelernt damit zu leben, haben von der Atomkraft profitiert. Die Menschheit wird auch lernen, mit Tartarus zu leben, ihn zu nutzen und aus den Erkenntnissen zu lernen."*

„Bullshit!", entfuhr es Alex.

„Können Sie Fotos der Seiten machen und mir schicken?",

fragte Landorff. „Meine E-Mail-Adresse steht auf der Visitenkarte."

„Ja … das mache ich gleich", erwiderte Winters Tochter etwas zögernd. „Was werden Sie nun unternehmen?"

„Besser, Sie wissen es nicht", meinte Alex kurz angebunden. „Wir melden uns bestimmt bei Ihnen." Und beendete das Telefonat.

Für die nächsten Minuten hing jeder seinen Gedanken nach. Die tief stehende Sonne tauchte die Betonfahrbahn in ein goldenes Licht, während Ö3 im Autoradio eine Art Wunschkonzert für Selbstmörder spielte. Depressionsmusik aus allen Ländern, dachte Landorff, das färbt mit der Zeit aufs Gemüt ab.

„18 Jahre alt und 55 Millionen schwer", meinte schließlich Alex und seufzte. „Kann einem schon schlecht gehen."

Es waren diesen einfache Statements, die Landorff wieder auf den Boden der Tatsachen zurückholten. Alex hatte ja so recht. Er blickte aus dem Seitenfenster ins Dunkel. „Dazu 900 Millionen in einer Stiftung geparkt … Für die Summe kenne ich auf Anhieb zwanzig Leute, die ihr Land verraten, ihre Großmutter verkaufen, ihren Namen verleugnen und ihre Seele dem Teufel verschreiben würden."

„Deine Agentin Melissa würde jetzt sagen, du kennst ja auch nicht mehr", ergänzte Alexandra grinsend. Dann lehnte sie sich zurück und schloss die Augen.

Die Ausfahrt Enns flog vorbei und Landorff beneidete Alex um ihre Ruhe. Vielleicht hatten Pokerspieler ja Nerven wie Stahlseile. Ihn jedenfalls hatte der Anschlag tiefer getroffen, als er zugeben wollte. Armer Matze, dachte er erneut und machte sich Vorwürfe. Er sah die Metallteile fliegen, die Stichflamme der Explosion, hörte das Glas bersten und Menschen in Panik aufschreien …

Landorff war hellwach, alle Antennen waren auf Empfang gestellt. Am liebsten hätte er mit Martina telefoniert, aber das wäre fatal gewesen. Er hätte sich nie verzeihen können, wenn ihr etwas geschehen wäre.

Und wohin nun?

Zurück nach Deutschland?

Dafür bin ich noch nicht bereit, dachte er, auch wenn jetzt Frau Meisinger die Augen verdrehen würde.

„CIA und Mossad werden noch etwas auf uns warten müssen und die deutschen Kollegen vom BND ebenfalls", murmelte er und spürte den Zorn aufsteigen. Winter, Meisinger, Buschmann Senior, Peter Palm, die Geheimdienste – alle schoben ihn über ein unsichtbares Schachbrett, wie immer es ihnen beliebte. Und wenn er nicht zum richtigen Sprung ansetzte, dann half man mit Sprengstoff etwas nach.

„Hast du etwas gesagt?", schreckte Alexandra hoch.

„Mir reicht's. Ich will endlich das Spiel kennenlernen, in das Winter uns geworfen hat. Wir sollen seinen Mörder finden und hinter die Fassade der Allstarinvest schauen, aber ich will zumindest die Regeln verstehen, nach denen die anderen spielen. Und wer mit uns am Tisch sitzt. Seit dem Abend auf der Party reagieren wir nur mehr wie ferngesteuert. Ich komme mir vor wie eine Marionette. Aber zum Kappen der Schnüre brauche ich etwas Ruhe und nicht einen Pistolenlauf im Nacken oder eine tickende Bombe unter dem Fahrersitz."

Da waren sie wieder, der bittere Geschmack im Mund und die schwarzen Gedanken im Kopf. „Außerdem wird es langsam Abend. Die österreichischen Gasthöfe und Pensionen schließen früh und ich will sicher nicht im Auto schlafen."

Alexandra Buschmann nickte stumm und rieb sich gähnend die Augen.

„Also brauchen wir einen sicheren Platz für die Nacht. Entgegen der Ansicht meiner Agentin hänge ich nämlich noch immer am Leben. Oder an dem kargen Rest, der noch übrig ist, wie Meisinger angesichts unserer Situation trocken feststellen würde."

„Also wohin?" Alexandra klang müde.

„Darum kreisen meine Gedanken, seit wir Wien verlassen haben. Meisinger erwartet, dass wir schnellstmöglich nach München zurückfahren und die Lockvögel spielen."

„Du traust ihr nicht?", wollte Alexandra wissen.

„Sie ist die Einzige, der ich in diesem ganzen Durcheinander im Moment überhaupt traue", erwiderte Landorff. „Aber da draußen warten Jäger im Dunkeln, die viel mehr wissen als wir, als Meisinger, als unser biederer Kommissar Kroning. Die drei Killer sind noch immer los. Sie sind skrupellos, sie belauern uns, sie misstrauen jedem, denn sie haben nichts zu verlieren. Sie gehören zu Geheimdiensten, zur militärischen Abwehr, vielleicht zu privaten Söldnereinheiten, zu Sicherheitsdiensten von Konzernen oder zu konkurrierenden Interessengruppen. Sie warten auf den Fehler der anderen …" Kontrollblick in den Rückspiegel. „Oder, anders gesagt, auf unseren ersten falschen Schritt."

Alex starrte wortlos durch die Windschutzscheibe auf die Autobahn.

„Das Tartarus-Projekt sei böse, sagte Anatoliy, es sei das Ende aller Freiheit", fuhr Landorff fort. „Vielleicht hat das Winter nicht so dramatisch gesehen, aber nehmen wir einmal an, Anatoliy wusste, wovon er sprach. Glaubst du, dann nehmen die Wölfe da draußen Rücksicht auf zwei kleine Küken, die aus Zufall und Unwissenheit in der Arena des Hahnenkampfs gelandet sind? Die schnippen uns einfach weg und verschwenden keinen weiteren Gedanken an uns. Das hat die Explosion gestern gezeigt. Ein paar Leichen mehr oder weniger – was macht das schon?"

„Wahrscheinlich nicht wirklich viel", seufzte Alexandra.

„Und du bist spurlos verschwunden", ergänzte Landorff. „Spätestens seit heute Mittag haben sie uns aus den Augen verloren. Genau deshalb leben wir noch, auch wenn ich mir den Anschlag auf Anatoliy nicht wirklich erklären kann. Meisinger hat sicher recht mit ihrem Plan, etwas Bewegung ins Geschehen zu bringen und uns daher als überraschenden Katalysator zu verwenden. Aber sei ehrlich. Was wissen wir schon? Wir tappen im Dunkeln, schieben Vermutungen von links nach rechts und wissen nicht mal, wer an dem Tartarus-Projekt überhaupt beteiligt ist."

„Das hat Winter in seiner Nachricht an uns nämlich auch nicht geschrieben", ergänzte Buschmann. „Dazu hatte er vielleicht zu große Angst."

„Ein Anschlag ist missglückt, das passiert denen kein zweites

Mal“, meinte Landorff grimmig. „Den nächsten Tod sterben wir sicher.“

„Wir brauchen also ein Versteck, Zeit, Ruhe und einen Insider“, fasste Alex zusammen. „Alles Dinge, die wir nicht haben.“

„Was hast du gerade gesagt?“, schreckte Landorff hoch.

„Dass wir ein Versteck brauchen, dazu Zeit, Ruhe und einen Insider“, widerholte Buschmann leicht verwirrt und sah Landorff besorgt an. „Wieso?“

„Einen Insider …“, murmelte Landorff vor sich hin. „Daran habe ich auch schon gedacht. Aber so sehr ich mir den Kopf zerbreche, ich kenne keinen.“ Er trommelte mit den Fingerspitzen auf das Lenkrad. „Ich glaube, wir sollten eine Zwischenbilanz ziehen, um klar zu sehen. Winters Unternehmen produzierte Drohnen aller Art, zivile und militärische, große und winzige, fliegende, krabbelnde und tauchende. Damit machte er ein Vermögen. Um ihnen eine künstliche Intelligenz zu verpassen, arbeitete er mit deinem Vater zusammen. So mutierten sie zu denkenden Drohnen. Schenkt man Meisinger Glauben, dann war der nächste Schritt, an dem Winter arbeitete, die unsichtbare, denkende Drohne. Das Tartarus-Projekt. Mit wem er daran zusammenarbeitete, außer mit deinem Vater, wissen wir nicht. Und genau dieser letzte Schritt ist der fehlende Teil des Projekts, den er versteckt hatte, bevor man ihn umbrachte. Vielleicht war er sich doch nicht so sicher, was Tartarus und die Käufer betraf. Nur – dein Vater kann uns auch nicht mehr helfen, die Dokumente zu finden.“

Alexandra nickte. „Allein hat Winter das sicher nicht gestemmt, schon gar nicht vom wissenschaftlichen Entwicklungsprogramm her. Dazu braucht man Universitäten, Forschungsinstitute, Jahre Zeit.“

„Eben“, stimmte ihr Landorff zu. „Er kann am Ende also nur bei Forschern gelandet sein, die bereits seit Langem an dem Thema Unsichtbarkeit arbeiten. So viel Auswahl gibt es da weltweit nicht.“

„Oder er landete bei einem Nerd, einem Freak, einem Besessenen, dem aus Zufall das gelang, woran andere ihr halbes Leben lang forschten", gab Alex zu bedenken. „Vielleicht machte er es bei der Unsichtbarkeit wie bei seinen anderen Programmen. Er gab die Arbeiten an verschiedene Institute aus, die nichts voneinander wussten, und fasste danach alles in seiner Hand zusammen. Auch mithilfe meines Vaters. Wollte er nicht nach der Party nach Indien fliegen?"

Buschmann nagte an ihrer Unterlippe und Landorff konnte sehen, wie es in ihr arbeitete.

„Tartarus mit seiner Unsichtbarkeit ist ein Quantensprung. Künstliche Intelligenz hat kein Limit, sagte mein Vater stets. Sie hänge nur von der Komplexität der neuronalen Netze ab. Er behauptete auch, ab 2030 sei der Mensch bei vielen Abläufen nur mehr störendes Beiwerk, weil Maschinen dann bereits alles besser können. Und niemals einen Fehler machen."

„Entscheiden sie dann auch über Leben und Tod?", warf Landorff ein. „Vielleicht war es das, was Länder wie Deutschland oder Finnland motiviert und davon abgehalten hat, bei Tartarus einzusteigen."

„Und wer sagt, dass sie es nicht getan haben? Und jetzt nur stinksauer sind, weil sie beim Bieterverfahren verloren haben? Trauen Sie den Geheimdiensten nicht, warnte uns Winter wohl nicht ohne Grund." Alex lächelte dünn. „Wir müssen mehr über den Einsatz künstlicher Intelligenz bei internationalen Militärprojekten und den Stand der Dinge bei der Erforschung der Unsichtbarkeit erfahren. Wie ich schon sagte, wir brauchen ein Versteck, Zeit, Ruhe und einen Insider."

„Träum weiter", gab Landorff zurück. „Zeit? Wir haben maximal ein paar Tage, bis jemand die restlichen Dokumente findet und damit auch der letzte Teil des Tartarus-Projekts bekannt wird. Ruhe? Die hab ich gefühlt vor zehn Jahren zum letzten Mal gehabt. Dein Versteck hält keine 24 Stunden und wo sollen wir hier einen Insider finden? Das ist die österreichische Provinz und nicht Silicon Valley. Ach ja, und solltest du die Idee haben, in die Firma deines Vaters zurückzukehren … vertrau mir, du kommst lebend nicht einmal bis zum Tor."

*

„Wir haben Sie!“

Der junge Mann vor dem großen Bildschirm rückte aufgeregt seine Brille zurecht und hämmerte hektisch auf seiner Tastatur. „Wir haben das Telefon von Shaneya Winter überwacht. Und die hat vor Kurzem mit einer deutschen Mobilnummer in Österreich telefoniert. Ein Prepaid-Handy, aber die Nummer ist zehn Jahre alt, keinem Namen zugeordnet und steht auf einer schwarzen Liste mit gestohlenen Telefonkarten.“

„Das müssen sie sein, außerdem ist das unser einziger Hinweis“, nickte Roni Abitol. „Entweder das oder wir haben sie endgültig verloren. Und das melden *Sie* nach Tel Aviv und sicher nicht ich.“ Mit energischen Strichen kreuzte sie die kleinen gezeichneten Männchen auf der Schreibunterlage durch. „Und dann können Sie Ihre Koffer packen und einen Flug nach N'Djamena buchen. Der Tschad ist ganz reizend um diese Jahreszeit … Also beten Sie, dass sie es sind.“

„Sie fahren auf der Westautobahn in Richtung Salzburg, letzte Aktivität war in einer Funkzelle bei Vorchdorf. Das Mobiltelefon ist nach wie vor eingeschaltet.“

„Dann beten Sie gleich nochmals, dass es so bleibt.“ Die brünette Frau war bereits aufgesprungen, schnappte sich eine bereitstehende Sporttasche und lief mit den Worten „Sie halten mich auf dem Laufenden!“ los. Minuten später sprang sie in ihren Audi und verließ mit quietschenden Reifen den Hof der israelischen Botschaft.

*

Michael Landorff sah aus den Augenwinkeln die Ausfahrt „Regau“ im Halbdunkel vorbeihuschen. Er hatte noch immer keine Ahnung, wo sie sich verstecken sollten. Für den Moment bot ihnen der Wagen einen Schutz, war ein Kokon, den er ungern aufgeben würde. Doch in diesem Moment schaltete sich das Radio des Mercedes leise ein und aus den Lautsprechern ertönte ein Klingeln.

„Was zum Teufel ist das?", fuhr Alexandra herum und Landorff sah die Panik in ihren Augen.

Es klingelte erneut.

Landorff blickte völlig verwirrt auf das Armaturenbrett, aber es war keine Fehlermeldung oder Telefonanzeige zu sehen.

Es klingelte ein drittes Mal. Laut und durchdringend. Endlich sah er auf dem Lenkrad einen Knopf mit einem Telefonsymbol und drückte drauf, ohne lang nachzudenken.

„Ja?", meldete er sich.

„Nehmen Sie die nächste Ausfahrt", erklang die Stimme von Stephanie Meisinger aus den Lautsprechern. „Das müsste Schörfling am Attersee sein. Drehen Sie um, fahren Sie zurück in Richtung Wien, dann nehmen Sie die Abfahrt Regau. Benutzen Sie die Navigation des Mercedes und nicht Ihr Smartphone für den weiteren Weg."

„Was soll das?", ärgerte sich Landorff. „Haben Sie uns seit Wien auf dem Schirm?"

„Glauben Sie, ich lasse zwei Amateure unbeaufsichtigt durch die Landschaft tapsen, während alle Welt nach ihnen sucht? Sie sollten mir danken und sich sicherer fühlen."

„Und warum tue ich das ganz und gar nicht?", gab Landorff bissig zurück.

„Selber schuld", meinte Meisinger kühl. „Geben Sie in die Navigation Großalm 44 in Neukirchen bei Altmünster ein. Da fahren Sie aber nicht hin. Sie verlassen die Straße bereits 500 Meter vorher. Auf der rechten Seite befindet sich ein Fluss-Wehr, auf der linken zweigt eine Straße in den Wald ab. Die nehmen Sie. Wenige Hundert Meter später teilt sich der Weg, Sie nehmen den linken und parken den Wagen unter den Bäumen. Folgen Sie dem Waldrand bergauf bis zu einem alleinstehenden Bauernhaus mit rotem Dach. Es ist übrigens der Katzengrabenwald."

„Klingt nicht vertrauenerweckend", warf Landorff ein.

„Ist es auch nicht. Er bekam den Namen, weil die Bauern der Gegend die überzähligen Katzen dort im Bach ertränkten."

„Und was sollen wir dort?", erkundigte sich Alexandra stirnrunzelnd.

„Haben Sie nicht nach einem Versteck, einem Spezialisten und ein wenig Zeit gesucht? Nun, ich habe alles für Sie gefunden."

„Hören Sie uns etwa ab?" Jetzt war Landorff richtig wütend.

„Sie müssen noch viel lernen", gab Meisinger ungerührt zurück. „Sagt Ihnen General Qasem Soleimani etwas? Er wurde Anfang Januar 2020 mit seinen Begleitern auf der Fahrt zum Flughafen Bagdad durch Raketen getötet, die eine Drohne auf den Fahrzeugkonvoi abfeuerte. Die Welt stand plötzlich am Rande eines Krieges USA – Iran."

„Ich erinnere mich nur zu gut", gab Landorff zurück.

„Da es ein konventionelles Kampfdrohnenmodell der US Air Force war, saß jemand am Steuerknüppel und drückte im richtigen Moment auf den Knopf. Die CIA brachte den Operator angesichts der politischen Entwicklungen nach dem Anschlag in Sicherheit. Der iranische Geheimdienst setzte nämlich alle Hebel in Bewegung, um eine publizistisch und politisch verwertbare Geiselnahme zu inszenieren, bevor man vor laufenden Kameras das Todesurteil vollzogen hätte."

„Lassen Sie mich raten. Sie brachten ihn nach Österreich?"

„Das war jetzt nicht mehr schwer zu erraten", stellte Meisinger lakonisch fest. „Der Operator ist eine junge Frau. Sie erwartet Sie. Und noch etwas, das Ihnen gefallen und sich in Ihrem Buch gut machen wird: Der Name des Drohnenmodells, das Soleimani liquidiert hat, lautet Reaper. Auf Deutsch – der Sensenmann.

*

„Sie haben gewendet!"

„Geht das etwas genauer?" Roni Abitol klemmte rasch ihr Smartphone in die Halterung und stellte auf laut.

„Sie fahren zurück auf der A1 in Richtung Regau. Das Telefon ist immer noch aktiv. Sie werden unvorsichtig."

„Noch ein Gebet, dass das auch so bleibt", erwiderte Abitol. „Ich bin erst bei St.Pölten, aber mir ist etwas eingefallen. Fährt Meisinger nicht den Mercedes des finnischen Botschafters? Starten Sie eine dringliche offizielle Anfrage an die Botschaft, ob der

Wagen ein Telefon hat. Wenn ja – und ich wette darauf –, dann ersuchen wir um die Nummer. Weisen Sie darauf hin, dass die Sache wichtig ist, von mir aus bedienen Sie sich auch informeller Kanäle. Aber kümmern Sie sich jetzt darum!"

„Ist gut", antwortete der Operator. „Was soll ich als Grund angeben?"

„Unsere Botschaft möchte dringend mit Meisinger in Kontakt treten", grinste Abitol. „Sie ist aber unterwegs und hat ihr persönliches Handy nicht eingeschaltet. Das müsste genügen."

*

„Was heißt, das Handy war die ganze Zeit über eingeschalten?" Landorff sah Buschmann alarmiert an. „Seit wir mit Shaneya Winter telefoniert haben?"

Alexandra nickte schuldbewusst. „Ich hab einfach vergessen, es wieder auszuschalten …"

„Na ja, auch schon egal", zuckte Landorff die Schultern. „Meisinger hat uns am Schirm, hört uns sogar ab und ich bin sicher, alle anderen Mitspieler haben inzwischen ihre ganz persönliche Möglichkeit gefunden, sich einzuklinken. Ab jetzt können wir nur mehr … schneller sein." Er zwinkerte seiner Beifahrerin zu. „Nicht nur Alexa hört mit", schmunzelte er.

Dann griff er nach einem Stift, schrieb in seine Handfläche „Alles andere außerhalb des Autos" und ließ es Alexandra lesen.

Minuten später lag auch schon die Ausfahrt Regau vor ihnen und der Mercedes rollte über die geschwungene Rampe auf die Bundesstraße.

Buschmann schaltete die Routenführung der Navigation ein. „16,2 km und 17 Minuten bis zur Ankunft", las sie vom Display.

„Plus Waldweg und Fußmarsch entlang des Katzengrabenwaldes", erinnerte sie Landorff, „bis zum Bauernhaus mit einem roten Dach und einer Frau, die Menschen durch einen Druck auf den roten Knopf tötet, damit vielleicht einen Krieg auslöst und die Welt ins Chaos stürzt. Einfach so."

16. Office39

Die Dämmerung verschwand mit dem letzten Tageslicht gegen Westen, vom Osten her war die Nacht heraufgezogen und die ersten dünnen Herbstnebel stiegen wie Schleier vom Tal herauf, von einem fast vollen Mond geisterhaft beleuchtet. Die Lichtung, an der Landorff und Buschmann entlanggingen, war groß und von dichtem Wald eingerahmt. Es war still, nur das Rascheln ihrer Schritte im hohen Gras war zu hören. Irgendwann hatten sie den schmalen Pfad verloren, der sich bergan schlängelte, immer den Wald entlang, und waren quer über die Wiese gegangen.

Das kleine Bauernhaus, das wie aus einem Defregger-Gemälde vor ihnen lag, schien verlassen. Alle Fenster waren dunkel. Es mochte ein Ausgedinge-Haus gewesen sein, in das sich die Altbauern zurückzogen, nachdem die Jungen übernommen hatten. Ein imposanter Rosenstock am Eck des Steinhauses leuchtete mit seinen großen roten Blüten. Die altersschwache Bank daneben schien sich an die Hauswand zu lehnen, um Halt zu suchen. Das hohe Gras wuchs fast bis ganz ans Haus.

„Bist du sicher, dass wir hier richtig sind?“, fragte Alexandra leise und blickte sich um. „Die Gegend ist wunderschön, aber …“

„Aber?“, stieß Landorff nach.

„Aber es ist so ruhig und verlassen. Einen *safe place*, an dem die CIA eine gefährdete Drohnenpilotin unterbringt, hab ich mir immer irgendwie anders vorgestellt. Zentral gelegen, in einem anonymen Hochhaus einer europäischen Metropole etwa. Im 14. Stock, kein Türschild. Und in der angrenzenden Wohnung hat der Personenschutz sein Quartier aufgeschlagen.“

„Das kommt gut in Filmen“, lächelte Landorff. „Besser als Landluft und weidende Kühe, oberösterreichische Abgeschiedenheit und ein uriges Bauernhaus am Waldrand. Da denken alle an Heidi und den Almöhi, aber nicht an Agenten, Geheimdienste oder Drohnenpiloten. Genau deshalb ist es die ideale Tarnung. Ich wette, Meisinger hat das ganz bewusst eingefädelt.“

Sie waren bei dem Haus angelangt und Alexandra klopfte an die rissige Holztür.

Keine Reaktion. Alles blieb still.

Landorff drückte versuchshalber die Klinke herunter, doch die Tür war abgeschlossen.

„Und jetzt? Ich dachte, Meisinger hat uns angekündigt?" Buschmann klang genervt und Landorff konnte es ihr nicht verdenken.

„Setzen wir uns auf die Bank und halten Kriegsrat", entschied er kurz entschlossen. „Ich hoffe, das windschiefe Ding hält uns beide aus …"

Das Fenster direkt hinter der Bank war dunkel, und als Alexandra die Stirn an die Glasscheibe legte und versuchte, ins Innere des Hauses zu schauen, schüttelte sie nur den Kopf. „Nichts zu erkennen …"

„Das da hinten, in der Mitte der großen Lichtung, sieht aus wie ein Bauernhof", meinte Landorff und zeigte ins Dunkel.

„Oder drei vergessene Heuschober im Nirgendwo", gab Buschmann lakonisch zurück und ließ sich neben ihm auf die Bank fallen, die ein verräterisches Knacken von sich gab. „Als Versteck mag das hier ja genial sein, aber auf mich wirkt es eher deprimierend. Und wir wissen noch immer nicht, wo wir heute Nacht schlafen sollen. Es wird langsam kühl, die Expertin ist spurlos verschwunden und, lass mich raten …", sie zog das Handy aus der Tasche und warf einen Blick drauf, „… von Empfang keine Spur. Gute Nacht, Frau Meisinger, und danke für den Tipp. Wenn sie uns ins Abseits schicken wollte, dann ist ihr das gelungen."

Dieser Gedanke beunruhigte Landorff. Daran hatte er noch gar nicht gedacht. Vielleicht stolperte er doch noch immer zu blauäugig und vertrauensvoll durch diese …

„Keine Bewegung, schauen Sie nach vorne und ich möchte Ihre Hände sehen …"

Die leise Stimme hinter ihnen klang nicht einen Augenblick lang unsicher. Landorff spürte den Lauf einer Waffe an seinem Hinterkopf und hielt seine Hände demonstrativ ruhig.

„Wer sind Sie und was machen Sie hier?“

„Frau Meisinger hat uns angekündigt“, antwortete Alexandra. „Wir brauchen Ihre Hilfe.“ Sie starrte angestrengt nach vorn ins Dunkel und wagte nicht, sich zu rühren.

„Das kann jeder sagen, ist nicht schwer herauszufinden“, kam es prompt zurück. „Überzeugt mich nicht.“

„Mein Name ist Alexandra Buschmann und das hier ist Michael Landorff. Wir sind auf der Suche nach einem Experten für Drohnenentwicklung und gleichzeitig auf der Flucht vor …“, sie stockte, „… vor der halben Welt, meinem Gefühl nach.“

„Und dann kommen Sie ausgerechnet hierher? Mit der halben Welt im Schlepptau? Herzlichen Dank auch! Warum verschwinden Sie nicht wieder so rasch, wie Sie gekommen sind? Ich habe schon genug Probleme in meinem Leben.“

„Hat uns Frau Meisinger nun angekündigt oder nicht?“, versuchte es Landorff neuerlich.

„Sie hat mir nicht gesagt, dass zwei unbedarfte Wandervögel mit ihrem Protzauto bis fast vors Haus fahren, die letzten paar Hundert Meter über die offene Wiese spazieren und sich dann dekorativ auf die Bank mit Ausblick setzen. Ist Ihnen je die Idee gekommen, durch den Wald zu gehen, damit Sie niemand sieht? Oder unter den Bäumen zu warten, bis ich Sie hole? Oder Ihren Schlitten fünfhundert Meter früher zu parken, möglichst an einer ganz anderen Abzweigung? Ich fasse es nicht …“ Der Druck an Landorffs Kopf wurde stärker. „Was sollte mich aufhalten, Sie einfach über den Haufen zu schießen und mich wieder sicher zu fühlen?“

„Das Tartarus-Projekt.“ Die Worte hingen in der Dunkelheit wie ein Damokles-Schwert. Landorff ließ den Kopf hängen und fühlte sich mit einem Mal entsetzlich müde. „Glauben Sie mir, ich wäre viel lieber ganz woanders. Man hat versucht, mich in die Luft zu sprengen, man hat Alexandras Vater erschossen, einen Unternehmer an die Heizung gekettet und angezündet, einen Augenzeugen einbetoniert und ihm die Zunge herausgeschnitten. Glauben Sie mir, ich möchte Ihre Sicherheit nicht kompromittieren, ich würde am liebsten aufstehen, schreiend losrennen und dann ganz weit weg fahren. Aber das ist keine Lösung. Das wissen wir und das wissen Sie."

Die Stille breitete sich aus und war fast greifbar. Minutenlang sprach niemand. Dann sagte die Stimme im Fenster: „Ach, was soll's … kommen Sie rein."

Das Innere des Hauses war stockdunkel. Nachdem sich die Tür hinter ihnen geschlossen hatte, blieben Landorff und Buschmann im Flur stehen. Man konnte die Hand nicht vor Augen sehen.

„Wohin …?", setzte Landorff an, doch dann spürte er eine Hand, die tastend über seinen Körper fuhr.

„Bewegen Sie sich nicht", meinte die Stimme gleichmütig. „Sie sind älter, als ich dachte."

„Sind Sie Hellseherin?"

„Nein, ich trage ein Nachtsichtgerät. Ich habe gern den Vorteil auf meiner Seite." Landorff hörte ein Rascheln, als die Drohnenpilotin Alexandra abtastetet. „So und jetzt schalte ich die Lampen im Wohnzimmer ein. Folgen Sie einfach dem Lichtschein."

Der Raum war überraschend groß und gemütlich eingerichtet, stellte Landorff fest, als er sich auf einen der Stühle, die um den Tisch standen, fallen ließ. Ein ausladendes Sofa mit vielen Kissen und Decken, großer Fernseher, dicke Teppiche, sogar frische Blumen standen auf mehrere Vasen verteilt auf den Schränken. Doch sah man genauer hin, dann fiel auf, dass alle Scheiben der Fenster mit schwarzer Folie abgeklebt waren, damit kein Lichtschein nach draußen fiel.

Buschmann stand noch an den Tisch gelehnt und beobachtete, wie die junge Frau das Nachtsichtgerät von ihrem Kopf zog und es in einer Lade verstaute. Landorff folgte ihrem Blick, stutzte und dachte dann, die Tochter des Hauses hätte sich einen schlechten Scherz erlaubt. Das schlanke Mädchen, das sich umwandte, hätte ein Teenie auf dem Weg in die Schule sein können. Ausgewaschene Jeans, ein dunkelroter Kapuzenpulli mit der Aufschrift „I wanna be the first girl you remember and the last one you forget", helle Sneakers. Halblange blonde Haare umrahmten ein schmales Gesicht mit Sommersprossen und grün-grauen Augen, die etwas skeptisch auf die beiden Besucher blickten.

„Ein Journalist und eine Pokerspielerin also." Sie legte den Kopf schief und grinste spöttisch. „Irgendwie ein Wunder, dass Sie es bislang überlebt haben."

„Und Sie haben das Abitur noch vor sich?", gab Landorff bissig zurück.

Ihr Grinsen wurde breiter. „Danke, nehme ich als Kompliment. Früher hab ich mich immer geärgert, dass ich ständig meinen Ausweis vorzeigen musste. Inzwischen bin ich in einem Alter, in dem mich solche Bemerkungen freuen. Wollen Sie etwas trinken, wo Sie schon einmal da sind? Die Bestände sind gut gefüllt."

„Wie lange sind Sie bereits hier, Frau …?", wollte Alexandra wissen

„Seit dem 8. Januar und nennen Sie mich Mariah", gab die junge Frau zurück. „Es sollte nur für einige Wochen sein, doch dann kam das Corona-Virus dazwischen. Und nun?" Sie zuckte mit den Schultern. „Vor zwei Tagen bekam ich die Nachricht, dass ich wieder nach Rammstein einrücken soll. Morgen werde ich abgeholt und die Quarantäne ist vorbei."

„Ich dachte, die Drohne, die Soleimani tötete, wurde von der Creech Air Force Base in Nevada gesteuert?", wunderte sich Landorff. „Das schrieben alle Zeitungen."

Mariah schüttelte den Kopf. „Dort steuert man andere Drohnen", meinte sie ausweichend. „Ich bin in Rammstein stationiert, bereits seit meinem Einrücken zur Air Force vor fünf Jahren. Damals war ich zwanzig und die US-Luftwaffe suchte verzweifelt Drohnenpiloten. Der Job hatte keinen guten Ruf, immer mehr hielten den Stress nicht aus und das schlechte Ansehen in der Öffentlichkeit tat ein Übriges. Dabei arbeiten Drohnenpiloten 900 bis 1000 Stunden pro Jahr und sind damit bis zu viermal länger im Einsatz als normale Kampfpiloten. Die kommen gerade mal auf rund 250 Flugstunden. Also – Mineralwasser, Bier, Wein, Soft drinks?"

„Geht das auch etwas genauer?"

Roni Abitol blickte aus dem Fenster in die Dunkelheit. Wald, ein paar Häuser hier und da, Berge, über denen sich ein sternenklarer Himmel erstreckte. Die Abfahrt Regau lag mehr als zehn Kilometer hinter ihr. Nun fuhr sie durch ein Tal, immer südwärts, auf einer schmalen Straße entlang eines Baches.

„Nein, geht es nicht", kam die Antwort des Operators prompt. „Ich habe Ihnen die letzte Position durchgegeben. Dann gab es keine telefonische Verbindung mehr. Entweder weil das Signal zu schwach war oder weil der Wagen abgestellt wurde. Oder beides."

„Hier ist es dunkel wie im Bärenarsch, seit der Mond hinter den Bergen verschwunden ist. Außerdem zweigen kleine Straßen nach allen Seiten ab. Das ist hoffnungslos. So finden wir sie nie. Sie müssen einen Platz zum Schlafen gesucht haben …"

„Aber was machen die überhaupt da?", überlegte der Operator laut. „Das ist doch keine Gegend, wo man zufällig hinfährt."

Abitol nagte an ihrer Unterlippe. Im Stillen musste sie ihm recht geben. Hierher fuhr man zum Wandern, um Ausflüge zu machen, Pilze zu suchen oder wenn man den Trubel an den beiden nahe gelegenen Badeseen satt hatte. Und übernachten hätten sie auch in Gmunden können, näher an der Autobahn und wahrscheinlich komfortabler.

„Es gibt nur zwei Möglichkeiten", meinte sie schließlich. „Entweder haben sie etwas herausgefunden, von dem wir keine Ahnung haben, oder sie wurden von jemandem genau in diese Gegend geschickt."

„Klingt plausibel, hilft uns aber trotzdem nicht weiter. Das Beste wäre, über Nacht zu bleiben und zu versuchen, sie morgen aufzutreiben. Ich habe ein Vier-Sterne-Hotel gefunden, nur wenige Kilometer von Ihrem jetzigen Standort. Soll ich ein Zimmer reservieren und Ihnen die Koordinaten geben?"

Wenige Minuten später war Roni Abitol zum „Haus Rottenstein" unterwegs. Sie ahnte nicht, dass das Hotel genau 250 Meter von dem kleinen Bauernhaus entfernt lag, in dem Mariah ihren beiden Besuchern die Getränke einschenkte.

„Also, was wollen Sie wissen?“ Mariah saß im Schneidersitz auf dem Sofa, den Laptop auf ihren Knien und blickte stirnrunzelnd über den Bildschirm auf Landorff.

„Woher kennen Sie das Tartarus-Projekt?“

„Offiziell gar nicht, aber ich arbeite in Rammstein in einer der CIA direkt unterstellten Abteilung. Da hört man vieles. Vergessen Sie nicht, wir sind Spezialisten für Drohnensteuerung und Mitglieder einer geheimen Spezialeinheit für gezielte Tötungsaktionen. Davon unterhalten die Air Force und der Geheimdienst mehrere weltweit. Wenn es also neue Kampfdrohnen gibt, dann landen die zuerst bei uns.“

Landorff blickte sie zweifelnd an. „Verzeihen Sie, aber … Sie sprechen davon, als gäbe es ein neues Automodell in einem Computer-Rennspiel …“

„Ursprünglich kamen wir alle aus der Gamer-Community“, fuhr Mariah fort und tippte nebenbei auf dem Keyboard ihres Laptops. „Die CIA wirbt seit mehr als 20 Jahren ganz gezielt Videospiel-Talente an und bildet sie im Bombenabwurf per Fernsteuerung aus, bevor sie dann als *remotely-piloted-aircraft sensor operator* für Drohnen eines bestimmten Typs eingesetzt werden. Ich zum Beispiel wurde für die ‚MQ-9 Reaper‘ ausgebildet, eine der zuverlässigsten fliegenden Kampfdrohnen des US-Militärs. Sie wurde bereits im Jahr 2000 von einem Unternehmen namens General Atomics entwickelt und hatte ein Jahr später ihren Erstflug. Sie war größer, stärker und belastbarer als das Vorgängermodell Predator.“

„Nur um mir etwas vorzustellen, was heißt *größer*?“, fragte Landorff nach.

„Die Reaper wiegt 4760 Kilogramm, ist damit vier Mal schwerer als der Predator und kann zehn Mal so viele Waffen tragen“, dozierte Mariah. „Dazu kommen hochempfindliche Sensoren im optischen und Infrarotbereich, um potenzielle Ziele präziser zu erfassen. Sie sehen genau, wohin sie fliegen. Live und in Farbe. Ist aber nichts wirklich Neues. Bereits seit 2007 wird der Sensenmann von den USA in Afghanistan eingesetzt, gesteuert von Nevada aus.“ Sie tippte wieder für einige Sekunden.

„Vorrangig wird die Drohne zur Unterstützung der Bodentruppen eingesetzt. Offiziell sollen damit dynamische Ziele gejagt und Informationen über die Landschaft gesammelt werden."

„Und inoffiziell?"

„Kein Kommentar von meiner Seite", entschied Mariah. „Amnesty International behauptet, die USA hätten beim Einsatz bewaffneter Drohnen in Pakistan und Afghanistan immer wieder Völkerrecht gebrochen. Bei einigen Angriffen könnte es sich sogar um Kriegsverbrechen gehandelt haben."

„Steuern Sie Drohnen auch da?", wollte Alex wissen, doch Mariah schüttelte den Kopf. „Mein Einsatzgebiet ist der Nahe Osten. Syrien, Irak, Iran, der Golf von Oman.

Und bevor Sie fragen: Soleimani war ein Verbrecher, ein Krimineller, ein Auftragskiller im Namen des Revolutionsführers im Iran. Er und seine Feldzüge waren einer der Gründe, warum der Iran isoliert ist und es keine normalen Beziehungen mit dem Westen gibt. Mit seiner Hilfe hatte der Iran seinen Einfluss im Nahen Osten ausgedehnt. Mit militärischer Macht und brutaler Unterdrückung."

„Andere würden das differenzierter sehen, aber wir sind nicht gekommen, um über amerikanische Aggressionspolitik zu diskutieren", meinte Landorff diplomatisch. „Wir möchten mehr über Drohnen erfahren, über den Stand der Technik und wo Gregory Winter und seine Unternehmensgruppe Prolicks in diesem Bild ihren Platz haben."

„Nun, bisher wird jede große Kampfdrohne mindestens von einem Zweier-Team geflogen. Einem Sensor-Operator und einem Piloten. Mehr oder minder sind es unbemannte Flugzeuge, die ferngesteuert werden können oder, besser gesagt, müssen. Sie können nicht selbstständig fliegen oder töten oder zu ihrem Flughafen zurückkehren. Soviel ich weiß, wollte Winter das mit dem vermehrten Einsatz künstlicher Intelligenz ändern. Er wollte die Einsätze dadurch präziser und effektiver machen."

„Wieso präziser?", runzelte Alex die Stirn.

Mariah rückte unruhig hin und her und schien ihre Worte abzuwägen, bevor sie antwortete. „Die Technik hat zwar in den letzten Jahren riesige Fortschritte gemacht, aber die Vorstellung von ‚sauberen' Tötungen durch Drohnen hatte für lange Zeit in den Bereich der Legende gehört. Es fielen den Einsätzen auch Unschuldige zum Opfer. Nennen Sie es einen bedauerlichen Kollateralschaden. Die Drohnenpiloten können auf ihren Bildschirmen in der Schnelligkeit des Ablaufs oft kaum erkennen, ob sie einen aktiven Kämpfer, einen Zivilisten oder sogar einen Minderjährigen töten. Das führte dazu, dass viele das Drohnenprogramm der USA als Menschenjagd oder Tötungsmaschinerie bezeichneten. Mit den Entwicklungen von Prolicks hat sich das Blatt im letzten Jahr gewendet. Fliegende, denkende Computer entscheiden schneller und fehlerloser als gestresste Piloten. Und es kam noch dazu der Personalknappheit der Air Force entgegen, die nach wie vor händeringend nach Drohnenpiloten sucht."

Eine Win-win-Situation, dachte Landorff fasziniert. Die CIA muss Winter die Bude eingerannt haben. Gemeinsam mit ungefähr fünfzig anderen Luftwaffen weltweit.

Mariah tippte wieder auf ihrem Laptop.

„Aber es gibt nicht nur große Drohnen, oder?", fragte Alex.

„Ah, jetzt kommen wir zu dem Punkt, der mich bereits seit Monaten beschäftigt!" Mariah vergaß ihren Bildschirm und sah Buschmann mit großen Augen an. „Wissen Sie, wenn man viele Wochen in einem Versteck verbringt, hat man jede Menge Zeit zum Nachdenken und Grübeln." Sie fuhr sich durch die Haare und Landorff glaubte, so etwas wie Besorgnis in ihren Augen zu sehen. „Drohnen wie die Reaper sind Flugzeuge. Schwer, groß und ziemlich laut mit ihrem Düsenantrieb. Sie sind bis zu 400 km/h schnell, aber sie brauchen Waffen, um den Job zu erledigen. Raketen oder Bomben. Dann gibt es Beobachtungsdrohnen, die ein wenig wie die Hobbydrohnen aussehen und meist von Polizeikräften zur Fahndung oder Überwachung von Personen und Objekten eingesetzt werden. Und schließlich gibt es auch Mini-Drohnen. Sie sehen aus wie Stechmücken, zierlich, filigran, fast unhörbar und sind wenige Gramm leicht."

Sie drehte ihren Laptop um, damit Landorff und Buschmann den Bildschirm sehen konnten. Darauf war das Bild einer Mücke zu sehen, die auf einem Zeigefinger saß. Nein, dachte Landorff, nein ... das war keine Mücke, das war etwas anderes ...

Er trat näher, ging in die Knie und schaute genauer hin.

„Darf ich vorstellen? Die SCP-47, ein Produkt der Raptor Industries. Übrigens ein Unternehmen, das Gregory Winter aufgekauft und in seine Unternehmensgruppe eingegliedert hat." Mariah wies auf die Mücken-Drohne. „Stachel, um eine Flüssigkeit zu injizieren, Flügel, winzige Batterie, mechanische Beine. Auf die Entfernung von einem Meter sieht der kleine fliegende Roboter wie eine echte Stechmücke aus."

„Unglaublich ...", murmelte Buschmann.

„Die Aufnahmen sind aus dem Jahr 2017, bevor Winter die Firma kaufte, mit allen Entwicklungen", setzte Mariah fort. „Seither sind keine Details mehr an die Öffentlichkeit gedrungen."

Was mich nicht im Geringsten wundert, dachte Landorff bitter. Ein Schwarm von tausend Stück mit künstlicher Intelligenz, fast unhörbar und vielleicht auch noch unsichtbar, im Einsatz über einer Menschenmenge. Ihn schauderte.

Das war Tartarus.

Die perfekte Waffe, um Viren zu verbreiten und keine Spuren zu hinterlassen. Die kleinen, unsichtbaren Drohnen würden sich einfach fallen lassen, nachdem sie ihr Werk vollendet hatten. Dann trat jemand auf sie drauf und sie verschwanden im Staub der Straße.

„Ein Freund von mir war in das Programm eingebunden, zu dem auch mechanische Libellen, Bienen und Schmetterlinge gehörten. Zu Beginn gab es jede Menge Probleme mit der Flugdauer und der Steuerung, wie mein Freund berichtete. Die Israelis entwickelten die Mini-Drohnen gemeinsam mit dem US Air Force Office of Scientific Research auf der Wright-Patterson Air Force Base in Arlington in Virginia." Mariah drehte den Laptop wieder um. „Allein die Miniaturisierung des Empfängers der Steuersignale stieß irgendwann an ihre Grenzen. Das war der Moment, an dem die Israelis nach Jahren frustriert ausstiegen, das Militär die weiteren Entwicklungen an die Privatfirma Raptor auslagerte und Winter an Bord kam. Denn mithilfe künstlicher Intelligenz würde sich jede Mücke selbst steuern und könnte direkt auf der menschlichen Haut landen, selbst wenn das Zielobjekt sich bewegt. Die Menschen werden wenig spüren, der Schmerz des Einstichs ist vergleichbar mit einem Mückenstich, nur ohne Brennen oder Schwellung als Nachwirkung. Vielleicht werden die meisten der Mini-Drohnen zerquetscht, wenn die Menschen danach schlagen. Aber dann haben sie ihre Aufgabe bereits erfüllt. Virus, Droge oder Gift sind injiziert."

„Das ist eine Massenvernichtungswaffe", murmelte Landorff. „Und selbst wenn nur ein paar Mücken in einigen Ländern ein Virus verbreiten, will ich gar nicht an die Folgen denken. Corona-19 hat uns drastisch vor Augen geführt, wie schnell die Welt zum Stillstand gebracht werden kann, die Wirtschaft an den Rand des Ruins, die Börsen in wenigen Stunden in eine unkontrollierbare Abwärtsspirale."

Und an unsichtbare Mückenschwärme will ich gar nicht denken, fügte er im Geiste hinzu. Die könnten die gesamte Welt blitzartig in Quarantäne schicken. Das Ende der Freiheit, wie Anatoliy so richtig festgestellt hatte.

Ausgelöst von einer völlig anonymen Waffe.

Nicht mehr aufzufinden, daher nicht nachzuverfolgen …

„Bleibt immer noch das Problem der knappen Flugzeit", gab Mariah zu bedenken und unterbrach damit seine Gedankengänge, während sie wieder in die Tasten tippte. „Das wurde bis heute nicht gelöst. Der Preis der Miniaturisierung wird in Form einer mikroskopisch kleinen Batterie gezahlt. Länger als 20 Sekunden fliegt keine der Mini-Drohnen, und das bei völliger Windstille. Einer der Gründe, warum sie bisher nur unter Laborbedingungen getestet wurden."

Doch wenn sie unsichtbar wären, dann könnte man sie risikolos größer bauen, dachte Landorff, und damit die Welt in Geiselhaft nehmen.

„Es wundert mich nicht, dass dieses Projekt in der geheimdienstlichen Stratosphäre angesiedelt ist", meine Alex.

Mariah nickte. „Ich konnte auch nicht mehr herausfinden, trotz meines Freundes, meiner internen Verbindungen in

Rammstein und des Netzwerks der Drohnenpiloten. Das meiste davon waren Gerüchte und die lassen sich schwer …" Sie verstummte mit einem Mal und schob ihren Kopf vor. „Kennen Sie die Dame?"

Als Landorff auf den Bildschirm des Laptops blickte, waren Aufnahmen von zwei Sicherheitskameras zu sehen. Mariah vergrößerte eine, auf der eine Frau an der Rezeption eines Hotels stand und ein Formular ausfüllte. Als sie fertig war, schob sie der Rezeptionistin das Blatt hin und hob den Kopf.

„Roni Abitol!", stieß Landorff hervor, „die brünette Versicherungsvertreterin vom Mossad!"

„Zählt sie zur halben Welt, die Ihnen auf den Fersen ist?", erkundigte sich Mariah spöttisch. „Sie hat vor einer halben Stunde in dem Hotel eingecheckt, das nur einen Steinwurf von hier entfernt ist."

„Und Sie haben da die Sicherheitskameras gehackt?", wunderte sich Alex.

„Schon vor Monaten. Wenn man sich versteckt, dann weiß man besser, wer in der unmittelbaren Nähe Quartier bezieht." Sie gab einen Code ein und eine Reihe weiterer Kameras schickten Aufnahmen auf den Bildschirm. „Diese hier habe ich im Laufe der Zeit installiert, an neuralgischen Punkten rund ums Haus." Sie vergrößerte einen der Ausschnitte und schaltete auf Nachtsicht. Der Mercedes zeichnete sich deutlich unter dem Baum ab, wo Landorff ihn abgestellt hatte.

„Einer der Gründe, warum ich noch am Leben bin", meinte Mariah tonlos. „Vorsicht ist die Ritterrüstung der Mutigen."

„Dann sollten wir jetzt hier verschwinden, bevor wir Sie noch weiter in Gefahr bringen", entschied Landorff. „Mossad und CIA sind zwar befreundete Dienste und Abitol ist sicherlich nicht hinter ihnen her, aber wir sollten kein Risiko eingehen. Ich weiß nur nicht, wie sie uns bis hierher folgen konnte."

„Nun, sie hat Sie nicht gefunden, sonst stünde sie bereits hier im Wohnzimmer", analysierte Mariah die Situation und tippte wieder drauflos. „Sie muss ihre Spur irgendwann verloren haben, wahrscheinlich als Sie den Wagen geparkt haben. Dann hat sie einfach das nächste Quartier bezogen, um auf morgen zu warten. Also sind wir hier alle sicher. Haben Sie diesen Audi schon mal gesehen?"

Die Außenkamera des Hotels zeigte einen fast leeren Parkplatz. Der Wagen Abitols mit den Wiener Nummerntafeln war nicht zu übersehen.

Landorff schüttelte nur stumm den Kopf. Mariah zoomte näher.

„Doch!", rief Buschmann aus. „In der Nähe des Praters, als wir mit Meisinger unterwegs waren. Ein Polizist hatte den Audi aufgehalten und kontrollierte die Fahrerin. Ich erinnere mich an das Kennzeichen."

„Dann lassen Sie mich überlegen, wie Sie morgen unentdeckt verschwinden können", beschloss Mariah. „Und jetzt gehen Sie schlafen. Unter dem Dach gibt es drei kleine Zimmer, legen Sie sich aufs Ohr und überlassen Sie alles andere mir."

Die Landschaft war unwirklich und bedrohlich. Hunderte kahle Baumstümpfe ragten aus einer Art schwarzem Moor, so weit man sehen konnte. Darüber spannte sich ein Himmel, getaucht in psychedelische, unwirkliche Farben. Ein Sonnenuntergang in Technicolor. Landorff watete durch flaches Wasser und über den weichen Boden, der sich an ihn zu klammern schien. Er atmete schwer, verscheuchte die Fliegen, die gierig um ihn herumflogen, mit kreisenden Armbewegungen.

Doch mit einem Mal verwandelten sich die roten Lichtstrahlen der Sonne in Blut.

Es tropfte vom Himmel, stieg höher, baute sich am Horizont drohend auf, wie eine Tsunami-Welle, die sich anschickte, über die verlassene Welt zu schwappen. Landorff wollte nur eines – weg von hier. Doch er versank mit jedem Schritte tiefer im Moor und die Wand aus Blut kam unerbittlich näher. Und dann waren plötzlich riesige Fliegenschwärme da, die um seinen Kopf surrten, immer dichter wurden, ihre mechanischen Stacheln ausfuhren, um sich auf ihn zu stürzen, bevor die Blutwelle ihn erreichte …

Schweißgebadet fuhr Landorff hoch, riss die Augen auf, japste nach Luft. Sein Blick ging erst ins Leere, Panik erfasste ihn und schüttelte ihn. Als er einige Augenblicke später erkannte, wo er war, beruhigte er sich etwas, fuhr sich fahrig übers Gesicht und schüttelte den Kopf, um auch die letzten Reste des Albtraums loszuwerden. Nein, sie würden Tartarus nie und nimmer zurück in die Hölle schicken können. Allenfalls und mit etwas Glück würden sie ihn aufhalten, für einige Monate, vielleicht für wenige Jahre. Doch dann wäre er endgültig auf der Erde angekommen, würde den Maschinen die Macht über Leben und Tod mitbringen.

Landorff fühlte sich hilflos und erschöpft. Er stand auf und trat an das kleine Dachfenster, öffnete es und sog die klare Nachtluft ein. Über ihm leuchteten Myriaden von Sternen, man konnte die Milchstraße fast mit Händen greifen. Und doch schien alles weit weg, das normale Leben, die unbeschwerten Zeiten, Martina … Morgen, nein, heute würde er mit ihr telefonieren. Und mit Melissa. Und mit Berndt Janninger in der Wirtschaftsredaktion des *Tagesanzeigers*, der sicher noch ein paar Informationen für ihn hatte. Berndt war ein nachrichtentechnischer Bluthund, der eine Fährte niemals verlor, wenn er einmal Witterung aufgenommen hatte. Landorff lächelte still in sich hinein. Allstarinvest konnte sich warm anziehen … Und wie hatte Alex gesagt? Die halbe Welt war ihnen sowieso schon auf den Fersen. War also auch schon egal, ob die andere Hälfte noch dazukam.

Landorff nahm das Handy vom Nachttisch und suchte nach den Fotos, die Shaneya Winter ihm gemailt hatte. Als er durch die Galerie blätterte, fiel ihm die alte Schwarz-Weiß-Aufnahme aus Zahlmanns Geschäftsleitung in die Hände. Er sollte den alten Zahlmann anrufen … Aber der hatte nach dem Tod seines Sohnes bestimmt anderes zu tun, als einem lästigen Journalisten Fragen nach einem alten Foto zu beantworten. Er schob den Gedanken beiseite und suchte weiter bis zum Schreiben von Gregory Winter an ihn und Alex.

Dann begann er zu lesen. Und las nochmals. Und ein drittes Mal.

„Sie sind meinen Mördern und damit dem Tartarus-Projekt auf der Spur …"

Auf der Spur? Ehrlich gesagt, wir haben noch immer keine Ahnung, dachte Landorff und rieb sich die Augen. Und nicht nur das. Der junge Zahlmann, Matze, Buschmann Senior, Anatoliy … da war mit den Recherchen noch Luft nach oben.

„Und überprüfen Sie, wer hinter Allstarinvest wirklich steht. Ich habe einen Verdacht, aber das genügt nicht."

Wir haben nicht einmal den, musste Landorff sich eingestehen. Warum hatte Winter seinen Verdacht nicht wenigstens angedeutet? Er überflog die Zeilen erneut.

Und stutzte. Täuschte er sich?

Unter einzelnen Buchstaben standen kleine Punkte, wie unabsichtlich eingestreut oder wie Unreinheiten im Papier. Nein, dachte Landorff, dazu sind sie zu gleichmäßig unter den Buchstaben platziert. Er fing an, genauer hinzusehen. Dann notierte er: EFOFIC39

Er las die Zeichenreihe, versuchte, einen Sinn zu erkennen, doch die Erleuchtung blieb aus. Wenn das einer der Hinweise von Winter sein sollte, dann war er für intelligentere Mitmenschen gedacht. Nach kurzem Nachdenken gab sich Landorff einen Ruck, ging zur Tür von Buschmanns Schlafzimmer und klopfte.

„Hmpf?", kam es von drinnen.

„Entschuldige die Störung, aber könntest du kurz deine kleinen grauen Zellen hochfahren?"

„Ooh neeiin … Muss das jetzt sein?"

„Du kannst gleich wieder weiterschlafen, versprochen", meinte Landorff und kam sich ziemlich blöd vor. Dann ging die Tür auf und eine verschlafene Alexandra warf ihm einen mörderischen Blick zu. „Das ist jetzt hoffentlich wirklich wichtig …"

„Ehrlich gesagt, weiß ich das nicht", entschuldigte sich Landorff und hielt ihr die Zeichenfolge vor die Augen. „Sagt dir das etwas?"

„Sollte es? Was ist das überhaupt?"

„Das erkläre ich dir morgen", winkte Landorff ab. „Irgendeine Idee?"

Buschmann runzelte die Stirn und versuchte, auf das Display des Handys zu fokussieren.

„EFOFIC39 … Klingt wie die Abkürzung einer EU-Behörde in Brüssel … Europäische Forschungsföderation Internationaler … was weiß ich?“

Landorff schüttelte den Kopf. „Welches Wort kann man aus den Buchstaben bilden?“

„Office, das ist leicht“, gähnte Alex mit halb geschlossenen Augen. „Office39. Sonst noch was?“

Für einen Moment war Landorff sprachlos. Er blickte erneut auf die Buchstaben, setzte sie richtig zusammen und nickte dann. „Du bist genial! Schlaf weiter. Haben die Büros in der AICT eigentlich Nummern?“

Buschmann gähnte demonstrativ lange und winkte dann ab. „Nein, die Sitzungsräume haben Städtenamen und die Büros die Namensschilder der jeweiligen Mitarbeiter an der Tür. Es gibt keine Nummern. Da findest du kein Büro 39. Und jetzt gute Nacht!“

Als Landorff wenige Minuten später ins Bett ging und die Decke über die Schultern zog, rätselte er über das geheimnisvolle Office39. Und das sollte der Hinweis sein? Jener Verdacht, von dem Winter in seinem Schreiben sprach? Wäre es nicht ein bisschen klarer gegangen? Wie sollte man ein bestimmtes Büro finden? Und wo? Seine Gedanken drehten sich im Kreis. Noch immer besser, als in den Albtraum von vorhin zurückzukehren, dachte er schließlich.

Darüber schlief er ein.

17. Der Mossad

Als sich die letzten Morgennebel auflösten und die Sonne über die Berge kam, waren Landorff und Buschmann bereits wieder unterwegs. Der Mercedes rollte langsam durch den Wald, in der morgendlichen Stille knirschten die Reifen über die Schotterstraße. Die Luft, die durch die offenen Fenster strömte, roch nach Wald und Landorff sehnte sich nach ein wenig Normalität und einem ruhigen Spätsommerurlaub mit Martina.

Eine Stunde zuvor hatte Mariah sie geweckt, jedem einen Becher dampfenden Kaffee in die Hand gedrückt und anschließend ihre Koffer gepackt. Ihr Transport nach Rammstein war für den Vormittag angekündigt. „Ich freu mich schon darauf, meine Freunde und Kollegen wiederzusehen", hatte sie gemeint und gelächelt. „Damit ist die Einsamkeit vorbei."

Landorff wiederum hatte Alex beim Kaffee von Winters verschlüsselter Nachricht erzählt.

Oder von dem, was er dafür hielt.

Buschmann hatte ihn zweifelnd angeschaut, dann die Punkte unter den Buchstaben betrachtet und schließlich etwas ratlos mit den Schultern gezuckt. Mariah hatten sie nicht eingeweiht. Weder in Winters Hinweis noch in das letzte Geheimnis von Tartarus.

Die Unsichtbarkeit.

Schweigend hing jeder seinen Gedanken nach, als sie die Einmündung des Waldwegs in die Landstraße erreichten. Landorff hielt kurz entschlossen an und bedeutete Buschmann, auszusteigen.

„Ich habe zwar die Sicherung des Autotelefons gezogen, aber ich wette, Meisinger hat noch andere Wege gefunden, um mitzuhören. Also besprechen wir die wichtigen Dinge lieber unter Ausschluss der Öffentlichkeit, in der freien Natur." Landorff lehnte sich von außen ans Auto und versenkte seine Hände in den Hosentaschen.

„Du meinst also, Winter hat die letzten Geheimnisse um Tartarus in einem Büro 39 versteckt? Und mit ein paar Punkten unter Buchstaben einen Hinweis für uns hinterlassen?" Buschmanns Stimme verriet ihre Zweifel. „Wo, bitte, sollen wir dieses Büro finden? In der Firma meines Vaters liegt es sicher nicht, Winter hatte kein Bürohaus und sonst fällt mir beim besten Willen nichts ein. Hat er sonst noch etwas verschlüsselt? Einen Ort, eine Straße?"

Landorff schüttelte nur stumm den Kopf.

„Dann wusste er mehr als wir", schloss Alex. „Für ihn war es ein Hinweis, uns sagt es gar nichts. Das bringt uns nicht weiter."

„Wir müssen heute jede Menge Leute anrufen", gab Landorff zu bedenken. „Meine Agentin, Berndt Janninger beim *Tagesanzeiger*, wir sollten mit dem Informanten vom BND sprechen und mit Kommissar Kroning, wenn ich es mir richtig überlege."

„Kroning?", wunderte sich Alex

„Ja, ich will nicht auf der Fahndungsliste landen und an einer der Grenzkontrollen aus dem Verkehr gezogen werden. Kroning soll wissen, dass wir nicht geflüchtet sind und dass wir auf seiner Seite stehen. Früher oder später müssen wir nach Bayern zurückkehren oder uns von einem internationalen Flughafen aus auf die Suche nach dem ominösen Büro 39 machen. Und dann sollten wir nicht von der Polizei gesucht werden."

„Und was machen wir mit der israelischen Agentin, dieser Roni Abitol, die uns wie ein Spürhund auf den Fersen ist?"

„Mir geht etwas, das Mariah gestern gesagt hat, nicht aus dem Sinn", erwiderte Landorff. „Die Israelis haben gemeinsam mit den Amerikanern diese Mini Drohnen entwickelt, auf der Wright-Patterson Air Force Base in Virginia. Doch dann stiegen sie nach Jahren frustriert aus, weil die Miniaturisierung der Empfänger an ihre Grenzen stieß und das gesamte Projekt offenbar zu einem Stillstand gekommen war."

„Bevor Winter einstieg …"

„Genau", nickte Landorff, „bevor Winter einstieg. Doch der ließ die Israelis draußen, kaufte einfach die Firma Raptor, schloss auf einen Schlag alle Informationsquellen und drängte damit auch die Amerikaner aus dem Geschäft. Sollten sie doch alle bei ihm einkaufen, wenn er schon die Entwicklungsarbeit übernahm! Das war typisch für Winters Weltbild. Sein Freund war, wer am meisten zahlte."

„Doch die Israelis wollten nicht zahlen, sie hatten ja das Projekt lanciert", stimmte Buschmann ihm zu. „Das klingt logisch."

„Dafür ließen sie ihn nicht mehr aus den Augen, und als der Deal mit Allstarinvest, zu dem auch Raptor gehörte, über die Bühne gegangen war und sie durch die Finger schauten, schickten sie Abitol los, um zu retten, was noch zu retten war. Blöd nur, dass Winter ermordet wurde und es nichts mehr zu besprechen gab. Ab da liefen die Israelis den Ereignissen hinterher. Gab es ein Testament? Gab es Aufzeichnungen? Wer wusste was? Hatte Winter all seine Projekte verkauft? Das war der Moment, als sich die Wege Abitols mit meinen kreuzten. Vor dem Haus von Winters Mutter."

„Hast du eigentlich auch geschlafen oder nur gegrübelt?", lächelte Alex. „Also hofft Abitol, durch uns näher an Tartarus zu gelangen? Das sollte der Mossad auch allein können, dazu brauchen die uns nicht."

„Nicht unbedingt. Vielleicht hat mein Kontakt beim BND recht. Wir sind nahe dran, stellen die richtigen Fragen, kommen an die richtigen Orte, reden mit den richtigen Leuten. Und Winter? Winter hat uns vertraut, wie es scheint, auch wenn das für mich zeitweise schwierig zu verstehen ist. Das alles macht einige nervös und andere gierig. Also warum nicht von unseren Recherchen profitieren, ohne sich die Hände schmutzig zu machen? Und dann ist da noch dein Vater …"

Alex runzelte die Stirn. „Wie meinst du das?"

„Winter und dein Vater arbeiteten zusammen, jetzt sind beide tot. Du bist seine Erbin, die AICT gehört dir. Deinen Vater können sie nicht mehr fragen, aber wer weiß, was du weißt?"

„Ich weiß gar nichts von der Firma meines Vaters!", protestierte Buschmann. „Du kennst inzwischen seine Paranoia. Gegen ihn war Winter wahrscheinlich ein offenes Buch."

„Das weißt du und das weiß ich …", gab Landorff zu bedenken. „Egal, wie auch immer. Wir werden den Spieß umdrehen. Komm, steig ein."

*

Roni Abitol stand fluchend neben ihrem Audi. Alle vier Reifen waren platt, die beiden Türschlösser bewegten sich keinen Millimeter. Sie waren mit einer jetzt steinharten Substanz – Abitol vermutete ausgehärteten Superkleber – gefüllt worden. Irgendjemand hatte in der Nacht ganze Arbeit geleistet und den Wagen mit wenigen Mitteln unbrauchbar gemacht. Aber wer? Niemand hatte gewusst, dass sie hier abgestiegen war. Sie hatte sich kurzfristig entschieden und bis auf diesen Simpel in der Botschaft wusste niemand davon.

Verdammt, verdammt, verdammt!

Abitol schlug frustriert mit der flachen Hand aufs Autodach. Irgendwer musste doch davon erfahren haben. Sie zog ihr Handy aus der Tasche, aber ein kurzer Blick darauf verriet ihr, dass es hier keinen Empfang gab.

Damit drehte sie sich resigniert um und ging ins Hotel zurück, um zu telefonieren. Buschmann und Landorff waren inzwischen sicher über alle Berge. Also blieb auch noch Zeit für einen Kaffee, bis der Mietwagen aus Regau eintreffen würde.

Dann müsste ihr dieser digitale Zauberlehrling in der Botschaft, der sich hochtrabend Operator nannte, die neuen Koordinaten des Mercedes durchgeben. Abitol wettete mit sich selbst, dass Landorff und Buschmann weiter wollten und nicht in der Gegend bleiben würden. Sie zerbrach sich den Kopf, warum die beiden überhaupt hierhergekommen waren. Hier gab es nichts außer Berge, Wälder, Kühe, Weiden und Wanderer. Und vor allem Landschaft, viel, viel Landschaft. Doch sicherlich nicht die Gegend, in der ein Unternehmer wie Winter seine Geheimnisse verstecken würde.

Und trotzdem hatte jemand ihren Audi sabotiert … und das verunsicherte sie zum ersten Mal in dieser Aktion.

Nachdem sie in Regau telefonisch einen Mietwagen reserviert hatte, beschloss sie, den Anruf in der Botschaft zu verschieben, bis ihr Mobiltelefon wieder Verbindung hätte. Es widerstrebte ihr, öffentliche Telefone zu benutzen und Spuren zu hinterlassen. Also bestellte sie einen Kaffee und nahm ihn mit auf die sonnige Terrasse. Es versprach, ein warmer Spätsommertag zu werden.

Nun konnte sie nur mehr warten und hoffen, dass der Mercedes ihr nicht entwischte.

*

Landorff parkte die dunkelblaue Limousine direkt neben dem Audi von Abitol, stieg aus, schmunzelte, als er die platten Reifen sah und erblickte die israelische Agentin sofort. Sie saß auf der Terrasse, allein, hatte den Kopf zurückgelegt, die Augen geschlossen und genoss die Sonne.

„Na denn", raunte er Alex zu, „das Überraschungsmoment ist auf unserer Seite. Machen wir reinen Tisch."

Als Buschmann und Landorff an den Tisch von Roni Abitol traten, fiel dieser fast die Kaffeetasse aus der Hand und sie starrte mit offenem Mund auf die beiden Neuankömmlinge.

„Diesmal kein Treffen bei Running Sushi", lächelte Landorff gönnerhaft. „Wir kommen von selbst vorbei. Ich habe nämlich die Nase voll vom Davonlaufen. Man hat versucht, mich ins Jenseits zu bomben, die Polizei sucht uns, Geheimdienste überwachen jeden unserer Schritte. Was habe ich also noch zu verlieren? Genau deshalb reden wir mit dem Mossad. Und hören Sie mit dem Versteckspiel auf, Major. Sie sind doch Major?"

Abitol blickte sich misstrauisch um. Dann nickte sie. „Mein Rang beim Militär. Sie haben viel erfahren und sind weiter gekommen, als ich gedacht habe."

Landorff setzte sich ihr gegenüber und legte beide Hände flach auf das warme Holz, während er Abitol nicht aus den Augen ließ.

„Frau Buschmann kennen Sie vermutlich länger als ich", begann er. „Die AICT stand sicher schon seit ihrer Gründung im Fadenkreuz Ihres Dienstes. Und jetzt, Major, Karten auf den Tisch. Keine Ausflüchte, kein Ass im Ärmel, kein Herumlavieren." Er überlegte kurz. Dann sagte er: „Meine erste Karte lautet

Office39. Und legen Sie jetzt nicht die ‚Ich-habe-keine-Ahnung-wovon-Sie-sprechen'-Karte dagegen. Meine Geduld ist am Ende. Zu viele Menschen sind gestorben wegen Tartarus. Das muss aufhören."

„Und wenn ich gar keine Karte auf den Tisch lege, sondern einfach aufstehe und gehe?"

„Dann sorge ich dafür, dass Tartarus und Sie morgen in den europäischen Schlagzeilen stehen", erwiderte Landorff kalt. „Zwei Anrufe und die Lawine rauscht unaufhaltsam ins Tal und reißt noch jede Menge anderer Schneebretter mit. Und dann, Major, dann kann weder der Mossad noch irgendein anderer Geheimdienst seinen Kopf aus der Schlinge ziehen. Denn zu viele haben mitgespielt bei dem schmutzigen Deal um Winters Wissen. Moral stand dabei nicht so sehr im Vordergrund wie vielmehr das Problem, dass fast eine Milliarde auf den Tisch gelegt werden musste. Und das bei den knappen schwarzen Budgets und der andauernden Kontrolle durch Parlamente, Arbeitsausschüsse und Neider. Das wird die Öffentlichkeit brennend interessieren, glauben Sie nicht? Dann wird die Überwachung der Dienste noch strikter, werden die Nachfragen noch dringender, bis auch die letzte Leiche im Keller gefunden wurde. Spätestens nächste Woche kennt auch der einsamste Eskimo in Grönland Tartarus und die drohenden Auswirkungen auf unser tägliches Leben. Mitsamt der unrühmlichen Rolle der Geheimdienste."

„Das würden Sie nicht tun ...", warf Arbitol ein, doch es klang lahm.

„Wollen Sie es darauf ankommen lassen? Ich habe heute Morgen zwei E-Mails geschrieben, beide an Freunde, die man in der Medienlandschaft als harte Hunde bezeichnet. Für eine gute Story gehen sie durchs Feuer und wieder zurück. Die Mails werden in acht Stunden verschickt, wenn ich sie bis dahin nicht aus dem System lösche. Und dann, Major, dann brennt ihr Philip-Treacy-Hut lichterloh."

„Einen solchen konnte ich mir nie leisten, ich gehöre nicht zum englischen Königshaus", schnappte Abitol und zuckte zusammen, als Landorff ungeduldig mit der flachen Hand auf den Tisch schlug.

„Schluss mit den Präliminarien. Office39 ist meine erste Karte und das Spiel ist eröffnet …“

„Woher … woher wissen Sie das?“, wollte Abitol wissen.

„Ganz falscher Ansatz“, korrigierte Landorff sie. „Ich frage und Sie antworten. Und zwar ausführlich, wir haben Zeit. Aber keine Sorge, es geht nicht um israelische Staatsgeheimnisse, kein Grund also, zu passen. Zurück zu Office39 …“

„Also gut. Es handelt sich um eine geheime Organisation der nordkoreanischen Herrscherfamilie Kim zur Geldbeschaffung, zur Umgehung der Sanktionen, zur persönlichen Bereicherung und zur verdeckten Finanzierung von Operationen im Ausland“, begann Abitol.

„Nordkorea?“ Landorff runzelte die Stirn. Das war so ziemlich das Letzte, was er erwartet hatte.

„Ja, Sie wissen doch, das Land von Kim Jong-un, den Donald Trump mal einen Irren und dann wieder einen Freund nennt. Office39 dient seit mehr als 50 Jahren der Finanzierung des nordkoreanischen Regimes und ist direkt der Familie Kim unterstellt. Und die ist nicht zimperlich, was die Mittel zur Geldbeschaffung betrifft. Das Büro beschäftigt sich in großem Stil mit Falschgeldhandel, Zigarettenschmuggel, Drogenkriminalität und Versicherungsbetrug. Es verkauft von Morphium über Opium, Heroin und Meth-Amphetamin alles, was das süchtige Herz begehrt. Weltweit und gegen harte Devisen, versteht sich. Deshalb öffnete in Wien in der Kaiserstraße 1982 die einzige nordkoreanische Bank Europas, um die Geldströme zu leiten. Die Golden Star Bank musste ihre Geschäftstätigkeit allerdings 2004 wieder einstellen, weil damals die Abteilung von Peter Palm ihr nachweisen konnte, dass sie nicht nur in Geldwäsche, sondern auch in den Handel mit waffenfähigem Uran und Millionen von Dollar-Blüten verwickelt war. Das hatten die USA bereits lange zuvor behauptet und daher immer wieder die Schließung der Bank verlangt. Aber das änderte wenig an den Aktivitäten von Office39. Sie verlagerten sich nur in Richtung Asien.“

„Von wie viel Geld reden wir?“, wollte Landorff wissen.

„Experten schätzen, dass das Office39 mehrere Milliarden Euro im Jahr umschlägt. Damit finanziert Kim Jong-un unter anderem sein Atom- und Raketenprogramm. Vergessen Sie nicht, dass schätzungsweise 150.000 nordkoreanische Arbeiter in der ganzen Welt beschäftigt sind. Sie sind Sklaven des Regimes. Fast alles, was sie erwirtschaften, geht direkt an Office39. Dazu kommen notorischer weltweiter Versicherungsbetrug über Scheinfirmen und die Produktion der sogenannten ‚Superdollar‘, die 20 Jahre lang die Märkte fluteten. Man spricht von 35 Millionen 100-Dollar-Noten, die so gut gefälscht waren, dass sie teilweise das Original übertrafen. Daher der Name. Da erscheint die Restaurantkette Pjöngjang, die über eine Tarnfirma betrieben wird, mit ihrer Handvoll Niederlassungen wie ein unbedeutender Streusel auf dem Finanz-Kuchen.“

Abitol nahm einen Schluck Kaffee, bevor sie fortfuhr.

„Office39 ist das größte von drei einflussreichen sogenannten ‚Dritter-Stock-Büros‘. Office35 ist mit der nachrichtendienstlichen Arbeit beauftragt, Office38 wickelt die legalen finanziellen Aktivitäten Nordkoreas ab. Alle drei sind angeblich im Gebäude der Arbeiterpartei in Pjöngjang, in der Nähe der Residenzen der nordkoreanischen herrschenden Klasse, untergebracht. Und zwar im dritten Stock, nahe dem Büro Kim von Jong-un, daher der Name ‚Dritter-Stock-Büros‘.“ Sie machte eine Pause und fixierte Landorff. „Warum Office39?“

„Weil es Hinweise darauf gibt, dass Winter einen Deal mit den Nordkoreanern gemacht hat, vielleicht ohne es zu wissen. Dann jedoch wurde er misstrauisch und begann nachzuforschen.“

„Welche Hinweise?“, erkundigte sich Abitol neugierig.

„Mehr kann ich Ihnen nicht sagen“, wehrte Landorff ab. „Wir stehen noch ganz am Anfang dieser Spur. Aber es sieht so aus, als sei die Allstarinvest eine Tarnfirma des Office39.“

Abitol nickte nachdenklich. „Gut möglich, das deckt sich mit unseren Erkenntnissen. Das Büro verfügt über riesige Devisenvorräte. Es kassiert das Geld der Ausländerhotels in Pjöngjang, hat seine Hände in Gold- und Zinkminen, Agrarexporten und der Fischerei. Unsere Experten meinen, es gäbe ein Netzwerk von illegalen und legalen Firmen, die oft ihre Namen ändern und meist keine Vergangenheit haben. Man spricht von rund 120 Unternehmen, inklusive Banken und Großhandelsfirmen, verteilt über die ganze Welt. So trägt die Mehrzahl der Textilien, die Nordkorea exportiert, gefälschte ‚Made in China'- Etiketten, um das Embargo und die Exportbeschränkungen zu umgehen. Und um so Geld für das Regime zu generieren. Zu einem bestimmten Stichtag in den letzten Jahren stellten die Geschäfte, die das Office39 abwickelte, fast die Hälfte des gesamten Warenhandels Nordkoreas dar."

„Also zahlen die 950 Millionen Euro aus der Portokasse", warf Alex ein. „Und kaufen damit von Winter die gefährlichste Militärtechnologie, die auf dem Markt zu haben ist. Tartarus."

„Was nie hätte geschehen dürfen", stimmte ihr Abitol zu.

„Beim Mossad wäre Tartarus besser aufgehoben, nicht wahr?", ätzte Landorff. „Zehn Millionen Gründe? Waren das nicht Ihre Worte?"

„Freiheit ist ein hoch geschätztes Gut in unseren westlichen Gesellschaften, Herr Landorff, und das sollten Sie als Journalist am besten wissen. Ein Menschenrecht, das bereits Regime gestürzt und Diktatoren aus dem Land getrieben hat. Glauben Sie wirklich, ein zivilisierter Staat würde es riskieren, Tartarus gegen die eigene Bevölkerung einzusetzen auf die Gefahr hin, dass es danach bekannt wird? Wissen Sie, was das bedeuten würde? Internationale Ächtung, Aufstand, Flächenbrand, kompletter politischer Umsturz. Selbst die wenigen Giftgasangriffe in Kriegs- und Krisengebieten sind heutzutage Thema unzähliger Untersuchungen, Verfahren und Verurteilungen. Nein, auf die Idee, Tartarus einzusetzen, kann nur ein Diktator kommen, ein dirigistisches Regime, das nichts zu verlieren, aber alles zu gewinnen hat. Das schränkt den Kreis auf eine Handvoll Länder weltweit ein, auf ein paar wahnsinnige Militärs und einige terroristische Gruppierungen. Was allerdings die Tatsache, dass Tartarus

Objekt eines von Winter initiierten Bieterverfahrens war, nicht besser macht. Und bevor Sie fragen, nein, Israel hat sich nicht daran beteiligt. Warum? Weil die intelligente Drohne bereits in einigen Labors entwickelt wird und die Weltgemeinschaft schon die ersten Regeln dafür erarbeitet hat oder bei Bedarf ein Verbot durchsetzen wird. Ethische Regeln nämlich, wie mit Killerrobotern umzugehen ist, egal ob sie fliegen, schwimmen oder fahren."

„Bleibt die Unsichtbarkeit ...", warf Alex ein. „Das ist doch das Herz des Tartarus-Projekts?"

„Richtig", gab Abitol zu, „bleibt die Unsichtbarkeit und die ist beunruhigend. Als wir von Winters Tod erfahren haben, von der Art, wie er ermordet wurde, da war klar, dass er ein Sicherheitsnetz in den Deal eingebaut hatte. Allstarinvest hatte offenbar nicht sämtliche Dokumente bekommen. Und als sie das bemerkt haben, setzten sie alle Hebel in Bewegung."

„Sie schickten die Killer los", ergänzte Landorff. „Die folterten Winter, aber er sagte nichts. Vielleicht war ihm klar geworden, dass er seine Seele dem Teufel verkauft hatte, und er wollte retten, was noch zu retten war. Dann gingen seine Peiniger zu weit oder Winter starb ihnen unglücklicherweise unter der Hand. Daraufhin zündeten sie ihn an, nachdem sie ihm eine Hand abgeschnitten und ein Auge herausgenommen hatten."

„Ich denke, das geschah als eine Art Rückversicherung. Vielleicht dachten sie an einen bewachten Raum, in dem Winter die restlichen Dokumente versteckt hatte. Dann würden sie Hand- oder Fingerabdruck brauchen, bei einem Retina-Scanner das Auge." Abitol klang so, als wäre das nichts Besonderes.

„Dann brachten die Killer auch noch den jungen Zahlmann um", erinnerte Landorff sie. „Hatte er zu viel gesehen?"

Die israelische Agentin schüttelte den Kopf. „Nein, Zahlmann junior hatte sie hereingelassen."

„Was?" Landorff war sprachlos.

„Man hatte Kevin gesagt, es handle sich um drei Geschäftspartner von Winter, die später auf die Party kommen würden. Er solle auf einen Anruf warten und sie dann ins Haus lassen, weil es eine Überraschung für den Hausherrn sein sollte. Und so machte er es auch."

„Woher wissen Sie das?"

„Wir haben sein Handy und das seines Vaters überwacht", antwortete Abitol wie selbstverständlich.

„Das Handy des jungen Zahlmann?", wunderte sich Landorff. „Sollte der Staatsgeheimnisse ausplaudern? Oder das lang gesuchte Rezept der Weißwürste seines Vaters verraten? Oder hatten Sie Angst, er würde tatsächlich ein Buch schreiben?"

„Ich glaube, ich habe Ihnen bereits mehr als genug mit auf den Weg gegeben", meinte Abitol und stand auf. „Genug, um Ihre beiden E-Mails zu stoppen, bevor sie Unheil anrichten, denke ich."

„Bleiben Sie sitzen, wir sind noch lange nicht fertig." Landorff dachte kurz nach. „Warum gerade der junge Zahlmann?"

Abitol zögerte, dann gab sie sich einen Ruck und setzte sich wieder. „Weil der Deal Winters hinter den Kulissen von Zahlmann Senior angebahnt worden war. Die Killer waren keineswegs happy, als Winter nichts sagte. Daraufhin griffen sie sich Zahlmann Junior und hinterließen damit eine Warnung für seinen Vater. Zwei Fliegen mit einer Klappe. Der Augenzeuge konnte nicht mehr reden und Zahlmann Senior sollte seinerseits dafür sorgen, dass die Nordkoreaner auch noch den Rest der Dokumente erhielten."

„Von Zahlmann Senior? Einem Metzger und Caterer aus München? Ein Milliardendeal?" Landorff konnte es nicht fassen. „Der ist so weit von Pjöngjang entfernt wie ich von einem Doktorat in Stanford."

„Keineswegs ungewöhnlich", wandte Abitol ein. „Der Ankauf von Abfangjägern in Österreich vor vierzig Jahren lief damals über die Vermittlung einer Schauspielerin. Netzwerker und Lobbyisten gibt es heute in fast jeder Institution, vom Europäischen Parlament bis zu lokalen Entscheidungsträgern. Und Zahlmann kennt nun mal berufsbedingt die Schickeria Münchens, inklusive der wichtigsten Geschäftsleute und Unternehmer. Oder, besser gesagt, er kannte. Denn er ist seit dem Bekanntwerden des Todes seines Sohnes spurlos verschwunden."

„Damit blieben nur mehr wir", murmelte Landorff und begann einiges zu verstehen.

„Moment!" Alex runzelte die Stirn und beugte sich zu Abitol. „Die Verbindung Winter – Zahlmann kann ich ja noch verstehen, aber wie kam die Achse München – Pjöngjang zustande? Warum sollte Zahlmann dem Clown in Nordkorea zu dem gefährlichsten Militärgeheimnis der Gegenwart verhelfen? Kim Jong-un wird ihm kaum einen Catering-Vertrag im Gegenzug angeboten haben."

„Geld? Gold? Eine Beteiligung an einer der Tarnfirmen des Regimes? Denken Sie etwa an die Restaurantkette." Sie zuckte mit den Schultern. „Jeder Mensch hat seinen Preis. Vielleicht hat sich auch Winter seinerseits erkenntlich gezeigt."

„Und warum sind Sie hinter uns her?", wollte Landorff wissen und deutete mit einer ausholenden Armbewegung auf die Berge und Wälder. „Das ist doch nicht Ihr übliches Habitat. Gucci und Dolce & Gabbana sind meilenweit entfernt."

„Weil ich dachte, Sie wären näher dran", meinte Abitol und schnippte ein Stäubchen von ihrem Designer-Jackett. „Doch Sie wissen leider genauso wenig wie wir, wo Winter sein Geheimnis versteckt hat. Sie tappen völlig im Dunkeln, wo sich Tartarus befindet. Sie werden uns nicht hinführen, leider."

Damit stand sie auf und legte einen 5-Euro-Schein auf den Tisch. „Fahren Sie nach Hause, schreiben Sie Ihr Buch, Herr Landorff, und versuchen Sie nicht, Tartarus zu finden. Und schauen Sie stets über Ihre Schulter. Ich denke, ich bin nicht die Einzige, die Ihren Spuren folgt. Da sind noch drei Killer, die Tartarus um jeden Preis finden wollen. Vielleicht kennen die ein paar zielführende Hinweise? Die schrecken jedenfalls vor nichts zurück, das haben Sie bereits erfahren. Das ist nicht Ihre Welt, Herr Landorff, besser Sie verschwinden daraus wieder, solange Sie noch können. Der BND ist halbherzig auch noch an Tartarus dran, mit Beißkorb und unter strenger Aufsicht. Die Chinesen lehnen sich entspannt zurück, denn sie bekommen sowieso alles, was die Nordkoreaner haben, während sie ihrerseits die Russen in Schach halten. Europa ist vereint, aber zerstritten, die Briten mit dem Brexit und den Aktivitäten der russischen Dienste auf der Insel vollauf beschäftigt und die Amerikaner vertrauen sowieso lieber auf eigene Entwicklungen, als einem neureichen deutschen Unternehmer viel Geld in den Rachen zu werfen. *America first.* Also …“ Sie zuckte mit den Schultern. „Für einen Journalisten und eine Pokerspielerin sind Sie in kurzer Zeit weit gekommen, aber leider nicht weit genug. Tartarus ist noch immer da draußen.“

Das hab ich schon einmal gehört, dachte Landorff frustriert und hörte das Geräusch eines Motors näher kommen.

„Ich denke, das ist mein Mietwagen. Unsere Wege trennen sich also. Ich werde nach Israel berichten, dass wir anderen Spuren folgen müssen. Und schließlich in Ihrem Buch vielleicht lesen, wer meinen Audi sabotiert hat.“ Sie lächelte dünn und nickte zum Abschied Alex Buschmann zu. „Meine Vorgesetzten haben Sie für cleverer gehalten. Eine Pokerspielerin mit fotografischem Gedächtnis, noch dazu die Tochter von Buschmann Senior, das klang vielversprechend. Nun, es ist beruhigend, dass die in Tel Aviv sich auch irren können.“

Damit ergriff sie ihre Reisetasche und verschwand um die Ecke zum Parkplatz.

„Was für eine Zicke!“, zischte Alex wütend. „Wenn ich die nie wieder sehe, dann ist es früh genug.“

„Die ist frustriert, dass sie sich nicht einfach an uns dranhängen kann und wir sie brav und folgsam zu dem Platz führen, an dem Winter die Dokumente deponiert hat …“

„… damit sie dann damit in Tel Aviv angeben kann und alles als ihren großen Erfolg verbucht“, vollendete Alex.

„Allerdings hat sie in einem Punkt leider recht. Wir haben keine Ahnung, wo Winter Tartarus versteckt hat. Wir wissen jetzt zwar, mit wem er seinen Milliardendeal abgeschlossen hat, dass der alte Zahlmann mitgemischt hat und dessen Sohn die Killer unerkannt ins Haus gelassen hat, aber was er mit den Dokumenten gemacht hat …“ Landorff zuckte mit den Schultern.

„Lass uns logisch denken", schlug Alex vor, „und einen wahrscheinlichen Zeitraum eingrenzen. Winter macht den Deal, unterzeichnet ihn, geht zum Notar und ändert sein Testament. Da sind wir fünf Tage vor seinem Tod. Er schreibt den Brief an uns und deponiert ihn zur selben Zeit, allerdings bereits mit dem Hinweis ‚Office39'. Das heißt, er hat bereits einen Verdacht, dass die Allstarinvest eine Tarnfirma der Nordkoreaner ist, und möchte uns das mitteilen. Alles spricht somit dafür, dass er die Dokumente in dieser Zeit versteckt. Also in dem Zeitraum von knapp vor seinem Notarbesuch bis zu seinem Tod, das sind vielleicht sechs oder sieben Tagen. Nicht bei sich zu Hause, das wäre zu offensichtlich und gefährlich. Nicht in der AICT, da war mein Vater davor und die Security hätte seinen Besuch peinlich genau registriert. Das hätte jeder nachvollziehen können und die Walküre wäre ans Telefon gestürzt, um ihren Auftraggeber zu informieren."

Landorff nickte. „Ich denke, wir sollten mit Shaneya reden. Sie hat mit ihm gelebt, ist eine der Letzten, die Winter gesehen haben. Vielleicht weiß sie mehr über die Tage vor seinem Tod. Wo er war, mit wem er sich getroffen hat. Möglicherweise bekommen wir so einen Anhaltspunkt." Er warf einen Blick auf sein Handy. „Vergiss es, nicht von hier. Null Empfang."

„Dann lass uns nach Deutschland zurückfahren", schlug Alex vor. „Den Mossad sind wir los und wer sonst immer auf unserer Spur ist, den werden wir in Österreich auch nicht abschütteln. Dafür sind wir in Bayern näher am Geschehen."

„Und an Kommissar Kroning", fügte Landorff hinzu.

„Entweder mit ihm reden oder möglichst unbemerkt über die Grenze gelangen. Es ist unsere Entscheidung. Wir haben immerhin ein Diplomatenkennzeichen für den Ernstfall, aber mit etwas Glück sieht uns keiner. Braunau wäre eine gute Option. Zwei Brücken über den Inn, keine Kontrollen."

Wenige Minuten später rollte der Mercedes auf der Bundesstraße in Richtung Regau und Westautobahn. Der Verkehr war überraschend dicht und so brauchten sie fast neunzig Minuten, bis sie in Braunau über die städtische Innbrücke fuhren und bei Simbach unbehelligt nach Bayern gelangten.

„Und jetzt?“ Landorff deutete auf die Wegweiser an der Kreuzung vor ihnen.

„Fahr in Richtung München und Landshut. Ich kenne einen Landgasthof, da können wir in Ruhe telefonieren und dann entscheiden, was wir als Nächstes unternehmen.“

18. Die Mission

„Du bist noch immer an der Geschichte dran? Dann müssen wir sofort die Kampagne ändern und die Pressemitteilungen umschreiben. Der berühmte französische Autor hat den hinterhältigen Anschlag knapp überlebt und arbeitet weiterhin an seinem sensationellen Enthüllungsbuch über den Winter-Mord. Selbst eine Bombe konnte ihn nicht abhalten … Petraaaa!"

„Danke, dass du dir Sorgen gemacht hast", brummte Landorff, „das wärmt mir so richtig das Herz. Nur ein toter Autor ist ein guter Autor?"

„Hör auf zu jammern und mich zu zitieren", konterte Melissa ungerührt. „Beschwer dich nicht, du lebst ja. Wo sind die neuen Seiten?"

„Es war ein Fehler, dich anzurufen. Ich war auf der Flucht und bin nicht an meinem Schreibtisch gesessen. Meine Wohnung ist zerstört, verwüstet, aufgebrochen, schon vergessen?"

„Papperlapapp, schreiben kann man überall. Wahren Schriftstellern nimmt erst der Tod die Feder aus der Hand." Melissa gab Petra zwischendurch leise Anweisungen wegen der Pressemitteilungen. „Ach, bevor ich es vergesse, hier hat jemand angerufen, der dich sprechen wollte. Er meinte, er könne dich nicht erreichen, aber er habe erfahren, dass ich deine Agentin sei. Hat wohl einen der gut platzierten Artikel mit Foto von uns gelesen."

„Ja, sicher, von dem Diät-Meeting bei O amore mio …", konnte Landorff sich nicht verkneifen.

„Sei froh, dass du mit mir da warst", gab Melissa ungerührt zurück. „Von da an ging's bergauf mit dir. Darf ich dich an Heino erinnern?"

„Danke, bisher ging's mir gut, jetzt geht's mir schon viel schlechter. Also sag schon, wer hat angerufen? Kommissar Kroning?"

„Ach wo, der hat sich nicht mehr blicken lassen. Er hieß … warte mal … hier ist der Zettel. Er hieß Schöninger, Gerhard Schöninger. Du sollst ihn zurückrufen."

„Gerne, wenn ich wüsste, wer er ist." Landorff kramte in seinem Gedächtnis. Schöninger? „Hat er sonst noch etwas gesagt?"

„Nein, hat er nicht. Denk nach, das könnte wichtig sein. Weißt du schon mehr über den Mörder von Gregory Winter?“

„Es waren drei Männer und der junge Zahlmann hat sie hereingelassen. Einer der Gründe, warum er sterben musste. Aber das ist in der Zwischenzeit eine lange Geschichte geworden.“

Dieses Mal blieb Melissa stumm, als wären ihr die Worte ausgegangen. Dann flüsterte sie nur: „Mein Gott, der junge Zahlmann … weiß Kroning?“

„Nicht von mir“, antwortete Landorff. „Du wolltest doch ein Enthüllungsbuch. Nun, das wird eines, versprochen. Aktuell, brisant und einige Leute werden sich auf den Schlips getreten fühlen.“

„Dann leg los mit dem Schreiben, Monsieur de Gilles. Die Briefe an die Verlage ändert Petra gerade ab und um den Vorabdruck werden sich alle Magazine reißen, dafür sorge ich schon. Wo bist du überhaupt?“

„Irgendwo und nirgends. Im Moment kann ich dir nicht mehr sagen. Aber ich melde mich, sobald alles vorbei ist. Du könntest mir allerdings einen Gefallen tun.“

„Warum habe ich genau das befürchtet? Immer, wenn du anrufst, brauchst du etwas …“ Melissa seufzte theatralisch.

„Könntest du in der Firma Zahlmann anrufen und nach dem Chef fragen? Es gibt Informationen, wonach Zahlmann Senior seit dem Tod von Kevin spurlos verschwunden ist. Ich möchte nur wissen, ob das stimmt.“

„Du meinst … er ist auch tot?“, fragte Melissa zögernd.

„Keine Ahnung, ehrlich. Ich will nur meine Quelle überprüfen. Schreib dir meine Nummer auf, unter der bin ich heute zu erreichen. Kann ja auch sein, dass Zahlmann wie üblich an seinem Schreibtisch sitzt und man mir einen Bären aufgebunden hat.“

„Wird erledigt. Ich habe in zehn Minuten eine Sitzung, aber danach kümmere ich mich darum. Ich melde mich.“ Damit legte sie auf und Landorff zerbrach sich wieder den Kopf über den mysteriösen Gerhard Schöninger.

Der Landgasthof „Pauliwirt" nördlich von Mühldorf war zu Mittag fast bis auf den letzten Platz besetzt. Im Biergarten wuselten die Kellner hin und her, brachten eine schier endlose Flut von vollen Tabletts aus der Küche. Alex löffelte genüsslich ihre Leberknödelsuppe und blickte Landorff fragend an.

„Sie ruft bei Zahlmann an." Die Bedienung im Dirndl stellte einen dampfenden Schweinsbraten mit Knödel und Salat ab und war auch schon wieder weg. Landorff sog genüsslich den Duft ein und suchte nach dem Besteck. „Weißt du, ich traue Abitol nicht über den Weg. Seit einigen Tagen traue ich überhaupt niemandem mehr und das erschreckt mich. Ich will nicht mein restliches Leben damit verbringen, über meine Schulter zu schauen, meine Telefonnummern rascher zu wechseln als meine Unterhosen und hinter jedem Strauch einen Scharfschützen zu vermuten, der mich im Fadenkreuz hat. Das muss irgendwann aufhören. Ich will zurück in mein altes Leben."

„Nicht nur du", pflichtete ihm Buschmann bei. „Obwohl wir uns über das Honorar nicht beschweren können. Winter war außergewöhnlich großzügig. Ich kann mir ab sofort aussuchen, welche Turniere ich spiele und welche nicht, unabhängig vom Preisgeld. Das ist purer Luxus, zumindest in meinem Leben. Aber zuerst müssen wir Tartarus finden. Und Winters Mörder."

„Oder die finden uns zuerst und dann sind wir zu tot, um nach Tartarus zu suchen", meinte Landorff lakonisch. „Uns fehlt der entscheidende Hinweis. Mit Office39 sind wir zwar bis zu den Nordkoreanern gekommen, aber dann war Schluss."

„Wer steht noch auf unserer Telefonliste?"

„Shaneya Winter, Berndt Janninger in der Wirtschaftsredaktion des *Tagesanzeigers* und – ein gewisser Gerhard Schöninger, der sich bei Melissa gemeldet und um Rückruf gebeten hat." Landorff machte sich an den zweiten Knödel. „Und ich zerbreche mir die ganze Zeit den Kopf, wohin der in dem Puzzle gehört."

„Du erinnerst dich leichter an Gesichter als an Namen", lächelte Alex. „Vielleicht hätte er Melissa ein Foto von sich mitschicken sollen …"

„Ha! Das war's! Fotografie war das Stichwort." Landorff kramte in seiner Tasche, bis er die richtige Visitenkarte fand. „Da haben wir ihn. Gerhard Schöninger, Fachmann für alte Glasplatten, Negative und Abzüge in der fotografischen Sammlung des Münchner Stadtmuseums. Ich war vor einigen Tagen bei ihm, wegen des Schwarz-Weiß-Bildes, das Zahlmann in seinem Gang zu den Büros aufgehängt hat."

*

Die drei Männer in dem dunkelblauen Audi A8, der in diesem Moment auf den Parkplatz des „Pauliwirts" rollte, blickten aufmerksam auf die vielen abgestellten Autos. Als sie den Mercedes mit österreichischem Diplomatenkennzeichen erkannten, nickte der Fahrer zufrieden und fuhr weiter, bis auf die andere Seite des Parkplatzes. Dort stellte er den Wagen ab und stieg aus. Er bedeutete den anderen beiden, den Mercedes im Auge zu behalten, und verschwand in Richtung Biergarten.

*

„Schöninger?"

„Landorff hier, Sie haben bei meiner Agentin angerufen und wollten mich sprechen, Herr Schöninger. Ich war im Ausland und bin gerade wieder zurückgekommen."

„Ah, sehr gut, Herr Landorff. Ich wusste nicht, wie ich Sie erreichen sollte. Aber zum Glück …"

„… haben Sie ein Foto von mir in der Presse gesehen, das meine Agentin dort platziert hat, stimmt's?", unterbrach ihn Landorff.

„Genau!", Schöninger lachte. „Sie scheinen ja in der Zwischenzeit ziemlich bekannt zu sein."

„Glauben Sie nicht alles, was in der Zeitung steht, aber das ist eine bekannte Weisheit", wiegelte Landorff ab. „Haben Sie etwas über das alte Foto herausgefunden?"

„Ja, eine ganze Menge sogar, und aus reinem Zufall. Wie Sie

wissen, bereitet das Museum eine Ausstellung vor und ich habe dafür auch jene Kisten durchforstet, die normalerweise ungeöffnet stehen bleiben. Dabei habe ich einen kleinen Karton gefunden, den Sie sich ansehen sollten. Ich denke, ich habe den Ursprung ihrer Aufnahme gefunden. Es ist ein ziemlich abgeschottetes Land, zumindest heutzutage. Nordkorea."

Landorff wäre fast das Telefon aus der Hand gefallen. „Sagten Sie Nordkorea?"

„Ja, so heißt das Land heute. Vor dem Zweiten Weltkrieg hieß es Chōsen, eine Kolonie des japanischen Kaiserreichs, die durch den japanisch-koreanischen Annexionsvertrag 1910 entstanden war. Die Japaner waren allerdings nicht gern gesehene Kolonialherren. Sie modernisierten zwar das Land, beschnitten aber immer öfter die Rechte der Koreaner und unterdrückten ihre Sprache und Kultur. Nicht gerade Sympathieträger."

„Und was hat das mit Zahlmann zu tun?"

„Am besten, Sie kommen vorbei und schauen sich das an", beharrte Schöninger. „Dann werden Sie verstehen."

„Gut." Landorff sah auf seine Uhr. „Wir sind gegen drei Uhr Nachmittag bei Ihnen."

„Kein Problem, sollten Sie sich verspäten. Ich werde bis tief in die Nacht hinein in meinem Büro sitzen und arbeiten." Damit legte Schöninger auf.

„Habe ich das richtig gehört, dass wir einen Termin in München haben, der mit Nordkorea zu tun hat?", erkundigte sich Alexandra etwas erstaunt. „Denkst du nicht, das ist etwas zu riskant zu diesem Zeitpunkt?"

Landorff suchte auf seinem Handy nach dem Foto, um es Alex zu zeigen. „Schau, das ist die Fotografie, die bei Zahlmann auf dem Gang zu den Büros hängt. Sie sticht deshalb heraus, weil alle anderen Farbfotos sind und Prominente zeigen, wichtige Kunden mit dem Chef, selbst Heino hat Melissa da untergebracht. Und dazwischen das hier …"

Alex betrachtete aufmerksam das Schwarz-Weiß-Bild des Mannes im altmodischen Tropenanzug, mit einer Schaufel in der Hand, der konzentriert in die Ferne blickte. „Dieses kurz geschnittene blonde Haar, der ganze Typus erinnert mich an die Fotos von Leni Riefenstahl", meinte sie schließlich. „Und die dunkle Kiste mit der Karte? Soll das ein Hinweis auf einen Entdecker oder Archäologen sein?"

„Schöninger meint, es wäre in Nordkorea aufgenommen worden, in den 30er- oder 40er-Jahren des vergangenen Jahrhunderts. Aber alles Weitere will er uns persönlich zeigen."

*

Der Mann, der beim Eingang des Biergartens vor seinen Bier saß, drehte wie zufällig den Kopf zur Seite, als Landorff und Buschmann an ihm vorbeigingen. Dann wartete er noch einen Moment, bevor er einen Geldschein neben das Glas legte, aufstand und den beiden in sicherem Abstand folgte. Als der Mercedes in einer weiten Kurve aus dem Parkplatz fuhr und auf die Bundesstraße 299 einbog, lief er zu seinen Männern, startete den Audi und griff zum Telefon.

Dann machten sie sich an die Verfolgung.

*

Der Zustand von Schöningers Büro hatte sich nicht geändert. Höchstens war das Chaos noch ein wenig größer geworden, die Türme an Dokumenten etwas höher und die Stapel an Kartons hatten stellenweise die Decke erreicht.

„Fühlen Sie sich wie zu Hause", hatte der Fotoexperte gegrinst, nachdem er Buschmann und Landorff begrüßt hatte.

„Um Gottes willen, nur das nicht", wehrte Alex ab, nachdem sie einen Blick in die Runde geworfen hatte. „Das würde mich in eine sofortige Depression stürzen."

„Es sieht nicht immer so aus, aber je näher die Ausstellung kommt, desto mehr Material taucht auf", meinte Schöninger entschuldigend. „Und Platz ist Mangelware in diesem Haus." Er drehte sich kurz im Kreis, dann startete er zu seinem Schreibtisch und nahm eine hellbraune Schachtel von einem Bilderstapel. „Ich habe wegen dieser Fotos Nachtschichten eingelegt, weil ich die Arbeit für die Ausstellung nicht vernachlässigen wollte. Aber Sie hatten recht mit ihrem Bauchgefühl." Er entfaltete den Ausdruck des Fotos aus dem Zahlmann'schen Betrieb und reichte ihn Alex. „Halten Sie das bitte kurz?" Dann öffnete er die Schachtel, auf deren Deckel ein gleichschenkeliges Kreuz in einem Kreis prangte. Landorff sah genauer hin. Das Ornament war mit feinen Bleistiftstrichen gezeichnet, mit äußerster Präzision, jeder der Buchstaben sah aus wie ziseliert. „Das ist das Benediktiner-Kreuz", erklärte Schöninger, „die Buchstaben auf dem Kreuz bedeuten waagrecht ‚Der Drache sei mein Führer nicht' und senkrecht ‚Das heilige Kreuz sei mir Licht'." Er legte den Deckel beiseite und holte aus dem Karton einen Stapel Fotos heraus. Dann nahm er Alex den Ausdruck aus der Hand und legte eines der Fotos darauf. Die Zahnung und die Abmessungen stimmten millimetergenau überein. „Schauen Sie auf die Nummern rechts unten. Bei all den Fotos wurde sie nicht retuschiert. Sie passen in Größe und Position exakt zu Zahlmanns Foto, allerdings wurden sie bei seinem überpinselt."

Landorff beugte sich vor. Schöninger hatte recht. „Woher kommt die Schachtel mit dem Benediktiner-Kreuz?"

„Das erzähle ich Ihnen gleich", lächelte dieser und holte den kleinen Stapel Bilder aus dem Karton. „Aber zuerst wollen Sie sicher wissen, wer der Mann auf dem Foto ist, der so zielstrebig zum Horizont blickt. Es ist Josef Bartholomäus Zahlmann, der Großonkel des heutigen Firmenbesitzers. Er war der Bruder von Zahlmanns Großvater und wanderte 1924 in die damalige japanische Kolonie Chōsen aus. Er war Arzt und begleitete einen inzwischen seliggesprochenen Pater, Dr. Lucius Roth. Der war nach seiner Priesterweihe 1914 zum Sekretär des Apostolischen Nuntius Eugenio Pacelli, dem späteren Papst Pius XII., in München berufen worden und brach zehn Jahre später mit dem Schiff nach Übersee auf."

Schöninger zog ein Foto aus dem Stapel. „Das ist Roth." Das Bild zeigte einen ernst blickenden Mann mittleren Alters, mit kurz geschnittenen Haaren und melancholischen Augen. „Beachten Sie den Hintergrund, er ist fast identisch mit dem des anderen Fotos."

Landorff und Buschmann nickten.

„Die schwarze Kiste, auf die Zahlmann seinen Fuß stellt, enthielt höchstwahrscheinlich die wichtigsten Utensilien für seine Tätigkeit als Arzt in der Abtei St. Benedikt, einer großen Missionsstation der Benediktiner, die damals noch in Seoul lag. Und bevor Sie fragen … Die Benediktiner aus St. Ottilien in der Oberpfalz hatten diese Mission bereits 1909 gegründet und waren damit äußerst erfolgreich. So wollten sie Mitte der 1920er-Jahre die Anzahl der Patres erhöhen und Zahlmann ging, wie einige andere auch, wohl als Arzt mit ihnen mit nach Asien. Ob ihn die Abenteuerlust getrieben hat, ob er vor privaten Problemen in Deutschland floh oder nach dem Erscheinen von *Mein Kampf* ein Jahr zuvor politische Vorahnungen hatte, das weiß man nicht. Drei Jahre nach seiner Ankunft wurde die Mission jedoch von Seoul in den Norden Koreas verlegt, in das Gebiet von Tokwon. Damit nahm das Verhängnis seinen Lauf."

Schöninger griff erneut nach einem Foto im Stapel. Es zeigte zahlreiche Bauten in asiatischem Stil mit geschwungenen Dächern, die sich rund um eine hohe, gemauerte Kirche scharten.

„Neben der eigentlichen Klosteranlage gab es ein Priesterseminar, ein Krankenhaus, in dem Zahlmann wohl tätig war, Ausbildungswerkstätten, eine Druckerei, zahlreiche Wirtschaftsbetriebe und sogar ein Fotolabor. Bis zum Ende des Zweiten Weltkriegs blühte die Abtei auf, zwölf Missionsstationen entstanden nach und nach ringsum in der Provinz, jede mit einer Schule und Spitälern. Doch die Machtübernahme der Kommunisten bereitete der beliebten Benediktiner-Mission ein jähes Ende. In der Nacht vom 9. auf den 10. Mai 1949 wurde das Kloster Tokwon von der kommunistischen Geheimpolizei umstellt, geräumt und weitgehend zerstört. Zahlreiche Mönche wurden noch vor Ort ermordet oder in Lager deportiert, wo sie nach kurzer Zeit an Hunger und Kälte zugrunde gingen. Der Abt-Bischof Bonifatius Sauer, Vorsteher der Mission, starb im Februar 1950 an den

Folgen einer qualvollen Einzelhaft in Pjöngjang. Nur eine Handvoll Benediktiner entkam der Säuberung."

„Und Zahlmann?", wollte Buschmann wissen.

„Seine Spur verliert sich bald im Dunkel der Geschichte", antwortete Schöninger nachdenklich. „Aber nicht ganz. Im November 1953 wurden einige der Patres, die überlebt hatten, mit viel Glanz und Pomp von Nordkorea nach St. Ottilien zurückgebracht. Einer der Rückkehrer berichtete davon, dass Zahlmann die Flucht gelungen sei und er untertauchen konnte."

„Und Pater Lucius, den er begleitet hatte?"

„Der hatte weniger Glück. Er wurde sofort verhaftet und ins Gefängnis nach Pjöngjang gebracht, wo er im Oktober 1950 nach siebzehn Monaten Haft hingerichtet wurde.

Vorher hatte er angeboten, man solle ihn als Hauptverantwortlichen der ganzen Mission erschießen und die Unschuldigen freilassen, doch die Kommunisten gingen nicht darauf ein. Ich habe heute Morgen mit St. Ottilien telefoniert. Seine Briefe aus der Kerkerhaft, die zu letzten Lebenszeichen der später ermordeten Missionare zählen, wurden erst vor wenigen Monaten in den Archiven des Klosters wiederentdeckt."

„Keine schöne Geschichte", stellte Alex fest. „Zahlmann hatte also Familie in Nordkorea. Und er muss seinen Großonkel bewundert haben, sonst hätte er nicht sein Bild aufgehängt. Wer weiß, was ihm Kim Jong-un versprochen hat. Klarheit über den Verbleib seines Verwanden? Seine Gebeine? Oder leben vielleicht noch Nachkommen Zahlmanns in Nordkorea?"

„Sie haben uns sehr geholfen, Herr Schöninger", meinte Landorff, „das Puzzle wird langsam komplett. Danke für Ihre Zeit und Mühe. Vielleicht können Sie die Fotos aus dem Karton eines Tages für eine Ausstellung über die Mission der Benediktiner in Korea verwenden."

Schöninger sah ihn nachdenklich an. „Ich weiß nicht, woran Sie arbeiten, Herr Landorff, aber lassen Sie mich Ihnen eines auf Ihren Weg mitgeben. Der hl. Benedikt wird als Patron der Sterbestunde verehrt, da er seinen eigenen Tod voraussah und sich darauf vorbereitete. Er ließ sich an seinem letzten Tag in die Kirche tragen, wo er stehend, mit den Händen zum Himmel erhoben, ein letztes Gebet sprach und starb. Geben Sie also acht auf sich."

Das Telefon klingelte, als Landorff den Mercedes aus der Tiefgarage lenkte. Melissa klang aufgeregt.

„Du hattest recht. Zahlmann ist seit Tagen verschwunden. Die machen sich in der Firma inzwischen große Sorgen, weil das so ganz und gar nicht seine Art und noch nie passiert ist. Seine Sekretärin führt inzwischen die Geschäfte mehr oder minder intensiv, ich habe mit ihr gesprochen. Sie klingt ziemlich durch den Wind. Kroning war auch schon im Betrieb, die Vermisstenmeldung ist raus. Das ist alles, was man derzeit weiß. Die Sekretärin hat mir allerdings etwas Seltsames erzählt. Sie behauptet steif und fest, ein Bild aus der Galerie am Flur zu den Büros sei verschwunden."

„Und ich weiß genau, welches", gab Landorff zurück. „Du selbst hast damals Wayne, den Szenefotografen, da hingeschickt, um es abzulichten."

„Du meinst dieses alte Schwarz-Weiß-Bild? Mit dem Mann im Tropenanzug?"

„Genau dieses! Pass gut darauf auf, wir haben sonst nur den Schnappschuss, den ich bei meinem letzten Besuch bei Zahlmann mit meinem Handy gemacht habe. Das Foto ist wichtig!"

„Schon gut, du Nervensäge. Sonst noch etwas?"

„Danke, Melissa, meine Informantin hat also nicht gelogen. Drück die Daumen, dass wir endlich den entscheidenden Hinweis finden. Sonst hat das Enthüllungsbuch leider kein Ende, sondern schließt mit einer Seite voller Fragen."

„Dann streng dich gefälligst an, deine Leser erwarten Antworten. Sie zahlen ja schließlich auch dafür."

„Ja, Chefin, geht klar, Chefin, sofort!"

„Na also, geht doch. Die Briefe an die Zeitungen wegen der Vorabdrucke sind raus und ich telefoniere jetzt die Verlage in München durch. Hast du schon einen Arbeitstitel?"

„Das Tartarus-Projekt."

„Kling gut, modern, einprägsam. Könnte von mir sein. Nehmen wir.“ Damit legte Melissa auf.

„Die ist aber auch ein bisschen anders“, meinte Alex, die über die Freisprechanlage mitgehört hatte.

Landorff nickte. „Die einzige Frau, die mich in eine sofortige Depression stürzen kann. Sie wollte mich auf dem Pilgerweg nach Santiago di Compostella einen öffentlichkeitswirksamen Tod sterben lassen, damit sich meine Bücher besser verkaufen. Nach dem Motto ‚Nur ein toter Autor ist ein guter Autor‘. Ja, Melissa ist schon etwas anders. Aber verdammt professionell, das muss man ihr neidvoll ihr lassen. Seit sie Heino unter Vertrag hat, klingt der härter als Rammstein.“

„Du übertreibst. Soll ich die Nummer von Shaneya Winter wählen?“

„Ja, und dann müssen wir noch mit Berndt Janninger vom *Tagesanzeiger* reden. Dem hat die Allstarinvest sicher auch keine Ruhe gelassen. Und er hat keine Ahnung, dass ich noch lebe.“

Buschmann wählte die Nummer von Shaneya Winter, während Landorff den Mercedes vorsichtig durch den Innenstadtverkehr lenkte.

„Ja?“, meldete sich Shaneya Winter vorsichtig.

„Landorff hier, ich habe noch ein paar Fragen zu den letzten Tagen Ihres Vaters. Hat er zwischen dem Notarbesuch und der Party irgendwelche Reisen unternommen? Ist er irgendwohin gefahren, hat sich mit Leuten getroffen, Veranstaltungen besucht?“

„Nein, eigentlich blieb er die ganze Zeit zu Hause und schloss sich in seinem Büro ein“, stellte Shaneya fest. „Das sah ihm gar nicht ähnlich. Er war sonst immer unterwegs, bei Besprechungen, oder blieb den ganzen Tag einfach außer Haus. Aber während dieser Tage kann ich mich eigentlich nur an ein einziges Mal erinnern, dass er das Haus verließ. Er wollte zu Zahlmann, am Tag vor der Party, um letzte Einzelheiten wegen des Caterings zu besprechen. Dann kam er wieder nach Hause.“

„Wie lange war er etwa weg?“

Shaneya Winter schien zu überlegen. „Sicher nicht länger als zwei Stunden. Ich war zu Hause, weil ich für eine Prüfung lernen musste."

„Ist Ihnen in diesen Tagen an Ihrem Vater etwas aufgefallen? War er anders als sonst?"

Wieder ein Moment Stille. „Er schien sehr zufrieden über den abgeschlossenen Deal zu sein, er erzählte mir kurz davon. Aber dann wiederum …" Sie zögerte. „Dann wanderte er unruhig durchs Haus, fast grüblerisch, verkroch sich in seinem Büro."

„Hat er nach seiner Rückkehr von Zahlmann irgendetwas gesagt?"

„Nein, nicht dass ich wüsste. Er kam mir allerdings irgendwie …" Sie brach ab.

„Ja?", hakte Landorff nach. „Denken Sie in Ruhe nach. Es ist wirklich wichtig."

„Er kam mir ruhiger vor, nicht mehr so angespannt, irgendwie erleichtert. Er lachte sogar wieder beim Abendessen." Shaneyas Stimme versiegte und sie schluchzte kurz. „Warum fehlen einem Menschen immer erst dann, wenn man weiß, dass sie nicht mehr zurückkommen?"

„Weil man dann begriffen hat, dass man sie endgültig verloren hat", antwortete Landorff leise. „Jeder erfährt das früher oder später im Leben. Danke und ich melde mich wieder." Damit legte er auf.

„Sie klingt ganz anders, als du sie beschrieben hast", bemerkte Alex. „Sie tut mir leid."

Landorff antwortete nicht. Er fuhr rechts ran, hielt an und schien völlig in Gedanken versunken. Buschmann schwieg und wollte ihn nicht stören.

„Ist es nicht seltsam", sagte er schließlich leise, wie zu sich selbst, „dass Winter zu Zahlmann fährt, nur einen Tag vor der Party? Zuvor verkriecht er sich tagelang in seinem Büro, aber mit einem Mal fährt er los zum Metzger seines Vertrauens … Was sollen die noch zu besprechen haben? Da ist doch schon alles gelaufen, was das Catering betrifft. Und als er zurückkommt, ist er scheinbar erleichtert und nicht mehr so gestresst. Da war doch etwas …"

Er trommelte mit den Fingern auf das Lenkrad.

„Ich hab da so eine Idee", sagte er schließlich. „Aber vorher brauchen wir eine Rückversicherung."

„*Tagesanzeiger*?", fragte Buschmann und Landorff nickte.

„Janninger, Wirtschaftsredaktion?"

„Grüß dich Berndt und keine Namen. Du weißt sowieso, wer dran ist."

„Gott sei Dank, du lebst! Hier waren nach der Explosion schon alle auf dem Kriegspfad, nachdem ich ihnen von deinen Recherchen erzählt habe. In welches Wespennest hast du bloß gestochen?"

„Office39 oder, besser gesagt, die geheime Geldwaschmaschine der Nordkoreaner. Die Allstarinvest ist eine der mehr als hundert Tarnfirmen des Regimes, und wenn wir nicht die Notbremse ziehen, dann wandert Tartarus nach Pjöngjang. Spitz schon mal die Feder." Dann berichtete Landorff seinem Freund in großen Zügen von seinen Recherchen.

„Mir ist dieses geheimnisvolle Büro in Nordkorea schon ein paar Mal untergekommen", unterbrach ihn Janninger aufgeregt. „Wir haben seinerzeit sogar eine Artikelserie im Wirtschaftsteil geplant, aber aus irgendwelchen Gründen wurde nichts daraus."

„Dann hol deine Notizen von damals aus der Schublade, aber zügig," meinte Landorff. „Meine Agentin hat heute die Angebote der Vorabdrucke meines Buches an alle Zeitungen geschickt. Aber ich hab dir eine Exklusivgeschichte versprochen und die bekommst du auch. Hast du vom Verschwinden Zahlmanns gehört?"

„Nein, kein Wort. Woher hast du das?"

„Bestätigte Quellen. Häng dich dran. Ich möchte wissen, wo er ist und ob er noch lebt. Er hat den Deal mit Winter eingefädelt, aber diese Geschichte ist zu lang, um sie am Telefon zu erzählen. Ich melde mich, wenn alles vorbei ist."

„Zahlmann?", fragte Janninger ungläubig nach.

„Glaub's mir einfach. Und tu mir noch einen Gefallen: Ruf sofort Kroning an und erzähl ihm alles, was du über die Allstarinvest und Office39 weißt. Und sag ihm, wir fahren zu Zahlmann in den Betrieb. Ich habe einen Verdacht, aber der kann auch falsch sein."

Der Nachmittagsverkehr in München verdichtete sich zur Rushhour und der Mercedes mit Buschmann und Landorff kam nur langsam vorwärts, oftmals im Schritttempo. Als sie die Firmengebäude von Julius Zahlmann & Sohn erreichten, war es bereits knapp nach 18.00 Uhr. Im Fabrikverkauf löschte gerade jemand die Neonröhren und zwei Verkäuferinnen im Dirndl gingen zu ihren Autos, die zwischen den Kühl-Lkws abgestellt waren. Landorff ließ die Limousine weiterrollen, tiefer hinein in den riesigen Hof, suchte nach einem abseits gelegenen Parkplatz.

„Was, bitte, machen wir hier?", fragte Alex. „Zahlmann Senior ist nicht da, die Angestellten gehen gerade nach Hause und die Security wird wahrscheinlich in wenigen Minuten das Gelände sperren."

„Genau das hoffe ich", meinte Landorff und zeigte auf eine Metalltür. „Da drüben müssen wir hin. Im ersten Stock, den Gang links hinunter, da liegt das Büro von Zahlmann. Es hat die Nummer 10 an der Tür, in Messing, und nicht zu übersehen. Ich frage mich, ob es nicht auch ein Büro mit der Nummer 39 gibt …"

Alex sah ihn überrascht an. „Du meinst …?"

„Nein, aber ich hoffe", gab Landorff zurück. „Komm!"

Sie liefen über den Hof und erreichten die Tür, die glücklicherweise unverschlossen war. Der Geruch nach Putz- und Desinfektionsmittel lag in der Luft.

„Das Büro von Zahlmann liegt im ersten Stock und trägt die Nummer 10. Ein Büro mit der Nummer 39 müsste logischerweise im dritten Stock liegen. Also los!"

Landorff ließ den Lift links liegen und nahm die breite Treppe aus Marmor, die effektvoll beleuchtet zwischen Edelstahlgeländer und moderner Kunst hinaufführte. Sie begegneten keinem Menschen. Als sie den dritten Stock erreicht hatten, kontrollierte Landorff die Bürotüren. Die Nummerierung begann rechts mit 31, links mit 32.

„Fünfte Tür rechts also", schloss Buschmann und lief voraus. Dann standen sie vor dem Büro 39 mit der Aufschrift „Buchhaltung" und Landorff drückte versuchsweise die Klinke.

Verschlossen …

„*Die* Tür würde ich auch in meiner Firma nicht offen stehen lassen." Alex sah sich um. „Und was jetzt?"

„Jetzt müssen wir uns entscheiden", murmelte Landorff. „Aufbrechen oder umdrehen und gehen."

„Wenn wir die jetzt aufbrechen, dann verhaftet uns Kroning ohne mit der Wimper zu zucken. Und selbst der beste Anwalt kann uns nicht mehr helfen."

„Dann ist das so." Landorff zuckte mir den Schultern, machte einen Schritt zurück und trat dann mit voller Kraft gegen die Tür. Der Tritt hallte wie ein dumpfer Schlag durch den Gang.

„Wer immer noch Überstunden schieben sollte, ist jetzt hellwach und auf der Hut. Und stürmt Sekunden später aus seinem Büro", kommentierte Alex den Lärm. Doch niemand ließ sich blicken und Landorff trat erneut zu.

Nach dem vierten Tritt begann das Schloss nachzugeben. Da warf Landorff sich gegen die Tür und stand plötzlich in einem großen, hellen Büro mit fünf vollgepackten Schreibtischen, den obligaten Grünpflanzen und dunklen Computerbildschirmen.

„Willkommen in der Buchhaltung der Firma Zahlmann", meinte Alex leise, als sie hinter Landorff den Raum betrat und sich umblickte. „Ich hasse ordinäre Ausdrucksweisen, aber jetzt sind wir im Arsch."

„Denk nach, wir haben nicht viel Zeit", drängte Landorff sie. „Die Security kann jeden Moment auf der Matte stehen. Vielleicht haben wir sogar einen Alarm ausgelöst. Also … wo würdest du an Winters Stelle Tartarus verstecken? Er hatte genauso wenig Zeit wie wir. Vielleicht war er in der Mittagspause hier, die Tür war unverschlossen und es blieben ihm nur wenige Minuten, um sicher wieder zu verschwinden."

„Wie soll Tartarus überhaupt aussehen? Wonach suchen wir?"

„Digitalisierte Dokumente, auf kleinem Raum gespeichert. Also ein Stick, das wäre das Naheliegende."

„Logisch“, musste Alex zugeben. „Dann würde ich den Stick dahin legen, wo er nicht auffällt. In die Lade eines Schreibtisches, zwischen andere Speichersticks. Unter Umständen bleibt er dort monatelang unentdeckt.“

„Dann los! Such nach Aufschriften wie ‚Winter Party‘, ‚Tartarus‘, ‚Gregory Winter‘ oder ‚Office39‘ … was auch immer, ich hab keine Ahnung.“

Die Schreibtische waren unverschlossen. Nach wenigen Minuten war klar, dass die Sache nicht so leicht sein würde. In den Laden war nichts zu finden. Doch dann erblickte Landorff einen kleinen, runden Behälter, der wie eine Sammelbüchse für Büroklammern aussah. Darin standen dicht an dicht Sticks alle Art und Farbe.

„Bingo!“, rief er aus und leerte den Inhalt auf die Tischplatte. Einer der Sticks trug die Aufschrift „Tart39“, hatte 128 GB Speicherplatz und Landorff war sicher, den richtigen gefunden zu haben.

Buschmann hatte inzwischen einen der Rechner hochgefahren, doch der war passwortgeschützt. Der nächste ebenfalls.

„Wir haben zwar einen Stick, aber wir können ihn nicht lesen …“ Buschmanns Stimme klang angespannt. Sie schaute sich genauer im Büro um. In einem der Regale lag ein Laptop, der leise vor sich hin summte. Alex klappte ihn auf. „Glück muss der Mensch haben. Der hat sich gerade aktualisiert, deshalb war er eingeschaltet. Wahrscheinlich hat sein Besitzer nicht länger warten wollen.“ Sie stellte ihn auf einen der Schreibtische und Landorff steckte behutsam den Stick in den USB-Port, während Alex ihm neugierig über die Schulter schaute.

„Jetzt wissen wir gleich, ob wir uns geirrt haben und einem Phantom nachgelaufen sind …“

„… oder Tartarus gefunden haben“, murmelte Landorff und wusste in diesem Moment nicht, welche der beiden Optionen ihm tatsächlich lieber wäre. Er öffnete den Explorer und rief das externe Laufwerk auf.

Der Bildschirm blieb leer.

„Nichts. Nicht eine einzige Datei auf dem Stick.“

„Das verstehe ich nicht“, meinte Alex, „warum sollte Winter ‚Tart39‘ auf einen leeren Datenstick schreiben?“

„Um den richtigen Datenträger zu schützen.“ Landorff zog den Stick ab. „Nehmen wir an, jemand kommt so weit wie wir. Er findet das Büro 39, sucht, hat wenig Zeit und außerdem Angst, entdeckt zu werden. Also reißt er die Schubladen auf, kramt darin herum und findet schließlich den Stick mit der Aufschrift ‚Tart39‘. Glaubst du, er sucht weiter? Die Computer im Raum sind heruntergefahren, also keine Zeit für eine Kontrolle. Was macht er? Steckt den Stick erleichtert ein und sucht nicht weiter, sondern stürzt aus dem Büro und verlässt das Gebäude.“

„Klingt logisch. Aber wir haben unser Zeitkonto auch schon weit überzogen“, gab Alex zu bedenken. „Bald wird die Security auftauchen, du hast Kroning herbestellt und wir sitzen hier auf dem Präsentierteller hinter einer aufgebrochen Tür, durchsuchen die Buchhaltung und wühlen in den Schreibtischen.“

„Winter war ebenfalls in Eile, er hatte eine Verabredung mit Zahlmann Senior vorgeschoben und wollte auf keinen Fall auffallen“, fuhr Landorff unbeirrt fort. „Entweder hatte er Glück und kam aus Zufall ebenfalls zur Mittagszeit oder er hatte es von Anfang so geplant. Also musste er sich beeilen, so oder so.“

Er sah sich erneut in dem Raum um. Büroschränke, fünf Schreibtische mit Monitoren, zwei Topfpflanzen, Ablagen. Lüftungsgitter? Negativ. Ein einsames Bild hing an der Wand, eine verblasste Luftaufnahme von Zahlmanns Betrieb vor dreißig oder vierzig Jahren. Eine Erinnerung an die Anfänge der Firma. Daneben Regale, voll mit Akten, sicher mehr als dreihundert Ordner, wie Landorff im Stillen schätzte. Sollte Winter den Stick da versteckt haben, dann konnte es Tage dauern, ihn zu finden.

„Michael! Bitte! Die Uhr tickt!“, holte ihn Alex aus seinen Betrachtungen und ihre Stimme verriet steigende Nervosität.

„39 …“, murmelte Landorff, „steht im Alphabet für die Buchstaben C und I“.

„Landläufige Abkürzung für Corporate Identity“, ergänzte Alex etwas unwillig. „Das Erscheinungsbild eines Unternehmens, wie es sich darstellt und von seinen Mitbewerbern unterscheidet."

„Das Bild!", rief Landorff. Mit vier großen Schritten stand er vor dem gerahmten Foto und nahm es von der Wand. Unter einer der Eckverstärkungen steckte ein dünner, schwarzer Stick. Darauf stand „Golden Star Bank".

„Bingo! Das war die Bank der Nordkoreaner in Wien! Erinnere dich an Abitol. Das Institut wurde 2004 geschlossen, weil das Innenministerium ihm Geldwäsche, Handel mit waffenfähigem Uran und Millionen von Dollar-Blüten nachweisen konnte."

„Der Stick wäre einem Außenstehenden auch so kaum aufgefallen, in einem Büro mit Hunderten Ordnern, Ablagen und Buchhaltungsunterlagen", nickte Alex. „Selbst wenn er eines Tages aus dem Rahmen gerutscht wäre. Golden Star kann eine Bank auf den Cayman Islands sein, auf die Zahlmann seine Gewinne umlenkt …"

Landorff saß bereits vor dem Laptop und steckte den Stick in den USB-Port. Als er darauf zugriff, erschien eine Liste von Ordnern. Der Versuch, einen von ihnen zu öffnen, schlug mit der Einblendung von „Passwort?" auf dem Screen fehl. Frustriert schlug er mit der flachen Hand auf die Tischplatte und fluchte leise vor sich hin.

„Was hast du angenommen?" Alex beugte sich vor. „Aber es zeigt, dass wir auf dem richtigen Weg sind. Wir können jetzt Zeit verschwenden und nach Passworten suchen oder den Stick einfach mitnehmen – und hoffen, dass es der richtige ist."

Das war der Moment, in dem die Tür aufflog und drei bewaffnete Männer in schwarzen Kampfanzügen in den Raum drängten. Ihre Schnellfeuerpistolen waren auf Landorff und Buschmann gerichtet.

„Du hast Dokumente gefunden?", zischte einer der Männer mit ausländischem Akzent und erfasste mit einem Blick die Lage: Landorff am Computer, Alex über seine Schulter gebeugt, der Stick. „Wir nehmen den! Wirf ihn rüber!" Er legte an und zielte genau auf Landorffs Kopf. „Ich zählen bis drei!", rief er.

„Leck mich am Arsch, du Simpel!", schrie Landorff zurück und spürte, wie Zorn, Müdigkeit und Verzweiflung tief drinnen einen Pakt der Wut schlossen. „Rechts-Click und formatieren …", ergänzte er und sein Finger schwebte drohend über der Enter-Taste. „Das werdet ihr dem großen Führer Kim Jong-un erklären müssen. Bevor er euch den Hunden zum Fraß vorwirft, im wahrsten Sinne des Wortes. Weil dann ist Tartarus endgültig im digitalen Nirwana verschwunden."

Unsicherheit flackerte im Blick des Wortführers auf. Die beiden anderen fragten ihn etwas in einer Sprache, die Landorff nicht verstand. Die kurze Antwort erfüllte wohl keineswegs deren Erwartungen, denn sie sahen einander zweifelnd an.

„Jetzt kommt man mit einer abgeschnittenen Hand und einem Auge nicht mehr weiter", setzte Landorff nach. „Was für eine Bande von Verlierern! Habt ihr angenommen, Winter hätte Tartarus im Gebäude der AICT versteckt? Wo die meisten Labors mit Retina-Scanner oder Fingerabdruck gesichert sind? Hat euch das die Walküre verraten, bevor sie sich in die ewigen Jagdgründe geschossen und Buschmann Senior gleich mitgenommen hat?"

Der Wortführer der drei fixierte Landorff hasserfüllt. Dann nickte er langsam.

„Und Winter hat euch gar nichts gesagt", fuhr Landorff unbeirrt fort. „Er hat geschwiegen, selbst als ihr ihn gefoltert und schließlich angezündet habt. Ab da ist alles aus dem Ruder gelaufen. Und ihr habt Panik bekommen. Tartarus war weg und ihr hattet keine Ahnung, wo er war."

Stille breitete sich im Raum aus und Landorff fragte sich, ob er die drei wohl noch hinhalten konnte, bis entweder die Security oder Kommissar Kroning auftauchen würde.

„Ich frage mich ja, wie ihr zur rechten Zeit hierherkommen konntet …", startete er einen weiteren Versuch, doch da schwang die Tür auf und Stephanie Meisinger betrat das Großraumbüro und Landorff blieben die Worte im Hals stecken.

Alexandra Buschmann unterdrückte einen Ausruf und starrte ungläubig auf Meisinger, die sich neben dem Wortführer der drei Männer aufbaute und Landorff mit kalten Augen fixierte.

„Ich denke, wir haben genug geredet", meinte sie schließlich, nahm dem Mann die Pistole ab und schoss ohne zu zögern. Durch die Wucht des Projektils wurde Alexandra von den Füßen gerissen, über einen Schreibtisch geschleudert, hinter dem sie aufstöhnend in einem Strudel aus Blättern zusammenbrach.

„Ich denke, Sie müssen sich jetzt entscheiden, Herr Landorff. Mit jeder Sekunde schwindet die Wahrscheinlichkeit, dass Frau Buschmann überlebt. Der Tod wartet nicht gern … und er ist bereits hier, unter uns."

„Sie …" Landorff versagte die Stimme. Er wollte aufspringen, nach Alex schauen, doch dann wäre alles verloren gewesen. Ohne Finger auf der Enter-Taste keine Drohung, ohne Drohung der sichere Tod. „Wieso …?"

„Kommen Sie mir jetzt nicht mit Moral, während Frau Buschmann verblutet", lächelte Meisinger kalt. „Ihre Uhr des Lebens tickt und läuft ab. Sie haben keine Ahnung von der Welt der Geheimdienste. Wer darin lebt, der muss sich irgendwann entscheiden. Und ich habe mich entschieden, schon vor Jahren. Für meine Art des Lebens und eine starke Seite. Vergessen Sie nicht, Nordkorea hat eine eintausend Kilometer lange Grenze mit China. Kim Jong-un springt nur so weit, wie Xi Jingping ihn lässt. Also überlegen Sie besser, was Sie tun und wo Sie stehen. Den Stick! Jetzt!" Sie streckte ihre Hand aus und hob ihre Pistole.

Der Lauf war völlig ruhig.

Landorffs Finger über der Enter-Taste begann zu zittern.

Und dann überschlugen sich die Ereignisse. Peter Palm stürmte ins Büro, gefolgt von einem wütenden Anatoliy Grasnow, der den Kopf gesenkt hatte und mit einem gebrüllten „пиздюк" dem nächststehenden Mann in Schwarz seine Maschinenpistole in die Kehle rammte. Palm stand schon hinter Meisinger und drückte ihr den Lauf seiner Pistole an den Kopf. Hinter ihm fluteten Polizisten in schusssicheren Westen das Büro, gefolgt von einem medizinischen Notfallteam.

„Stephanie … so sieht man sich wieder“, raunte Palm in Meisingers Ohr und wand ihr die Pistole aus der Hand. „Wenn es nach mir gegangen wäre, dann hätte ich dich einfach erschossen und dir damit einen Gefallen getan. Denn dann wäre es rasch vorbei gewesen. Aber hier gibt es einige Leute aus verschiedenen Ländern, die wollen dir weder den Prozess noch die langen Jahre im Gefängnis ersparen. Die sind so richtig sauer auf dich!“

Die Gruppe von Männern, die in diesem Moment den Raum betrat, sah nicht so aus, als würde sie Spaß verstehen oder Lachen zu einer ihrer Prioritäten im Leben gehören. Landorff erkannte Kommissar Kroning, der ihm kurz zunickte und sofort begann, die Taschen der drei Killer zu durchsuchen. Ein anderer kam geradewegs auf ihn zu und streckte die Hand aus.

„Wir kennen uns nur vom Telefon“, lächelte er dünn. „Braunberger, BND. Die anderen Kollegen sind aus aller Herren Länder gekommen, in einer Nacht- und Nebel-Aktion. Aus Österreich ist die Militärische Abwehr angereist, Herr Palm hat den eigenen Leuten nicht wirklich getraut. Wie Sie sehen, wir haben alle nicht viel geschlafen …“

„Ich fühl mich ja gleich viel sicherer, jetzt wo Sie da sind“, ätzte Landorff. „Braunberger? Jetzt weiß ich endlich, wie man vornehme Zurückhaltung buchstabiert.“

Der BND-Mann zog eine Visitenkarte aus der Tasche und reichte sie Landorff.

„Sie wollen doch ein Buch schreiben. Nun, diesmal wird der Dienst das Projekt unterstützen. Wir haben das mit allen Partnern abgestimmt. Rufen Sie mich an, wenn alles hier vorbei ist. Wir liefern die Hintergrundinfos. Versprochen.“ Damit drehte er sich um und ließ einen verblüfften Landorff zurück, der sich fragte, ob er nicht gerade träumte.

Das medizinische Rettungsteam hatte inzwischen Alexandra Buschmann auf eine Bahre gelegt, Infusionen gesetzt und die Blutung gestillt. Im Hof hörte Landorff einen Helikopter zur Landung einfliegen. Einer der Sanitäter fing seinen Blick auf und meinte: „Glatter Durchschuss, machen Sie sich keine Sorgen, wir fliegen sie umgehend ins Klinikum Großhadern. Da ist sie in besten Händen.“ Dann brachten sie Alex fort und Landorff fühlte sich mit einem Mal sehr allein.

Der Wortführer der drei Killer fing an, lautstark zu protestieren, als Kommissar Kroning seinen Pass aus der Tasche des Kampfanzugs zog. „Diplomatic immunity! Let us go!“

Kroning zuckte mit den Schultern. Als Peter Palm und Anatoliy zu ihm traten, zeigte er ihnen die Dokumente. „Diplomatenpässe aus Nordkorea … die sitzen bald im nächsten Flieger nach Pjöngjang.“

Wortlos riss Anatoliy ihm die drei Pässe aus der Hand, blickte sich suchend um und grinste dann. Sekunden später verschwanden die drei Dokumente mit leisem Knirschen in einem Aktenreißwolf.

„Diplomatische Immunität? Wo? Nix immun. Ganz gewöhnliche tschetschenische Kriminelle. Käufliche Killer. Abschaum.“ Anatoliy ignorierte die wütenden Proteste der drei Männer. Dann sagte er auf Russisch: „Kein Staat der Welt wird sich für euch einsetzen. Nicht einmal ein Clown aus Nordkorea. Mit internationalem Haftbefehl gesuchte Mörder machen sich nicht gut auf einer Diplomatenliste.“

„Also keine Ausweisdokumente“, stellte Kroning lakonisch fest und blickte zufrieden grinsend in die Runde. „Ich nehme Sie hiermit fest unter dem Verdacht des Mordes an Gregory Winter und Kevin Zahlmann, des Sprengstoffanschlags auf Michael Landorff, des dreifachen Mordes in diesem Zusammenhang und ich wette, mir fällt im Laufe der Ermittlungen noch jede Menge ein. Abführen!“

Dann schüttelte er Landorff die Hand. „Ich hoffe, wir sehen uns im Präsidium für den Papierkram. Und willkommen zurück im Leben.“

Landorff nickte stumm und ließ sich wieder auf den Sessel fallen.

Anatoliy kam zu ihm und klopfte ihm anerkennend auf die Schulter. „Gut gmacht, Mischa.“

„Aber … ich dachte, du wärst tot?“

„Bisschen Theater“, lächelte Anatoliy entschuldigend. „Peter hat mich schon vorher gewarnt, gab es Gerüchte in Wien. Ein Anschlag auf mich. Also ich jeden Tag trage schusssichere Weste …"

Peter Palm trat hinzu, nickte und legte freundschaftlich den Arm um Anatoliy. „Viele ehemalige Agenten des KGB und FSB sind nicht mit den gewaltsamen Aktionen des SWR, des russischen Auslandsgeheimdienstes, einverstanden. Die Welt hat sich gewandelt, wir leben nicht mehr in den 1960er-Jahren. Doch vor allem die Saslon, die Spezialeinheit des SWR, ignoriert das und schert sich in den letzten beiden Jahren einen Dreck um bilaterale Beziehungen. Das hat man an den Attentaten in Großbritannien und Deutschland gesehen. Vier Monate nach dem Anschlag auf die Skripals in Südengland sind dort wieder ein Mann und eine Frau durch den Kampfstoff Nowitschok vergiftet worden und auch der Mord an dem Georgier Changoschwili in Berlin letztes Jahr trägt die Handschrift des SWR. Die Alleingänge des Auslandsgeheimdienstes, der in Konkurrenz zu FSB und GRU steht, finden in ganz Europa statt und sie stellen die Beziehungen zu Russland jedes Mal auf eine harte Probe. Anatoliy hat sich bei einem Empfang des russischen Botschafters in Wien deutlich dagegen ausgesprochen. Und viele haben ihm beigepflichtet. Daraufhin gab es sogar eine offizielle Note an Putin, unterschrieben von mehr als einhundert einflussreichen Exilrussen und Agenten. Seit damals hatten die Saslon ihn im Visier."

„Und schlugen ausgerechnet dann zu, als auch wir da waren?", wollte Landorff wissen.

„Leider. Ich wusste, mir würde nichts geschehen, sie hatten es nur auf Anatoliy abgesehen. Der trug seine Weste, blieb also unverletzt, aber dann kamen die Saslon-Killer hoch und dachten, sie hätten leichtes Spiel."

„Doch da liefen sie direkt in die Feuerwalze", erinnerte sich Landorff.

„Also wollte ich euch so rasch wie möglich weg vom Karl-Marx-Hof haben, bevor ihr auch noch ins Visier der Spezialeinheit geraten wärt", erklärte Palm. „Das wäre das Letzte, das ihr auf der Suche nach dem Geheimnis des Tartarus-Projekts gebraucht hättet. Sie hatten weder eure Namen, noch kannten sie eure Gesichter. Und das sollte auch so bleiben.“

Landorff starrte auf den Bildschirm des Laptops und sah doch nichts. Er hatte das Gefühl, in den vergangenen Tagen sein Glück fürs ganze Leben aufgebraucht zu haben.

„Und Meisinger?“

Palm sah Landorff nachdenklich an. „Seltsam, dass du ihr mehr getraut hast als mir. Sie stand schon lange im Verdacht, ein doppeltes Spiel zu spielen, für Nordkorea und damit für China Informationen zu beschaffen. Ich denke, der Tod ihre Sohnes und ihres Mannes hat sie aus der Bahn geworfen. Wenn man es allerdings geschickt anstellt, dann kann man einen Doppelagenten auch zu seinen Gunsten nutzen. Mit gezielter Desinformation und Überwachung. Das haben wir in den letzten Monaten getan. Ihr Chauffeur war unser Mann im gegnerischen Lager und er hielt uns auf dem Laufenden. Er hat übrigens den BMW-Alpina von Buschmann mitgebracht. Der finnische Botschafter hätte nämlich gerne seinen Mercedes zurück.“

Landorff griff in seine Tasche und reichte Palm die Schlüssel. „Ich bringe Alex ihren Wagen, sobald sie wieder aus dem Krankenhaus kommt. Hoffentlich bald … Ich hab ein schlechtes Gewissen ihr gegenüber.“

Anatoliy drückte beruhigend seine Schulter. „Wird alles gut, Mischa.“ Dann folgte er Landorffs Blick. Das Menü war noch immer geöffnet, der Punkt „Formatieren“ war blau unterlegt.

„Tartarus?“, fragte er leise und Landorff nickte nur.

Daraufhin ergriff Anatoliy behutsam seine Hand, legte den Zeigefinger auf die Enter-Taste und meinte nur: „Schick ihn zurück in die Hölle, Mischa.“

Dann drückten sie gemeinsam die Taste und formatierten den Stick.

Epilog I

Der Abend war warm gewesen, die Nacht noch immer lau. Auf dem Balkon in München-Trudering waren nach und nach die Kerzen niedergebrannt bis auf eine, die ein tröstlich-gelbes Licht verbreitete. Michael Landorff hatte stundenlang erzählt und Martina meist schweigend zugehört, an seine Schulter gelehnt. Es tat gut, dachte Landorff, das Reden, Nachsinnen und Nachdenken, das Beisammensitzen.

Um den Horror zu vergessen …

„Ich bin froh, dass es zu Ende ist", meinte Martina schließlich nach einer langen Stille. „Und dass dir nichts passiert ist. Alex angeschossen im Krankenhaus ist schlimm genug, an die Explosion und ihre Opfer will ich gar nicht denken. Das ist furchtbar."

Sie legte ihren Arm um ihn und drückte Landorff fest an sich. „Ich lass dich einfach nicht mehr weg."

„Oder nur mehr ab und zu", lächelte er. „Meine Wohnung haben die Tschetschenen verwüstet und ich sollte mich um die Renovierung kümmern."

„Das kannst du gern, während ich arbeite", gestand ihm Martina zu. „Oder auf der Uni in langweiligen Vorlesungen herumhänge."

„Vergiss die Arbeit und konzentrier dich lieber auf das Studium", meinte Landorff und beobachtete eine Sternschnuppe, die aufglühend im Lichtnebel des Horizonts verschwand. Im Stillen wünschte er sich etwas und wusste doch, dass es nicht in Erfüllung gehen würde.

„Aber klar, Krösus, München ist eine billige Stadt und ich wohne bei meinen Eltern nur, weil ich keine größere und schönere Wohnung gefunden habe und die Intimität der Familie so schätze." Martina schüttelte den Kopf. „Der Kellner-Job hilft mir zu überleben."

„Ich hab dir etwas verschwiegen", gab Landorff zu. „Winter war äußerst großzügig. Er hat Alex und mir je eine Million hinterlassen. Seine Tochter ist versorgt bis an das Lebensende ihrer Urgroßenkel und ich habe vor, aus Winters Stiftung Mittel für die Angehörigen der Opfer der Explosion flüssig zu machen. Ich denke, das wäre ganz in seinem Sinne."

„Du hast eine Million bekommen?", flüsterte Martina ungläubig. „Is nicht wahr …"

„Als Honorar dafür, dass wir seine Mörder gefunden haben. Und deshalb stellst du jetzt erst mal das Kellnern ein und wir haben mehr Zeit für uns."

„Darüber muss ich nachdenken", meinte Martina und runzelte die Stirn. „Außerdem musst du auch arbeiten, ganz egal, wie dick deine Brieftasche ist. Da wäre noch ein Buch zu schreiben, wenn ich mich richtig erinnere. Deine Agentin wartet. Und nach allem, was du so erzählt hast, ist es besser, man lässt sie nicht zu lange warten …"

Landorff dachte an Melissa und musste Martina zustimmen. Da war noch ein Buch zu schreiben …

Epilog II

Drei Tage später fand ein Jäger unweit der Isar, auf dem Gemeindegebiet von Landau, die Leiche eines älteren Mannes. Er war vollständig unbekleidet und hielt in der rechten Hand eine gerahmte Schwarz-Weiß-Fotografie fest umklammert. Der Jäger verständigte sofort die Polizei und blieb bis zum Eintreffen der Beamten vor Ort. Die Polizisten konnten keinerlei äußere Verletzungen feststellen, beschlossen jedoch aufgrund der seltsamen Umstände des Auffindens eine Autopsie anzuordnen.

Der untersuchende Pathologe bemerkte zwar die relativ große Zahl an Mückenstichen an der Leiche, schenkte der Tatsache angesichts des nahen Flusses aber keine weitere Aufmerksamkeit. Da weder Kampfspuren, Verletzungen, toxische Substanzen noch eine Überdosis an Medikamenten in der Leiche nachgewiesen werden konnten, trug der Mediziner abschließend „keine Anzeichen für Fremdverschulden" und „Herzstillstand" als Todesursache in seinen Befund ein und schlug die Akte zu.

Wenig später stellte sich nach Abgleich mit den aktuellen Vermisstenmeldungen heraus, dass es sich bei der Leiche um Julius Zahlmann, einen bekannten Münchner Unternehmer, handelte.

Hätten die Beamten der Spurensuche genauer nachgeforscht, wären ihnen die seltsamen geografischen Koordinaten der Fundstelle der Leiche aufgefallen:

48°39'39.39"N
12°39'39.39"E

Nachwort

Ach ja, Märchen, Sagen und Legenden …

Sie haben mich – wie sicherlich auch meine Leser – durch die Kindheit begleitet. Sie sind uns vorgelesen worden oder wir haben heimlich unter der Bettdecke mit dem Prinzen oder Bettler, Frosch oder Zauberer, der Königin oder der Bauernmagd mitgefiebert. Diese alten, überlieferten Geschichten waren voller seltsamer Gegenstände. „Tischlein deck dich“ oder „Knüppel aus dem Sack“, wir staunten über ewig gefüllte Beutel und nie versiegende Krüge, wünschten uns ebenfalls Mäntel und Hüte, die unsichtbar machen, und fürchteten uns vor Schwertern, die auf Befehl alle Köpfe abschlagen, träumten von Salben, die unsere Helden der Kindheit unverwundbar machten, und von Wasser, das Gesundheit oder ewiges Leben verleiht. Selbst Kaiser in Österreich und in China träumten davon, aber das ist eine andere Geschichte …

Wir erlebten Abenteuer mit Kräuterwichteln und Feen, mit Waldgeistern und Zwergen, mit Jungs und Mädchen wie du und ich. Und dann holte uns das wahre Leben ein und unsere Kinderträume zerstoben meist in alle Richtungen, machten einer weit weniger faszinierenden Realität Platz. Onkel Leo war *doch* der Weihnachtsmann und der Osterhase kaufte im Supermarkt ein, bevor er die Eier versteckte. Desillusionierend, doch wir fanden uns damit ab. Übrig blieben Dämonen, die in manchen Nächten aus dem Dunkeln krochen und sich in unserer erwachsenen Seele einnisteten, Angst und Beklemmung verbreitend.

So ist auch diese Geschichte leider kein Märchen. In den vergangenen sechzig Jahren haben wir nach und nach unsere Privatsphäre aufgegeben. Teils freiwillig, teils ungefragt, teils gezwungenermaßen. Seit dem Roman *1984* von Georges Orwell, der übrigens in der DDR als „staatsfeindliche Hetzschrift“ galt und für dessen Lektüre und Verleih man hohe Zuchthausstrafen verhängte, hat sich die Nachkriegswelt grundlegend geändert. Mit dem Internet in den frühen 1990er-Jahren, dem Aufkommen der Sozialen Medien, mit Tausenden Satelliten, mit den Mobiltelefonen für alle, dem bargeldlosen Bezahlen, der ständig steigenden Zahl an installierten Kameras mit Gesichtserkennung, den Navigationsgeräten und schließlich dem Einzug von Siri, Google Assistant, Amazon Alexa, Cortana und Co in unsere Wohnungen haben wir auch den letzten Winkel unserer Privatsphäre offengelegt. In den USA kann über Alexa der Kontostand abgefragt werden und die ersten Autos mit vernetzten Assistenten sind bereits unterwegs. So übernimmt Alexa im Wagen nahtlos von Alexa im Wohnzimmer. Und wer glaubt, die Verantwortlichen würden all das nicht nützen, um uns zu beobachten, der glaubt auch sonst an Märchen, Zauberer und Feen. Sie werden selbst die letzten Lücken schließen. Mit Apps, noch mehr Kameras und der Abschaffung des Bargelds. Die 500er-Scheine waren nur der Anfang …

Was im normalen, alltäglichen Leben Einzug hielt und akzeptiert wurde, das wurde natürlich für die bewaffneten Konflikte, die jährlich weltweit Zehntausende Opfer fordern, noch perfektioniert. Künstliche Intelligenz bei Kampfrobotern zu Wasser, zu Erde und in der Luft gehört bei den internationalen Entwicklungslabors inzwischen zum erklärten Ziel. Die Armeen dieser Welt rüsten personalmäßig ab und robotertechnisch auf. So verkündete die indische Armee bereits im Sommer 2013, Kampfroboter zu entwickeln, die den menschlichen Frontsoldaten in den meisten Bereichen ersetzen sollen. Sie sollten selbstständig Freund und Feind erkennen, man sei allerdings noch ein Jahrzehnt von der Einführung entfernt. Nur zwei Jahre später forderten über tausend internationale Wissenschaftler und Unternehmer in einem offenen Brief ein Verbot von Killerrobotern, darunter Stephen Hawking oder Elon Musk. Sie warnten eindringlich vor der Gefahr einer unkontrollierten Aufrüstung von Warlords, Diktatoren oder Terroristen. Genau das, was Nordkorea im „Tartarus-Projekt“ versucht hat.

Allein diese Vorstellung von Maschinen, die eines Tages eigenverantwortlich über Leben und Tod entscheiden könnten, raubt einem den Schlaf. Sollten sie allerdings auch noch unsichtbar sein, dann wird ein Albtraum Wirklichkeit, den wir uns in unserer Kindheit überhaupt nicht vorstellen konnten: totale Überwachung kombiniert mit unsichtbarer Bedrohung. Michael Landorff hat Tartarus in die Hölle zurückgeschickt. Aber bald, nur allzu bald, wird ihn jemand erneut rufen. Wie prophezeite Gregory Winter in seinem Schreiben? „Über kurz oder lang können Sie ihn nicht mehr aufhalten. D*ie Technik schreitet immer weiter voran. Vor 75 Jahren explodierte die erste Atombombe und wir haben gelernt damit zu leben, haben von der Atomkraft profitiert. Die Menschheit wird auch lernen, mit Tartarus zu leben, ihn zu nutzen und aus den Erkenntnissen zu lernen.*"

Da ich ein unerschütterlicher Optimist bin, hoffe ich, er hat recht.

Wien, im Mai 2020

Herr Schilddorfer, Sie sind ausgebildeter Journalist, haben viele Jahre in diesem Beruf erfolgreich gearbeitet und schreiben seit rund zehn Jahren Bücher. Wie sind Sie von der einen Seite des Schreibtisches zur anderen gekommen?
Durch Zufall, wie immer im Leben. Ich wollte schon immer einen Thriller schreiben, allerdings einen etwas anderen Thriller, eher einen Abenteuerroman, eine Kategorie, die es so heute nicht mehr offiziell gibt. So entstanden mit meinem damaligen Co-Autor David Weiss drei Thriller und ein Sachbuch. Dann folgte die John-Finch-Reihe, in der bisher vier Bücher erschienen sind, ein humoristischer Roman und nun „Das Tartarus Projekt", das im Gegensatz zu meinen vorherigen Büchern eine brandaktuelle Entwicklung zum Thema nimmt. Ich bin überzeugt, dass künstliche Intelligenz unser Leben mehr und mehr verändern wird.

Sie bezeichnen sich selbst lieber als Geschichtenerzähler denn als Autor. Warum?
Weil ich mich ganz einfach so sehe. In der Tradition jener Männer, die vor hundert Jahren des Abends auf den Markplätzen von Isfahan oder Samarkand gesessen sind und erzählt haben. Stundenlang, ganze Nächte lang und alle Zuhörer haben mit offenem Mund gelauscht und waren hin und weg. Unter dem blauschwarzen Himmel, keine Technik, nur der Mond, die Sterne und ein Mann, der Geschichten erzählt. Das ist für mich faszinierend. Denn am nächsten Tag sind die Zuhörer wiedergekommen, haben sich erneut hingesetzt und stumm gelauscht. So entstanden die Geschichten aus „Tausendundeine Nacht", lange Geschichten, die so gar nicht unserer mitteleuropäischen Tradition entsprechen. Und so sehe ich meine Bücher. Spannende Geschichten, die zum Lachen, zum Weinen, zum Nachdenken und zum Mitfiebern geschrieben worden sind.

Wie kommen Sie auf Ihre Geschichten? Sind es persönliche Erfahrungen oder solche ihrer Mitmenschen?
Die Geschichten finden mich. Das war schon immer so. Man muss sie nicht suchen gehen, weil man sie dann nur schwer finden wird. Wenn eine Geschichte erzählt werden will, dann sucht sie sich ihren Erzähler aus. Bei guten Geschichten hoffe ich, dass sie zu mir kommen. Leider kann man sie nicht bestellen… Ich möchte mit meinen Büchern meinen LeserInnen aber immer wieder Mut machen und Anregungen liefern, doch in ihrem eigenen Umfeld mit offenen Augen durch die Welt zu gehen. Dann kann man Geschichten an Orten entdecken, an denen man bisher stets „mit Scheuklappen" vorbeigelaufen ist.